Sara Belin, die studierte Opernsängerin ist, schreibt seit mehreren Jahren erotische und romantische Liebesromane. Ihre Bücher erreichen stets Spitzenplätze in den Kindle-Bestseller-Rankings. In Saras Geschichten geht es um Leidenschaft, Gefühle, Romantik, Drama und Herzschmerz, aber ein Happy End darf nicht fehlen. Die Autorin träumt von einem Schreibdomizil mit Meerblick und wünscht sich als Haustier neben einem Collie noch ein Shetlandpony.

SARA BELIN

Love in the LIMELIGHT

EINE LEIDENSCHAFTLICHE ROCKSTAR ROMANCE

Schon das zweite Mal in diesem Sommer sitze ich im weichen Ledersessel im Büro des Managements von Black Sunday Desire und warte aufgeregt auf mein Interview, diesmal mit dem Frontman der Band, dem berühmt-berüchtigten Vic Taylor. Nach einer gefühlten Ewigkeit geht die Tür auf und vor mir erscheint der blonde Sänger und blickt mich entschuldigend mit seinen schieferblauen Augen an.

„Sorry, dass ich die Autorin warten ließ. Ich habe wie immer keinen Parkplatz gefunden", sagt er äußerst charmant und streckt mir seinen tätowierten Arm entgegen.

„Kein Problem", murmele ich wie hypnotisiert von so viel maskuliner Coolness. Oder eher Hottness? Schon Myles hat mich mit seiner Erscheinung umgehauen, doch Vic setzt noch eine drauf in Sachen Attraktivität! Trotz gekühlter Luft im Büro wird mir unmittelbar heiß ...

Heiß, das wäre eigentlich mein Stichwort.

„Vic, meine Leserinnen fanden die Geschichte von Noemi und Myles sehr heiß und aufregend. Denkst du, Kat und du könnt das mit eurer Story noch toppen?"

„Und wie wir das können!" Vic grinst selbstgefällig und neigt sich in seinem Sessel vertrauensvoll zu mir. „Unter uns: Myles und Noemi sind ein weichgespültes und overromantisches Pärchen im Vergleich zu Kat und mir. Unsere Story ist aber Rock’n’Roll pur: wild, atemlos, rebellisch, dirty. Kat ist eine selbstbewusste, unabhängige und schlagfertige junge Frau. Dazu ist sie eine ungezähmte, sexy Wildkatze und ich, nun …“

„Du bist der Bad Boy schlechthin“, unterbreche ich ihn schmunzelnd.

„Yeah, der Albtraum aller Schwiegereltern!“ Vic lacht und schüttelt seine blonde Mähne. „Besonders, wenn sie so eine feine großbürgerliche Familie sind wie die von Kat.“

„Eure Beziehung ist also unkonventionell und kompliziert?“

„Aber wie!“ Vic nickt nachdenklich. „Eigentlich passen wir nicht wirklich zueinander. Wir leben in verschiedenen Welten, wir haben verschiedene Ziele und Wünsche. Doch wir können nicht voneinander lassen, die Chemie zwischen uns ist einfach fucking geil!“

„Also können meine Leserinnen eine wirklich prickelnde Geschichte erwarten?“

„Oh ja, auf jeden Fall! Deine Leserinnen müssen sich gut überlegen, ob sie ready für so viel Spice sind! Unsere Story ist dazu aufregend wie die Fahrt in meinem Mustang Cabrio. Ohne angeschnallt zu sein. Und wir nehmen die Girls auf eine abenteuerliche Reise nach New York mit, wo ich geboren wurde und wo alles anfing. Und wo meine verhängnisvolle Vergangenheit auf mich wartet … Wenn sie dazu auch auf eine ordentliche Portion Drama und Herzschmerz stehen, werden alle ihre Erwartungen garantiert befriedigt.“ Vic zwinkert mir anzüglich zu und lehnt sich noch breitbeiniger zurück.

„Die Geschichte wird aber trotz aller Hottness auch tiefgründig und ernst sein, nicht wahr?"

„Das kann man wohl sagen. Ich werde für euch sogar einen fucking Seelenstriptease hinlegen und deine Leserinnen werden mich völlig nackt erleben." Die gewollte Zweideutigkeit seiner Worte lässt mich zwanglos erröten und ich wechsle schnell das Thema.

„Kommt in eurer Geschichte auch Musik vor?"

„Aber klar! Die Musik ist die wichtigste Nebenprotagonistin der ganzen Geschichte und ich sag dir: Jede deiner Leserinnen wird sich wünschen, unter der Bühne zu stehen und loszukreischen, wenn Black Sunday Desire loslegt!"

„Das klingt ja vielversprechend! Ich danke dir für das Gespräch, Vic."

Ganz gentlemanlike führt er mich zur Tür, hält sie für mich auf und schenkt mir dabei ein verführerisches Lächeln. Also ehrlich, ich weiß nicht, wer gefällt mir nun mehr – Myles oder Vic? Ich vermute, meine Leserinnen werden es genau so schwer haben mit den beiden Rockstars! Aber warum sollten sie sich für einen entscheiden? Man darf ja von beiden gleichzeitig träumen ...

Anfang August kann es in Berlin ganz schön langweilig werden. Alle Freunde sind im Urlaub, die Straßencafés und Beachbars überfüllt mit lästigen Touristen, die Freibäder bis zum Anschlag voll mit Kids, die einen höllischen Lärm veranstalten und nerven. Der Schlachtensee, mein Lieblingsbadesee in Berlin, ist mir zu weit, und alleine habe ich eh keinen Bock, hinzufahren und den verliebten Pärchen beim Fummeln im Wasser zuzusehen.

An so einem heißen Freitag wie heute bleibe ich halt zu Hause, auf meinem großzügigen Balkon im neunten Stock, und genieße den Blick über den Alex. Meine obligatorische Runde Joggen im Park habe ich schon in aller Frühe absolviert, als es noch einigermaßen kühl war, und ich habe gestern ausgiebig im Fitnessstudio trainiert. Was heißt, dass ich heute quasi nichts mehr zu tun habe. Scheiße. Es fehlt nur, dass ich anfange, mit den halbvertrockneten Geranien in meinem Blumenkasten zu reden oder mir ein Sudoku-Heft zu kaufen, um mir die Zeit zu vertreiben.

Mit einer Flasche Bionade in der Hand lege ich die Füße hoch und schwitze unter der Mittagssonne. Wenigstens bin ich braun geworden, während ich mich seit Tagen langweile. Wenn ich im Liegestuhl liege, kann mich niemand sehen, und so sonne ich mich meist nackt. Es gefällt mir, wie meine Brüste ohne lästige, weiße Bikinistreifen aussehen. Wenn schon kein anderer da ist, um sie zu bewundern, muss ich mir eben selbst die Bestätigung geben.

Der Blick auf meine armen Blumen ist weniger erfreulich. Die werden zwar auch zunehmend braun, aber im Unterschied zu meinen Brüsten sieht das bei Geranien nicht besonders schön aus. Wahrscheinlich brauchen sie ordentlich Wasser, so, wie sie die Blüten hängen lassen. Ich kann mich nicht mehr erinnern, wann ich sie zuletzt gegossen habe. Vor einer Woche vielleicht? Meine Ma weiß genau, dass ich rote Geranien nicht leiden kann, aber das hat sie nicht davon abgehalten, im Juni gleich mit mehreren Töpfen bei mir aufzutauchen.

„Dein wunderschöner Balkon sieht so nackig aus, du brauchst etwas Farbtupfer. Und die Geranien sind pflegeleicht, sogar für jemanden wie dich", lautete ihre spitze Bemerkung, als sie die Blumentöpfe in die Blumenkastenhalterung steckte. Geranien sind für mich der Inbegriff an Spießigkeit, genauso wie Spitzendeckchen und gebügelte Unterwäsche. Oder Frauen, die sich unmittelbar vor dem Sex noch mal komplett rasieren müssen, um bloß nicht als ungepflegt abgestempelt zu werden.

Seufzend stehe ich auf und ziehe mir einen winzigen Bikini an. In der Küche fülle ich zwei leere Plastikflaschen mit Leitungswasser, um die unglücklichen Geranien zu erlösen. Eine Gießkanne habe ich immer noch nicht, und das sagt schon alles über meinen nicht vorhandenen grünen Daumen. Ungeschickt, wie ich bin, gieße ich etwas zu schwungvoll und das Wasser tropft heftig über die Blumenkastenhalterung.

„Mann, Scheiße, kannst du nicht aufpassen?", pöbelt mich plötzlich eine Männerstimme an. Ups, ich habe wohl den Nachbarn unter mir nass gemacht.

Ich beuge mich hinunter. „Sorry, war keine Absicht!"

Die Wohnung da unten ist eine Studenten-WG, doch den Mann habe ich bis jetzt noch nicht gesehen. Wahrscheinlich ist er neu eingezogen. Er sieht zu mir hoch und wischt sich die Wassertropfen von den nackten Schultern. Offensichtlich hat er sich auch gesonnt. Nicht schlecht, fällt mir gleich auf. Gut gebaut und ordentlich gebräunt. Er grinst, als er mich sieht, und sein Blick bleibt an meinen Brüsten hängen. Na klar, so, wie ich mich über die Brüstung beuge, fällt auch Körbchengröße B gleich ins Auge. Der minimalistisch-gewagte Triangelbikini mit Leopardenmuster verdeckt nur das Notwendigste. Die Brustwarzen nämlich.

„Ist schon gut, etwas Erfrischung schadet nicht", sagt er schon viel freundlicher. „Ich bin Jonas. Und du?"

Okay, der Typ ist in Flirtlaune und versucht, Kontakt herzustellen. Warum eigentlich nicht?

„Ich bin Kathleen", erwidere ich knapp, doch ich betrachte ihn weiterhin interessiert. „Bist du neu in der WG?"

„Nein, ich wohne seit einer Woche alleine hier, die WG hat sich aufgelöst", erklärt er mir.

„Ah, das habe ich gar nicht mitbekommen." Kein Wunder. Die beiden Studenten, die dort unten wohnten, waren ziemlich langweilig und ich hatte so gut wie keinen Kontakt zu ihnen. Das könnte bei Jonas anders werden.

„Wenn du willst, komm einfach runter zu mir – auf ein kaltes Bierchen. Oder auf was anderes, je nachdem, was du magst." Er lächelt zweideutig und nimmt seine dunkle Sonnenbrille ab. Seine Augen sind schokobraun und sein kurzes Haar genauso. Der Fünf-Tage-Bart und das Tattoo auf der Schulter verleihen ihm eine ziemlich sexy Ausstrahlung. Trotzdem habe ich keinen Bock, so schnell angebaggert zu werden.

„Danke, aber heute nicht. Vielleicht ein anderes Mal, okay? Viel Spaß noch beim Sonnen!" Ich richte mich wieder auf und setze mich wieder auf meine Sonnenliege. Nein, so verzweifelt bin ich auch nicht, um mich sofort auf die Flirtversuche eines – zugegebenermaßen – attraktiven Endzwanzigers einzulassen, auch, wenn ich sexuell noch ausgetrockneter bin als meine Geranien. Es liegen zwei Trennungen hinter mir im letzten Jahr, und die haben mich ziemlich mitgenommen. Daher lebe ich seit Ende Mai enthaltsam wie eine Nonne, und das ist ziemlich scheiße. Es ist Hochsommer, das Wetter ist perfekt und ich verschwende meine Jugend, weil ich keine Nerven für One-Night-Stands habe. Die sind mir zu stressig. Aber eine neue Beziehung – nein, danke, das tue ich mir nicht so schnell wieder an.

Mein Blick schweift in die Ferne, zu dem strahlend blauen, wolkenlosen Himmel, und meine Laune sinkt in gefährliche Bereiche. Es ist Sommer, das Wetter ist herrlich und ich sollte mich amüsieren, statt auf meinem Balkon zu schmoren und über mein verkorkstes Liebesleben zu grübeln. Es wird mir langsam zu heiß in der Mittagshitze und noch brauner wird meine Haut auch nicht mehr werden. Bevor ich aufstehe und mir eine lauwarme Dusche als Erfrischung gönne, meldet sich mein Smartphone. Es ist Noemi, meine beste Freundin, die seit ein paar Tagen ihren Vater im Spreewald besucht.

„Hi, meine Süße! Wie läuft es bei euch im Gurkenwald?", begrüße ich sie und freue mich tierisch, sie zu hören.

„Hi Kat! Bin seit heute Vormittag wieder zurück", antwortet sie mit ihrer hellen, fröhlichen Stimme.

„Ah, tatsächlich? Wolltest du nicht bis Sonntag bleiben? Waren dir die Stille und die Ruhe dort zu beängstigend? Oder fehlt dir dein Rocker schon?"

Noemi ist seit einem Jahr mit Myles Flemming zusammen, dem Ex-Gitarristen der berühmten Band *Black Sunday Desire*. Im letzten Herbst ist er bei den Jungs ausgestiegen und macht jetzt eine Solokarriere. Noemi und er hatten erst eine unverbindliche Affäre, daraus wurde wahre Liebe, die einige Hürden und Prüfungen überstehen musste. Sie sind ein tolles Paar und leben zusammen in einer geilen Loftwohnung am Helmholzplatz. Noemi war zuvor die Hundesitterin von Myles' Huskyhündin Luna, als er noch in einer bescheidenen Wohnung im selben Kiez wohnte.

„Es war sehr schön dort und mir macht die Ruhe nichts aus", wehrt sich Noemi, die heimlich immer noch Komplexe hat, weil sie keine waschechte Berlinerin ist wie ich, sondern aus einem sehr beschaulichen, friedlichen Ort am Arsch der Welt stammt. „Aber Myles hat mich gebeten, schon heute zurückzukommen, weil wir zu Vics Jubiläumsparty eingeladen sind. Da ich aber weiß, dass Myles den ganzen Abend mit seinen ehemaligen Bandkollegen abhängen und sich höchstwahrscheinlich die Kante geben wird, würde ich dich gerne mitnehmen. Ich will nicht die ganze Zeit in einer einsamen Ecke stehen und mich langweilen, also erwarte ich von dir, dass du dich für mich opferst und mitkommst. Egal, was du heute sonst vorhast."

Noemi kann nicht ahnen, welch einen stummen Freudenschrei sie damit in mir auslöst! Sogar meine frisch lackierten Zehen wackeln vor Freude, als mein Freitagabend so unerwartet nicht nur gerettet wird, sondern sogar eine sehr vielversprechende Aussicht bekommt. Wie war das noch mal mit meinen inneren Monologen, während ich mich gesonnt habe? Ich will wieder mehr Spaß im Leben haben, stimmt's? Und eine wilde Party des berühmt-berüchtigten Sängers von *Black Sunday Desire* ist viel mehr, als sich eine fleißige Medizinstudentin, die weder einen Lover noch eine Beziehung hat, wünschen kann! Natürlich will ich bei der Party mitmischen!

„Na gut, dann komm ich halt mit. Obwohl ich eigentlich was anderes machen wollte. Ich tue es für dich, schließlich bist du meine beste Freundin." Bemüht lässig seufze ich in das Smartphone, um zu bekräftigen, wie sehr ich mich für Noemi aufopfere. „Wo findet denn die Party statt?"

„Ich danke dir, Kat! Ich wusste, du wirst mich nicht im Stich lassen!" Noemi ist so dankbar, dass ich wegen meiner Verlogenheit ein schlechtes Gewissen bekomme. „Die Party findet in Vics Penthouse statt, im Simon-Dach-Kiez. Myles und ich holen dich ab, so gegen einundzwanzig Uhr. Ist das okay?"

„Klar, das passt. Was ziehst du an?", erkundige ich mich, während ich meine tizianrot gefärbten Locken von dem Haargummi befreie.

„Oh, ich denke, ein kurzes Sommerkleid. Schwarz und mit Spitzenborte. Darin sehe ich richtig schlank aus!" Noemi kichert gutgelaunt. „Hat Myles mir neulich aus London mitgebracht."

„Okay, dann ziehe ich auch ein Kleid an. Ich habe mir letzte Woche eins gekauft, ziemlich gewagt, aber für die Party bei einem Rockstar wird es gut passen."

„Du siehst in jedem Outfit verdammt sexy aus mit deinem Body." Noemi seufzt. Sie selbst hat die Figur einer Latina, mit tollem, rundem Hintern und einer Megaoberweite. Doch sie ist keineswegs dick, sie ist halt sehr weiblich gebaut und ihr Lover steht auf ihre üppigen Kurven. Ich dagegen habe eine schlanke, sportliche Figur und kann wirklich alles tragen. Ich trainiere viel und das sieht man mir auch an. Zum Glück sind meine Brüste nicht zu klein geraten, und mit einem guten Push-up-BH kann ich auch ein schönes Dekolleté vorzeigen. Obwohl ich mit Noemis Wunderbusen natürlich nicht mithalten kann.

„Dann bis heute Abend. Wir werden zu zweit bestimmt Spaß haben. Und du kannst Ausschau nach sexy Babes oder auch nach einem heißen Kerl halten", sagt sie unschuldig, um mir die Party schmackhaft zu machen. Als ob ich nicht schon genug angefixt wäre.

„Jaja, mal sehen, ob ich in Flirtstimmung bin."

„Hey, was ist denn los mit dir? Du klingst gar nicht fröhlich." „Es ist alles okay", antworte ich und zögere kurz. „Ich habe nur gerade einen attraktiven Nachbarn kennengelernt und dabei festgestellt, wie verkorkst ich beziehungstechnisch eigentlich bin."

„Ah Kat, du bist nicht verkorkst", widerspricht mir Noemi sofort. „Du hast nur zwei nicht gerade glückliche Beziehungen hinter dir. Es ist normal, wenn man danach an sich zweifelt."

„Ich habe einfach zu viele Fehler gemacht."

„Nein, hast du nicht. Dein Professor Kaiser war ein Arschloch und das mit Tina betrachte ich mittlerweile als eine ziemlich radikale Ablenkung, mehr nicht." Noemi nimmt kein Blatt vor den Mund, und wahrscheinlich hat sie recht. Irgendwie habe ich nicht besonders viel Glück mit meinem Liebesleben. Meine große Liebe, Professor Kaiser – ich meine: Lutz – hat mich ein Jahr lang an der Nase herumgeführt. Er redete von Liebe und dass er ohne mich nicht leben könne. Immer wieder versprach er mir, sich von seiner Frau zu trennen, die er angeblich weder liebte noch mit der er Sex hatte. Stattdessen schwängerte er seine Gattin zum dritten Mal, obwohl sie schon in den Wechseljahren war. Gemeinsam freuten sie sich riesig auf das unerwartete Nesthäkchen, nachdem die erwachsene Tochter gerade aus dem Elternhaus ausgezogen war. Also beichtete er seiner Gemahlin reuevoll unsere Affäre, sie verzieh ihm großzügig seinen kleinen Ausrutscher und sie leben glücklich und vergnügt mit ihrem kleinen Hosenscheißerchen. Angeblich.

Als er mir in einer kurzen Mail von seinem unerwarteten Familienglück berichtete und bedauerte, unser Verhältnis beenden zu müssen, kam ich mir so billig vor. Anscheinend bin ich bloß ein aufregendes Spielzeug für ihn gewesen, das ein Jahr lang seinen Testosteronspiegel mächtig in die Höhe getrieben und frischen Wind in sein langweiliges Leben gebracht hat.

„Ja, Kaiser war ein Arschloch", stimme ich ihr ungerne zu. „Er hat nicht nur meine Gefühle verletzt, sondern auch meinen Stolz und meine Würde. Ist irgendwie auch meine Schuld. Ich hätte mich niemals mit einem verheirateten Mann einlassen dürfen, der dazu noch mein Professor war."

„Mach dich nicht weiter dafür verantwortlich. Du hast dich richtig in ihn verliebt, er hat dich aber total verarscht und manipuliert."

„Ja, das hat er. Und ich hab ihm seine Lügengeschichten geglaubt wie eine naive Dumpfbacke." Er hat tatsächlich mein sonst so gut funktionierendes Gehirn in Butterschmalz verwandelt und meine Hormone in einen Ausnahmezustand versetzt. Das bereits bei unserem ersten Abendessen in einem teuren Restaurant, als er mir unter dem Tisch zwischen die Schenkel gegriffen und mir angekündigt hat, was er Versautes mit mir anstellen wird.

Ja, ich gebe zu, ich stehe auf Männer mit dominanter Ausstrahlung, die wissen, was sie beim Sex wollen. Ich habe noch nie was mit Milchbubis anfangen können, die erst lieb lächeln und dann mit Dackelblick fragen: „Magst du mir bitte einen blasen?" oder „Möchtest du, dass ich dich lecke?".

Wenn die Chemie stimmt und das Vertrauen vorhanden ist, dann bevorzuge ich Liebhaber, die mich überwältigen und mir im Bett zeigen, wo es langgeht. Ich bin eine starke und unabhängige Frau, doch beim Sex wünsche ich mir einen echten Kerl, der es draufhat, meine Lust zu kontrollieren. Und so einer war Lutz. Im Nachhinein denke ich, ich war richtig süchtig nach Sex mit ihm und deswegen bin ich so hart auf dem Bauch gelandet, als er mich abservierte. Die Entzugserscheinungen waren heftig und ich habe eine Weile gebraucht, um mich einigermaßen zu erholen.

„Wie auch immer. Ich traue lieber keinem Mann mehr und will mich auch nicht mehr so schnell verlieben."

„Das kann ich zwar verstehen, aber ob das wirklich die richtige Lösung ist? Verliebt zu sein kann doch so schön sein." Noemi ist Romantikerin und ganz anders als ich. Aber Myles ist auch ein cooler Typ und macht sie glücklich.

„Ja, mit dem richtigen Mann schon", entgegne ich.

„Oder mit der richtigen Frau." Ich höre das Zwinkern in ihrer Stimme und weiß, dass sie auf Tina anspielt.

Tina und unsere völlig ungeplante Beziehung. Ich kannte sie schon länger und wusste von Anfang an, dass sie lesbisch ist und auf mich steht. Sie hörte mir verständnisvoll zu, als ich mich über meinen Professor auskotzte, und wir kamen uns allmählich näher. Sehr nah. Früher hatte ich mir nicht vorstellen können, dass Sex mit einer Frau so geil sein könnte. Aber ich war einfach neugierig und Tina hatte es echt drauf. Kein Mann hat mich so gut geleckt wie sie.

„Oder so", antworte ich ehrlich. „Ich stehe immer noch auf Männer, aber jetzt weiß ich, dass Sex mit einer Frau auch sehr geil sein kann. Nur, ob das genug ist? Für eine Beziehung, meine ich? Es war schön mit Tina, doch im Unterschied zu ihr mag ich Schwänze immer noch. Das hat sie mächtig gestört."

„Hat es eigentlich deswegen mit euch nicht geklappt?"

„Da war wohl eher meine Abneigung gegenüber einer richtigen Beziehung der Hauptgrund. Nicht das Geschlecht. Warum sollte man sich sexuell hundertpro festlegen, wenn man doch beides genießen kann – Schwänze und Muschis, je nachdem, wie man gerade drauf ist?"

„Hm, ich kann sie irgendwie verstehen. Tina wollte einfach sicher sein, dass du wirklich nur sie willst und dass dir bei ihr nichts fehlt", sagt Noemi nachdenklich.

„Meinst du etwa, sagen wir mal, siebzehn Zentimeter gewisser Länge?" Ich kichere frech.

„Mensch Kat, ich unterhalte mich ernst mit dir und du alberst wieder rum!"

„Schon gut, ein kleiner Scherz unter Frauen", beschwichtige ich sie. „Nein, im Ernst. Tina wollte sich nur an eine Frau binden, die absolut lesbisch ist. Zugegeben, anfangs habe ich sie als eine Art Trostpflaster benutzt, um über Lutz hinwegzukommen. Sie war eine gute Freundin mit Vorzügen, wenn ich jetzt zurückblicke, aber geliebt habe ich sie nicht. Deswegen wollte ich ihr nicht länger falsche Hoffnungen machen. Ich bin schließlich keine Bitch, die rücksichtslos mit den Gefühlen anderer Menschen spielt."

„Echt? Bist du sicher?" Noemi kichert leise in den Hörer.

„Blöde Ziege!"

„Süße, ich wünsche dir so sehr, dass du bald den Richtigen kennenlernst. So jemanden wie Myles", sagt sie verliebt.

„Oh Gott, das fehlt mir noch! Ich steh nicht auf Rockstartypen", erwidere ich gespielt empört. „Und überhaupt, ich will erst mal meine Freiheit genießen, bevor ich mich auf jemanden einlasse. Wer weiß, ob ich mich überhaupt noch ernsthaft verlieben kann."

„Ah komm, natürlich kannst du das. Wart mal ab, das kann schneller passieren, als du denkst. Du musst nur offen dafür bleiben."

„Hm. Vielleicht." Vielleicht kann man mit gebrochenem Herzen nicht so schnell wieder jemanden lieben. Vielleicht hat mich der Mistkerl von Professor zu sehr beschädigt.

Ist jetzt auch egal. Trotzdem möchte ich wieder mehr Spaß in meinem Leben haben. Ich bin jung, habe einen gesunden Appetit auf Sex und muss mich nicht an jemanden binden, nur weil er oder sie es mir gut besorgt. Wahrscheinlich besuche ich demnächst den süßen Nachbarn und sehe, was er zu bieten hat.

„Heute Abend hast du auf jeden Fall die Gelegenheit, dir etwas Spaß zu gönnen!"

„Du sagst es! Ich werde mir zusammen mit den knackigen Rockstars die Kante geben und die Party rocken, bis die Nachbarn die Polizei rufen!"

„Oh je, ob das eine gute Idee ist, dich mitzunehmen?" Noemi lacht herzlich, während ich mich ins Bad begebe und dabei mein Bikinioberteil ausziehe.

„Auf jeden Fall! Wir beide werden heute Abend so richtig abgehen, Babe!"

„Na dann! Also, brezeln wir uns ordentlich auf."

„Machen wir. Bin schon mit einem Fuß in der Dusche. Bis nachher!"

Als ich aus der Dusche steige, entdecke ich eine Nachricht auf meinem Smartphone. Es ist Ma, die mir morgen gegen Mittag einen kurzen Besuch ankündigt. Sie ist in der Nähe bei ihrer Friseurin und möchte mir ein paar Kleinigkeiten vorbeibringen. Seufzend schreibe ich zurück, dass ich mich freue. Tue ich ja. Irgendwie. Obwohl ich auch etwas genervt bin. Meiner Meinung nach besucht sie mich zu oft, seit ich alleine wohne, und mischt sich ständig in meine Haushaltführung ein. Unser Verhältnis ist etwas schwierig. Ich bin nicht die Tochter geworden, die sie sich gewünscht hat. Seit der Pubertät rebelliere ich gegen ihre Vorstellungen darüber, wie eine junge Frau sein muss und sich verhalten sollte. Ihrer Meinung nach ziehe ich mich unangemessen an, egal ob ich meine Sportklamotten trage oder ultrakurze Röcke und bauchfreie Tops. Und mein Haar wäre ja immer so unordentlich und die Strähnen fallen mir ständig ins Gesicht. Dazu schminke ich mich entweder zu wenig oder viel zu auffällig und grell. Kurz gesagt, ich kann es ihr nie recht machen. In der Schule musste ich immer die Klassenbeste sein, und schon eine Zwei löste bei ihr Migräneanfälle aus. Sie wünschte sich, dass ich Ballett tanzte, weil ich so ein graziles Kind war, doch ich wollte lieber Beachvolleyball spielen und Bogenschießen. Die Musik, die ich ab dem gewissen Alter hörte, fand sie geschmacklos und schrecklich. Statt auf Mozart und Chopin stand ich plötzlich auf Nirvana und Pink und besuchte lieber aufregende Rockkonzerte als besinnliche Kammermusikabende. Und erst meine Ausdrucksweise! Damit reizte ich sie besonders. Ein anständiges Mädchen, das Ärztin werden möchte, kann nicht wie ein Bierkutscher fluchen! Schließlich bin ich gebildet und stamme aus einer angesehenen Familie mit langer Ärztetradition. Als Schutz gegen all diese Erwartungen entwickelte ich meine rebellische Ader, meine Bockigkeit und meine Abwehr gegen die bürgerlichen Werte und Benimmregeln. Oder, wie mein sechs Jahre jüngerer Bruder Sebastian neulich zu mir sagte: Ich wurde tief in meinem Inneren zu einem Punk, auch wenn ich wie eine Tussi aussehe.

Eigentlich müsste ich erst aufräumen, bevor ich sie hier rein lasse, stelle ich beim Blick auf das Chaos in meiner Wohnung fest. Egal. Mach ich morgen, bevor sie kommt. Erst mal mache ich mich bereit für die Rockstarparty!

Pünktlich um halb neun klingelt mich Noemi an, damit ich runterkomme. Die beiden stehen schon vor dem Haus. Zum Abschied streichle ich kurz meinen getigerten Kater Helmut, der den ganzen heißen Nachmittag faul auf seinem Kratzbaum gelegen hat. Wahrscheinlich trauert er immer noch seiner Männlichkeit nach, die er im Frühling bei Natys Freund, dem Tierarzt Eric, verloren hat. Aber alle haben mir gesagt, ein kastrierter Kater sei ein glücklicher und pflegeleichter Kater. Na ja, oft bilde ich mir ein, die traurigen Blicke, die er mir manchmal zuwirft, wären vorwurfsvoll. Vielleicht habe ich deswegen seit Mai keinen Sex mehr – aus unbewusster Solidarität mit meinem entmannten Stubentiger. Oder als eine Art karmische Strafe für meine grausame Entscheidung.

Gott, bin ich bescheuert!

Ich schüttle den Kopf über mich, als ich vor dem Spiegel im Schlafzimmer stehen bleibe. Solche dämlichen

Gedanken bekommt man, wenn man schon so lange abstinent lebt!

Wenigstens gefalle ich mir recht gut, als ich mich von allen Seiten begutachte. Ich trage mein neues weißes Kleid aus durchgehender Spitze, das sehr kurz und fast bis zum Bauchnabel ausgeschnitten ist. Meine Mutter würde sofort einen Migräneanfall bekommen, wenn sie mich jetzt sehen würde. Mit einer großen Oberweite würde ich in so einem Kleid schnell billig aussehen, aber mit meiner sportlichen Figur und der gebräunten Haut wirke ich sexy, nicht nuttig. Dazu ziehe ich weiße Sandaletten mit hohen Keilabsätzen an, in denen ich mehrere Stunden locker aushalte, ohne diesen mitleiderregenden, gequält-verbissenen Gesichtsausdruck, der für viele High-Heels-Trägerinnen so typisch ist. Meine Lockenpracht habe ich mir locker hochgesteckt, nur einige Strähnen umranden mein Gesicht, das heute etwas stärker geschminkt ist als sonst. Wie oft geht man schon zu der Party eines weltberühmten Rockstars? Da kann ich meinen gewohnt-sportlichen Look getrost für einen Abend ablegen und mich in ein Glamourgirl verwandeln. Mit allem, was dazugehört: Smokey Eyes, glänzendem Lipgloss, Fingernägel in Pink und nicht in Nudetönen wie sonst. Ich trage sogar Schmuck – eine silberne Halskette und große Ohrringe mit blauen Swarovskisteinen, die meine Mutter mir zu Weihnachten geschenkt hat und die ich noch nie getragen habe. Die sehen richtig gut aus und haben fast dieselbe Farbe wie meine Augen. Es fehlt nur noch ein passender Duft. Ich trage selten Parfüms und besitze nur zwei Sorten: Chanel No. 5, ein Überbleibsel meines Ex-Lovers, und Libre von YSL, den mir Noemi zum letzten

Geburtstag geschenkt hat. Ohne lange zu überlegen, greife ich nach dem Flacon von Libre und besprühe dezent mein Haar damit.

Ich muss zugeben, es macht mir Spaß, mich aufzutakeln. Vielleicht, weil ich das nur selten mache, ich laufe ja meistens in sportlichen Klamotten, Sneakern und fast ohne Make-up herum. Als ich noch mit dem Mistkerl von Kaiser zusammen war, habe ich mich für ihn oft sexy gestylt und die heißen Fummel getragen, die er mir geschenkt hat. Sachen wie im Schritt offene Höschen und Strumpfhosen, die ihm schnellen und unkomplizierten Zugang zu meinen Intimzonen ermöglicht haben, vor allem in öffentlichen Räumen wie Kinos, Restaurants, Aufzügen. Ja, er war ganz schön versaut, und ich liebte es.

Schnell schüttele ich die Erinnerungen ab. Ich war erst Anfang zwanzig, und jedes Mädchen macht irgendwann mal Fehler und lässt sich von einem Mann benutzen, oder?

Dafür bin ich jetzt, mit dreiundzwanzig, viel schlauer und erfahrener. Vor allem aber entschlossen, mein Leben zu genießen und dabei keinem Mann so schnell auf den Leim zu gehen.

„Wow, du siehst fantastisch aus!" Noemi betrachtet mich fasziniert von Kopf bis Fuß, als sie aus dem Auto steigt, um mich zu begrüßen.

„Danke, Süße! Du aber auch!" Sie ist wunderhübsch mit ihrem taillenlangen schwarzen Haar, funkelnden Katzenaugen und Rundungen im engen Kleid, die jedes Plus-Size-Model in den Schatten stellen würden.

Auch Myles steigt aus dem Auto, um mich gebührend zu begrüßen. „Hey Sportsfreund! Du siehst sexy aus! Fast wie ein richtiges Mädchen!" Er grinst dreckig, während er mir ein Küsschen auf die Wange gibt.

„Verpiss dich!" Gespielt sauer schubse ich ihn. Noemi lacht entspannt, sie kennt die etwas rüpelhafte Art, mit der Myles und ich miteinander kommunizieren. Ich mag den Kerl total. Er sieht äußerst lecker aus: sehr groß, muskulös, mit schönen braunen Augen und Sieben-Tage-Bart. Dazu hat er das Herz auf dem rechten Fleck, ist intelligent, bodenständig, bescheiden, und er betet Noemi regelrecht an. Dass er nebenbei ein berühmter Gitarrist und Rockstar ist, stört mich mittlerweile nicht mehr. Er entspricht ganz und gar nicht den gängigen Klischees, und der Rummel um seine Person nervt ihn total. Die beiden sind sehr glücklich zusammen, auch wenn sie es nicht immer leicht haben. Seine Karriere nimmt sehr viel Zeit in Anspruch und das Medieninteresse an seiner Person macht Noemi oft das Leben schwer. Aber sie lieben sich total und sind bereit, alles zu tun, um ihre Liebe zu schützen und zu erhalten.

Wir steigen in seinen Capra Formentor und fahren los. Myles könnte sich längst eine Protzkarre leisten, doch er bleibt trotz der Kohle, die er als Musiker verdient, auf dem Teppich.

Es ist Freitagabend und auf den Straßen noch immer viel los. Myles flucht leise über die aggressiven Autofahrer und einige Fahrradfahrer, die unachtsam und leichtsinnig unterwegs sind.

„Er regt sich immer auf, wenn er fährt." Noemi zuckt entschuldigend mit den Schultern, als er wieder mal ein gepresstes „Fuck you, idiot!" von sich gibt.

„Myles, ist es wirklich in Ordnung, wenn ich uneingeladen zu der Party mitkomme?", frage ich nach einer Weile. Solche Promi-Partys sind ja nur für die Leute auf der Gästeliste zugänglich, und es wäre echt blöd, wenn man mich am Ende nicht reinlässt.

„Natürlich. Ich habe Vic eine SMS geschickt, damit er dich auf die Gästeliste setzt", beruhigt er mich.

„Siehst du? Du könntest mir ruhig vertrauen." Noemi dreht sich zu mir um und blickt mich vorwurfsvoll an.

Kurz vor neun Uhr am Abend einen Parkplatz in Friedrichshain zu finden, ist genauso aussichtslos, wie einen Menschen wiederzubeleben, der seit mehreren Minuten einen Herzstillstand hat. Myles dreht einige Kreise im Simon-Dach-Kiez, bis ein kleines Wunder geschieht, ein Pärchen in den VW vor uns einsteigt und wegfährt. Myles reagiert schnell, bevor jemand ihm den Parkplatz vor der Nase wegschnappen kann. Schwein gehabt. Man kreist schon mal locker eine halbe Stunde herum, bevor man in der City parken kann. Gemeinsam laufen wir die Straße entlang. Auch Noemi trägt hohe Absätze und wir haken uns haltsuchend bei Myles unter, als wir über das für Berlin so typische, unebene Kopfsteinpflaster stolzieren.

„Schau mal, das ist doch Myles Flemming!", hören wir eine entzückte Mädchenstimme, als wir an den Kneipentischen auf dem Bürgersteig vorbeilaufen. Myles zieht sein Tempo an und Noemi und ich geben uns Mühe, mit seinen langen Beinen Schritt zu halten. Obwohl mehrere Frauen nach ihm rufen, dreht er sich nicht um und wir sind alle glücklich, dass die Fans uns nicht verfolgen. Zum Glück erreichen wir das Haus in einer Seitenstraße wenige Augenblicke später und

Myles klingelt bei Schneider-Taylor. Schneider dient als Tarnung, sodass Vics Nachname nicht allzu sehr auffällt, erklärt er uns den kleinen Gag. Er muss ein Passwort nennen und die Tür geht auf.

Das Gebäude ist ein Neubau, platziert zwischen zwei alten Häusern aus der Jahrhundertwende. Mit dem Aufzug fahren wir in die fünfte Etage, und als wir aussteigen, empfängt uns schon laute Musik. Vor der offenen Wohnungstür stehen zwei grimmige Türsteher, die Myles sofort erkennen und es nicht für nötig halten, nach unseren Namen zu fragen. Wir treten ein und ich muss zugeben, ich bin etwas nervös.

Die sehr geräumige Wohnung ist ziemlich voll, und sofort erkenne ich einige Gesichter aus dem Showbiz. Das Penthouse ist etwas spärlich, doch geschmackvoll eingerichtet, in schwarzen und weißen Tönen gehalten und meiner Empfindung nach natürlich viel zu groß für einen Junggesellen. Doch Victor kann sich so eine Luxusbleibe locker leisten. An den Wänden hängen riesige Reproduktionen von Andy Warhols Bildern und Fotos von berühmten Rockstars wie Jim Morrison, Kurt Cobain, David Bowie, Janis Joplin, Amy Winehouse, Blondie und auch ein Foto von *Black Sunday Desire*, noch zusammen mit Myles.

Die Band hat vor zwei Jahren den Plattenvertrag unterschrieben, der ihr den großen Durchbruch ermöglicht hat. Dieses entscheidende Ereignis möchte Vic mit seinen Bandmitgliedern, Freunden, Bekannten und mehreren Kollegen aus der Branche gebührend feiern. Aus den Lautsprechern dröhnen *Avenged Sevenfold*, eine von Vics Lieblingsbands, wie Myles uns erklärt.

„Bleib schön bei mir." Noemi tritt näher zu mir. Es ist nicht einfach, sich bei der Lautstärke zu unterhalten. Da Metal nicht gerade zu meiner Lieblingsmusik gehört, kann ich nur hoffen, der Gastgeber wird seine Gäste nicht die ganze Nacht mit seinem persönlichen Geschmack foltern.

„Da steht Vic mit Kim, ich gehe mal zu den beiden. Wollt ihr mit? Oder kommt ihr auch ohne mich klar?", wendet sich Myles uns zu und sieht besonders Noemi fragend an.

„Nein, schon gut! Geh ruhig zu deinen Kumpels! Du musst dich nicht um mich kümmern, ich hab ja Kat und wir werden bestimmt Spaß haben." Noemi lächelt ihren Freund verständnisvoll an und er beugt sich zu ihr, um sie zu küssen. Er geht los und kommt wegen der Menschenmenge im riesigen Wohnzimmer nur langsam vorwärts. Es sind zu viele, die ihn begrüßen, ihm auf die Schulter klopfen, und auch die eine oder andere schöne Frau ist dabei, die sich von ihm auf die Wangen küssen lässt. Eine bekannte, nicht mehr taufrische TV-Moderatorin zum Beispiel, die ihn mit ihrem charmantesten Lächeln umgarnt und etwas in sein Ohr flüstert. Und eine Newcomer-Pop-Prinzessin, die ihn so ansieht, als ob sie ihn gleich zwischen ihren dünnen Schenkeln einklemmen möchte. Ich bewundere Noemi, die nicht mal mit der Wimper zuckt, als sie die Szene beobachtet. Es muss schön sein, einem Mann bedingungslos vertrauen zu können.

„Komm, holen wir uns erst mal einen Drink." Sie fasst mich am Ellenbogen und führt mich zu dem Tisch mit den Getränken, der an der Wand steht. Ja, das ist eine gute Idee. Ich brauche jetzt was Stärkeres, was mich

wieder lockerer und entspannter macht. Wahrscheinlich wirke ich neben der relaxten Noemi wie eine steife
Anstandsdame. Obwohl – in diesem Outfit ... Immerhin
bin ich im Unterschied zu ihr zum ersten Mal auf einer
Party, wo ich jedes dritte Gesicht aus dem Fernsehen
kenne. Die übrigen Gäste, deren Visagen mir nicht bekannt vorkommen, spielen aber höchstwahrscheinlich
auch wichtige Rollen im Showbusiness.

Mit einem Glas Hugo in der Hand fühle ich mich
schon etwas sicherer, und als ich ihn ziemlich schnell
zur Hälfte leere, ernte ich einen besorgten Blick von
Noemi.

„Was ist los mit dir? Du wirkst ziemlich nervös.“ Ich
trinke sonst als Sportlerin und angehende Ärztin nicht
sehr oft. Und vor allem nicht so schnell.

„Keine Ahnung. Bin irgendwie aufgeregt.“

„Sag bloß nicht, es ist wegen Vic! Ich weiß, dass du ihn
geil findest.“ Noemi hebt ihre perfekt geschwungenen
Brauen und mustert mich amüsiert mit ihren glaskla-
ren Augen, die durch den lila Lidschatten noch mehr
strahlen.

„Ach wo! Ich stehe nicht auf Rockstars und er ist auch
zu jung für mich.“

Gleichzeitig schiele ich unauffällig zu der Männer-
gruppe auf der anderen Seite des riesigen Zimmers.
Myles redet mit Vic, der mit einer Pobacke lässig auf einem Barhocker sitzt und eine Bierflasche in der Hand
hält. Auch die anderen drei Bandmitglieder erkenne
ich sofort, sie stehen um Vic herum und unterhalten
sich miteinander. Der neue Gitarrist, der Myles nach
seinem Ausstieg im Herbst ersetzt hat, ist ein ähnlicher

Typ wie Noemis Lover: groß, dunkelhaarig und mit Tattoos auf den Unterarmen. Doch was seinen Attraktivitätsfaktor betrifft, kann er Myles keineswegs das Wasser reichen. Nicht, dass ich heimlich in den Freund meiner besten Freundin verschossen wäre, aber der einzige Mann im Raum, der meines Erachtens nach noch geiler aussieht, ist der blonde Vic, der Frontmann von *Black Sunday Desire*. Er gehört definitiv zu den Männern, die sogar in einem großen und vollen Raum die Aufmerksamkeit der Gäste auf sich ziehen. Es muss an seiner Ausstrahlung liegen, dass mein Blick unwillkürlich länger auf ihm verweilt. Ist das diese magische Rockstar-Aura, die viele berühmte Frontmänner besitzen und die ihn irgendwie aus der Masse anderer gut aussehender Menschen hervorhebt?

Ich schätze ihn auf Mitte zwanzig, und er müsste etwa eins fünfundachtzig groß sein, weil er etwas kleiner ist als Myles. Er ist kein perfekter Schönling, doch sein schmales Gesicht mit der geraden Nase und den fein geschnittenen Lippen gefällt mir. Obwohl ich aus der Entfernung seine Augenfarbe nicht richtig erkennen kann, weiß ich, dass sie graublau ist. Sein aufwendiger Rockstyle-Haarschnitt ist ein Hingucker: Vorne fällt ihm der lange, asymmetrische Pony schräg und glatt über das Gesicht und die restlichen Haare sind gecrasht, was ihm einen frechen, wilden und maskulinen Look verleiht. Er trägt ein knappes, schwarzes Tanktop, das vorteilhaft seinen durchtrainierten, mit vielen Tattoos verzierten Körper betont, genauso wie die zerfetzten Röhrenjeans. Dass er einen knackigen Hintern hat, weiß ich natürlich schon längst, ich kenne die Videos der Band mittlerweile in- und auswendig.

Nicht nur wegen Noemi und Myles. Seit mir aufgefallen ist, wie sexy Vic eigentlich ist, sehe ich mir die Videos oder Fotos von ihm gerne ab und zu genauer an. Heimlich natürlich, denn Noemi würde da sofort was hineininterpretieren.

Aber der Typ ist wirklich zu jung, um mein echtes Interesse zu wecken. Ja, ja, red dir das ruhig weiter ein, belächelt mich meine innere Stimme.

Auch Noemi hat immer noch diesen komischen Blick drauf, der mir eindeutig sagt, dass sie mir nicht glaubt. Bin ich denn so durchschaubar? Ja, der Typ gefällt mir, das ist aber schon alles!

„Komm, schauen wir uns mal die Dachterrasse an", schlägt sie vor und zeigt auf die Glastür neben der amerikanischen Küche.

Es ist noch nicht ganz dunkel draußen und wir entdecken am Himmel die letzten Spuren des malerischen Sonnenuntergangs, der auch von anderen Partygästen wahrgenommen wird. Die Dachterrasse hat die Dimension einer Berliner Dreiraumwohnung und ist mit künstlichem Rasen ausgelegt. Nur die Bambuspflanzen in den riesigen Kübeln sind echt. Der Hingucker ist der große Whirlpool, in dem drei hübsche, sehr jung wirkende Frauen in winzigen Bikinis vergnügt planschen. Ob das Groupies sind? Oder einfach Freundinnen? Soweit ich weiß, ist Vic Single, der Frauen als Zeitvertreib betrachtet und Myles' Erzählungen nach während der Tour einen großen Verschleiß an Groupies hatte. Noch ein zusätzliches Argument, mich von so einem Typen fernzuhalten. Es ist völlig in Ordnung, wenn ein Mann dazu steht, bloß One-Night-Stands oder flüchtige Bettgeschichten zu wollen, doch er darf dabei kein Arsch sein, der seine Sexgefährtinnen wie Dreck behandelt. Und so einer ist er angeblich.

Noemi entdeckt hinter einem Bambuskübel zwei leere Stühle und wir setzen uns. Hier kann man sich wenigstens unterhalten. Der lauwarme Wind weht uns eine dichte Marihuanawolke zu, wahrscheinlich von dem Grüppchen an der Hollywoodschaukel: vier aufgetakelte Mädels im Rock-Chick-Style, die sehr laut reden und immer wieder loskreischen.

„Das sind bestimmt die auserwählten Fans, die Vic zu der Party eingeladen hat, um nachher nicht alleine ins Bett gehen zu müssen", kommentiert Noemi. „Ich weiß das von Myles. Vic sucht sich immer einige Fans aus, sei es für die Backstagepartys oder solche Veranstaltungen wie heute. Es sei gut für das fanfreundliche Image der Band, lautet seine Erklärung. Aber er sichert sich damit nur ab, er soll ja ziemlich sexsüchtig sein."

„Und die im Whirlpool? Die wirken wie echte Groupies", frage ich.

„Nein, das glaub ich nicht. Zwei davon sind die Finalistinnen von *dem* Supermodel-Casting und die Dritte ist ein Soap-Sternchen. Jessica heißt sie, glaub ich. Aber ich kann mich auch irren, ich schaue die privaten Sender zu wenig, um alle B-Promis zu kennen." Noemi lächelt und prostet mir zu. Es entgeht mir nicht, dass sich ihr hübsches Gesicht etwas verdunkelt hat, seit wir auf der Terrasse sind.

„Süße, hast du was?", frage ich vorsichtig. Ich kenne sie zu gut und ich merke, dass sie etwas bedrückt.

„Ach, es ist nichts." Sie vollführt eine abwehrende Geste.

„Komm, ich sehe doch, etwas ist nicht in Ordnung. Ist es wegen Myles?"

„Nein, nein. Lassen wir es einfach, es ist zu blöd", versucht sie, mir auszuweichen.

„Noemi, rede mit mir! Was bedrückt dich?" Sie wirkt ernst und sauer zugleich, und ich würde ihr gerne helfen.

„Es ist nur ..." Sie seufzt genervt und greift sich in ihr glänzendes, langes Haar. „Als wir am Whirlpool vorbeigelaufen sind, habe ich die Bemerkungen der Frauen gehört. Eine sagte laut genug, dass ich es gehört habe: *Schaut mal, was für einen fetten Arsch die da hat!* Und dann haben sie alle drei über mich gelacht. Blöde Tussis!"

„Oh Mann, Noemi, das tut mir leid! Ich hab's nicht gehört, außer ihr dämliches Gekicher. Sonst hätte ich diese Dumpfbacke mit Sicherheit gepackt und ihren hohlen Kopf für eine Weile unter Wasser gedrückt!" Ich umarme sie ganz fest. „Süße, du bist eine heiße Frau mit einem wunderschönen, weiblichen Körper! Myles begehrt dich doch so sehr, gerade wegen deiner Rundungen. Vergiss, was dieser Hungerhaken gesagt hat! Sie ist nur neidisch, weil sie so knochig ist und selbst keine Titten und keinen Arsch im Bikini hat!" Ich versuche, sie zu beruhigen, und bin wütend auf die blöden Tussis. Noemi steht ja eigentlich auf ihre kurvenreiche Figur und ist sehr selbstbewusst. Sonst würde sie als Frau an Myles Seite ein Problem haben, denn sie weiß nur zu gut, dass viele Fans in den Internetforen über sie und ihre von der Norm abweichende Figur lästern. Myles liebt sie so, wie sie ist, und er ist verrückt nach ihren Rundungen. Aus ihren Erzählungen weiß ich, dass ihr Sexleben heiß und sehr aufregend ist. Aber das reicht auch ihr in solchen Augenblicken nicht, um so eine giftige Bemerkung einfach an sich abprallen zu lassen.

„Ich weiß, du hast recht. Trotzdem verstehe ich nicht, wie manche Frauen nur so bösartig sein können. Ich habe ihr doch nichts getan!" Noemi schüttelt den Kopf und trinkt das halbe Glas leer.

„Sie ist bestimmt sehr unglücklich und frustriert. Wenn sie jemand anderen fertigmacht, fühlt sie sich für eine Weile besser. Solche Menschen sind eigentlich bemitleidenswert und es ist unter deiner Würde, dich über sie aufzuregen. Es reicht, dass ich das bei solch hinterhältigen Schlampen tue!"

Noemi lächelt mich dankbar an und umarmt mich. „Du bist so süß und lieb!"

„Ach Quatsch", entgegne ich lächelnd und streichle über ihr seidiges Haar. „Trinken wir den restlichen Hugo aus und dann gehen wir zurück und tanzen eine Runde!"

2. Vic

Die Party läuft bestens. Es sind so gut wie alle gekommen, die mein Manager eingeladen hat und die wichtig für unsere Karriere sind. Die paar Fans und einige It-Girls von meiner privaten Liste sind auch da, um dafür zu sorgen, dass die Party nicht zu einem rein offiziellen, langweiligen Event wird. Spaß muss sein, habe ich Dexter erklärt, als er verhindern wollte, dass ich die Mädchen von der Fangroup einlade. Er hat immer Angst, sie würden Fotos der Party auf Facebook posten und ein unseriöses Licht auf mich werfen. So ein Bullshit!

Keiner macht mir, Vic Taylor, Vorschriften, wie ich Partys feiere und wen ich ficke! Es ist mein Leben und meine Karriere. Dex kapiert immer noch nicht, dass er ohne mich keine dicke Kohle schaufeln würde, und tut so, als ob ich es ihm verdanke, ein berühmter Rockstar zu sein!

Sein Job ist es, für uns alles zu organisieren und uns Unangenehmes und Lästiges vom Hals zu halten, aber es sind wir, Black Sunday Desire, die die Bühnen rocken, uns bei den Auftritten den Arsch aufreißen und geile Songs schreiben, mit denen wir verdammt viel Knete verdienen. Okay, die Songs vom letzten Album hat größtenteils Myles geschrieben und nicht ich, und er bekommt ordentlich Tantiemen dafür. Aber trotzdem sind wir die Stars und Dexter nur unser Angestellter. Dass er das nicht so sieht, geht mir tierisch auf den

Sack. Er ist weder mein Papa noch mein Boss, um mir zu erzählen, wie ich zu leben habe.

Aber ich will mich nicht länger über ihn aufregen, sondern mich ordentlich besaufen, und Nose Candy ist auch reichlich vorhanden.

Apropos Myles! Da kommt er schon, mit seiner Herzensdame Noemi und einer Rothaarigen im Schlepptau. Zugegeben, wir waren nie die besten Freunde, als er noch bei uns gespielt hat. Er hat mir das Gefühl gegeben, meinen Lebensstil zu verachten und sich mir als Musiker weit überlegen zu fühlen. Na klar, er hat ja die Scheißausbildung, kann geil Gitarre spielen und ist sich zu fein, um zu koksen oder Groupies zu bumsen. Ich habe weder die Ausbildung noch kann ich Noten lesen und war immer schon ein Außenseiter, der seine Karriere als Straßenmusiker begonnen hat. Auch stamme ich nicht aus einer so vornehmen Familie wie Myles, der keinen feuchten Schimmer davon hat, wie es ist, in einer Pflegefamilie aufwachsen zu müssen, weil die eigenen beschissenen Eltern ihren Scheißjob nicht hingekriegt haben.

Aber egal. Myles ist ein verflucht guter Musiker, obwohl er für meine Begriffe zu spießig und zu kleinbürgerlich für einen echten Rocker ist. Wer will sich schon so früh an eine Frau binden, egal, wie geil ihre Titten sind? Und lieber Songs für andere schreiben, statt die Weltbühnen zu rocken und im Zentrum der Aufmerksamkeit zu stehen? Er hat nie versucht, mir die Show zu stehlen oder mit mir um die Gunst der Fans zu buhlen, was mir oft zu langweilig war, und deswegen habe ich ihn gerne provoziert, wo ich nur konnte. Als der So-

logitarrist meiner Band hat er mir zu wenig Reibungs-
fläche geboten. Er hat einfach seinen Job gemacht und
der Rest ist ihm fast am Arsch vorbeigegangen. So einer
war in unserer Band wirklich fehl am Platz, egal, wie
sehr ich ihn für sein Können respektiere.

Trotzdem freue ich mich, ihn zu sehen, er ist schon in
Ordnung, nur halt völlig anders als ich oder unser
Neuer, Bill, der säuft, kokst und auch vor Groupies kei-
nen Halt macht.

„Myles, du verräterischer Hund! Schön, dass du da
bist!", begrüße ich ihn mit Handschlag und halber Umarmung.

„Hey Vic, du bist ja noch nüchtern", grinst er mich an,
bevor er seine alten Bandkollegen begrüßt. Auch Bill,
der etwas verunsichert guckt. Ja, wir wissen alle, Bill
hat es nicht ganz so drauf wie Myles, und er kommt bei
manchen von Myles' übernommenen Soli ganz schön
ins Schwitzen.

„Hier, trink ein Bierchen mit deinem alten Kumpel."
Ich greife in die Kiste unter dem Tisch und reiche ihm
eine Flasche Rolling Rock.

Wir stoßen an und mein Blick wandert zurück zu Noemi und der rothaarigen Frau, die sie mitgebracht hat

„Sag mal, warum hast du Noemi dort alleine gelassen? Hast du Angst, ich spanne sie dir doch noch aus?"
frage ich grinsend.

„Ja, träum weiter!" Er verzieht genervt den Mund. „Sie
ist nicht alleine, sie hat eine Freundin mitgebracht, weil
sie sich sonst langweilen würde. Sie weiß, dass ich auf
solchen Partys nicht die ganze Zeit bei ihr bleiben
kann." Myles trinkt einen Schluck und ich sehe weiter
zu den beiden Frauen.

„Erzähl mal, wer ist denn die kleine Rothaarige? Kennst du sie gut?", frage ich ganz beiläufig.

„Vergiss es! Die ist eine Nummer zu groß für dich", antwortet Myles und schüttelt den Kopf.

„Wieso? Du willst mich nur verarschen, stimmts?"

„Nein, ich meine es ernst. Kathleen ist intelligent, gebildet, sie studiert Medizin und eigentlich steht sie neuerdings auf Frauen und nicht auf Bastarde wie dich", erklärt mir Myles trocken.

„Was? Eine Lesbe? Ich wette, sie wurde noch von keinem ordentlichen Schwanz beglückt, wenn sie auf Frauen steht!"

„Ach Vic, du bist ein fucking Idiot! Ich wusste, dass du so eine beschissene Bemerkung abgeben würdest. Sie ist höchstens bisexuell, obwohl dich das überhaupt nichts angeht und ich echt nicht weiß, warum ich mit dir über sie rede. Kat ist eine Klassefrau und würde sich mit dir niemals abgeben. Also lass sie lieber in Ruhe. Du hast bestimmt genug billige Groupies hierherbestellt. Die passen viel besser zu dir."

„Touché! Fick dich, Alter!", presse ich zwischen den Zähnen hervor, doch ich lache mit ihm. Er hat ja recht. Heute Nacht werde ich ganz bestimmt nicht alleine in meinem geilen, runden Bett schlafen. Einige von den Chicks, die sich gleich in den Whirlpool gestürzt haben, würden sich darum reißen, meinen besten Freund ganz persönlich kennenzulernen. An fickwilligen Pussys fehlt es hier heute gewiss nicht. Warum sollte ich mich also um eine Frau bemühen, die erstens anscheinend gar nicht auf Schwänze steht und dazu noch eine eingebildete, komplizierte Oberschichttussi ist? Das hat jemand wie ich ganz bestimmt nicht nötig.

Trotzdem find ich die Kleine interessant. Sie ist gut gebaut, das sieht man schon aus der Entfernung. Keine besonders großen Titten, aber an ihr scheint alles sehr knackig zu sein. Bestimmt treibt sie viel Sport und ist sehr gelenkig. Auch ihr Gesicht und ihre langen roten Locken gefallen mir. Sie ist keine echte Schönheit, doch sie hat etwas, was nicht jede schöne Frau zwangsläufig vorweisen kann: Sie strahlt und wirkt offen und natürlich. Dass sie Noemi und Myles nicht gleich gezwungen hat, mir vorgestellt zu werden, spricht auch für sie. Frauen, die sofort ein feuchtes Höschen kriegen, wenn sie mich sehen, werden mir langsam langweilig und zu lästig. Ich meine, ich stehe ja bekanntlich auf Frauen, die sofort bereit sind, von mir beglückt zu werden und keine sonstigen Ansprüche an mich stellen. Doch wir Männer sind schließlich Jäger und Eroberer. Vielleicht würde mir etwas Abwechslung in meinem Beuteschema guttun. Sie sieht keinesfalls wie eine kopfgesteuerte, frigide Medizinstudentin aus, die ihr nicht vorhandenes Sexleben mit Anatomiestunden kompensiert. Ich wette, die Kleine geht hoch wie eine Bombe, wenn man die richtigen Knöpfe drückt.

Die Party ist eh nicht besonders aufregend und ich bin noch nüchtern, also warum sollte ich nicht versuchen, sie anzubaggern? Sie weckt meinen Ehrgeiz und ganz ehrlich, Groupies und Promitussen, die mir permanent an die Wäsche wollen, sind wirklich keine Herausforderung für einen Mann wie mich. Vielleicht ist der Zeitpunkt gekommen, um meine Ansprüche an Frauen etwas höherzuschrauben.

Ich packe Myles an der Schulter. „Alter, du hast meine geile Terrasse mit dem Whirlpool noch nicht gesehen, stimmts? Komm, ich zeig sie dir!" Die beiden Frauen sind schon vor einigen Minuten Richtung Terrasse verschwunden, daher ist die Chance günstig. Myles schaut mich etwas ungläubig an, nach dem Motto: Seit wann spielst du den spießigen Gastgeber, der seine Gäste durch die Wohnung führt? Aber egal, er folgt mir. Der Praktikant unserer Plattenfirma, der sich darum gerissen hat, bei der Party den DJ zu machen, legt gerade Placebo ein, Loud like Love. Scheiß Mädchenmusik, das passt doch gut.

3. Kathleen

Noemi und ich stehen auf, weil unsere Gläser leer sind, und ich streichle ihr kurz über den Oberarm. Wir müssen ja wieder an dem verdammten Whirlpool mit den hohlen Nüssen vorbei. Doch Noemi läuft ruhig und erhobenen Hauptes und lässt sich ihren Ärger keinesfalls anmerken. Und da erblicken wir sie schon: Myles und Vic treten durch die weit geöffnete Terrassentür. Die Tussis in dem Whirlpool können sich ihr entzücktes und peinliches „Achtung, da kommen sie endlich" nicht verkneifen, und sie kichern und gackern noch dämlicher als zuvor. Auch die zugekifften Fans auf der Hollywoodschaukel kreischen los bei ihrem Anblick. Wir laufen weiter und treffen fast direkt vor dem Whirlpool auf die zwei. Myles greift unmittelbar nach Noemi und küsst sie zärtlich auf den Mund. „Na, meine Hübsche, amüsierst du dich?"

Am liebsten würde ich mein Smartphone aus der Tasche ziehen und einige Fotos von den Frauen im Whirlpool machen. Ich finde die Szene köstlich. Ihre Kinnladen fallen vor Überraschung buchstäblich herunter, als sie Myles' innige Begrüßung beobachten. Ihre Gesichtsausdrücke spiegeln unmissverständlich eine Mischung aus Ungläubigkeit, Neid und Entsetzen wider. Gut gelaunt grinse ich vor mich hin, und am liebsten würde ich den Mädels „Karma is a bitch!" zurufen. Doch ich bezweifle, dass sie wissen, was Karma ist.

Noemi erstrahlt regelrecht, als Myles sie küsst, und er legt seine Hand beschützend und besitzergreifend zugleich um ihre Hüfte, so, wie es nur verliebte Männer tun. Vic begrüßt sie mit einem Küsschen auf die Wange, bevor er sich mir zuwendet.

„Vic, das ist Kathleen, Noemis beste Freundin", stellt Myles mich vor. Ich hoffe stark, ich erröte nicht, als ich in Vics stechende Augen schaue und ihm die Hand reiche. Doch ehe ich michs versehe, greift er nach mir und küsst mich auf die Wange, so, wie er es bei Noemi getan hat. Er riecht gut, nach einem mir unbekannten Männerduft, und ich erröte trotz aller Selbstbeherrschung. Das find ich oberpeinlich. Ich kann mich sonst so gut kontrollieren! Kaum stehe ich vor einem waschechten Rockstar, schon werde ich schwach. Nicht mal, als ich meine erste menschliche Niere zerlegt habe, bin ich nervös geworden, obwohl einige meiner männlichen Kommilitonen zitterten und um die Wette gekotzt haben.

„Hi Kathleen, es freut mich sehr, dich kennenzulernen! Freunde meiner Freunde sind auch meine Freunde", sagt er übertrieben höflich und lächelt dabei äußerst charmant. Ich finde es frech und sympathisch zugleich, dass er mich gleich auf die Wange küsst, obwohl wir uns das erste Mal sehen. Sein amerikanischer Akzent und seine starke Ausstrahlung haben eine Wirkung, die mir nicht gerade gefällt. Sofort spüre ich, dass dieser Mann mir gefährlich werden und alle meine guten Vorsätze, was die Männerwelt betrifft, auf den Kopf stellen kann. So wie ich ihn anstarre und fast hyperventiliere, bin ich kaum besser als seine Fans. Ja, ich finde ihn geil. Ich meine das, was ich von ihm aus den

Videos und von Fotos in den Medien kenne. Ein gut aussehender, sehr sexy Rockstar mit einer coolen Stimme. Hallo? Wer würde den nicht geil finden? Klar, es gibt Frauen, die mehr auf glatte, klassisch gekleidete Männer mit einem ordentlichen Kurzhaarschnitt stehen und nicht auf tätowierte und gepiercte Kerle, die in körperbetonten Outfits und mit verwuschelten Haaren rumlaufen und auf der Bühne Eyeliner tragen. Er ist auf den ersten Blick auch nicht gerade mein Typ. Ich stehe – oder besser gesagt: ich stand – auf graumelierte, reife Männer mit sorgsam getrimmten Bärtchen in Anzügen und mit Ansätzen von Bierbauch statt einem Waschbrettbauch, wie er sich unter Vics engem Tanktop abzeichnet.

Jetzt, wo ich dem zweiten echten Rockstar in meinem Leben live gegenüberstehe, muss ich mir eingestehen, dass ich ihn nicht nur geil, sondern sogar hammermäßig rattenscharf und aufregend finde. Ist das dieser berühmt-berüchtigte Sexappeal, der Bad Boys so anziehend und sogar mich schwach macht?

„Mann, bin ich ein beschissener Gastgeber, eure Gläser sind ja leer!" Vic sieht Noemi und mich entschuldigend mit seinem durchdringenden Blick an. „Kommt, ihr braucht was zu trinken, gehen wir wieder rein." Myles und Noemi sind einverstanden; Arm in Arm laufen sie am Whirlpool vorbei. Vic legt mir seine warme Hand zwischen die Schulterblätter und führt mich sanft und bestimmt zugleich in die Wohnung zurück. Ein heißer Schauer läuft mir den Rücken herunter, ein Gefühl, das ich schon lange nicht mehr gespürt habe ... Ich registriere die immer noch entsetzten Blicke der

Tussis im Whirlpool, ihre ganze Missgunst und Enttäuschung, als sie uns wortlos betrachten. Im selben Augenblick rutscht Myles' Hand tiefer und er tätschelt anzüglich Noemis sexy Hintern, während er ihr etwas ins Ohr flüstert. Sie lacht halblaut auf, wirft ihr langes Haar nach hinten und schmiegt sich noch enger an ihn. Das müsste reichen, um den Giftschlangen im Wasser eine endgültige Lektion zu verpassen. Also ich amüsiere mich köstlich!

Vic führt uns zu dem Tisch mit den Getränken und lässt sich für uns zwei neue Gläser mit Hugo geben. „Oder wollt ihr lieber Champagner trinken? Ich habe eine ganz exklusive Sorte im Kühlschrank in der Küche, nur für erlesene Gäste", sagt er, während er uns die Gläser reicht. Unsere Finger berühren sich kurz und es prickelt warm in meinem Bauch. Vic sieht mir in die Augen, viel länger als nötig, und ein Lächeln huscht über sein männlich-schönes Gesicht. Ein Lächeln, das ich fast als scheu interpretieren könnte, wenn ich nicht wüsste, dass so eine Rampensau und ein Herzensbrecher wie er ganz bestimmt nicht scheu oder schüchtern ist. Vor allem, wenn er es mit einer ganz normalen Frau, wie ich es bin, zu tun hat. Er verkehrt ja sonst mit zahlreichen Sternchen. Verkehrt im wörtlichen Sinne. Ich will gar nicht wissen, wer heute sein Bett wärmen wird. Nicht, dass es mich sonderlich interessiert, welche von den sexy Frauen er nachher mit seinem aufregend gebauten Körper beglücken wird. Oder wie viele davon …

„Nein, nein, wir trinken lieber Hugo, nicht wahr, Noemi?" Ich mag Hugo wirklich, und eine sauteure Champagnersorte ist wahrscheinlich nur eine Masche, mit der er seine Beute ködert. Ich könnte fast sagen, er flirtet mit mir, so, wie er mir tief in die Augen sieht und seinen Blick ab und zu nicht gerade diskret zu meinem Ausschnitt wandern lässt. Ich habe keine besonders großen Brüste, doch sie sind fest, rund, und stehen von allein, wie von einem unsichtbaren BH gestützt. Unter meinem tief ausgeschnittenen Kleid trage ich heute allerdings keinen. Ich habe mir keine Nipplepads aufgeklebt, weil ich dazu stehe, wohlgeformte Brustwarzen zu haben, die sich dann eben manchmal unter dem Kleiderstoff deutlich abzeichnen. So wie jetzt, wo ich den kalten Cocktail trinke und mir dabei angenehm kühl wird. Natürlich müsste ich blind sein, um zu übersehen, dass Vics Blicke noch öfter in meinem Ausschnitt verweilen, und dass er sehr wohl checkt, dass ich keinen BH trage. Wenn er wüsste, dass ich auch kein Höschen anhabe ...

Es ist erstens zu heiß und zweitens zeichnet sich unter diesem Kleid noch der winzigste Stringtanga ab. Und es steckt noch eine klitzekleine zusätzliche Absicht dahinter: Weil das neben Myles' eher beschaulicher Geburtstagsparty meine erste Rockstarparty ist, wollte ich mir beweisen, dass ich mich auch ohne Unterhöschen in die Öffentlichkeit traue. Um ehrlich zu sein, empfinde ich es sogar als besonderen Kick.

Ein ungutes Gefühl steigt in mir hoch, als ich Noemis unschuldig-listigen Gesichtsausdruck bemerke.

„Kat, ich kann dich doch kurz mit Vic alleine lassen, oder? Myles wollte mich nämlich einer Journalistin vorstellen, die nächste Woche ein Interview mit ihm macht." Sie ist ein kleines Miststück, ich rieche es förmlich, dass das bloß eine Ausrede ist, um sich zu verziehen und mich Vic zu überlassen. Will sie mich etwa verkuppeln?

„Klar, geh ruhig", antworte ich lässig.

„Vic, pass gut auf sie auf und sei ausnahmsweise ein Gentleman." Noemi lächelt Vic vielsagend an, worauf Myles mit einem frechen Grinsen reagiert: „Wenn Vic ein Gentleman wird, mache ich ein Duett mit Stefan Mross!"

„Na, dann hol schon mal deine Lederhose und übe fleißig das Akkordeon! Fuck off, Alter!" Vic grinst auch und blickt dann entschuldigend zu mir. „Sorry, vielleicht sollte ich in Gegenwart einer Dame nicht so viel fluchen."

„Mit Fluchen hat mich noch kein Kerl abgeschreckt, da bin ich selbst kein Engel", entgegne ich trocken. „Es sind andere Sachen, die mich abtörnen oder in Rage bringen", füge ich hinzu.

„Aha. Das ist ja interessant. Und was wäre das zum Beispiel?" Seine Augen flackern auf und er richtet sich noch mehr auf. Seine Körpersprache verrät mir, dass ich sein Interesse endgültig geweckt habe. Warum sollte ich mich nicht auf das Spielchen einlassen?

„Zum Beispiel Angeber und Typen, die denken, sie bekommen jede Frau rum, nur weil sie ein Getränk von ihnen angenommen hat. Wenn Männer meinen, es reicht, einen durchschnittlich großen Schwanz zu besitzen, und schon wird jede Frau die Schenkel öffnen. Oder wenn Kerle eine Frau als Schlampe beschimpfen, wenn sie nach dem ersten Date nur Gute Nacht sagt und alleine ins Bett geht." Ich bleibe ganz ernst und bin gespannt auf seine Reaktion. Einige Blicke im Raum richten sich auf mich, als die Gäste bemerken, dass sich Vic mit mir unterhält, einem völlig unbekannten Gesicht auf dieser promireichen Party. An diesen ungewollten Aufmerksamkeitsbonus muss ich mich schnell gewöhnen, sonst verliere ich meine Selbstsicherheit, mit der ich mich Vic präsentieren möchte.

Der schluckt hart und ein amüsiertes Grinsen huscht über sein Gesicht. Aber ein wenig verunsichert scheint er auch zu sein. Das finde ich zweifelsohne süß.

„Ich sehe schon, du bist eine schlagfertige Frau und nicht so einfach zu beeindrucken. Was ich aber sehr erfrischend finde", antwortet er schließlich und fährt sich mit der Hand durch das gekonnt struppige blonde Haar. Ich befeuchte zwangsläufig meine Lippen, als dabei sein ausgeprägter Bizeps zum Vorschein kommt. Auf die Schnelle registriere ich eine verschnörkelte Schrift, die als Tattoo seinen Oberarm ziert: Made in New York.

„Nun, bevor irgendwelche Missverständnisse entstehen können – ich bin ganz gewiss nicht hier, weil ich einen berühmten Rockstar persönlich kennenlernen wollte, sondern weil Noemi mich um einen Gefallen gebeten hat", sage ich bewusst nüchtern und trinke einen ordentlichen Schluck.

„Okay, alles klar. Dann würde ich sagen, vergessen wir beide, was ich so beruflich mache, und unterhalten uns ganz normal, so wie es zwei junge Menschen, die sich am Freitagabend in Berlin zufällig begegnen, tun würden." Er lächelt wieder entwaffnend.

„Klar, können wir machen. Ich muss aber erst den ganzen Mist vergessen, den ich über dich gelesen habe." Ich schenke ihm mein bezauberndstes Lächeln und es entgeht mir nicht, wie er, wie peinlich berührt, kurz den Blick senkt. Wahrscheinlich reden die Frauen, die er normalerweise trifft, nicht so mit ihm. Aber ich werde mich ganz bestimmt nicht verstellen und mich anbiedern, egal, wie sehr er mir gefällt. Wenn ich ihm zu straight bin, soll er lieber gleich einen Bogen um mich machen. „Wollen wir wieder raus auf die Terrasse? Bei der Lautstärke kann man sich nur schlecht unterhalten."

„Ja, gerne." Vic legt mir erneut seine Hand zwischen die Schulterblätter und löst ein noch stärkeres Prickeln auf meiner Haut aus. Als ob jemand einen perlenden Cocktail über meinen Rücken gießen würde.

Er führt mich durch die Gästemenge, die uns wieder neugierig betrachtet. Einige Frauen tuscheln sogar und zeigen dabei auf mich. Sollen sie ruhig. Diese Schicki-micki-Pseudopromis gehen mir mächtig auf die Eierstöcke, weil sie sich selbst viel zu wichtig nehmen und für was Besseres halten. Eine sexy gestylte, hübsche Fotografin mit schwarzen Haaren, die ich schon vorher bemerkt habe, stellt sich vor uns und macht schnell ein Foto.

Vic bleibt stehen und protestiert sofort: „Ramona, lass das bitte, du bist privat hier und nicht für die Presse! Ich will keine Fotos von meiner Party in den Medien sehen, haben wir uns verstanden?" Seine Stimme klingt scharf und man sieht ihm an, dass er nicht bereit ist, zu verhandeln. Sie löscht brav die Aufnahme und seufzt: „Schon weg! Stehe ich wieder in deiner Gunst?" Dabei sieht sie ihn mit einem unmissverständlichen Blick an, der mir sofort verrät: Zwischen den beiden ist was gelaufen.

Vic macht nur eine abwehrende Geste und verliert kein weiteres Wort. Der Druck seiner Hand auf meinem Rücken wird etwas stärker und er führt mich weiter Richtung Glastür. Es ist mittlerweile richtig dunkel geworden und die Terrasse wird von unzähligen Lichterketten beleuchtet.

„Ich wusste nicht, dass du ein Romantiker bist", sage ich und deute neckisch auf die Beleuchtung.

„Du, das ist alles das Werk meiner Inneneinrichterin. Ich selbst habe keine Zeit, mich mit so was zu beschäftigen. Ich habe ihr nur ungefähr erzählt, wie sie die Bude einrichten soll, und mich einfach auf sie verlassen. Gefällt dir meine Wohnung?", fragt er mit ernstem Ausdruck in seinen Augen, als ob meine Meinung eine bedeutende Rolle spielen würde.

„Doch, sie gefällt mir sogar sehr. Ich habe zwar noch nicht alles gesehen ... das Bad und das Schlafzimmer zum Beispiel", sage ich schmunzelnd.

„Tja, ich dachte, dass bei dir der Vorschlag zur Schlafzimmerbesichtigung nicht besonders gut ankommen würde", lacht er und zeigt dabei seine weißen, leicht schiefen Zähne, die ihn umso sympathischer erscheinen lassen.

„Da hast du recht! Wenn du mich sofort in dein Schlafzimmer führen würdest, könnte es zu großen Missverständnissen kommen."

„Das habe ich mir gedacht. Du bist keine Frau, die ich gleich in mein Schlafzimmer einlade", entgegnet er ernst.

„Heißt das, ich erfülle nicht deine Kriterien dafür?", frage ich herausfordernd.

„Nein! Ich meine, doch, ich finde dich sehr attraktiv und sexy." Ich grinse innerlich, als ich sehe, wie Vic ins Schwitzen kommt. „Ich finde nur, du bist anders als die meisten Frauen, die kaum erwarten können, mein Schlafzimmer zu sehen."

„Meinst du, weil ich dich noch nicht gebeten habe, mir ein Autogramm aufs Dekolleté zu schreiben und weil ich nicht auf den Mund gefallen bin?" Grinsend sehe ich ihn von der Seite an und er kann sich ein Schmunzeln nicht verkneifen.

„Ja, so in etwa."

Der Whirlpool ist jetzt leer. Die drei Dumpfbacken sitzen auf der großzügigen Polstergarnitur und umgarnen zwei von Vics Bandkollegen. Hauptsache Rockstars also. Trotzdem richten sie ihre aufmerksamen Blicke sofort auf Vic und mich. Eine von ihnen, die in einer Fernsehserie spielt und sich in den Medien als ein Möchtegernstar gibt, winkt Vic zu. „Hi Vic, komm doch zu uns."

Er ignoriert ihre piepsige Stimme und führt mich zu der Hollywoodschaukel, die immer noch von der kiffenden Fanfraktion besetzt ist. Als die vier uns erblicken und wir unmittelbar vor ihnen stehen bleiben, springen sie sofort auf und machen uns Platz.

„Möchtet ihr, dass wir euch einen neuen Drink bringen?", fragt die kleine Schwarzhaarige zuvorkommend und lächelt Vic mit einem anbetungsvollen Blick an.

„Gerne! Kathleen, möchtest du noch einen Hugo?" Vic sieht mich an, bevor wir uns hinsetzen.

„Nein, danke", erwidere ich und deute auf mein noch volles Glas.

„Dann einen Rolling Rock für mich!“ Vic reicht dem Mädchen seine leere Flasche.

Als alle vier zügig in die Wohnung verschwinden, setze ich mich neben Vic und wende mich ihm halb zu, um ihn besser ansehen zu können. „Ganz ehrlich, mir ist es etwas unangenehm, dass wir die Mädchen einfach so vertrieben haben“, sage ich etwas vorwurfsvoll.

„Ich habe doch gar nichts gesagt, die haben uns von alleine den Platz überlassen.“ Vic zuckt ungerührt mit den Schultern. Wahrscheinlich ist er es gewöhnt, dass die weiblichen Fans, die privilegiert genug sind, um zu seinen Partys kommen zu dürfen, alles für ihn tun. Mit alles meine ich wirklich alles, also inklusive Sexleistungen. Noemi hat mir erzählt, dass jene Fans, die in Vics unmittelbarer Nähe sein dürfen, das als eine Art Beziehung betrachten: Sie schlafen mit ihm und erledigen Sachen für ihn, dafür sonnen sie sich in seiner Anwesenheit und bekommen ab und zu etwas von ihm geschenkt, wie Klamotten mit Bandlogo oder VIP-Tickets für Konzerte. Das alles macht sie in ihren Augen zu etwas ganz Besonderem, zu den Auserwählten, die weit über allen anderen normalen Fans stehen. Dabei bedeuten sie Vic überhaupt nichts. Die sind für ihn nur ein Teil des Spiels, das er so authentisch spielt, und er gibt den Rockstar wirklich überzeugend. Wie ich es mittlerweile mitbekommen habe, erwarten die Medien und seine Fans dieses Verhalten von ihm und stilisieren ihn zu dem Bad Boy schlechthin. Aber die Mädchen, die sogar denken, es sei eine Ehre, zu Vics persönlichen Dienerinnen zu zählen, kann ich beim besten Willen nicht verstehen. Nur war ich noch nie ein krasser Fan von irgendjemandem und daher muss ich sie auch nicht verstehen. Wenn alle glücklich und zufrieden damit sind, dann bitte. Viele Menschen können auch Frauen nicht verstehen, die devot sind und sich von ihrem Dom auspeitschen lassen.

Vic ist nicht dumm. Er hat sofort gespürt, dass ich etwas anders ticke als die Frauen, die ihn sonst umschwärmen, und verhält sich dementsprechend korrekt. Fast denke ich, er ist ein Arschloch, wenn man das von ihm erwartet, aber er kann bestimmt auch ganz anders. Ui, Kat, mach mal halblang! Du hast schon angefangen, das Gute und Edle in ihm zu suchen, weil sein Sexappeal dir das Gehirn benebelt!

„Sind das deine Groupies?" Ich blicke ihm herausfordernd in die Augen. Vic holt tief Luft und greift sich wieder ins Haar.

„Nope, das sind ganz liebe Fans, in deren Leben unsere Band eine wahnsinnig wichtige Rolle spielt. Wenn sie die Chance bekommen, hinter den Kulissen dabei zu sein, mit mir und den anderen Jungs direkten Kontakt zu haben und sogar Kleinigkeiten für uns zu erledigen, sind sie äußerst glücklich und auch dankbar." Vic gibt sich echt Mühe, mir dieses für mich seltsame Verhalten seiner Fans näherzubringen. Und ich sehe, dass ich ihn in Verlegenheit gebracht habe. Gut so. Egal, welche Deals sie haben, ich muss das nicht gut finden, und das weiß er.

„Und wo ist dann der Unterschied zu den Groupies?", bohre ich weiter.

„Groupies, wie diese dort", er deutet unauffällig zu den Whirlpoolbarbies, „wollen bloß mit uns ficken. Meistens versprechen sie sich davon einen zusätzlichen Promifaktor-Bonus. Also handeln sie sehr eigennützig und berechnend, wenn sie sich uns anbieten. Die Fans, wie diese Mädels vorhin, sind aber ehrlich. Sie wollen nützlich für uns sein und denken dabei nicht so sehr an ihr eigenes Interesse. Sie lieben unsere Musik, sind loyal und treu, und man kann sich auf ihre Diskretion verlassen."

„Interessant. Also Groupies sind da, wenn ihr ficken wollt, und diese Fans sind zuständig für alle anderen Gefälligkeiten, wie zum Beispiel für kühles Bier zu sorgen, oder?" Ich weiß, meine Fragen sind unverschämt und provokativ, doch die Emanze in mir rümpft schon mächtig die Nase über so viel frauenverachtendes Rockstar-Getue. Aber die Frauen sind doch selbst schuld, wenn er sie so behandelt! Er nimmt sich nur das, was sie ihm anbieten. Ist eigentlich wie beim unverbindlichen Sex, wo es darum geht, die Vorlieben im gegenseitigen Einverständnis auszuleben. Ja, ich muss das Ganze toleranter betrachten und nicht über ihn richten, ohne ihn wirklich zu kennen.

„Du bringst mich ganz schön ins Schwitzen mit deinem Verhör, weißt du das?" Vic lächelt und ich könnte trotz der schwachen Beleuchtung schwören, er errötet leicht! Ich wette, hinter diesem arschigen Bad-Boy-Image verbirgt sich einiges, was ich gerne besser kennenlernen würde.

Die Mädchen sind zurück und reichen Vic sein Bier. Er bedankt sich und sie entfernen sich auch schon wieder. Sie setzen sich auf den Boden auf der gegenüberliegenden Seite der Terrasse, als warteten sie bloß darauf, dass Vic noch irgendwelche weiteren Wünsche hat.

„Seltsam. Ich war in meiner Jugend auch verrückt nach einigen Bands, aber ich würde mich niemals so verhalten wie die da“, murmele ich kopfschüttelnd. Vic prostet mir mit seiner Bierflasche zu.

„Es war anfangs auch für mich schwer zu verstehen, wie sie uns bloß so anhimmeln können. Wir machen zwar geile Musik, aber wir müssen trotzdem auch mal aufs Klo gehen und wir kotzen oft das Hotelzimmer voll, wenn wir zu viel gesoffen haben“, grinst er. „Wir sind nicht die Halbgötter, für die sie uns halten, sondern ganz normale Typen mit schlechten Manieren, und einige von uns kommen sogar aus der Gosse und waren eine Weile obdachlos. Aber wenn die Mädels darauf bestehen, sich uns gegenüber so zu verhalten, kann ich auch nichts dafür. Ich habe in meinem Leben vor der Karriere mit der Band nicht gerade viele Menschen gekannt, die für mich was tun wollten oder die mich sogar geliebt haben. Daher bin ich nicht besonders wählerisch und abgeneigt, wenn jemand mir was Gutes tun möchte. Bin halt kein verdammter Engel oder Gutmensch und ich stehe dazu. Wenn das Leben mir jetzt endlich einiges bietet, dann halte ich mich nicht bescheiden zurück, sondern ich nehme mir das, was ich brauche. Man kann nie wissen, wann der nächste Abstieg folgt, und ich will meine verdammte Chance ausnutzen. Nenn mich ruhig rücksichtslos und egoistisch, wie es alle tun, die mich nicht richtig kennen. Ich habe meine Gründe, warum ich so bin, wie ich bin.“ Vic verstummt und sieht in die Ferne, während er die halbe Flasche austrinkt.

Ich gestehe, seine Worte haben mich überrascht und sprachlos gemacht. Wenn ich ihn richtig verstehe, hat er über sich selbst geredet. Also hat er in seinem Leben einiges erlebt, was man nicht so schnell hinter seinem blendenden Rockstar-Image vermuten würde. Kein Mensch ist wirklich so, wie er sich nach außen gibt, nicht mal die Mitglieder einer berühmten Rockband. Einige von ihnen verbergen hinter ihrer perfekten Fassade anscheinend eine Vergangenheit, die sie stark geprägt und gezeichnet hat – Verletzungen, einen schwierigen Start ins Leben, Mangel an Liebe und Geborgenheit, Armut und wer weiß, was noch alles.

Fast noch mehr als seine offenen Worte überrascht mich seine Bereitschaft, all das gerade mir zu offenbaren, einer Fremden. Mir ist bewusst, dass es oft einfacher ist, mit jemandem zu sprechen, den man nicht kennt, und ich habe schon unzählige Male die Rolle der guten Zuhörerin gespielt. Menschen vertrauen mir einfach, das war schon immer so.

Vics kurze Beichte hat mich irgendwie berührt, und ich vermute, er hat in seinem jungen Leben schon einige schlimme Sachen erlebt.

„Vic, ich halte dich nicht für rücksichtslos und egoistisch, dafür kenne ich dich nicht genug. Ich will auch nicht dein Verhalten den Fans und Groupies gegenüber verurteilen, es geht mich nichts an, was zwischen euch so läuft. Ich bin kein Fan und noch viel weniger ein Groupie, also können wir unsere Bekanntschaft ganz locker genießen." Vics etwas verspannte Körperhaltung und der Schatten auf seinem Gesicht entgehen mir nicht. Als ob unangenehme Erinnerungen in ihm hochgestiegen wären und ihn nun eingeholt hätten.

„Das stimmt. Du kennst mich nicht und hast keine Ahnung, wer ich wirklich bin", erwidert Vic und sieht mich wieder an. „Du kommst vermutlich aus einer wohlsituierten Familie, hattest eine glückliche Kindheit, hast Eltern, die dich lieben und unterstützen, und musstest dir noch nie Sorgen und Ängste um deine Existenz machen." Ich antworte nicht, denn er hat ins Schwarze getroffen. „Du bist eine kleine Prinzessin." Er fasst zärtlich eine meiner langen Locken und beugt sich näher zu mir. „Hübsch, klug, gebildet, wohlbehütet, geliebt … Und ich bin ein Frosch, der sich niemals in einen Prinzen verwandeln wird, egal, wie sein teures Krönchen auch glitzern mag. Also küss mich lieber nicht, wenn du einen Prinzen erwartest."

Ich spüre seinen Atem auf meinem Gesicht und seine funkelnden Augen halten mich gefangen. Die Luft zwischen uns prickelt und mein verräterischer Körper reagiert mit eindeutigen Signalen tief im Unterleib. Die Hugos, die ich getrunken habe, benebeln mein Gehirn und auch Vic ist nicht mehr nüchtern. Es ist ziemlich offensichtlich: Wir fühlen uns zueinander hingezogen und die Wahrscheinlichkeit, dass wir miteinander im Bett landen, ist ziemlich hoch. Dieser Mann, der so unverschämt sexy ist, verleitet mich dazu, alle meine guten Vorsätze über Bord zu schmeißen und mich Hals über Kopf in ein unüberlegtes Abenteuer zu stürzen. Meine Standhaftigkeit schmilzt unter den intensiven Blicken aus blaugrauen Augen wie die Eiswürfel in meinem Hugo. Zugegeben, er ist ein Bad Boy wie aus dem Bilderbuch – schön, muskulös, tätowiert, cool. Dazu ist er ein weltberühmter Rockstar, der jede Nacht tausenden von Frauen feuchte Träume beschert! Und er interessiert sich für mich. So einfach ist das. Ich werde mir bis an mein Lebensende nicht verzeihen, wenn ich mir diese einmalige Gelegenheit entgehen lasse. Lustvolle Hitze steigt in meinem Bauch auf, als sich seine halbgeöffneten Lippen mir weiter nähern und ich seinen frischen Geruch wahrnehme. Ja, ich bin betrunken, doch ich bin mir voll bewusst, was ich gerade tue. Ich will Vics sinnlichen Mund küssen, ich will seine harten Muskeln spüren, ich will sein Schlafzimmer sehen und ich will von ihm überwältigt werden, bis ich den letzten Widerstand aufgebe.

Doch das aufdringliche, laute Gegacker der Groupies, die mittlerweile auf den Schößen der anderen Rockmusiker sitzen, reißt mich plötzlich aus dem Augenblick der Versuchung und des Leichtsinns und ich ziehe mich rechtzeitig zurück. Wenn ich ihn jetzt küsse, werden wir unsere schwelende Leidenschaft nicht zähmen können. Ich kenne mich gut genug, um zu wissen, wann ich einen Mann begehre und mit ihm schlafen möchte. Ja, ich will Vic und er will mich. Doch nicht so.

Wenn ich heute mit ihm schlafe, bin ich in seinen Augen bloß eine weitere leichte Beute, so wie die vorbestellten Frauen, die sehnlichst darauf warten, diejenigen zu sein, die ihm in sein Schlafzimmer folgen dürfen. Ein Fick mit dem berühmten Rockstar ist es nicht wert, mich danach billig und austauschbar zu fühlen. Egal, wie stark mein Körper protestiert, heute werde ich meine Abstinenz nicht aufgeben.

„Du hast recht, ich werde dich nicht küssen“, sage ich schließlich zu Vic. „Und ich wünsche mir ganz bestimmt keinen Prinzen, also nimm es nicht persönlich.“ Entschlossen stehe ich auf. Ich spüre, dass sein sexy Körper mich zu sehr in Versuchung bringen wird und ich ihn am Ende doch noch küssen werde, wenn ich noch eine Minute länger neben ihm sitze.

„Hey, warte, lauf mir jetzt nicht einfach so weg." Er greift nach meiner Hand und hält sie fest. „Es tut mir leid, wenn ich mich danebenbenommen habe. Ich würde dich gerne besser kennenlernen, wenn wir beide alleine sind und nüchtern. Kann ich bitte deine Handynummer bekommen?" Vic lächelt und in seiner klangvollen, leicht heiseren Stimme schimmert eine ganz neue Nuance. Das erste Mal an diesem Abend habe ich das Gefühl, es ist Vic, der Mensch, der gerade zu mir spricht, und nicht er in der Rolle des Rockstars Vic, die er fast die ganze Zeit spielt.

Diese Nuance gefällt mir sehr und ich antworte mit einem aufrichtigen Lächeln: „Ja, du kannst mich gerne anrufen." Er lässt meine Hand los und ich diktiere ihm meine Handynummer, die er in sein iPhone tippt. „Ich gehe jetzt zurück zu Noemi. Es hat mich gefreut, dich kennenzulernen", sage ich leise, als sich unsere Blicke treffen und wir lange Augenkontakt halten.

„Mich erst! Du bist eine ungewöhnliche Frau, Kat. Und wunderhübsch", schmeichelt er mir am Ende noch mit seinem Gänsehaut erzeugenden Ladykiller-Blick. Ich spüre diesen Blick in meinem Rücken und auf meinem Arsch, als ich bemüht lässig zurück ins Wohnzimmer gehe. Mein Herz klopft aufgeregt und die Erinnerung an Vics schönen Mund so nah an meinem löst einen lustvollen Blitz in meinem Bauch aus. Er macht mich heiß und das fühlt sich geil an. Ob die Tatsache, dass er ein berühmter Rockstar ist, meine Hormone zusätzlich anheizt, als eine Art Extra-Aphrodisiakum? Oder ist es seine Bad-Boy-Ausstrahlung, die mein Höschen feucht macht? Ups, ich trag ja gar kein Höschen ... Wenn er das wüsste!

Neulich habe ich eine wissenschaftliche Studie über die große Macht der Pheromone gelesen. Wenn Männer bewusst oder auch unbewusst die Intimflüssigkeiten einer Frau riechen, finden sie sie um einiges attraktiver als eine Frau, die beispielsweise nur nach Parfüm riecht. Heute Abend habe ich mich hinter den Ohren mit meinem „Leibparfüm" benetzt, bevor ich meine Wohnung verlassen habe ... Aber ich halte mich deswegen keinesfalls für eine Feuchtgebiete-Anhängerin! Nur so am Rande.

Hat Vic etwa meinen eigenen Duft gewittert? Und mich deswegen als so interessant empfunden? Er hat ja schon seine Kollektion an potenziellen Betthäschen um sich herum versammelt, also hat er bestimmt nicht aus der Angst heraus gehandelt, seine Nacht würde sonst einsam und keusch sein. Vielleicht bin ich sogar sein Typ?

Ich sehe mich um und suche nach Noemi. Sie steht auf der anderen Seite des Raumes, zusammen mit Myles und einer Frau, die mir irgendwie bekannt vorkommt. Noemi entdeckt mich, verabschiedet sich von den beiden und eilt zu mir. Der DJ spielt den Red–Hot-Chili-Peppers-Song Snow, der zwar nicht zu der aktuellen Jahreszeit passt, doch als Stichwort für die anwesenden Insider dient: Im Arbeitszimmer nebenan steht für Interessierte Kokain zur Verfügung. Myles, der Vics Partys ja gut kennt, hat uns das während der Fahrt verraten. Tatsächlich begeben sich einige Eingeweihte

Richtung Arbeitszimmer. Vic folgt seinen Gästen, umgeben von zwei Groupies, die sich an ihm festklammern. Es war doch klar, dass er die restliche Nacht nicht alleine auf der Hollywoodschaukel verbringen würde. Trotzdem trübt sich meine euphorisch-angeheiterte Laune etwas, als ich ihn heimlich beobachte.

„Hey, Süße, ich denke, du wolltest mir was erzählen, oder?", attackiert mich schon Noemi, die leicht angetrunkenen wirkt. Sie verträgt kaum Alkohol und zwei Hugos reichen bei ihr völlig, um beschwipst zu werden.

„Ach wo, da gibt's nichts zu erzählen." Ich mache eine abwehrende Geste. Vergeblich. Sie lässt nicht locker.

„Jetzt tu aber nicht so, als ob du mit Vic eine halbe Stunde lang bloß über das Wetter geredet hast! Du warst voll in Flirtlaune, als ihr auf die Terrasse verschwunden seid, und er hat dich die ganze Zeit wie ein hungriger Wolf angeschaut!"

Ergeben ziehe ich sie zur Seite, in eine ruhige Ecke neben dem großen Bücherregal, wo mein Blick auf der Sammlung von Charles Bukowski und Henry Miller hängen bleibt. Wenn die Bücher nicht bloß eine Deko-Attrappe sind, bedeutet das, Vic liest gerne oder hat zumindest Interesse an Literatur. Oder er will damit Frauen beeindrucken, die Bücher lieben. Auf jeden Fall finde ich seine literarische Wahl aufregend und ansprechend.

„Wir haben uns tatsächlich lange unterhalten", erzähle ich. „Es war, na ja, ziemlich interessant. Er hat mir einiges von sich verraten, was ich nicht vermutet hätte, und am Ende wollte er meine Handynummer haben."

„Die du ihm auch gegeben hast, nehme ich stark an." Noemi lächelt leicht belustigt.

„Ja, hab ich. Das muss aber noch gar nichts bedeuten." Ich sehe sie warnend an.

„Ach Kat, wie lange kenne ich dich schon? Vier, fünf Jahre? Du kannst mir nichts vormachen – du bist an ihm interessiert und er an dir genauso." Sie legt mir ihre Hand auf den Oberarm. „Es ist doch schön, wenn er dir gefällt. Nur ..." Sie räuspert sich und ihre Stimme wird ernster. „Vic ist die Sorte Mann, vor der man gewarnt werden muss. Er kokst, er wechselt seine Geliebten wie Unterwäsche und kann dazu sehr unverschämt und arschig sein. Als deine beste Freundin fühle ich mich verpflichtet, dir zu sagen: Lass lieber die Finger von ihm, weil du zu schade bist, um bloß ein weiterer One-Night-Stand auf seiner Liste zu werden. Ich möchte nicht, dass du verletzt oder wie eins von diesen dämlichen Groupies oder Fan behandelt wirst. Das ist alles. Sonst gönne ich dir den Spaß von ganzem Herzen. Ich bin ja auch mit einem Rockstar zusammen, auch wenn Myles nicht den typischen Klischees entspricht. Vic aber schon. Er ist der Bad Guy und er gibt sich Mühe, seinem Ruf gerecht zu werden. Sex, Drugs & Rock 'n' Roll werden bei ihm großgeschrieben. Von so einem Kerl flachgelegt zu werden, ist zweifelsohne eine sehr aufregende Option. Doch nicht für dich. Lass dich von ihm auf ein teures Essen in einem Promirestaurant wie dem Borchardt einladen, hab einen schönen Abend mit ihm, doch halte deine Schenkel brav zusammen. Alles andere würde nicht gut gehen." Kurz gesagt, sie ist der Meinung, Bad Boys küsst man lieber nicht.

Am liebsten würde ich sagen: Noemi, erspar mir deine Reden, ich will doch nichts von ihm, wir haben uns nur kurz unterhalten und das war's schon. Doch die wilde, ungezähmte und nach Abenteuern lechzende Kat in mir rebelliert immer lauter. Sie will Spaß haben, und zwar mit einem aufregenden, sexy und verruchten Rockstar. Ja, sie will diesen Bad Boy unbedingt küssen.

Die Art, wie Noemi mich ansieht, verdeutlich mir, dass sie es ernst meint und sich Sorgen um mich macht. Sie kennt mich zu gut. Es ist ihr bewusst, dass ich als Steinbock mit Aszendent Widder nicht zu stoppen bin, wenn ich mir was in den Kopf gesetzt habe, dass ich Herausforderungen jeder Art liebe und trotz meiner oft etwas burschikosen, kaltschnäuzigen und frechen Art im Grunde doch sehr verwundbar und sensibel bin. Sie hat mich schon vom Boden aufgesammelt und getröstet, nachdem mich der Mistkerl von Professor abserviert und weggeworfen hat und sie die Einzige war, der ich erlaubt habe, mich so fertig und verzweifelt zu sehen.

„Noemi, du hast ja so recht und ich weiß deine gut gemeinten Ratschläge zu schätzen. Aber ich kann dir nicht hundertprozentig versichern, dass ich mich nicht mit Vic einlassen werde. Ich will doch keine Versprechen brechen, also sage ich lieber: Ich werde sehr vorsichtig und zurückhaltend sein und mich vor ihm in Acht nehmen. Aber ich weiß ja selbst nicht, wie ich reagieren werde, wenn er mich anruft und ausführt. Wenn er überhaupt anruft. Kann sein, dass ich für ihn sowieso zu kompliziert und anstrengend bin. Er hat genug andere Frauen zur Auswahl, die er ohne die geringste Anstrengung ins Bett kriegen kann. Ich wette, morgen wird er sich gar nicht mehr an mich erinnern! Und jetzt vergessen wir Vic und amüsieren uns weiter. Holen wir uns noch einen Drink, was denkst du?“ Schwer bemüht versuche ich, uns beide wieder aufzuheitern und mich unbekümmert und sorglos zu geben. Auch will ich nicht darüber nachdenken, wie sich Vic höchstwahrscheinlich gerade Koks durch die Nase zieht. Und bald mit einem oder mehreren Mädchen in sein Schlafzimmer verschwindet. Wir leben in zwei völlig verschiedenen Welten und unsere Leben sind grundverschieden. Wahrscheinlich finden wir uns gerade deswegen gegenseitig attraktiv und anziehend …

„Nein, lieber nicht, ich habe genug getrunken für heute.“ Noemi greift nach ihrer Handtasche. „Ich würde gerne nach Hause fahren, ich habe vorhin meine Tage gekriegt und fühl mich nicht so wohl. Ich nehme mir ein Taxi, Myles bleibt noch eine Weile. Es gibt nämlich viele Menschen hier, die mit ihm reden wollen, und ich will nicht nur als sein Anhängsel dabeistehen und hübsch lächeln.“

„Verstehe. Dann fahre ich mit dir. Die Party ist ohnehin ziemlich uninteressant. Den meisten geht es nur darum, gesehen zu werden und irgendwelchen Nutzen daraus zu ziehen. Nicht meine Welt.“

„Wem sagst du das“, stimmt mir Noemi seufzend zu. „Dann verabschieden wir uns noch von Myles und rufen uns ein Taxi.“

Myles bringt uns zur Tür und drückt den Knopf, um den Fahrstuhl zu holen.

„Ich bleibe nicht mehr lange, aber du musst nicht auf mich warten.“ Er beugt sich mit einem Kuss zu Noemi, bevor wir in den Fahrstuhl steigen. Es wird mir immer warm ums Herz, wenn ich die beiden beobachte. Sie gehen so liebevoll und zärtlich miteinander um. Myles' einziger Nachteil ist, dass er so extrem beschäftigt und ständig unterwegs ist und immer um seine Privatsphäre kämpfen muss. Es ist für keine Frau leicht, einen Mann zu lieben, der von Tausenden angehimmelt und begehrt wird. Doch Noemi bekommt das sehr gut hin. Sie ist keine Drama Queen und versucht Myles auch nicht mit klammern oder Vorwürfen das Leben schwer zu machen oder ihn bei seiner Karriere zu bremsen. Sie ist viel zu klug dafür und eine unabhängige, starke Frau. Und das weiß Myles wiederum sehr zu schätzen. Sie passen einfach perfekt zueinander.

„Ihr seid ein so süßes Pärchen, so glücklich und immer noch verliebt", sage ich zu Noemi, während wir nach unten fahren.

„Ja, das sind wir." Sie lächelt mit verklärtem Blick. „Es ist ein Geschenk, von so einem tollen Mann geliebt zu werden, und ich bin dankbar für jeden Tag mit ihm. Auch wenn er nicht immer anwesend ist, weiß ich, er gibt sein Bestes, um mich glücklich zu machen. Noch mehr zu wollen wäre doch verrückt." Noemi ist ein Mensch, der dankbar für jede Kleinigkeit ist und sich an noch so winzigen und scheinbar unbedeutenden Glücksmomenten erfreuen kann.

Ich wiederum erwarte vom Leben stets nur das Größte, das Beste, das Besondere, den ultimativen Kick und scheitere immer wieder an meinem Perfektionismus. Auch bin ich nie mit mir selbst zufrieden und will in allem, was ich tue, eine der Besten sein. Die Schuld daran liegt ganz bestimmt bei meinen Eltern.

Als Ärzte aus angesehenen Familien haben sie schon immer sehr hohe Ansprüche an mich gehabt. Natürlich musste ich in der Schule die Klassenbeste sein, brav jeden Tag Klavier üben und das Abi mit lauter Einsern bestehen. Die Tatsache, dass ich auf dem Gymnasium als Streberin und Brillenschlange nicht gerade zu den beliebtesten und angesagtesten Mädchen gehört habe, hat besonders meine Ma überhaupt nicht interessiert. Hauptsache, ich bin die brave Tochter, die eine brillante Karriere als Ärztin anstrebt.

Wie bescheuert das ist. Ein Wunder, dass ich nicht noch viel verkorkster bin! Wahrscheinlich ist mein Liebesleben deswegen so chaotisch und misslungen, weil ich unter dem Leistungsdruck zu stark gelitten habe und jetzt unbewusst gegen das perfekte Bild des folgsamen und aufstrebenden Mädchens rebelliere. Das würde meine bisherigen Beziehungen erklären. Es fehlt nur noch eine Affäre mit einem koksenden, schwanzgesteuerten Rockstar, und ich kann mir selbst bald eine Diagnose und Verordnung für eine Therapie schreiben.

Aber wie sagt man so schön: Ist der Ruf erst ruiniert, lebt sich's gänzlich ungeniert!

Noemi sieht mich während der Taxifahrt einige Male misstrauisch an, weil ich so schweigsam bin. Sicher vermutet sie, dass ich ihr nicht die ganze Wahrheit erzählt habe, doch da wir beide angetrunken sind, hat sie zum Glück keine Lust, weiter zu bohren. Sie wird schon früh genug erfahren, wie scharf ich auf Vic bin.

Am nächsten Morgen bringe ich nach der Joggingrunde meine kleine Zweizimmerwohnung auf Vordermann. Nicht, dass ich besonders viel Spaß beim Aufräumen und Putzen verspüre. Es ist bloß eine gute Strategie gegen den Wochenendblues, wenn man sich nichts Besonderes vorgenommen hat und keine Verabredung mit Freundinnen oder interessanten Exemplaren mit Paarungspotenzial bevorsteht.

Oder wenn man insgeheim den Anruf einer bestimmten Person erwartet, obwohl man weiß, es wäre viel besser, wenn er oder sie nicht anruft. Dazu kommt bald meine Ma und ich will ihr so wenige Gründe wie möglich geben, um an mir herumzumeckern. Was lediglich fromme Wünsche sind, sie findet immer etwas.

Ich muss nur noch die Mülltüte entsorgen und meine Putzaktion ist erledigt. Helmuts Katzenklo und meine Spaghettireste vom Vortag bilden eine stinkende Kombination und ich halte die Tüte weit von mir weg, als ich in den Fahrstuhl steige. Gleich eine Etage tiefer wird er angehalten und wie es manchmal so ganz und gar unpassend ist: Der gut aussehende Nachbar von unten steigt ein. Wohlbemerkt trage ich ein schlimmes Outfit aus ausgeleierten Shorts, die meinen knackigen, kleinen Arsch unförmig und platt aussehen lassen, dazu ein altes, graues T-Shirt, und meine fettigen, verschwitzten Haare habe ich zu einem Vogelnest hochgebunden. Und selbstverständlich keine Spur von Makeup. Die grünen Crocs, in die ich schnell geschlüpft bin, benutze ich auch nur zum Müll heruntertragen, und die verwandeln meine sonst zierlichen Füße in grässliche Hobbitmauken.

„Hi Nachbarin", begrüßt mich Jonas grinsend. Er sieht aus wie aus dem Ei gepellt: strahlend weißes Tanktop, das seinen durchtrainierten Oberkörper wunderbar betont, schwarze Bermudabuggys, Stoffschuhe. Dazu ein Hauch von Männerdeo.

Ich murmele ebenfalls eine Begrüßung und wünschte mir, ich wäre unsichtbar. So, wie ich jetzt aussehe, wird er mich ganz bestimmt nicht noch einmal auf ein Bier auf dem Balkon einladen.

„Putztag heute?", fragt er immer noch lächelnd.

„Schaut doch ganz danach aus, oder?", erwidere ich schnippisch und unterlasse Flirtversuche gänzlich. Ich drücke mich ganz nach hinten, wo es dunkler ist, und umklammere meine stinkende Mülltüte. Der Typ gefällt mir wirklich. Er ist attraktiv, ohne ein Schönling zu sein. Sein markantes Gesicht mit dem sinnlichen Mund und dem gepflegten Vollbart erinnert mich an einen gewissen schwedischen Prinzen, dessen Name mir nicht mehr einfällt. Er hatte meine Aufmerksamkeit bloß aufgrund seines guten Aussehens geweckt. Sonst geht mir der Klatsch und Tratsch um die königlichen Familien ganz schön am Arsch vorbei.

„Mein Angebot steht weiterhin: Wenn du Lust auf ein kühles Bier hast, klingel einfach an", sagt Jonas und zwinkert mir zu, als wir ankommen und er als Erster den Fahrstuhl verlässt. Stumm folge ich ihm und verschwinde rasch durch die Hintertür, in der Hoffnung, dass er sich nicht noch mal nach mir umdreht.

Also habe ich ihn mit meinem Schlampie-Look nicht völlig abgeschreckt! Offensichtlich gehört er zu den seltenen Männern, denen wohl bewusst ist, dass wir Frauen die Wohnung auch mal ohne Make-up verlassen und bei der Hausarbeit gammelige Klamotten tragen, ohne dabei unseren Sexappeal völlig einzubüßen. Umso sympathischer, so ein Kerl.

Helmut schenkt mir bloß einen verächtlichen Blick aus seinen Schlafzimmeraugen, als ich sein Klo liebevoll mit frischen, weißen Perlen fülle. Wahrscheinlich will er mir damit sagen: Es interessiert mich eine feuchte Katzenscheiße, wo ich mein Geschäft erledige! Ich will lieber mal wieder so richtig heftig geil sein und den heißen Miezen aus der Nachbarschaft hinterherjagen! Aber das darf ich ja nicht, du bescheuerte Tussi! Zur Strafe lass ich mich von dir nicht länger als Partnerersatz missbrauchen, wenn du abends auf dem Sofa mit mir schmusen willst. Such dir jemand anderen dafür!

Es ist tatsächlich so, dass er nach seiner Kastration statt anhänglicher noch abweisender geworden ist. Ich frage mich langsam, wozu ich ihn durchfüttere und sein Klo sauber mache, wenn er nicht mein Schmusekater sein will.

Meine schlaue Mutter würde jetzt mal wieder sagen: „Ich habe dich doch gewarnt! Ein Schoßhündchen wäre für dich viel geeigneter als so ein asozialer, teilnahmsloser Kater. Hunde sind loyal und machen das, was du willst, aber eine Katze bleibt ein wildes Tier. Wo doch Dagmar im Herbst so einen süßen Wurf von kleinen Yorkshires bekommen hat!" Dagmar ist Hautärztin und ihre beste Freundin. Natürlich hat nicht sie den Wurf bekommen, sondern ihre Hündin Rosamunde.

Ja, manchmal hat meine Mutter sogar recht. Mein Verhältnis zu Helmut ist ziemlich gestört und zunehmend gleichgültig. Alles wegen dieser blöden Kastration im Winter. Vorher war er lieber zu mir. Aber vielleicht war es auch ein Fehler, ihn ganz politisch korrekt aus einem Tierheim zu holen, ohne zu wissen, welch schlimme Kindheit er möglicherweise erlitten hat. Wenn ich ihn bei einem teuren Katzenzüchter gekauft hätte, wäre er bestimmt pflegeleichter und beziehungsfähiger. Wir müssen uns halt miteinander arrangieren. So, wie es meine Eltern auch tun.

Apropos, es ist kurz vor zwölf, meine Ma müsste jeden Augenblick eintreffen. Schnell springe ich unter die Dusche und ziehe frische und ordentliche Klamotten an. Sie klingelt schon, als ich noch meine Jeansshorts zuknöpfe. Ich betätige den Türöffner und binde mir vor dem Spiegel im Flur mein nasses Haar zu einem Pferdeschwanz.

„Hi Mama", begrüße ich sie, während sie aus dem Fahrstuhl steigt.

„Hallo Schatz", erwidert sie lächelnd und wir umarmen uns kurz. Sie hat die Hände voll mit Papiertüten, und ich nehme sie ihr gleich ab.

„Was hast du denn alles mitgebracht?", wundere ich mich und trage alles in die Küche.

„Nur ein paar Kleinigkeiten, dein Kühlschrank ist ja immer leer." Aha. Die erste kritische Bemerkung. „Ah Kathleen, dieses pumuckelrot ist wirklich eine gewöhnungsbedürftige Haarfarbe", sagt sie, als sie mich prüfend ansieht und ihre Hände in die Hüften stemmt. „Dein Naturblond stand dir viel besser." Die zweite kritische Bemerkung. Sie trägt ein elegantes Etuikleid aus beigefarbenem Leinen und ihr goldblondes Haar ist zu einem Dutt gebunden. Ihr Make-up in Nudetönen ist sorgfältig aufgetragen und mit dem Lack auf Finger- und Zehennägeln abgestimmt. Sie ist vom Kopf bis Fuß eine Dame und immer noch eine attraktive Frau. Ich wiederum stehe ungeschminkt in meiner ausgewaschenen Jeansshorts, hellblauem Tanktop und barfuß neben ihr und von meinem Pferdeschwanz tropft das Wasser. Nicht gerade die Vorzeigetochter.

„Du siehst gut aus, Mama", sage ich und meine es ehrlich. Nicht, dass ich jemals so aussehen möchte wie sie. Aber für ihren Typ und ihre Persönlichkeit sieht sie einfach fabelhaft aus.

„Danke, Liebes. Ich bin ja schließlich Ärztin und da gehört ein gut gewähltes und gepflegtes Äußeres dazu." Ein sanfter Seitenhieb, wohlbemerkt.

„Ich habe gerade geputzt und bin nicht richtig angezogen", murmele ich entschuldigend. Ich habe mich doch extra umgezogen! Wenn sie mich vorher gesehen hätte ...

„Du musst wirklich auf deine Haut achten! Du strapazierst sie viel zu sehr mit der Sonne." Als gewissenhafte Ärztin kräuselt sie missbilligend ihre Stirn, als sie meine sommerliche Bräune betrachtet.

Wie neulich, als ich am letzten Wochenende mein altes Zuhause besucht habe. Da lag ich im Bikini in der prallen Sonne im Garten und planschte stundenlang im Pool. Meine Haut sei schon viel zu stark gebräunt und als angehende Ärztin sollte ich ja wissen, wie ungesund die Sonne sei, sagte Ma vorwurfsvoll zu mir. Ich hätte doch ziemlich viele Muttermale und in zehn, zwanzig Jahren würde ich meine Leichtsinnigkeit vielleicht bereuen. Die Hautkrebserkrankungen nähmen ja erschreckend zu. Ich habe über ihre übertriebene Sorge gelacht, aber sie hat mir am Ende doch die Lust auf die Sonne versaut. Darin ist meine Ma extrem gut:

anderen Menschen und sich selbst den Spaß zu vermiesen. „Bernhard, Bier ist schlecht für deinen Testosteronspiegel! Trink lieber eine Apfelschorle!“, hat sie belehrend zu meinem Vater gesagt, der im Schatten sein gut gekühltes Blondes genießen wollte. „Sebastian, du bekommst noch einen Hörschaden wegen deiner Kopfhörer und dieser furchtbaren, unmelodischen Musik!“, hat sie kopfschüttelnd meinen sieben Jahre jüngeren Bruder ermahnt, der am Pool gechillt und dabei das aktuelle Album von DJ Hardwell gehört hat. „Nein, danke, Schätzchen, ich kann mir kein Eis erlauben, ab einem gewissen Alter muss man als Frau auf die Figur achten“, hat sie sauer lächelnd die neue Sorte Magnum abgelehnt, als ich die Packung aus der Küche geholt habe. „Ich esse lieber Wassermelone, schmeckt genauso lecker und ist kalorienarm.“

Dazu muss ich sagen, dass sie immer noch sehr schlank ist und keinen Grund hat, sich so zu kasteien.

Ich wundere mich oft, wie mein Vater es so lange mit ihr aushalten konnte. Sie meckert ständig, beschwert sich ununterbrochen und hat gegen alles irgendwas einzuwenden. Ich bin froh, dass ich nicht so bin und überwiegend Pas Gene geerbt habe. Natürlich liebe ich sie, aber sie ist halt anstrengend. Früher, als ich noch ein Kind war, war sie entspannter und glücklicher.

„Mama, ich creme mich doch ein! Mit hohem Schutzfaktor. Mach dir keine Sorgen“, erwidere ich beschwichtigend.

„Du nimmst immer alles so leicht, wie ein Kind!“ Sie seufzt vorwurfsvoll.

Und du könntest etwas entspannter und lockerer sein, will ich sagen, doch ich verkneife mir die Bemerkung. Ich möchte keinen Streit provozieren, sie reagiert in der letzten Zeit noch empfindlicher und emotionaler als sonst. Mein Vater hat neulich vertraulich zu mir gesagt: „Das sind die Wechseljahre, die sie so griesgrämig und unausgeglichen machen, und das lässt sie halt an uns aus."

Aber sie weigert sich, Hormone zu nehmen, sie schwört lieber auf die Kraft der sanften Medizin wie Homöopathie und Pflanzenheilkunde, die in den Augen meines Vaters nichts taugt. Man sieht es ja gut an ihrem Beispiel. Er würde ihr gerne helfen, doch sie ist zu stur, um auf seine Fachmeinung zu hören.

Ich wette, ihre Abneigung gegen Hormone hat sich noch verstärkt, seit sie weiß, dass ich überlege, Hormonspezialistin zu werden. Sie erwartet, dass ich nach dem Studium in ihre angesehene Kinderarztpraxis mit Homöopathieschwerpunkt einsteige und sie eines Tages übernehme. Aber ich konnte noch nie mit kleinen Kindern umgehen und will lieber in der Forschung tätig werden.

„Hier, selbstgemachte Zwetschgenmarmelade mit Natursüße, du kaufst ja immer diese stark gezuckerten Aufstriche." Sie packt die erste Tüte aus und reicht mir die Gläser.

„Danke, das wäre nicht nötig", antworte ich. Sie weiß doch, dass ich Zwetschgenmarmelade nicht mag.

„Schau, dein Lieblingssirup, Holunder mit Zitrone." Sie holt drei Flaschen aus der anderen Tüte.

„Oh, das ist aber lieb." Jetzt freue ich mich ehrlich, denn ich liebe ihren Holunderblütensirup.

„Und hier noch der Kartoffelauflauf mit Gemüse, habe gestern extra eine Auflaufform für dich gemacht, du bist viel zu dünn und brauchst was Gesundes." Ah, Mama. Ich bin nicht zu dünn, bin nur gut in Form und esse sehr wohl auch gesunde Sachen. Aber ich mache lieber ein dankbares Gesicht und nehme den Kartoffelauflauf entgegen.

„Danke Mama, du übertreibst ein wenig."

„Quatsch! Ich bin doch deine Mutter", winkt sie ab. „Wollen wir uns kurz hinsetzen und was trinken?"

„Klar. Was möchtest du haben? Wasser? Limo? Tee? Gin Tonic?"

„Wasser reicht."

Ich hole die Mineralwasserflasche aus dem Kühlschrank und stelle schnell noch den Kartoffelauflauf hinein. Danach setze ich mich zu Ma, die es sich auf der Couch bequem gemacht hat. Helmut beäugt sie aus sicherer Entfernung und reagiert auf ihre „Mietz Mietz!"-Ausrufe nicht.

„Sorry, er ist etwas aufmüpfig und macht nur das, was er will", entschuldige ich mich für sein Verhalten.

„Ähnlich wie sein Frauchen." Meine Mutter schmunzelt. Wow! Sie hat tatsächlich einen Scherz gemacht!

Wir prosten uns mit den Wassergläsern zu und trinken.

„Also, der Kater ist offensichtlich nicht gerade ein geselliger Genosse", sagt sie und sieht mich prüfend an. „Wie schaut es mit Männergesellschaft aus? Gibt es etwas Neues bei dir diesbezüglich?"

Ihre direkte Frage verblüfft mich und fast erröte ich.

„Nee, nicht richtig“, antworte ich verlegen. Was wird das werden? Ein unerwartetes Mutter-Tochter-Gespräch?

„Nicht richtig? Wie denn sonst?“

Ich räuspere mich. „Na ja, ich habe neulich zwei ziemlich interessante Männer kennengelernt, das ist aber schon alles.“

„Das klingt doch vielversprechend!“, erwidert sie sichtbar erleichtert. „Immerhin sind es Männer ...“ Klar, sie kann es doch nicht lassen.

Als ich damals zusammen mit der gepiercten und fast glatzköpfigen Tina beim Sonntagsmittagessen zu Hause erschien, bekam sie glatt Herzrhythmusstörungen. Sie sei ja ganz offen und tolerant, hat sie später schluchzend am Telefon gesagt, aber müsse ich wirklich jede Grenzerfahrung machen, statt mich auf mein Studium zu konzentrieren? Ich müsse doch aufpassen, was die Leute über mich denken, und es gäbe doch bestimmt viele angehende junge Ärzte oder Anwälte, die sehr gerne mit mir ausgehen würden.

Na klar. Für sie ist es viel wichtiger, welch teuren Maßanzug ein Mann trägt, als wie gut er im Bett ist. Und wenn er mich beim Abendessen fast zu Tode langweilt, wie einige Kandidaten ihrer Verkupplungsversuche es getan haben, ist es auch egal.

„Mama, ich bin nicht lesbisch, wenn es das ist, worauf du hinauswillst“, sage ich und presse meine Lippen zusammen. Ich will wirklich keine leidige Diskussion über mein Intimleben mit ihr führen.

„Schön! Ich meine, es ist in Ordnung, dass du diese Erfahrung gemacht hast, du warst ja immer schon rebellisch und provoziertest gerne.“

Überrascht ziehe ich meine Augenbrauen hoch.

„Du musst lernen, besser mit Männern umzugehen, dann wird es schon klappen."

„Wie meinst du das?" Bekomme ich jetzt Beziehungsratschläge von meiner Mutter? Ich denke, ich bräuchte jetzt doch einen Gin Tonic. „Sieh mal, Liebes, du gibst dich oft ziemlich unvorteilhaft, wenn du mit jungen Männern kommunizierst. Sei nicht so direkt und dominant. Lass sie einfach reden und lächle interessiert, das mögen Männer. Wenn du sie zu oft unterbrichst oder deine Meinung zu offensiv zum Ausdruck bringst, wirst du niemals einen guten Ehemann abbekommen."

Meine Güte, das ist ja schlimmer, als ich erwartet habe. Am liebsten würde ich aufstehen und schreiend weglaufen. „Aber Mama, ich habe meinen eigenen Kopf! Ich will mich frei ausdrücken und nicht bloß zuhören und mich dumm stellen! Abgesehen davon will ich gar keinen Ehemann. Besonders nicht einen von der Sorte, die von der Frau solches Verhalten erwartet. Der Mann, den ich will, muss mit mir klarkommen, so wie ich bin." Ich rede bewusst ruhig, doch innerlich koche ich.

„Ja, das ist genau das Problem." Meine Mutter seufzt schwer. „Ich möchte nur, dass du glücklich wirst und einen tollen Partner findest. Du musst ja nicht sofort heiraten."

Donnerwetter! Das sind ja plötzlich ganz liberale Töne!

„Mama, mir geht es gut als Single. Bin total beschäftigt mit dem Studium, hab ein abwechslungsreiches soziales Leben und es fehlt mir gar nichts." Okay, abgesehen vom heißen und versauten Sex. Den letzten Satz spreche ich lieber nicht aus.

„Wenn du meinst. Ich war in deinem Alter schon längst mit deinem Vater verlobt und wusste, dass ich nach dem Studium mit ihm eine Familie gründen werde. Das gibt einer jungen Frau Sicherheit und Struktur im Leben und sie weiß, wohin sie gehört."

„Das mag alles stimmen, aber ich bin anders, das weißt du doch." Ich streichele ihr versöhnlich über den Arm.

„Ja, das weiß ich. Was habe ich bloß falsch gemacht, dass du so eigenwillig und unabhängig geworden bist." Sie lächelt etwas verbissen und trinkt einen großen Schluck.

„Gar nichts! Du und Paps habt alles richtig gemacht und ich bin froh, dass ich bin, wie ich bin." Na ja, das meine ich nicht ganz ehrlich. Sie haben nicht alles richtig gemacht. Weniger Druck und hoher Erwartungen würden mir guttun. Und was ich eigentlich noch sagen wollte ist, dass ich froh bin, nicht wie sie zu sein. Aber man kann den Eltern nicht immer die ganze Wahrheit ins Gesicht sagen.

„Hauptsache, du bist zufrieden."

„Ja, das bin ich auf jeden Fall", sage ich voller Überzeugung. Meine Ma blickt etwas enttäuscht und verzweifelt, doch sie schweigt. Offensichtlich hat sie gedacht, sie könnte mich mit ihren gutgemeinten Ratschlägen beeinflussen, sodass ich am Ende doch noch die Tochter werde, die sie sich wünscht. Aber ich befürchte, daraus wird nichts. Damit muss sie sich abfinden. Was einer Frau wie ihr schwerfällt, denn sie ist extrem unflexibel, stur und eigenwillig. Tja, vielleicht sind wir uns ähnlicher, als sie denkt.

Mein Vater hingegen ist ein lustiger, entspannter und weltoffener Mensch, der Spaß haben will und sich selbst nicht allzu ernst nimmt. Er gehört noch zu der Sorte von Ärzten, die sich für jeden Patienten Zeit nehmen und dafür lieber auf eine überfüllte Praxis und ein Ferienhaus auf Mallorca verzichten. In besonderen Fällen macht er Hausbesuche, was man sonst nur noch vom Bergdoktor aus dem ZDF kennt, aber ganz bestimmt nicht von einem Allgemeinmediziner in Berlin Zehlendorf. Ich kann mir meinen Paps sehr gut in einer ländlichen Praxis vorstellen, wo er nebenbei auch mal einem eiligen Baby bei einer Hausgeburt auf die Welt hilft und dem Biobauern von nebenan die Knochen richtet, wenn der beim Kirschenpflücken betrunken von der Leiter fällt. Und nach dem Feierabend sitzt er Pfeife rauchend auf der Holzbank vor der Praxis und betrachtet ganz happy die Landidylle um sich herum und genießt seine Ruhe.

Doch meine Mutter würde sich lieber tätowieren lassen und anfangen, Heavy Metal zu hören, statt auf dem Land zu leben. Dafür schätzt sie ihre ausgesuchten Feinkostgeschäfte, regelmäßigen Theaterbesuche, wöchentlichen Frisörtermine und ihren mittwöchigen Hormonyogakurs viel zu sehr. Neuerdings gehört auch Golfspielen zu ihren regelmäßigen Freizeitbeschäftigungen. Mein Vater ist dazu nicht zu bewegen. Er meint, er sei erstens nicht versnobt genug, um Golf zu spielen, und zweitens erst recht noch nicht im passenden Alter dafür. Meine Mutter hat darauf nur mit einem beleidigten, sauren Gesichtsausdruck reagiert, aber die bittere Konsequenz für meinen Vater folgte noch: Er wurde aus dem gemeinsamen Schlafzimmer ausquartiert und in sein Arbeitszimmer verbannt, weil er angeblich durch seine Gewichtszunahme immer öfter schnarchen würde.

Als er mir davon erzählte, machte er keineswegs einen besorgten oder traurigen Eindruck. Er scheint seine neu gewonnenen Freiräume sogar zu genießen und hört abends seine alten Rolling-Stones- und Janis-Joplin-Schallplatten, die er aus dem Keller geholt hat. Die gepflegte Langeweile vor dem Einschlafen, die meine Mutter bevorzugt – sprich Streichquartette von Schubert und Beethoven – ist ihm sowieso langsam auf den Nerv gegangen, wie er mir im Vertrauen verraten hat.

Dass die beiden immer noch verheiratet sind, ist für mich ein Mysterium. Die Theorie, dass Gegensätze sich anziehen, stimmt in diesem Fall vollkommen. Wie sonst könnte eine lebenslängliche Verbindung zwischen zwei so grundverschiedenen Menschen funktionieren? Trotzdem finde ich einiges in dieser Ehe schwer vorstellbar. Zum Beispiel, wie meine zugeknöpfte und stets damenhafte Mutter hemmungslosen Sex mit meinem Vater hat. Zugegeben, solche Details will niemand über das Intimleben seiner Eltern wissen. Mich interessiert das natürlich rein wissenschaftlich und statistisch. Nach fünfundzwanzig Jahren Ehe genießt man Sex in vielen Fällen etwa so oft im Jahr wie eine professionelle Zahnreinigung, und wenn der Beischlaf dann tatsächlich stattfindet, ist der Spaßfaktor bestimmt nicht größer als bei einer Wiederholung der Schwarzwaldklinik.

Eine absolute Horrorvorstellung für mich. Aber vielleicht sollte ich mir lieber an die eigene Nase fassen. Ich hatte seit über drei Monaten keinen Sex und das in meinem zarten Alter von dreiundzwanzig Jahren! Das muss sich ändern und zwar ziemlich schnell.

„Was machst du heute noch?", wechsele ich das Thema.

„Ich muss ein paar Sachen für Sebastian kaufen. Er wächst immer noch und braucht ständig neue Klamotten. Auch Bernhard benötigt einiges. Unterwäsche, ein paar Hemden. Er nimmt weiter zu und will keine Diät oder Sport machen. Stattdessen klimpert er in jeder freien Minute auf der grässlichen elektrischen Gitarre und trägt zuhause diese albernen Rolling-Stones-Shirts aus seiner Jugend." Sie verzieht missbilligend ihren Mund und ich grinse verhalten, während ich mir meinen Paps vorstelle.

„Wenn du mich fragst, macht er mit etwas Verspätung seine Midlife-Crisis durch", sagt sie achselzuckend.

„Aber ist es nicht besser, er macht auf Altrocker, statt sich einen Porsche zu kaufen und den jungen Schwestern in der Praxis hinterherzuhecheln?", frage ich unschuldig.

„Was? Du bist albern. Bernhard würde niemals ... Aber du hast recht, seine Art, mit der Krise umzugehen, ist mir lieber. Man kann Männern im gewissen Alter nicht ganz trauen. Die drehen oft durch und benehmen sich wie Vollidioten."

„Paps ist schon in Ordnung, mach dir keine Sorgen.".

„Ja, das ist er, ich kann mich nicht zu sehr beschweren." Sie blickt auf die Uhr und steht auf. „Mein Liebes,

ich muss, sonst werden die Geschäfte zu voll. Ich
nehme an, du hast keine Zeit, mit mir einkaufen zu gehen?"

„Leider nicht, muss lernen", rede ich mich aus. Viel-
leicht bekomme ich ja einen Anruf … „Aber das nächste
Mal komm ich gerne mit, dann können wir uns ein
Paar geile Outfits besorgen."

„Abgemacht! Wir sehen uns aber am Sonntag,
stimmts?"

„Auf jeden Fall."

Ich begleite meine Ma bis zur Tür und wir verabschieden uns mit einem Küsschen auf die Wange. Die liebe
Mama. Sie ist schon okay, nur halt kompliziert und
manchmal anstrengend. Egal, wie oft sie mir mit ihren
Predigten und Erwartungen auf die Eierstöcke geht, sie
liebt mich und ich liebe sie. Und wer sagt schon, dass
Familienbande einfach sind?

An die hohe Balkonbrüstung gelehnt, sehe ich in die
Ferne. Der sonnige Tag verspricht eine laue Sommernacht. Von hier kann ich gut die Menschenmengen
beim Brunnen am Alex beobachten, die sich von der
Gischt abkühlen lassen, oder sogar die Füße in das
ziemlich verdreckte Wasser tauchen. Noemi ist mit
Myles bei seinen Eltern, unsere Freundin Emma ist mit
ihrem Freund Lukas zu seiner Familie nach Bayern gefahren, Naty macht mit Eric Wanderurlaub in der
Schweiz und die wenigen restlichen Freundinnen von
der Uni sind auch weggefahren. Ansonsten habe ich
keine Lust, mehr oder weniger flüchtige Bekanntschaf-
ten anzurufen und mit ihnen abhängen. Da wäre noch
Dirk. Ein ganz lieber angehender Arzt, der bestimmt

sehr gerne mit mir ausgehen würde, doch ich will ihm keine falschen Hoffnungen machen, seit er mir bei seiner Geburtstagsparty im Juli leicht angetrunken seine nicht rein freundschaftlichen Gefühle gestanden hat.

Meine Mutter würde jubeln, wenn ich mit ihm ein Date hätte. Er ist bald fertig mit seinem Studium, kommt aus einer angesehenen Arztfamilie, hat gute Manieren und verträgt meine Launen bestens. Doch seine unbeholfenen Welpenblicke, mit denen er mir jeden Wunsch von den Augen abliest, seine niedlich-verklemmte Art, mit der er mir ganz altmodisch den Hof macht, und meine Vermutung, dass er sexuell genauso einfallslos und spröde ist wie seine ganze Erscheinung, wecken in mir leider null erotische Gefühle für ihn.

Ein Mann, der nicht tanzen kann und kein Gespür für Rhythmus hat, ist leider so gut wie immer ein miserabler Liebhaber. Und wir haben schon miteinander getanzt. Genauer gesagt, wir haben versucht, uns gemeinsam im Takt der Musik hin und her zu bewegen, wobei er mir alle drei Sekunden auf die Füße getreten ist und ich die ganze Zeit ihn führen musste.

Nein, Dirk rufe ich lieber nicht an. Ich muss abwarten, bis meine Freundinnen wieder in der Stadt sind. Als Tochter von finanziell großzügigen Eltern habe ich es nicht so nötig, mir einen Ferienjob zu suchen, obwohl es wahrscheinlich besser für mich wäre.

Bevor ich wieder durch die Hitze ins Schwitzen komme, meldet sich mein Smartphone mit der Titelmelodie von Akte X. Agent Scully war lange mein Idol, als ich noch zur Schule gegangen bin: cool, klug, brillant und sexy. So wollte ich auch mal werden. Und zu so einem süßen Agenten wie David Duchovny an meiner Seite würde ich auch nicht nein sagen.

Mein Blick aufs Display verrät mir eine fremde Nummer, doch eine unwillkürliche Vermutung beschleunigt meine Pulsfrequenz kaum kontrollierbar und schneller als eine Adrenalinspritze direkt ins Herz.

„Hi, Kat hier", melde ich mich gewollt gleichgültig.

„Hi, ich bin's, Vic. Störe ich dich?", höre ich seine sexy Stimme mit dem charmanten amerikanischen Akzent.

„Ah, Vic, was für eine Überraschung! Nein, du störst nicht, es geht gerade", entgegne ich mit unterdrückter Aufregung und versuche, cool zu bleiben und irgendwie beschäftigt zu klingen.

„Wir haben ausnahmsweise frei am Wochenende, keine Interviews oder Fernsehauftritte, und da dachte ich, vielleicht hast du heute Abend Lust, mit mir auszugehen?"

Ja, die habe ich!, jubele ich in Gedanken.

„Ja, die habe ich", wiederhole ich laut und etwas weniger enthusiastisch, um nicht den Eindruck zu erwecken, ich hätte nur darauf gewartet, dass er mich anruft.

„Cool, das freut mich. Wollen wir essen gehen?", fragt Vic und ich höre, wie er schluckt. Wahrscheinlich chillt er auf seiner Terrasse, trinkt Bier und lässt sich die Füße von seinen Leibdienerinnen massieren. Oder was anderes ...

„Gerne. Holst du mich mit der Stretchlimo ab und führst mich zum Borchardt aus?", antworte ich prompt.

„Well ..." Vic zögert, hörbar überrascht. „Stretchlimo könnte ich organisieren, aber Borchardt ist ehrlich nicht so ganz mein Ding, ich dachte an was Unauffälligeres.“

„Mann, das war doch nur ein Scherz! Verschone mich bitte mit dem Rockstarkram und komm mir bloß nicht mit einer Stretchlimo. Und so ein Schicki-Micki-Laden ist noch weniger mein Ding“, erkläre ich frech grinsend.

„So, so, du bist also ein Scherzkeks!“ Er lacht leise. „Ich mag Frauen mit Humor. Wenn sie dazu nicht so einfach zu beeindrucken sind, umso besser.“ Offensichtlich möchte er mit mir ein ganz normales Date haben, ohne den großen Rockstar rauszuhängen. Das mag ich wiederum.

„Was hältst du von stilvollem amerikanischem Fast Food?“, erkundigt er sich.

„Gibt es denn so was überhaupt?“, frage ich kichernd.

„Hey, mach dich nicht lustig darüber!“, protestiert er und lacht.

„Sorry, war nicht so gemeint. Du kennst meinen Humor ja mittlerweile.“

„Allerdings. Nein, im Ernst jetzt. Kennst du das Wings on fire in Treptow?“

„Nein, noch nie dort gewesen, nur davon gehört. Das klingt gut. Wenn ich mich richtig erinnere, können wir erst lecker essen und uns dann nebenan gleich ein neues Tattoo stechen lassen“, sage ich todernst.

„Du verarscht mich jetzt aber, right?“

„Wer weiß!? Wenn ich in der richtigen Stimmung bin, kannst du nie wissen, wozu ich fähig bin“, erwidere ich grinsend.

„Hast du Tattoos? Neulich hattest du zu viel an, um das rausfinden zu können.“ Plötzlich klingt seine

Stimme sehr verführerisch und ich stelle mir vor, wie seine graublauen Augen bei seinen Worten gefährlich aufblitzen. Ich hatte zu viel an? Das Kleid war vorne bis zum Bauchnabel ausgeschnitten und der ganze Rücken frei! Was tragen denn die Frauen, die für seine Begriffe wenig anhaben? Nur einen BH und ein Höschen?

„Ja, ich habe ein kleines Tattoo. Ist aber nur für Auserwählte sichtbar", sage ich mit tieferer Stimme als sonst. Eindeutig mein Flirtmodus. Der sprang an, ohne mich vorher um Erlaubnis zu bitten.

„Oh, dann freue ich mich ganz besonders auf unser Date! Ich liebe es, Geheimnisse hübscher Frauen zu lüften." Er raunt die Worte fast und seine raue Stimme löst einen heißen Blitz in meinem Bauch aus. Genau unter dem kleinen Rosentattoo, das sich über meinen Venushügel rankt. Ich habe es mir mit sechzehn stechen lassen, und weil meine Mutter mir natürlich Tattoos verboten hat, habe ich mir eine Stelle ausgesucht, die man gut verstecken kann. Nein, das wird er nicht so leicht erblicken, egal, wie reizvoll mir diese Vorstellung auch erscheinen mag.

„Freu dich nicht zu sehr! Ich bin weder dein Fan noch ein Groupie", warne ich ihn halb ernst.

„Das weiß ich doch! Mit meinen Fans und Groupies gehe ich normalerweise nicht aus", versichert er mir sofort, als ob ich ihm was ganz Unmoralisches unterstellen würde.

„Klar. Die fickst du nur und lässt dich von ihnen bedienen, wie gestern auf der Party. Mir ist nichts entgangen", entgegne ich leicht spöttisch.

„Ups, war das so offensichtlich?" Ich könnte schwören, ich habe Vic Taylor mit meiner Äußerung in Verlegenheit gebracht oder es zumindest geschafft, dass es ihm unangenehm ist. Sein Tonfall klingt jedenfalls weniger selbstsicher.

„Ach komm, du musst nicht den Unschuldsengel für mich spielen, nur um mich davon zu überzeugen, mit dir auszugehen. Ich hab doch zugesagt. Und was du mit deinen Anhängerinnen treibst, will ich gar nicht wissen. Wir gehen nur aus, essen und nichts weiter. Für alles andere hast du ja genug Kandidatinnen, die abrufbereit auf dein Zeichen warten." Ich klinge bemüht nüchtern und gleichgültig, um die Situation zwischen uns genau zu definieren. Er soll keinesfalls denken, dass ich mit ihm ausgehe, weil ich letztendlich auch nur von ihm flachgelegt werden will. Wollen tue ich es schon, nur es wird nicht so weit kommen. Nicht nach dem ersten Date. Natürlich hat es schon Gelegenheiten in meinem Leben gegeben, wo ich mit einem Typen schon nach dem ersten Date Sex hatte, doch diesmal ist es anders. Mir geht es nicht darum, von einem berühmten Rockstar gefickt zu werden, sondern es mit einem Mann zu tun, den ich wahnsinnig anziehend und aufregend finde und für den ich mehr als bloß eine weitere unbedeutende Muschi in seiner Sammlung bin. Blöderweise weiß ich aber auch, welch ein Typ Vic ist, und daher sollte ich lieber die Finger von ihm lassen. Doch verdient nicht jeder Mensch eine Chance trotz der allgemeinen Meinung über ihn? Ich ahne zunehmend, dass bei Vic vieles bloß Show ist und dass tief in ihm eine sensible, verletzliche Seele steckt. Ich gebe sonst nicht so viel auf die Meinung anderer Menschen und sollte lieber selbst herausfinden, wer Vic wirklich ist. Ja, genau das werde ich tun. Natürlich werde ich vorsichtig bleiben und mich ihm nicht zu stürmisch an den Hals werfen, egal wie scharf ich auf ihn bin. Meine einzige Befürchtung ist, dass meine kleine, hungrige und sabbernde Freundin es mir schwer machen wird, standhaft und beherrscht zu bleiben ...

„Okay, alles klar. Ich möchte mit dir auch bloß essen gehen und mich mit dir unterhalten, nichts anderes. Auch wenn ich dich sehr attraktiv und sexy finde."

Ein weiterer, noch heißerer Blitz durchbohrt meinen Unterleib bei seinen Worten und meine kleine Freundin jubelt dabei.

„Abgemacht", lautet meine trockene Antwort. „Wann holst du mich ab?"

„Gegen acht? Ich bräuchte noch deine Adresse."

Ich diktiere sie und erkläre ihm, wo er am besten parken kann. Ja, ich bin aufgeregt und freue mich auf das Date. Dazu habe ich ein gutes Recht und etwas Aufregung ist nur selbstverständlich. Wir verabschieden uns und ich speichere seine Nummer in meinem Smartphone. Gleich suche ich im Netz noch ein passendes Foto von ihm aus und speichere es dazu. Eins, auf dem er nicht wie ein gestylter Posterboy aus einer Teeniezeitschrift aussieht, sondern ein schwarzweißes, wo er mit einer Zigarette im Mund ernst in die Ferne sieht und sich dabei seine langen Strähnen aus dem Gesicht hält. Ein schöner Mann, muss ich zugeben. Blick und Gesichtsausdruck erinnern mich an James Dean, diese faszinierende Mischung aus Melancholie und Coolness, die bei bestimmten Männern einfach mörderisch anziehend wirkt.

Mädchen, Mädchen, da steigerst du dich richtig in was rein, tadele ich mich selbst, als ich einige Augenblicke lang wie ein hypnotisiertes Kaninchen auf das Bild starre. Besser gesagt wie eine hungrige Schlange, die gierig das Kaninchen betrachtet, bevor sie sich darauf stürzt ...

Den restlichen Nachmittag verbringe ich mit Vorbereitungen auf das Date. Ich probiere ungefähr sechzehn Outfits an, bis ich am Ende im Jeansminirock, schwarzem, schulterlosem Spitzenoberteil und Ballerinas vor dem Spiegel stehe und mich von allen Seiten betrachte. Ich wollte mich extra nicht zu sehr aufbrezeln, um Vic nicht den Eindruck zu vermitteln, ich nähme das Date mit ihm zu wichtig. Die Haare habe ich mir zu einem lockeren, seitlichen Zopf geflochten und beim Make-up habe ich mich zurückgehalten. Sanfte Smokey Eyes in Kupfertönen, die gut zu meiner gebräunten Haut passen, und schwarzen Mascara, dazu dezentes Lipgloss. Nein, ich sehe ganz bestimmt nicht wie eins seiner Groupies oder einer seiner Fans aus, und das ist auch gut so!

Helmut miaut mich etwas weniger mürrisch an, als ich frisches Wasser in seine Schale fülle. Er lässt sich sogar streicheln und kneift dabei genüsslich seine Augen zusammen. Er mag mich doch! Den Liebesentzug nutzt er bestimmt nur, um mich zappeln zu lassen und damit ich mich weiter schuldig fühle.

„Ich gehe jetzt aus, mit Vic, und ich werde bestimmt viel Spaß haben", sage ich laut zu ihm, als ich mich wiederaufrichte. Ich erzähle meinem Kater normalerweise nicht so oft, dass ich ausgehe und wahrscheinlich spät nach Hause komme. So bescheuert bin selbst ich nicht. Aber heute ist es anders. Es ist ein richtiges Date nach sehr langer Zeit und ich würde brennend gerne einem menschlichen Wesen verraten, wer heute mein Kavalier ist. Doch meine beste Freundin weihe ich lieber noch nicht ein. Erst, wenn ich das Date hinter mir habe ...

1. Vic

Ich muss zugeben, es ist schon lange her, seit ich ein Date mit einem Mädchen hatte. Mit einem normalen Mädchen meine ich, nicht mit einem, das ein Fan oder ein Promisternchen ist und auf Vic, den Rockstar, abfährt. Oder das mit mir zusammen in der Öffentlichkeit erscheinen will, in der Hoffnung, mein Berühmtheitsfaktor färbe etwas ab und sorge für fünf Minuten Medienaufmerksamkeit. Kat scheint sich nicht mal im Geringsten dafür zu interessieren. Damit stellt dieses Date für mich eine ziemliche Herausforderung dar. Ich meine, ich werde mir verdammte Mühe geben müssen, um sie als Vic zu beeindrucken. Als der abgefuckte Typ, der ich eigentlich bin, wenn ich nicht meine Rolle des geilen Rockstars spiele. Vielleicht wird sie mich langweilig oder dumm finden. Sie ist eine kluge Frau, die ihren eigenen Kopf hat und die anscheinend weiß, was sie will. Es wäre schön, wenn ich auch so wäre ...

Ehrlich, ich weiß gar nicht mehr, wie es ist, ein attraktives Mädchen erobern zu müssen, um es ins Bett zu kriegen. Die Chicks, mit denen ich sonst seit zwei Jahren zu tun habe, reißen sich nur so um mich und sie fressen mir aus der Hand. Anfangs fand ich das noch geil und habe das neu gewonnene Privileg voll ausgenutzt. Zu sehr habe ich mich an die beschissenen Zeiten als obdachloser Straßenmusiker erinnert, der mit wenigen Dollarscheinen nach Berlin gekommen ist und am Alex versucht hat, mit der Gitarre in der Hand seinen Traum von einer Weltkarriere zu verwirklichen. Damals flogen mir die Frauen noch nicht buchstäblich zu. Es waren zwar nicht wenige, die mir schöne Augen machten und mit mir flirteten, wenn ich mir in meiner hart erkämpften Ecke in nicht ganz sauberen Klamotten die Seele aus dem Leib sang. Sie blieben eine Weile stehen, warfen mir ein paar Münzen in den Gitarrenkoffer, wippten im Rhythmus der Songs, und manchmal redeten sie auch mit mir, wenn ich eine kurze Pause einlegte und mir eine Zigarette anzündete. Sie fanden meine Musik toll und wünschten mir viel Erfolg. Doch sie gingen weiter, ohne sich noch mal umzudrehen. Ich war halt arm, unbekannt und lebte mit einigen Punks und Junkies, die mich kollegial aufnahmen, in einer Bruchbude ohne warmes Wasser und mit Ofenheizung irgendwo im tiefsten Neukölln. Illegal, wohlbemerkt. Und Neukölln war zu der Zeit noch nicht ganz so cool und hipstermäßig wie jetzt.

Meine Stimme klang damals nicht schlechter als heute. Aber damals war ich noch nicht Vic Taylor, und die Medien wussten noch nichts von dem „heißen Sänger aus New York" oder dem „sexy Herzensbrecher aus Brooklyn", wie ich heutzutage genannt werde. Ich war damals noch ein fucking Loser, und welche Frau will schon mit so einer armen Ratte ins Bett?

However. Diese Zeiten sind endgültig vorbei. Die kleine Rothaarige wird eine willkommene Abwechslung sein, auch wenn ich mir für sie Zeit nehmen muss. Aber die habe ich gerade. In den nächsten zwei Wochen haben wir frei, das erste Mal seit einem Jahr, bevor die neue Tour anfängt. Bis dahin könnten Kat und ich eine

Menge Spaß haben. Auch wenn ich nicht glaube, dass es heute Abend so weit sein wird, stecke ich vorsichtshalber doch ein Päckchen Kondome in die Hosentasche. Man kann ja nie wissen. Vielleicht ist Kat doch nicht so unerreichbar, wie sie tut.

Vic ist pünktlich um acht bei mir. Als bei seinem Anruf sein Foto auf dem Display erscheint, werde ich plötzlich doch noch nervös. Ganz ehrlich, wie oft hat man schon ein Date mit einem Mann, der tausenden von Mädchen jede Nacht feuchte Träume beschert und neulich beim Rock am Ring fast hunderttausend Menschen gerockt hat? Also muss ich nicht so tun, als ob ich völlig gleichgültig und unbeeindruckt wäre. Natürlich darf ich ihm meine Aufregung nicht zeigen, arrogant, wie er sowieso schon ist.

Als ich am Parkplatz vor dem Haus ankomme, stockt mir kurz der Atem. Vic steht mit vor der Brust gekreuzten Armen lässig an ein anthrazitfarbenes Monster von Auto gelehnt. Groß, bullig, einfach geil. Das Auto, meine ich. Vic aber auch. Ganz in schwarz, mit schwarzer Brille, die er sofort absetzt, als er mich erblickt. Auch privat sieht er wie ein Rockstar aus, das scheint einfach seine natürliche Ausstrahlung zu sein. Bewusst langsam gehe ich zu ihm und es entgeht mir nicht, wie aufmerksam er mich mustert. Geblendet von der Abendsonne kneift er seine hellen Augen zusammen und ein freches Lächeln umspielt seine Mundwinkel.

„Ich sagte, keine Limo, aber auch keine andere auffällige Rockstar-Requisite." Kopfschüttelnd zeige ich auf das riesige Cabrio.

„Och, das ist bloß ein Mustang und nichts Besonderes", erklärt er fast entschuldigend. „Bin immer noch ein Amerikaner und fühle mich am wohlsten in einem richtigen Auto mit viel Blech und Innenraum sowohl vorne als auch hinten", grinst er.

„Ein Ford Mustang also!? Mein Bruder hat neulich erzählt, dass er so einen zu seinem achtzehnten Geburtstag haben will, jetzt, wo sie in Europa erhältlich sind", erwidere ich sachlich und schiele mal zu dem Auto, mal zu ihm. Autos sind für mich nur nützliche Gebrauchsgegenstände, aber bei diesem Prachtstück muss ich zugeben, dass es mich doch begeistert. Die protzige, maskuline Form, viele kleine, doch spacige Details und dunkelrote Ledersitze sind mal was anderes als ein VW oder Japaner, die meist von Männern in Vics Alter gefahren werden.

„Hi erst mal", raunt er plötzlich und greift nach mir, als ich nähertrete und mir das Auto gründlicher ansehe. Er haucht mir ein Küsschen auf die Wange, und wie erwartet riecht er wieder verlockend.

„Hi", entgegne ich und hoffe, nicht allzu aufgeregt zu wirken. Die Berührung seiner Hand an meinem Oberarm löst eine wohlige Gänsehaut auf meinem Körper aus.

„Bitte, steig ein." Er führt mich auf die andere Seite des ungewöhnlich großen Autos und öffnet mir zuvorkommend die Tür. Er scheint sich richtig zu bemühen, Manieren zu zeigen, die man bei ihm nicht erwarten würde.

Ich versinke in dem megabequemen Sitz und atme tief den Geruch nach Neuem, nach Leder und nach

Abenteuer ein. Vic schnallt sich an und startet den Motor. Mein Bruder würde jetzt rote Ohren vor Aufregung bekommen, wenn er an meiner Stelle hier sitzen würde. Er wird ausflippen, wenn ich ihm erzähle, in was für einem Auto ich mitgefahren bin!

„Er scheint noch ganz neu zu sein, oder?", frage ich Vic, der wieder seine dunkle Brille aufgesetzt hat.

„Yep, er gehört mir erst seit einer guten Woche. Viel Gelegenheit zum Fahren werde ich nicht haben, doch der musste einfach her. Man darf sich doch mal einen Traum erfüllen, oder?" Um seinen Mund zeichnet sich ein kleines Lächeln ab.

„Na klar, wenn schon nicht eine Harley oder ein Porsche, dann halt ein Mustang. Du bist ein Rockstar und kannst nicht einfach einen Golf oder Skoda fahren. Und so wahnsinnig teuer ist ein Mustang auch wieder nicht. Was sind schon schlappe 60.000 Euro für Vic Taylor", sage ich achselzuckend.

Ich wette, Vic ist nicht sicher, ob ich das sarkastisch und als Seitenhieb gemeint habe.

„Du musst nicht denken, dass ich mit einem goldenen Löffel im Mund geboren wurde", sagt er nach einer Weile gedämpft. „Glaub mir, mir wurde nichts im Leben geschenkt. Ich habe mir ordentlich den Arsch aufgerissen, ehe ich so weit war, mir meine Wohnung und dieses Auto leisten zu können."

„Vic, du musst dich nicht entschuldigen!" Sofort bedaure ich meine Sticheleien. Er soll sich nicht unwohl in meiner Gegenwart fühlen. Ich weiß sehr wohl, dass ich mit meiner großen Klappe Männer verunsichern oder gar verscheuchen kann. „Ich kann mir gut vorstellen, dass es für dich nicht einfach war, so weit zu kommen, und dass du dir jeden Cent hart erarbeitet hast", füge ich hinzu.

„Du hast ja keine Ahnung, wie es wirklich für mich war", erwidert er mit einem harten Ton in der Stimme und seine Hände umklammern das Lenkrad so fest, dass seine Fingerknöchel weiß werden. Mann, in was für ein Fettnäpfchen bin ich jetzt bloß getreten, dass er so verstimmt reagiert? Warum kann ich nicht einfach nett lächeln und nicht so viel reden, wie meine Mutter es mir immer ans Herz legt?

„Nein, das habe ich nicht und es tut mir leid, wenn ich dich gekränkt habe", sage ich versöhnlich. „Ich kenne dich ja kaum und über dein Leben vor der Karriere mit der Band ist in den Medien nicht viel zu lesen. Aber du kannst mir ruhig mehr darüber erzählen, wenn du willst."

„Das heißt, du hast versucht, dich über mich und meine Vergangenheit zu informieren?", wechselt er abrupt das Thema und grinst wieder lässig.

„Na ja, wenn man mit einem Mann ausgeht, den man erst einmal gesehen hat, will man schon etwas über ihn wissen", entgegne ich mit unschuldigem Gesichtsausdruck. „Seit Noemi mit Myles zusammen ist, weiß ich zwar einiges über die Band und ich kenne auch eure Songs, aber über dich ist mir nicht viel bekannt. Außer die üblichen Gerüchte und die Geschichten aus den Klatschzeitungen."

„Bestimmt hat dir Myles einiges über mich erzählt", sagt er und blickt mich herausfordernd an.

„Nein, er redet nicht über eure gemeinsame Zeit in der Band. Abgesehen davon weiß er nicht, dass wir heute zusammen ausgehen, also konnte er mich auch nicht vor dir warnen, wenn du das befürchtest." Ich kichere und merke, wie er dabei hart schluckt. Also doch. Er scheint besorgt darüber zu sein, was ich eventuell über ihn weiß.

„Ich wette, das hätte er sonst getan." Grinsend gibt er ordentlich Gas, als die Ampel vor uns grün wird. Ich bekomme nebenbei mit, wie die Menschen uns anstarren und das Auto bewundern. Ein Ford Mustang und dazu ein Cabrio ist nicht mal in Berlin ein alltägliches Bild.

„Bist du denn so gefährlich, dass Mädchen vor dir gewarnt werden müssen?"

„Ob ich gefährlich bin, ist eine Sache der Definition", erwidert er achselzuckend und verzieht leicht die Lippen. „Aber ich benehme mich oft wie ein Arschloch, bin egoistisch und ein Gentleman war ich auch noch nie." Er klingt ehrlich und offen, ohne übertreiben zu wollen. Jetzt bin ich dran mit hart schlucken.

„Okay, dann sollten wir vorab noch ein paar Kleinigkeiten klären", entgegne ich und nehme eine unangenehme Schwingung in meiner Magengrube wahr. „Ich stehe nämlich nicht auf Arschlöcher, und ein Mann, mit dem ich meine Zeit verbringe, muss zwar kein richtiger Gentleman sein, aber er muss mich mit Respekt behandeln. Wenn das für dich ein Problem ist, dann lass mich lieber jetzt gleich aussteigen, und du kannst immer noch eins oder zwei von deinen Groupies anrufen, wenn du einen netten, unkomplizierten Abend nach deinem Geschmack verbringen willst." Meine Stimmung kippt und ich bedauere plötzlich, mich auf dieses Date eingelassen zu haben. Wie blöd war ich ei-

gentlich? Habe ich nicht oft genug von seinen Sexabenteuern und Drogenexzessen gelesen? Von Schwierigkeiten mit den Ordnungshütern, wenn er in Clubs Ärger machte? Und Noemi hat einige Male erwähnt, dass
er Frauen wie Scheiße behandelt. All das hätte mir genügen müssen, um sofort die Notbremse zu ziehen, als
er mich gestern umgarnt und mir schöne Augen gemacht hat. Mann, bin ich etwa so muschigesteuert,
dass ich mich mit einem Mann einlasse, der einen
schlimmen Ruf hat, und die gut gemeinten Ratschläge
meiner besten Freundin einfach überhöre? Das kommt
nur davon, dass ich ungevögelt bin und meine Triebe
nicht länger unter Kontrolle habe! In einem Anflug von
schlechter Laune und eiskalter Ernüchterung stelle ich
fest, dass wir schon angekommen sind und Vic das riesige Auto gerade auf dem Parkplatz in der Nähe des
Wings on fire geschickt in eine Parklücke manövriert.

Er stellt den Motor aus und dreht sich zu mir, nachdem er die Sonnenbrille abgesetzt hat. „Kat, hör mir gut
zu. Ich will gar nicht versuchen, alles, was du über mich
gehört hast, abzustreiten. Ich bin, wie ich bin, und ich
stehe dazu. Doch ich möchte trotzdem einen angenehmen, entspannten Abend mit einem Mädchen verbringen, das mich ausnahmsweise mal richtig interessiert.
Und ich hoffe, ich bin in der Lage, mich auch mal anders zu geben und dich so zu behandeln, wie du es verdient hast. Bist du bereit, mir diese Chance zu geben?"
Vic klingt ernst und in seinen gewitterblauen Augen
schimmert eine Spur von Traurigkeit oder sogar Ver-
bitterung durch, die mich sofort erreicht und irgendwie berührt. Verdient er nicht die Gelegenheit, mir zu
zeigen, wie er wirklich ist? Damit ich mir meine eigene

Meinung über ihn bilde und mal die Presse und Gerüchte über ihn vergesse? Ich kann ja immer noch, wenn es mir reicht, aufstehen und alleine nach Hause fahren, ich bin ja in keinerlei Hinsicht von ihm abhängig.

„Geht klar!", antworte ich bemüht fröhlich und kumpelhaft, um die Stimmung zwischen uns wieder zu entspannen. „Dann wollen wir mal." Ich löse meinen Sicherheitsgurt und greife nach der Tür.

„Hey, warte doch! Es ist meine Aufgabe, einer Lady aus dem Auto zu helfen!" Er lacht und sein Gesicht erhellt sich. Ich warte also, dass er aussteigt und mir die Autotür aufhält, wie es sich gehört. Wir sehen uns an und er legt mir die Hand kurz zwischen die Schulterblätter, als er mich zum Eingang führt. Die Berührung hinterlässt eine anhaltende Wärme und ein leichtes Prickeln auf meiner Haut. Ja, wir ziehen uns körperlich stark an, obwohl wir es fast geschafft hätten, unser Date vorzeitig zu beenden. Der Abend ist immer noch sehr warm und die Sommernacht wird lau und verführerisch sein. Ich will nicht nachdenken, ich will mich ganz dem Augenblick überlassen und sehen, was er mir bringt. Ich befinde mich in Begleitung eines äußerst begehrenswerten Mannes, der so nah neben mir läuft, dass wir uns immer wieder berühren. Der Kontakt mit seinem tätowierten Bizeps löst kleine, warme Wallungen unter meiner Haut aus und ich bin hungrig nach mehr. Wir sind beide jung, frei und gierig nach Leben. Was ist schon dabei, wenn er ein Bad Boy ist, vor dem sich jedes gute Mädchen in Acht nehmen muss? Bin ich etwa ein gutes Mädchen? Nicht wirklich. Also warum dann so viele Bedenken? Ich mache eine abwehrende

Geste, als ob ich diese störenden Gedanken aus meinem Kopf vertreiben will.

„Ist was?", fragt Vic.

„Nur eine Mücke", erwidere ich und berühre spontan seinen Oberarm. Seine Muskeln sehen nicht nur schön aus, sie fühlen sich auch verdammt gut an. Er ist sehr schlank, an seinem Körper mit den breiten Schultern und den schmalen Hüften befindet sich nicht ein Gramm Fett. Dazu bewegt er sich elegant und geschmeidig. In meinem Kopf melden sich Szenen aus den Konzertvideos, wo er, auf der Bühne tanzend, eindeutig den Eindruck vermittelt, ein Mann wie er bewege sich beim Sex genauso sinnlich und locker. Bei dem Gedanken wird mir ganz heiß, sehr heiß sogar, und ich muss ihn unbedingt stoppen, bevor ich nichts anderes mehr im Sinn habe ...

Der Laden vor uns sieht auf den ersten Blick wie eine chinesische Spelunke aus. Beim Anblick des großen Schildes vor dem Eingang sehen wir uns schmunzelnd an: *Sorry, we are open!* steht darauf. Vic setzt seine Sonnenbrille wieder auf und wir treten ein. Der Ladenbesitzer persönlich empfängt uns, begrüßt Vic wie einen guten Freund, und führt uns zu dem reservierten Tisch in einer lauschigen Ecke des nicht besonders großen Biergartens.

Lauschig ist etwas übertrieben. Auf der kleinen Bühne spielt eine Indie-Band und die mollige Sängerin schreit sich die Seele aus dem Leib, wie manche Frauen es bei den Presswehen tun. Die kreischende Gitarre und der dumpf vibrierende Bass übertönen ihre kratzige Stimme fast vollständig, doch die Mischung klingt cool und schräg, passend zu dem schrillen und trashigen

Restaurant. Das Publikum ist genauso bunt zusammengewürfelt wie die Einrichtung und die Speisekarte. Viele lässige Hipster und hübsche Frauen in geblümten Sommerkleidchen sitzen auf den Holzbänken oder stehen mit Bierflaschen in der Hand vor der Bühne. Aber auch viele Touristen mischen sich unter das Publikum und sind entzückt von der *typischen Berliner Szene*. Als ob für Berlin noch irgendwas typisch wäre. Das einzig Typische in Berlin ist eben die Vielfalt der „Szene" und das Gefühl, gerade Zeitzeuge eines neuen Trends geworden zu sein, dem schon morgen entweder die halbe Welt folgt oder der allen am Arsch vorbei gehen wird.

Manche Sachen halten sich auch länger. Leider. Wie die schrecklichen Hipster-Bärte, die bei vielen Typen wie außer Kontrolle geratene Intimhaare aussehen. Oder die geschmacklosen Flip-Flops an den Füßen der Mädchen, obwohl sie sich weder im Schwimmbad noch auf einem Campingplatz befinden.

„Weißt du schon, was du nimmst?", fragt mich Vic, als wir uns in unsere Speisekarten vertiefen. Er sitzt mit dem Rücken zum Raum, um nicht erkannt zu werden. Auch ist unser Tisch sehr sparsam beleuchtet. Bestimmt eine Art Promi-Tisch, wo man sich von den restlichen Gästen etwas abgrenzen kann.

„Ja, das weiß ich. Einen veganen Burger und dazu Salat."

„Bist du Veganerin?" Er hebt seine Augenbrauen.

„Nein, keine Angst. Ich mag nur nicht zu fettig essen, wenn es so heiß ist", erkläre ich ihm. „Und ich habe von einer Freundin, die Veganerin ist, gehört, dass sie sehr gut schmecken." Naty war neulich mit ihrem Freund

Eric hier und hat die Veggieburger stark gelobt. Sogar Eric haben sie gut geschmeckt.

„Ich nehme das volle Programm: Burger, Pommes, Salat und so. Bei meinem Burger steht: *Enjoy today, fart tomorrow!*" Wir prusten beide los. Derjenige, der hier die Texte gestaltet, hat schon einen eigenartigen Humor.

Die Bedienung, eine hübsche, blonde Amerikanerin, grüßt Vic mit einem strahlenden Lächeln. So, wie sie ihn ansieht und wie er, durch meine Anwesenheit bedingt, etwas verlegen versucht, den Augenkontakt mit ihr zu meiden, bekomme ich den Verdacht, die zwei hatten was miteinander. Wieso würde mich das nicht überraschen? Mit seinem Aussehen und vor allem mit seinem Ruhm als Rockstar ist er für Frauen wie ein Magnet, um den man nicht einfach einen Bogen machen kann, ohne in sein Kraftfeld gezogen zu werden. Auch ich spüre, wie ich immer mehr kämpfe, um auf Distanz zu bleiben und mich von ihm fernzuhalten. Als die mopsige Blondie mit unserer Bestellung verschwindet, lächelt er mich an und beugt sich etwas über den Tisch, sodass wir uns bei der Lautstärke unterhalten können, ohne schreien zu müssen.

„Wie gefällt es dir hier?"

„Ganz gut. Interessante Musik. Und der Laden sowieso", entgegne ich. Ich will noch sagen: *Auch die Bedienung ist hübsch*, doch ich halte mich rechtzeitig zurück, ehe ich wieder für angespannte Stimmung sorge. Es geht mich ja nichts an, wen er alles schon vor mir flachgelegt hat. Scheiße! So darf ich nicht denken! Mich wird er ganz bestimmt nicht flachlegen!

„Ein kleines Stück Heimat für mich." Vic lächelt und hebt dabei einen Mundwinkel höher an als den anderen. Ich mag dieses Lächeln. Es ist frech und süß zugleich.

Sein Smartphone meldet sich mit einer Nachricht. Er zieht es aus seiner Hosentasche und stellt es auf lautlos, ohne die Nachricht gelesen zu haben. Das heißt, er möchte mir während des Abends seine volle Aufmerksamkeit schenken. Ziemlich beeindruckend.

Die Blondine mit dem ordentlichen Vorbau, der ihr aus der engen Bluse quillt, bringt uns unsere Colas. Ich wette, die sind nicht echt. Ihre Titten, meine ich.

„So, dann wollen wir jetzt über dich reden", sage ich bemüht lässig, um meine Neugier zu verbergen.

„Ich will dir nicht mit Geschichten aus meiner beschissenen Vergangenheit den Abend versauen", erwidert er und greift nach seinem Glas.

„Du, mich erschreckt nichts so schnell, ich bin hart im Nehmen. Vergiss nicht, ich studiere Medizin und hab schon Sachen gesehen, bei denen auch die hartgesottensten Menschen Brechreiz bekommen."

Vic lächelt bei meiner Bemerkung, mit der ich ihn aufmuntern wollte. Ich würde wirklich gerne mehr über ihn erfahren, vor allem über die Zeit, in der er noch kein bekannter und verrufener Rockstar war.

„Wie du willst. Aber ich erwarte von dir absolute Diskretion. Ich rede normalerweise nicht mit fast fremden Menschen über mein Privatleben oder meine Zeiten in New York. Wenn morgen auf Instagram oder woanders im Internet bestimmte Details über mich erscheinen, werde ich sofort wissen, dass du nicht die Klappe halten konntest." Sein Blick wird misstrauisch, fast schon drohend. „So was könnte mich sehr wütend machen, also überleg dir gut, warum du das wissen willst – weil du ein ehrliches Interesse an mir als Mensch hast, oder weil du es geil findest, Sachen von Vic Taylor zu erfahren, die ich normalerweise von der Öffentlichkeit fernhalte."

„Ich weiß zwar nicht, wie ich dich von meiner Diskretion überzeugen kann, aber wenn du mir nicht traust, dann reden wir lieber über Wetter und Sport", sage ich fast schnippisch, weil es mich anpisst, dass er versucht, mit mir zu spielen. Erst tut er so, als ob er ganz vertraulich mit mir reden will, und gleich danach unterstellt er mir, dass ich ihn bloß ausspionieren will. So ein Arsch. Ich lehne mich zurück und trinke meine eiskalte Cola. Eigentlich mag ich Cola überhaupt nicht. Viel zu süß und kalorienreich. Aber egal. Wir wollten uns mit amerikanischem Fast Food vollstopfen, und da gehört Cola einfach dazu. Bionade wäre jetzt zu spießig.

Vic atmet tief aus, greift über den schmalen Tisch nach meiner Hand und berührt sie sanft. „Jetzt habe ich dich schon wieder gekränkt. Es tut mir leid. Ich mache heute einfach alles falsch", sagt er mit einem gezwungenen Lächeln auf den schönen Lippen. „Natürlich halte ich dich für vertrauenswürdig, und ich weiß, du bist nicht so eine Frau. Aber ich habe leider schon zu viele von dieser Sorte kennengelernt und das gerade war ein alter Schutzmechanismus. Wie kann ich das wiedergutmachen?"

Ich schürze die Lippen und sehe ihn eine Weile an. Irgendwie kann ich ihn verstehen. Wenn man so berühmt ist, wird man misstrauisch und möchte seine Privatsphäre sorgsam schützen. Ich an seiner Stelle würde wahrscheinlich regelrechte Paranoia entwickeln. Vics Finger ruhen immer noch auf meinem Handrücken, und erst als Blondie mit unserem Essen vor uns steht, zieht er die Hand zurück.

„Du spendierst mir nachher eine ordentliche Portion Eis", beantworte ich seine Frage, als wir wieder alleine sind. Ich lächle ihn an und sein Gesichtsausdruck entspannt sich sichtbar.

„Schwein gehabt! Mach ich gerne. Dann lass es dir schmecken!"

Wir essen eine Weile schweigend, bis ich ihn aufmunternd anlächle. „Vic, ich würde wirklich gerne mehr über dich erfahren. Vor allem über die Zeit, bevor du Rockstar geworden bist. Das, was ich über dich weiß, ist alles so oberflächlich und klischeehaft. Ich möchte aber dich kennenlernen. Den wahren Vic."

Er blickt mir tief in die Augen und schon wieder erinnert er mich flüchtig an James Dean. Vor allem, wenn sich in seinem Blick ein Hauch dieser besonderen Melancholie spiegelt, die erstaunlich gut zu seiner Coolness passt.

„Ich möchte auch, dass du mich richtig kennenlernst. Vieles, was du über mich gelesen hast, sind Geschichten für die Medien, und es wird alles maßlos aufgebauscht und dick aufgetragen. Ich spiele halt brav mit und bin anscheinend ziemlich überzeugend."

„Ich nehme dir den Bad Boy nicht ganz ab, da steckt bestimmt mehr dahinter."

„Danke für die Blumen. Es hat schon lange niemand versucht, in mir was anderes zu sehen als das Arschloch."

„Dann fang einfach an und überzeuge mich vom Gegenteil."

„Möchtest du mir konkrete Fragen stellen oder soll
ich einfach erzählen?"

„Ich fang mit ein, zwei Fragen an."

„Gut. Schieß los!"

„Heißt du wirklich Vic Taylor?"

„Nein", antwortet er kopfschüttelnd. „Auch wenn so
gut wie alle das glauben. Ich wurde als Zach Lechnowsky geboren. Victor Taylor war die Idee meines
Entdeckers und der Manager hat Vic daraus gemacht."

„Passt auch besser zu dir. Also muss ich dich jetzt
nicht Zach nennen?"

„Bitte nicht. Vic ist mir lieber."

„Okay. Wieso gerade Berlin? Darüber konnte ich
nicht viel rausfinden, und um einen Privatdetektiv zu
engagieren, bist du mir doch nicht wichtig genug", sage
ich scherzhaft, um meine Frage nicht wie ein Verhör
klingen zu lassen.

Vic grinst kurz, bevor er sich zurücklehnt und seine
Colaflasche auf den Tisch stellt. Er sieht mich erst an
und richtet den Blick dann nachdenklich in die Ferne.

„Ich bin vor vier Jahren nach Berlin gekommen. In
New York habe ich vergeblich auf meine Chance gewartet. Abgesehen davon wollte ich irgendwo weit weg
ganz neu anfangen."

„Du warst doch noch so jung. Denkt man in dem Alter
schon an Neuanfänge?"

„Wenn du in den ersten achtzehn Jahren so ein Leben
gelebt hast wie ich, dann schon", erwidert er fast zynisch. „Berlin war für mich damals schon die geilste

Stadt auf der ganzen Welt, besonders für einen Künstler und Freigeist, für den ich mich hielt. Ich stand schon immer auf die europäische Musikszene, und irgendwie habe ich wahrscheinlich auch nach meinen Wurzeln gesucht. Meine Uroma Christa wurde in Berlin geboren, bevor ihre Eltern mit ihr als Kleinkind nach New York auswanderten. Verwandte in Deutschland habe ich zwar keine mehr, aber ich habe mich in Berlin sofort wie zuhause gefühlt. Diese besondere Stimmung in der Stadt war genau das, was ich für den Neuanfang brauchte."

„Und dein Leben vor Berlin, in deiner Heimat? Willst du nicht auch darüber erzählen? Du weißt schon, deine Familie, deine Kindheit und Jugend, deine musikalischen Anfänge?"

Sein Gesichtsausdruck verdüstert sich zunehmend und verrät mir, dass er diese Zeit am liebsten überspringen oder gar aus seiner Erinnerung löschen würde.

„Du hast ja keine Ahnung, woher ich stamme", meint er leicht zynisch.

„Dann erzähl es mir einfach."

„Meine Kindheit ... war ziemlich beschissen", sagt er bitter. „Ich habe früh gelernt, was es heißt, am Rande der Gesellschaft zu leben und arm zu sein." Vic vermeidet weiter, mir in die Augen zu sehen. „Mein Alter hat sich nach Kalifornien verpisst, nachdem er meine sechzehnjährige Mutter geschwängert hatte. Ich habe ihn nie gesehen und weiß nicht mal, wie er heißt, sie nannte ihn immer nur das Arschloch. Ihre Eltern, irgendwelche Mittelschichtsnobs, wollten sie zu einer Abtreibung zwingen, doch sie weigerte sich und zog zu ihrer Granny Christa, also, meiner Uroma, nach

Brooklyn. Sie bekam von ihren Alten keinen Cent Unterstützung, und auch sonst wollten sie von uns nichts mehr hören. Es war meine deutsche Uroma Christa, die sich um mich kümmerte, als ich noch ganz klein war. Sie hat mir auch ihre Muttersprache beigebracht. Meine Mutter rutschte nach meiner Geburt total ab, geriet weiter an falschen Typen, nahm Drogen, trieb sich nächtelang rum, und als ich drei war, zog sie mit einem drogensüchtigen Mistkerl zusammen, der sie misshandelte und ihr verbot, mich mit zu ihm nach Hause zu bringen. Sie entschied sich für ihn und kümmerte sich nicht länger um mich. Ich war neun, als meine Uroma Christa starb und ich in meine erste Pflegefamilie kam. Ich wechselte in mehrere, bis ich siebzehn wurde. Manche wollten mich nicht länger haben, weil ich zu schwierig war, bei manchen bekam ich kaum was zu essen, weil sie das Geld, das sie für mich erhielten, schon am Anfang des Monats versoffen hatten. Und bei manchen wollte ich nicht länger bleiben, weil sie mich wie Dreck behandelten, und ich büxte einfach aus, bis die Polizei mich fand und mich zu einer anderen Scheißfamilie brachte. So weit über meine tolle Kindheit." Vic atmet tief aus und blickt mich kurz an. Ich reiße mich zusammen, um nicht zu zeigen, wie seine klaren Worte mich berührt haben. Scheiße! Dass es so schlimm war, habe ich wirklich nicht vermutet.

„Hast du noch Kontakt zu deiner Mutter?", frage ich vorsichtig.

„Nope. Ich weiß nicht mal, ob meine Alte noch am Leben ist", erwidert er trocken. „Seit ich in Deutschland lebe, habe ich keinen Kontakt zu meiner Heimat. Richtige Freunde hatte ich eh nie und es gab nichts, was mich in meinem alten Leben hielt, als ich mir das Ticket nach Berlin gekauft habe. Genauer gesagt habe ich es nicht selbst gekauft."

6. Vic

Es war Molly, die mir mit ihren Ersparnissen das Flugticket nach Berlin kaufte. Aber ich kann Kat jetzt nicht alles über sie erzählen, das wäre unpassend für unser erstes Date. Sie hört mir total aufmerksam zu und ihr Interesse an mir und meinem beschissenen Leben scheint echt zu sein. Nein, ich darf sie nicht völlig abschrecken, sonst läuft sie mir noch weg. Und das wäre echt schade.

Ich erwähne Molly also nur vage, Frauen mögen es normalerweise nicht, wenn der Typ ausführlich über seine Ex erzählt.

Und Molly ist irgendwie eine Ex, auch wenn wir nie richtig zusammen waren. Sie wohnte in der Bronx, und als sie mich im Park singen hörte, erkannte sie mein Talent. Sie war Mitte dreißig und unglücklich verheiratet mit einem Truckfahrer und Alkoholiker, der sie im Rausch oft verprügelte. Molly flüchtete sich in die Affäre mit dem jungen, verträumten Musiker, um ihren tristen Alltag zu entfliehen, ich wiederum fand jemanden, der mich bemutterte, an mich glaubte und mich einfach liebhatte. Doch Molly konnte ihren Mann nicht verlassen. Sie hatte drei kleine Kinder mit ihm und war finanziell von ihm abhängig. Sie ermutigte mich, meinen Traum zu verfolgen und an mich zu glauben, so, wie sie es tat.

Sie war überhaupt der erste Mensch in meinem Leben, der an mich glaubte und in mir was Gutes sah. Das hat mich damals echt umgehauen. Ich verliebte mich in sie, ich war erst neunzehn, und wir hatten mehrere Monate lang eine Affäre. Aber sie war für mich mehr als bloß eine Geliebte. Sie war meine einzige Freundin, sie kümmerte sich um mich wie eine große Schwester, und vor allem: Sie verstand meine Leidenschaft für Musik und fand meine Träume nicht bescheuert. Schon damals wollte ich nach Berlin und ganz neu anfangen, in einer Stadt, die so viele Möglichkeiten bot und so kreativ und aufregend war. Sie fand die Idee ausgezeichnet. Molly sagte mir eine große Karriere voraus, viel Ruhm, Geld und Anerkennung, aber unter einem anderen Namen. Sie sah das in ihren Karten. Ich glaubte natürlich nicht an diesen Hokuspokus, aber ihr war es ernst.

Eines Tages drückte sie mir die nötigen Dollarscheine in die Hand und zwang mich, das hart ersparte Geld anzunehmen. Ich solle nicht länger warten, sagte sie. Wir weinten beide, als wir uns verabschiedeten, wohl wissend, dass wir uns nie wiedersehen würden.

Also packte ich meine Siebensachen und die Gitarre und verließ die Staaten. Molly war die erste und einzige Frau, in die ich je richtig verliebt war. Doch diese Beziehung war nicht nur aussichtslos, sie war auch ganz schön verkorkst. Wir waren beide bedürftig, als wir uns kennenlernten. Es hat sich verdammt gut angefühlt, ihre Nähe und Wärme zu spüren, und der Sex war auch geil. Nur die wahre Liebe ist es nicht gewesen, dafür waren wir beide zu kaputt, jeder auf seine Art. Die wahre Liebe! Fuck it! An so einen Scheiß glaub ich sowieso nicht, auch, wenn ich in meinen Songs überwiegend darüber singe. Ich glaube an Sex, an Rock 'n' Roll und an eine gepflegte Dosis Koks ab und zu.

Okay, ich glaube auch an mich selbst, irgendwie. Auf der Straße bin ich von einem einflussreichen Produzenten entdeckt worden, der mit mir ein paar Demos gemacht und sie an einen befreundeten Plattenfirmenboss geschickt hat. Der wiederum suchte gerade einen Sänger für eine deutsch-amerikanische Rockband. Dass so was gerade mir passierte, war ein verflucht glücklicher Zufall. Eine dieser unglaublichen Geschichten, die eigentlich nur anderen widerfahren. Aber diesmal war tatsächlich ich dran, so, wie Molly mir prophezeit hatte.

Ich habe mich nie bei ihr gemeldet, obwohl ich oft an sie gedacht habe. Keine Ahnung wieso. Ich bin immer noch dankbar für alles, was sie für mich getan hat. Aber als ich nach Berlin kam, wollte ich mit meiner beschissenen Vergangenheit gänzlich abschließen. Erinnerungen an Molly oder gar Kontakt zu ihr hätten mich daran gehindert, meine Vergangenheit zu vergessen. Und das wollte ich: alles vergessen, was mit meinem alten, verfickten Leben zu tun hat, und nur nach vorne blicken. Und jetzt bin ich dort, wo ich hinwollte: berühmt, erfolgreich, reich, beliebt. Und ich bekomme jede Frau, die ich will. Im Augenblick will ich nur Kat und ich werde alles tun, um sie zu erobern. Wenn sie mir nicht wegläuft, jetzt wo sie schon so viel über mich weiß.

Momentan zumindest ist sie noch nicht weggelaufen, sondern sitzt mir gegenüber und hört noch immer zu. Bisher habe ich sie nicht mit meiner Geschichte verscheucht, also erzähle ich ihr auch den Rest. All die Sachen, die sie von mir wissen will und an die ich eigentlich nicht länger denken wollte. Doch mir wird plötzlich klar, dass diese Lebenserfahrungen mich zu dem Menschen gemacht haben, der ich bin, und dass sie für immer ein Teil von mir bleiben werden. Damit werde ich leben müssen und das Beste daraus machen. Ich muss mich endlich akzeptieren, so wie ich bin, und aufhören, mit meiner beschissenen Vergangenheit zu hadern. Kat hilft mir gerade bei dieser Erkenntnis und wird für mich schon deswegen immer etwas Besonderes bleiben.

„Noch Fragen?", sage ich bemüht gleichgültig. Einige Augenblicke lang sehen wir uns schweigend tief in die Augen. Sie wirkt so ernst. Und sie ist verdammt hübsch. Am liebsten würde ich sie küssen und den ganzen fucking Vergangenheitsmist wieder vergessen. Einen Abend mit einer so besonderen Frau sollte man nicht mit schwerverdaulichen Gesprächen verschwenden. Doch sie besteht darauf, mich besser kennenzulernen, bevor sie sich vielleicht auf mich einlässt. Das ist der Preis, den ich zahlen muss, um eine Chance bei ihr zu bekommen. Ich muss im übertragenen Sinne meine Hose runterlassen, bevor ich ihr an die Wäsche darf. Scheiße. Sie hat mich jetzt schon ganz fest im Griff. Ich hätte niemals gedacht, dass ich mich mal einer Frau, mit der ich bloß ins Bett will, so schonungslos öffnen würde! Erstaunlicherweise hat es sich aber gut angefühlt, endlich alles loswerden zu können, so wie damals bei Molly. Kat vermittelt mir das Gefühl, sie nimmt mich ernst und ist für mich da. Schon seltsam. Die meisten Frauen interessieren sich nicht wirklich für *mich* und unsere Kommunikation verläuft extrem oberflächlich. Mit Kat ist alles so aufregend anders. Sie tut mir jetzt schon gut.

Nach einer Weile neigt sie sich leicht zu mir und berührt sanft meinen Oberarm. „Da ist tatsächlich noch etwas, das du mir erklären müsstest", sagt sie mit einem Lächeln, bei dem sich süße Grübchen in ihren Wangen bilden. Schon wieder will ich sie küssen. Doch ich beherrsche mich weiter.

„Na dann, raus mit der Sprache." Ihre Berührung löst ein warmes, prickelndes Gefühl in mir aus.

„Keine Angst, es ist was ganz Banales. Als du nach Berlin gekommen bist, hattest du kein Arbeitsvisum oder feste Meldeadresse. Wie hast du das geregelt?"

„Na ja, solche Formalitäten waren mir damals ziemlich egal, und um ehrlich zu sein, habe ich mich anfangs mit einigen Angaben ... durchgemogelt. Gewohnt habe ich in einer WG mit acht, manchmal zehn Mitbewohner aus der linken Szene, und da kümmerte es niemanden, ob mein Visum noch gültig war oder nicht. Auch hatte ich Glück, dass ich bei den Auftritten auf den Straßen immer schneller war als das Ordnungsamt und seine Kontrollen. Nachdem mich der Produzent entdeckt hat, kümmerte er sich sofort um den nötigen Papierkram und regelte alles für mich. Arbeitsvisum, einen festen Wohnsitz und alles, du weißt schon. Und als ich der Sänger von *Black Sunday Desire* wurde, hat unser Management solche Angelegenheiten übernommen."

„Alles klar. Hast du eigentlich noch Kontakt mit deinen Punks aus der WG?"

„Nee, die würden mich lynchen, wenn ich sie mal treffe", sage ich lachend. „Ich habe doch meine Seele an das feindliche kapitalistische System verkauft und bin daher ein fucking Verräter."

„Ja, das kann ich verstehen. Es ist besser, wenn du ihnen nie mehr begegnest", entgegnet sie und lächelt. Ihre Hand, die immer noch auf meinem Unterarm liegt, empfinde ich als wohltuend. Sie will mich damit nicht anmachen. Mit dieser kleinen Geste zeigt sie mir einfach besser als mit Worten, dass sie ganz bei mir ist. Es entsteht gerade eine besondere Intimität zwischen uns. Obwohl wir uns bis jetzt nicht mal geküsst haben. Fuck. Diese Frau kommt mir so nah wie noch keine zuvor. Und noch schlimmer ist, dass sich das sogar gut anfühlt!

7. Kat

Plötzlich stelle ich fest, dass meine Hand immer noch Vics Unterarm berührt. Langsam ziehe ich sie zurück, doch Vic greift danach und hält sie einfach fest.

„Danke", sagt er mit einem tiefgründigen Blick.

„Wofür?", frage ich verwundert.

„Dass du mir zugehört hast."

Mir fehlen auf einmal die Worte und ich lächle ihn nur an, während er mich wieder loslässt. Die letzte Viertelstunde, oder vielleicht waren es auch dreißig Minuten, habe ich überwiegend zugehört. Es ist mir nicht leichtgefallen, mein Staunen und manchmal auch mein Mitgefühl zu verbergen, während mir Vic von seinem Leben auf der anderen Seite des Ozeans erzählte. Niemals hätte ich gedacht, wie viel Elend, Einsamkeit, Schmerz und vor allem Mangel an Liebe dieser Mann vor der ganzen Welt verbirgt. Niemand vermutet hinter seinem strahlenden Image ein Leben, das völlig unerwünscht und in ärmsten Verhältnissen begonnen hat. Niemand kann sich Vic Taylor als einen ungewollten und ungeliebten kleinen Jungen vorstellen, der nie erfahren hat, was Mutterliebe bedeutet. Der von der depressiven Urgroßmutter nur mit dem Notwendigsten versorgt wurde, sodass er nicht ins Heim musste. Bis man ihn an wildfremde Menschen weiterreichte, die ihn misshandelten, vernachlässigten und ihm das Gefühl gaben, bloß geduldet, nicht aber gemocht und erwünscht zu sein. Ich kann mir nur mit großer Mühe vorstellen, wie es sein muss, wenn man niemanden hat, der einen liebt, an einen glaubt, einem Geborgenheit und ein Zuhause gibt. Mein Milchshake, den ich als Nachtisch bestellte, schmeckt plötzlich ziemlich bitter.

Vic hat nüchtern erzählt, fast emotionslos, als ob es über einen wildfremden Menschen und nicht um ihn selbst geht. Erst, als er über seine erste Gitarre sprach, die er mit fünfzehn auf einem Flohmarkt geschenkt bekommen hat, schwang die Liebe zur Musik in seiner Stimme mit. Er brachte sich das Spielen selbst bei, schmiss endgültig die Schule und wurde Musiker. Fast klang es wie ein Abenteuer, als er mir von dem Leben eines oft hungrigen Straßenmusikers erzählte, der im Sommer in einem Park schlief und von den großen Bühnen der Welt träumte. Dabei spürte ich deutlich seinen unerschütterlichen Glauben, der seine ganze Antriebskraft war. Der Himmel über Berlin, so wie er ihn als Jugendlicher im Wim Wenders Film gesehen hat, spornte ihn jeden Tag aufs Neue an, sich mit seiner Gitarre am Alex auf sein Plätzchen zu stellen und um sein Leben zu singen. Und plötzlich wurde aus dem rothaarigen, schmächtigen Zach der blonde, durchtrainierte Vic, der rebellische und egozentrische Frontmann von *Black Sunday Desire. Ich versuche, ihn mir vorzustellen, wie er am Alex steht und mit geschlossenen Augen für Hunderttausende singt.* Das ganze beschissene Elend der Vergangenheit scheint heute vom Glanz und Rausch seines neuen Lebens wie wegradiert, verdrängt, vergessen zu sein. Geht das überhaupt?

„So, und jetzt kennst du die ganze unspektakuläre Wahrheit über Vic Taylor." Mit einem leicht sarkastischen Lächeln beendet er seine Geschichte und lehnt sich zurück. Seine Hände zittern kaum merklich, als er sich eine Zigarette anzündet und sich über das Haar streicht. Er ist schön, sexy, souverän und cool, trotz der Verletzlichkeit und Wunden, die ich jetzt kenne und die er vor der restlichen Welt so sorgsam verbirgt.

Zugegeben, ich bin ziemlich platt und sprachlos. So vieles geht mir durch den Kopf und ich weiß nicht, was ich sagen soll. Ich verstehe jetzt einiges an seinem Verhalten und bin beeindruckt von seiner Lebensgeschichte. So jemand wie er hätte ganz böse enden können. Ein Krimineller oder Dealer werden. An einer Überdosis sterben. Für immer auf der Straße bleiben. Doch er hat das geschafft, was wie ein Märchen klingt. Weil er seinen Traum nie aufgegeben und weil er sein Ziel niemals aus den Augen verloren hat. Er wollte der ganzen Scheiße in seinem Leben entfliehen und sich das holen, wonach er sich so sehr sehnte: Anerkennung, Respekt, Liebe, Erfolg, Status, Reichtum. Sein Antrieb war sehr stark, genau wie die Defizite, die er erlitten hat. Wenn er ein behüteter Junge aus einer liebevollen, harmonischen Familie gewesen wäre, hätte er es vielleicht nicht so weit gebracht. Ihm würde dieser Biss fehlen, die wütende Verzweiflung und der bittere Hass auf die ganze Welt, die in seinem Innersten an ihm genagt und ihn nach vorne gepeitscht haben.

So jemand wie er ist ein bewundernswerter Kämpfer, der tatsächlich Respekt und Anerkennung verdient. Seine Vergangenheit entschuldigt natürlich nicht sein oft rücksichtsloses und arschiges Benehmen, doch ich habe jetzt viel mehr Verständnis für ihn. Mein Mitgefühl hat er sowieso, doch das will er ganz bestimmt nicht und ich werde mich davor hüten, es zu zeigen.

„Vic, ich muss dir danken", rutscht es mir heraus.

„Du mir?" Überrascht atmet er eine blaue Rauchwolke in die entgegensetzte Richtung.

„Für dein Vertrauen und deine Ehrlichkeit. Ich weiß zwar nicht, womit ich das verdient habe, doch ich weiß es zu schätzen. Du könntest dir auch eine teure Therapeutin zulegen, wenn du mit jemanden darüber reden wolltest."

„Ich brauche keine Therapeutin, die labern eh nur Scheiße." Er vollführt eine abwehrende Geste. „Oder denkst du etwa, ich habe so einen Schaden, dass ich einen Seelenklempner brauche? Spricht jetzt die Ärztin aus dir?" Er blickt mich scharf an und seine Augen verengen sich hinter dem Zigarettenrauch.

„Nein, so habe ich das nicht gemeint!", verteidige ich mich sofort. „Ich wunder mich nur, warum du gerade mir all das erzählst. Ich meine, du kennst mich ja kaum."

„Es ist einfach das besondere Gefühl, das man bei manchen Menschen hat. Bei denen man einfach weiß, dass es okay ist, persönlich zu werden. Dass sie einen nicht ausnutzen wollen. Dass sie wirklich zuhören und einen ernst nehmen. So ein Mensch scheinst du zu sein und das muss dir als Erklärung reichen." Vic senkt den Blick, als ob dieses Geständnis schon viel zu viel an emotionaler Dichte und Tiefe hätte, als dass es sich ein als cool geltender Mann erlauben durfte. Ich fühle mich geschmeichelt, aber irgendwie auch unangenehm berührt. Plötzlich weiß ich Sachen über ihn, die tragisch und bitter sind und die gar nicht zu der Vorstellung passen, die ich von ihm hatte. Sein bisher etwas flacher Charakter hat dadurch deutlich an Dimension gewonnen. Zugegeben, jetzt, wo ich wichtige Puzzleteile des Gesamtbilds kenne, erscheint er mir nur noch interessanter ...

Zweifellos hatte er ein starkes Bedürfnis, mit jemandem über sein wahres Ich zu reden, was nur verständlich ist. Seit er als Vic Taylor neu geboren wurde, gibt es höchstwahrscheinlich niemanden mehr, der den Menschen hinter dieser Kunstfigur kennt und versteht. Es muss anstrengend und einsam sein, bloß eine Rolle zu spielen, die extra für den eigenen Werdegang als Frontman von *Black Sunday Desire* erschaffen wurde. Der charismatische, exzentrische, selbstverliebte Sänger, der das Klischee Sex, Drugs and Rock 'n' Roll in vollen Zügen lebt und dadurch stets für genügend Schlagzeilen sorgt. Auf einmal bekomme ich das Gefühl, das ganze Drumherum zu durchschauen. Ich weiß noch gut von Noemi, dass Myles nicht einverstanden war, die Rolle zu spielen, die für ihn vorgesehen war. Er weigerte sich, eine fügsame Marionette in den Händen der Musikindustrie zu sein, wie er selbst sagte. Offensichtlich läuft alles, was die Band betrifft, nach einem genauen Plan ab, vorgegeben vom Management, der Plattenfirma und anderen Vertragspartnern.

Aber Vic war sehr wohl bereit, seine Seele zu verkaufen, weil er sich viel zu stark nach Aufstieg und Erfolg gesehnt hat. Auf einmal weiß ich nicht länger, was von dem, das ich bisher über ihn aus den Medien mitbekommen habe, überhaupt wahr ist und was nur gespielt. Vielleicht ist er gar kein so schlimmer Bad Guy?

Vielleicht spielt er nur einen, weil das fördernd für die Popularität der Band ist? Und für diese Sexgeschichten braucht man immer zwei. Er muss gewiss keine Frauen zum Sex und anderen Gefälligkeiten zwingen, die verlangen das ja regelrecht von ihm. Nicht viele junge Männer würden anders handeln, wenn sie die Gelegenheiten dazu hätten.

Ehe ich anfange, mich in voreilige, romantisch-verklärte und vor allem hormongesteuerte Schlussfolgerungen hineinzusteigern, reiße ich mich zusammen. Ich darf dem Therapeutinnensyndrom nicht zu reichlich Futter geben. Die Tatsache, dass ich nicht hyperventiliert habe, als ich Vic zum ersten Mal traf, und ihm nicht sofort meine Bereitschaft zum Beischlaf angeboten habe, haben ihn dazu gebracht, sich mir zu öffnen. Vielleicht spielen auch meine Freundschaft mit Myles und Noemi eine Rolle. Das ist alles. Außerdem weiß ich, dass ich mit meiner Ungezwungenheit, Offenheit und meinem losen Mundwerk oft kumpelhaft auf die Männerwelt wirke. Das ist es, was meine Ma zur Verzweiflung treibt.

Wie sollen sich denn junge Männer in dich verlieben, wenn du dich in ihrer Gegenwart burschikos und undamenhaft benimmst und damit jegliche romantischen Bestrebungen im Keim erstickst?

Tja, so bin ich nun mal. Wenn ich eines Tages damit das Vertrauen meiner Patienten gewinne, könnte wenigstens eine gute Ärztin aus mir werden – wenn schon nicht eine vornehme Ehefrau.

„Du kannst dir sicher sein, ich werde dich nicht enttäuschen, indem ich dein Vertrauen missbrauche", sage ich schließlich sachlich und schiebe den Teller von mir. „Deine Geheimnisse sind bei mir gut aufgehoben. Ich denke, jetzt weiß ich schon viel besser, wer du wirklich bist. Das reicht für heute völlig aus“, füge ich noch scherzhaft hinzu. Seine Beichte hat mich sehr berührt und ich glaube, er spürt das. Wir sollten verhindern, dass zu viel Schwere unser erstes Date belastet, also muss ich für etwas Leichtigkeit sorgen.

„So, ich bin satt und hab Lust auf das versprochene Eis!“

Du musst ihn ganz bestimmt nicht erlösen, ermahne ich mich noch vorsichtshalber, als mein Blick etwas zu lange auf seinem Gesicht verweilt, das im Lichterkettenschein zum Anschmachten schön ist.

„Geht klar!“ Vic reagiert sofort und gibt Blondie ein Zeichen. Sie scheint nur darauf gewartet zu haben und bringt ihm die Rechnung mit einem Du-kannst-mich-ficken-wenn-du-willst-Lächeln. Mich würdigt sie natürlich keines müden Blickes. Vic meidet weiter den Augenkontakt mit ihr und begleicht mit sachlicher Miene die Rechnung. Erst als wir aufstehen und er mich durch den vollen Biergarten führt, merke ich, wie er angestarrt wird und die Frauen ihre Handys zücken, als sie ihn erkennen, um noch schnell ein Foto von ihm zu machen. Doch er zieht mich mit sich und wir verlassen die Menge so schnell, dass die Kameras nur noch seinen Rücken erwischen können.

Draußen auf dem Parkplatz atmet er erleichtert auf. Es muss ein bisschen so sein, als wäre man ständig auf der Flucht, bei all den Leuten, die ihn erkennen und Fotos von ihm und seinen Begleitungen machen wollen. Er öffnet mir die Tür seines Mustangs, und erst als wir beide einsteigen, redet er wieder.

„Sorry, wir mussten schnell verschwinden, bevor sich jemand auf uns stürzen konnte. Wenn ich ohne Bodyguard unterwegs bin, muss ich vorsichtig sein", erklärt er mir.

„Kein Problem. Es hat uns ja zum Glück keiner belästigt und Fotos hat auch niemand gemacht, als wir am Tisch saßen. Kommt es öfters vor, dass du vor den Fans wegrennen musst?"

„Ab und zu schon." Vic nickt und lächelt. „Besonders abends, wenn die Mädchen angetrunken sind und mutiger werden. Da kann die Eine oder Andere schon handgreiflich werden. Aber damit komm ich klar. Schlimmer ist, wenn mehrere auf einmal versuchen, sich mir an den Hals zu werfen, da brauch ich schon Hilfe, um sie loszuwerden."

„Handgreiflich also? Das heißt, die wollen dir an die Wäsche?", hake ich schmunzelnd nach und sehe ihn von der Seite an.

„Ja, so kann man es sagen." Er grinst entschuldigend und beschleunigt so schnell, dass ich in meinen weichen Sitz gedrückt werde.

„So ein Leben wäre eine Horrorvorstellung für mich! Du hast ja quasi keine Privatsphäre mehr, wenn du in der Öffentlichkeit unterwegs bist, oder?"

„Alles hat seinen Preis. Ich habe es ja so gewollt", erwidert er trocken und gibt Gas, als die Ampel vor uns gelb wird.

„Wie lange hast du schon den Führerschein?" Nicht, dass ich denke, er fährt unvernünftig. Ich selbst bin eine ziemlich leicht genervte und doch zuverlässige

Fahrerin, wenn ich mit meinem alten Suzuki unterwegs bin. Aber Vic fährt sehr lässig. Und einen Tick zu schnell. Was mir aber gar nichts ausmacht.

„Wieso? Hast du etwa Angst, mit mir zu fahren?", grinst er.

„Nein, ich frage nur so. Ist bestimmt nicht dein erstes Auto, oder?"

„Vorher hatte ich kurz einen Volvo. Aber einen Führerschein habe ich nicht. Den braucht doch kein Mensch."

Ich öffne nur meinen Mund und bin kurz sprachlos. Vic lacht herzlich, als er mich ansieht.

„Das war ein Scherz! Den Führerschein habe ich vor zwei Jahren gemacht und vorher bin ich einmal durchgefallen, weil ich jemandem die Vorfahrt genommen habe", erklärt er mir, offensichtlich erheitert darüber, dass er mich reingelegt hat.

„Blödmann! Aber so was würde ich dir glatt zutrauen", gebe ich kopfschüttelnd zu.

„Echt? Du scheinst keine besonders gute Meinung von mir zu haben, oder? Ist auch kein Wunder, nach all dem Mist, den ich dir beim Essen über mich erzählt habe." Er lächelt immer noch, doch ich merke an seiner Stimme, dass es ihm ernst ist. „Übrigens – hast du eine bestimmte Vorstellung, wo wir das Eis essen wollen?"

Ich überlege nur kurz. „Ich dachte ans Amorino in der Oranienburger Straße. Ist nicht weit von hier."

Vic ist sofort einverstanden und bittet mich, die Adresse in sein Navi einzutippen. Wir fahren weiter durch die lauwarme Sommernacht. Es ist so schön klischeehaft – ist sitze mit im Wind wehenden Haar in einem geilen Cabrio neben einem noch geileren Mann, der zufällig ein Rockstar ist. Aus der Musikanlage dröhnt *Beggin* von *Måneskin*, wir sind jung und strahlend, fühlen uns zueinander hingezogen. Die Nachtluft riecht nach Abenteuer, alles ist möglich, nur er und ich ...

Wir essen das leckere Eis im gegenüberliegenden Monbijoupark, der voll von jungen, feiernden Menschen ist. Die Nacht erlaubt es uns, unter uns zu bleiben, niemand erkennt Vic, wir wirken wie ein Pärchen unter vielen anderen, das miteinander lacht und flirtet. Vic besteht darauf, dass ich ihm von mir erzähle, und ich hoffe, ich schläfere ihn mit meinem stinknormalen, gutbürgerlichen Leben in einer intakten Familie nicht ein. Er hört mir aufmerksam zu, kostet nebenbei von meinem Schokoeis, als ob wir schon längst so intim wären, und hält eine meiner Locken fest, als der Wind sie mir ins Gesicht weht. Seine blauen Augen leuchten und ich sehne mich nach seinem Kuss. Wir holen uns zwei Bierdosen aus dem kleinen Laden in der Nähe, legen uns auf den warmen, trockenen Rasen und sehen zu den wenigen Sternen auf, die die dichte Smogwolke über Berlin durchdringen. Ich spüre Vics Körper nah an meinem und unsere Hände berühren sich einige Male. Nach einer Weile greift er nach meiner Hand und hält sie einfach fest, während ich ununterbrochen weiterrede, um meine Aufregung zu verbergen.

Irgendwann dreht er sich zur Seite, beugt sich über mich und küsst mich einfach, um mich endlich zum Schweigen zu bringen. Die immer stärkere Sehnsucht explodiert in meinem Bauch mit voller Wucht und ich umarme ihn mit beiden Armen, als ich die samtige

Wärme seiner Lippen koste. Sein Gesicht ist ganz nah, ich spüre seinen Atem und ich höre sein Herz pochen. Die Schmetterlinge in meinem Bauch laufen Amok. Wir küssen uns weiter, ganz vorsichtig, um uns miteinander vertraut zu machen. Unsere Küsse sind zart und sanft wie ein Moll-Akkord in einer gefühlvollen Rockballade. Doch bald können wir unsere Leidenschaft nicht länger bändigen. Atemlos versinken wir in dem Sturm, den unsere Küsse in uns auslösen, und ich ziehe Vic noch fester in meine Umarmung. Seine Zunge dringt tief in meinen Mund vor und ich antworte mit allem, was ich bin. Der dunkle Himmel über uns verschwindet völlig, als ich mich in seinen blauen Augen verliere und seinem keuchenden Atem lausche. Ich blende die Außenwelt aus und fühle nur noch. Nur wir beide und unser brennendes Verlangen ...

Eine kleine Gruppe junger, lauter Menschen läuft an uns vorbei und Vics Mund löst sich von meinem. Mein Körper zuckt, als ob ihm plötzlich die Sauerstoffzufuhr entzogen worden wäre. Ich wünschte, wir würden uns die ganze Nacht lang küssen und verfluche fast die Gruppe, die uns so unsanft gestört hat. Die Jugendlichen setzen sich in unsere Nähe und lachen ausgelassen, ohne uns richtig wahrzunehmen.

Doch unser Zauber ist gebrochen – Vic richtet sich auf und bietet mir seine Hand an, um mich hochzuziehen. Ich fühle mich benebelt und high und meine Beine sind seltsam schwach. Mit Schwung stehe ich auf und lande in seinen kräftigen Armen.

„Ich bringe dich nach Hause", murmelt er mit seinem Gesicht in meinem Haar. Mein Zopf hat sich schon während der Fahrt im Auto gelöst und Vic streichelt über meine roten Locken, die mir über den nackten Rücken fallen. Er küsst mich nicht wieder, er hält nur meine Hand fest und führt mich durch die Dunkelheit zum Auto. Im nächtlichen Park pulsiert die pure Lebensfreude, verbreitet von dem jungen Publikum, das jedes freie Plätzchen auf der Grünfläche besetzt.

Ich spüre diese Lebensfreude wie ein Echo in meinen Adern, in meinem Herzen, in meinem Unterleib. Auch Vic geht es nicht anders, und der Blick, mit dem er mich ansieht, als wir uns anschnallen, jagt mir heiße Blitze durch den Bauch. Er will mich auch, genauso wie ich ihn will.

Während der Fahrt reden wir nicht. Wir hören Musik, *These are the Days* von *Inhaler*. An der Kreuzung berührt er sanft meine Hand, die auf meinem nackten Oberschenkel ruht. Seine Fingerspitzen, die kurz über meine Haut streicheln, lösen bei mir eine Ganzkörpergänsehaut aus. Wir kommen viel zu früh an und Vic parkt vor dem Hochhaus.

„Ich bringe dich zur Tür", sagt er, als wir uns abschnallen.

Ganz nah nebeneinander laufen wir auf den Eingang zu und ich suche mit fahrigen Fingern nach den Schlüsseln.

„Ich bedanke mich für diesen Abend. Es war sehr schön mit dir." Vic strahlt mich mit seinem bezauberndsten Lächeln an, als ich endlich den Schlüsselbund in der Hand halte.

„Ich danke dir. Ich fand es auch schön", raune ich und die Sehnsucht in mir zerreißt mich förmlich. „Ich hoffe, du bist nicht böse, wenn ich dich nicht einlade, noch auf einen Kaffee mit hochzukommen", sage ich und senke meinen Blick.

„Keinesfalls. Auch, wenn du es getan hättest, würde ich es ablehnen". Vic neigt sich zu mir und küsst mich auf die Wange. Ich zerreiße noch ein Stück weiter. Er muss es spüren. Er zögert kurz, bevor er mich doch noch auf den Mund küsst und dabei mein Gesicht in seine Hände nimmt.

„Schlaf schön, meine Süße. Du bist eine wahnsinnig tolle Frau!" Und weg ist er. Ich sehe ihm benommen hinterher, wie er sich rasch und geschmeidig ins Auto setzt, mir zuwinkt und seinen Mustang energisch in Bewegung setzt. Meine Hand hebt sich wie von ganz von alleine und ich winke zurück. Die Dunkelheit verschlingt ihn, er verschwindet aus meinem Blickfeld.

Mit einem schweren Seufzer laufe ich zum Fahrstuhl und jede meiner Zellen singt. Natürlich wollten wir beide, dass er mit hochkommt. Wir wären schon im Fahrstuhl übereinander hergefallen. Doch das würde diesen vollkommenen Abend zu einem banalen Erlebnis machen. Ich wäre eine von den vielen Frauen, die mit Vic Taylor ins Bett steigen wollen, und er würde mich wie eine seiner Whirlpoolmiezen betrachten. Vielleicht hätte ich sogar einen Orgasmus gehabt, wenn er sich Mühe mit mir gegeben hätte. Doch er wäre im Morgengrauen mit einer faulen Ausrede aus meinem Bett verschwunden, ohne einen Kuss, mit einem gelogenen „Ich ruf dich an!" an der Türschwelle.

Nein, das wollte ich mir nicht antun. Ich war noch nie gut in One-Night-Stands. Entweder war der Sex schlecht, peinlich und unbefriedigend und ich hatte noch mehrere Tage danach einen schlechten Nachgeschmack im Mund. Oder der Sex war großartig und ich wollte mehr davon, doch der Typ verschwand noch vor dem Frühstück, ohne nach meiner Handynummer gefragt zu haben. Der Nachgeschmack danach war noch schlimmer als im ersten Fall. Also hörte ich ziemlich schnell damit auf, einen Typen nach einem geilen Abend gleich auf einen Kaffee bei mir einzuladen.

Wenn Vic sich wirklich für mich interessiert und er sich bei mir nicht nur mal aussprechen wollte, dann soll er es mir beweisen. Natürlich weiß ich, dass ein so beschäftigter Mann wie er keine Zeit hat, mir ganz altmodisch den Hof zu machen, bevor er mich endlich flachlegen darf. Warum sollte er das auch tun, bei dem reichlichen Angebot an sexwilligen Tussis. Ich darf mir bloß nichts einbilden.

Trotzdem finde ich es einfach schön, wie wir den Abend verbracht haben. Dieses Date werde ich ganz bestimmt nicht vergessen. Eines Tages werde ich im Schaukelstuhl sitzen und meinen Enkelkindern erzählen, wie mich vor vielen, vielen Jahren ein Mann ausführte, der ganz zufällig ein berühmter Rockstar war. Unsere heiße Knutscherei im Park werde ich natürlich verschweigen und bei den seligen Erinnerungen daran werden meine trüben Augen feucht glänzen. *Oh Mann, jetzt halt die Klappe, du sentimentale Kuh*, beschimpfe ich mich selbst. *Wenn hier was feucht ist, dann ist es dein Höschen!*

Helmut schläft natürlich, als ich mich in die Wohnung schleiche. Er ist nicht der Typ Kater, der freudvoll aus seinem Körbchen springt und sein Frauchen liebevoll schnurrend begrüßt, sobald er den Schlüssel in der Wohnungstür hört. Oder machen das nur Hunde? Vielleicht habe ich mir einfach das falsche Tier angeschafft und ein Hund würde viel besser zu mir passen. Na ja, man sollte dankbar dafür sein, was man hat. Mein fetter, entmannter Kater öffnet wenigstens halbwegs die Augen, als ich im Kühlschrank nach etwas Trinkbarem suche. Ist auch eine Art Begrüßung.

Auf meinem Balkon ist es immer noch angenehm warm, und ich lehne mich mit einer Flasche Bionade in der Hand an die Brüstung. Die Stadt schläft nicht, trotz der späten Stunde. Mindestens die Hälfte der Fenster im Nachbargebäude ist noch hell und auf einigen Balkons wird gefeiert. Und anscheinend auch gevögelt. Eindeutige Geräusche dringen von unten zu mir hoch. Entweder mein gut aussehender Nachbar treibt es gerade, oder einen Stock tiefer hat das junge Pärchen seinen Spaß. Egal. Ich will es auch gar nicht so genau wissen. Ich gönne es ihnen, ohne neidisch zu werden. Wenn ich es wollte, könnte ich jetzt auch hemmungslos bei offenem Fenster stöhnen und mich unter Vics sexy Körper wild winden. Doch wir haben beide bewusst darauf verzichtet, um die Erwartung noch zu steigern.

Obwohl mein Körper vor unerfülltem Verlangen regelrecht brennt, verlasse ich den Balkon mit einem selbstzufriedenen Dauergrinsen. Ich fühle mich ein bisschen verknallt und das gefällt mir. Sehr sogar.

8. Vic

Im Rückspiegel betrachte ich sie, wie sie durch die Tür verschwindet. Schon irgendwie seltsam, den ganzen Abend mit einer Frau zu verbringen, ohne am Ende Sex mit ihr zu haben. Ich weiß ganz genau, dass ich sie sofort rumgekriegt hätte, wenn ich etwas offensiver vorgegangen wäre. Sie scheint eine leidenschaftliche Frau zu sein, so, wie sie mit mir geknutscht hat. Und ich habe richtig Bock auf sie. Kat ist sexy, frech, klug, einfühlsam und einfach anders. Sie scheint nicht geil darauf zu sein, von einem Rockstar gefickt zu werden. Irgendwie habe ich den Eindruck, sie ist interessiert an mir, so wie ich wirklich bin, ohne den ganzen Rockstarscheiß. Und ich kapiere immer noch nicht, wie sie mich dazu gebracht hat, ihr so viel von mir zu verraten. Das tue ich doch sonst nie.

Ich kann mich mit ihr einfach gut unterhalten. Sie hört zu, ohne zwischendurch dämlich zu kichern, mir ihre Titten entgegenzustrecken oder mich mit ihrer Einfältigkeit zu Tode zu langweilen. Sie kriecht mir nicht in den Arsch und sagt ganz offen, was sie denkt.

Die Tatsache, dass sie mich noch dazu verdammt geil macht, ist ein großer Extrabonus. Daher werde ich bei ihr die Sache langsamer angehen. Ich bin ziemlich sicher, dadurch, dass ich nicht versucht habe, sie vorhin doch zum Sex zu überreden, mache ich sie nur noch heißer auf mich. So eine Frau wie sie muss man sich erst verdienen, ehe sie ihre durchtrainierten Schenkel öffnet, stimmt's? Also warte ich ganz brav auf den richtigen Zeitpunkt.

Doch was mache ich jetzt? Es ist noch früh, gerade eins. Ich will noch nicht ins Bett. Und vor allem nicht alleine, jetzt, wo ich so geil bin. An der Kreuzung sehe ich mir die Nachrichten auf meinem Smartphone an. Die erste ist von Nina, dem Möchtegernsupermodel. Sie bedankt sich für die gestrige Party und würde sich freuen, auch mal einen etwas privateren Abend mit mir zu verbringen ... Alles klar! Doch ihr dünnes Klappergestell ist nicht so meins, ich bevorzuge Frauen mit Titten und Ärschen.

Die zweite Nachricht ist von der blonden Jessica, die in einer TV-Soap mitspielt. Sie hat mir neulich im Club einen geblasen. Ziemlich mies, zugegeben. Also will ich mir den Rest auch ersparen. Die letzte Nachricht ist von Denise, der Kellnerin aus dem Wings-on-Fire-Laden. Sie fragt, ob ich nach meinem Date noch was vorhabe ... Ziemlich gerissen, dieses Luder. Sie kann echt geil blasen. Als Amerikanerin hat sie reichlich Erfahrung mit beschnittenen Schwänzen und weiß, wie man sie rannimmt. Frauen, die sonst nur unbeschnittene Schwänze lutschen, sind mir viel zu zaghaft und wissen einfach nicht, wie sie es tun müssen.

Ein kleiner Blowjob als Abschluss des Tages wäre nicht verkehrt. Ich ruf sie einfach an.

Eine halbe Stunde später fahre ich mit einem zufriedenen Schwanz nach Hause. Denise hat mir erst mal ordentlich einen geblasen und ich durfte zwischen ihren dicken Titten kommen. Zum Glück hatte sie gerade ihre Periode und so musste ich sie nicht ficken. Komisch, ich hatte sowieso keinen Bock darauf. Ich habe die ganze Zeit Kat vor Augen gehabt. Ich würde so gerne wissen, wie ihre Brüste aussehen, wie sich ihre Brustwarzen anfühlen, wenn man sie in den Mund nimmt ...

Denise hat gleich meinen Schwanz ausgepackt, als sie in mein Auto eingestiegen ist, und so habe ich mich auch nicht wie ein egoistisches Schwein gefühlt, als ich mir nachher die Hose wieder zugeknöpft und sie ohne große Worte aus dem Wagen gelassen habe. Was soll's, sie hat sich mir selbst angeboten! Warum sollte ich mich dann schlecht fühlen, wenn ich ihr Angebot angenommen habe? Ich habe noch keine Frau zu sexuellen Handlungen zwingen müssen, und wenn sie danach erwarten, ich würde mich gleich in sie verlieben und sie zum nächsten Date einladen, ist das ihr Problem und nicht meins.

Ich rufe Kat morgen an. Sie hat Ferien und wird hoffentlich Zeit für mich haben. Ich weiß natürlich nicht, ob sie mit jemandem zusammen ist, aber Myles will ich auf keinen Fall fragen. Er würde sie bestimmt sofort vor mir warnen und ihr ausreden wollen, sich weiter mit mir zu treffen. Aber ich vermute, sie hat keinen festen Freund. Oder eine Freundin. Myles hat ja eine Bemerkung gemacht, dass sie auch auf Frauen steht. Mann, das ist eine verdammt geile Vorstellung! Kat und ich im Bett und noch eine andere dazu! An dieser Frau reizt mich einiges, das muss ich schon zugeben.

9. Kathleen

Ich habe vor dem Date mit Vic mein Handy ausgemacht und als ich im Bett liege, schalte ich es wieder ein. Eine einzige Nachricht erscheint auf dem Display, von Noemi. Myles hat sie heute Morgen mit zwei Flugkarten nach Sardinien überrascht und sie sind am späten Nachmittag für eine Woche weggeflogen. Sie war zu beschäftigt mit Packen und konnte mich nicht anrufen. Sie wünscht mir eine schöne Zeit und ich soll keine Dummheiten machen. Ist doch klar, sie kennt mich zu gut und es ist ihr nicht entgangen, wie ich Vic angesehen habe.

Mann, das ist ja doof. Jetzt ist sie auch noch weg. Natürlich freue ich mich für sie und gönne ihr ihren Liebesurlaub wirklich. Doch das heißt, ich bin jetzt ganz alleine ... Niemand wird mir ins Gewissen reden und für mich da sein, wenn ich es brauche. Am besten, ich übertreibe nicht zu sehr. Schließlich hatten Vic und ich bloß ein Date und sonst nichts. Okay, wir haben heftig rumgeknutscht, doch das hat noch keine Bedeutung. Vielleicht war's das schon und er meldet sich nie wieder bei mir. *Bleib einfach schön auf dem Teppich und schlaf jetzt,* befehle ich mir etwas gereizt.

Doch mit dem Schlaf wird es nichts. Mein ausgehungerter Körper gibt mir einfach keine Ruhe. Ich muss die ganze Zeit an unsere Küsse denken und die Hitze zwischen meinen Schenkeln wird unerträglich. Schließlich muss der Pinky ran, mein superleiser, rosafarbener Vibrator, der seit Monaten mein bester Freund ist.

Halbwegs befriedigt und beruhigt schlafe ich gegen drei Uhr morgens endlich ein. Aber ich brauche trotzdem dringend mal wieder echten Sex.

Der neue Tag beginnt ziemlich spät für mich. Ich wache gegen zehn Uhr auf, weil ich das Gefühl habe, jemand starrt mich an. Und es ist tatsächlich so: Helmut sitzt auf meinem Bett und glotzt mir mit seinen gelbgrünen Augen vorwurfsvoll entgegen. Wahrscheinlich hat er Hunger.

„Ja ja, ich komm schon!" Gähnend strecke ich mich erst mal. „Hey, lass das, das ist mein Spielzeug", lache ich, als Helmut vorsichtig den Pinky beschnuppert, der immer noch neben mir liegt. Ich nehme das Teil und verscheuche Helmut vom Bett. Im Bad wasche ich erstmal den Vibrator ab und verstecke ihn wieder in der Schublade unter der Unterwäsche, wo er seinen festen Platz hat. Der Pinky ist ein Geschenk von Professor Kaiser, wie auch ein Haufen anderes Sexspielzeug. Wenn ich keinen Partner habe, benutze ich aber nur den Pinky, alles andere macht zu zweit viel mehr Spaß und ist in einem Karton unter meinem Bett verstaut.

Ich wette, Vic steht auf Sexspielzeug und etwas versauten Sex ... Eine heiße Welle steigt in meinem Unterbauch hoch, als ich an ihn denke. Ich hoffe nur, die Enttäuschung wird nicht zu groß sein, wenn er sich demnächst doch nicht meldet. Immerhin kenne ich jetzt die wahre Geschichte von Vic Taylor beziehungsweise

Zach Lechnowsky. Dieser Name, den er in Berlin vor etwas mehr als zwei Jahren abgelegt hat, passt wirklich
nicht länger zu ihm. Es ist erstaunlich, wie sich Menschen ändern können, wenn ihre Lebensumstände es
tun. Ich weiß zwar nicht, wie er vorher ausgesehen hat,
doch ich vermute, ich würde ihn nicht wiedererkennen. Er sagte, er sei ein schmächtiger, rothaariger Junge
mit schlechter Haltung und schiefen Zähnen gewesen.
Jetzt ist er ein schöner, junger Mann, der äußerst sexy
ist, mit einem durchtrainierten Körper, einem strahlenden Lächeln und einer selbstbewussten, stolzen
Ausstrahlung. Ein Star, wie geschaffen dafür, die Massen von der Bühne aus zu verführen und sie zu rocken.

Jetzt, wo ich weiß, wer er wirklich ist und woher er
kommt, bewundere ich ihn wegen seines starken Wil-
lens und Ehrgeizes, mit dem er es von ganz unten bis zu
den Sternen geschafft hat. Wahrscheinlich gehört eine
gute Portion Rücksichtslosigkeit, Egoismus und Arro-
ganz dazu. Als netter, bescheidener und friedvoller
Mensch, ohne diese Wut und Aggression im Bauch,
hätte er es vielleicht nicht geschafft, so weit zu kommen. Das Geschäft ist ja gnadenlos, ganz nach dem
Motto: Nur die Stärksten setzen sich durch. Das muss
heißen, er ist trotz seines noch jungen Alters ein Mann
mit ordentlichem Testosteronspiegel und ein Alpha-
männchen. ...
Solche Männer machen mich schwach. Ich will im
Bett einen richtigen Mann haben. Sonst nehme ich lieber gleich eine Frau, Punkt. Softies mit Welpenblick
und schlaffem Händedruck mögen ganz liebe Kerle
sein, doch die machen mich sexuell nicht an. Da war
ich schon immer so. Nicht, dass ich auf Machos stehen

würde. Aber ein bisschen Bad Guy muss schon sein, um mich heiß zu machen und mich bei Laune zu halten.

Diszipliniert ziehe ich bei offener Balkontür mein Fitnessprogramm durch und komme dabei mächtig ins Schwitzen. Aber ohne Fleiß gibt es keinen straffen Bauch und knackigen Hintern, erinnere ich mich selbst, als ich den letzten Satz Lunges mit Kurzhanteln ausführe.

Scheiße! In der ganzen Aufregung der letzten zwei Tage habe ich fast vergessen, dass ich heute zum Sonntagsessen bei meinen Eltern eingeladen bin. Auf die Schnelle dusche ich und ziehe ein hellblaues, geblümtes Sommerkleid an, um meine Ma glücklich zu machen. Mein Vater sagt, ich sei immer schon ein Wildfang gewesen und kein niedliches Püppchen mit rosa Schleifen im Haar. Die habe ich zwar oft tragen müssen, aber rosa Accessoires bringen auch nicht viel, wenn das Mädchen lieber auf Bäume klettert und mit dem Bogen schießt, statt mit Puppen zu spielen und beim Kuchenbacken zu helfen.

Trotz offenem Fenster schwitze ich in meinem Suzuki, der den ganzen Vormittag in der prallen Sonne gestanden hat und einer finnischen Sauna gleicht. Mein süßes Kleidchen klebt mir völlig zerknittert auf dem Rücken, genauso wie meine Haarsträhnen auf der Stirn, sodass meine Bemühungen, ordentlich und damenhaft bei dem Familienessen zu erscheinen, kläglich scheitern. Auch das dezente Make-up wird gnadenlos ruiniert, und als ich in Zehlendorf ankomme, wische ich mir den Rest mit einem Taschentuch ab.

„Kathleen! Du bist ja fast pünktlich! Sag mal, bügelst du deine Wäsche eigentlich nie?“, empfängt mich meine Mutter an der Tür, als sie nach dem Wangenkuss mein Kleid missbilligend begutachtet. Sie sieht natürlich aus wie aus dem Ei gepellt und ihre blonde Hochsteckfrisur sitzt bombenfest. Ihr Haarlackverbrauch in den letzten fünfundzwanzig Jahren hat bestimmt schon ein stattliches Ozonloch in den Himmel über Zehlendorf gefressen.

„Mami, ich hab dich auch vermisst“, begrüße ich sie und mein Vater, der hinter ihr steht, streckt grinsend die Hände nach mir aus.

„Kat, du siehst gut aus! Braungebrannt und strahlend wie frisch aus dem Urlaub!“

„Hi Paps!“ Ich drücke auch meinem Vater ein Küsschen auf die glattrasierte Wange und tätschele schmunzelnd seinen ziemlich runden Bierbauch unter dem weißen Hemd. „Hast du abgenommen?“.

„Ach wo, dafür ist er viel zu gemütlich“, antwortet meine Mutter. „Statt mit mir zu golfen, sitzt er lieber in seinem Zimmer und klimpert auf seiner alten E-Gitarre.“ Ja, das weiß ich schon, doch ich ignoriere den vorwurfsvollen Kommentar meiner Mutter.

„Das ist doch cool!“ Ich werfe meinem Vater einen anerkennenden Blick zu.

„Na, solange sich die Nachbarn nicht über den Lärm beschweren ...“, muss meine Mutter das letzte Wort haben, während sie die Tür hinter mir schließt.

Im Garten begrüße ich noch Sebastian, der am Tisch sitzt und auf sein Smartphone starrt. Er versucht, mir auszuweichen, als ich ihm einen Schmatzer auf die Wange drücke. „Na, du Kleiner?“

„Mann Kat, lass das!", wehrt er sich lachend, doch ich weiß, dass er sich freut, mich zu sehen.

„Was machen deine Muckis?" Ich pikse ihm mit dem Zeigefinger in den Bauch, um sein Sixpack zu überprüfen.

„Es ist zu heiß zum Trainieren." Er zuckt mit den Schultern. „Ich fange im September wieder an, wenn es kühler wird."

„Du bist ein Faultier!" Ich zerzause ihm das blonde Haar, das er neuerdings, sehr zum Leidwesen meiner Mutter, etwas länger trägt.

Wir setzen uns und meine Mutter holt das Essen aus der Küche. Mein Vater reicht uns die Getränke: Alkoholfreies Bier für sich, Holunderlimo für meine Mutter, und Sebastian und ich trinken eisgekühlte Fanta, wie in unserer Kindheit. Es gibt Lachs, Kartoffelsalat und selbst gemachtes Himbeersorbet. Meine Mutter ist eine gute Köchin, und als wir alle drei ihr Komplimente für das Mittagessen machen, lächelt sie ganz verlegen. Wenn sie gut gelaunt ist und lächelt, sieht sie viel jünger aus. Das sage ich ihr auch und sie errötet so richtig.

„Ich würde ja gerne öfter lachen, wenn mir die Hormone nicht so zu schaffen machen würden", sagt sie und beugt sich vertrauensvoll zu mir, so unter Frauen und Ärztinnen.

„Mama, warum versuchst du es nicht mit bioidentischen Hormonen? Die sind sicher und effektiv", erwidere ich ebenso leise.

„Das mach ich demnächst. Ich habe schon einen Termin bei Professor Baumer, der wurde mir von einer Kollegin wärmstens empfohlen."

„Sehr gute Wahl! Er ist ein ausgezeichneter Endokrinologe und Gynäkologe!", sage ich begeistert und erleichtert darüber, dass sie endlich etwas Vernünftiges gegen ihre Wechseljahresbeschwerden unternehmen will.

„Wollten wir nicht medizinische Gespräche am Tisch unterlassen?", ermahnt uns mein Vater streng.

„Wir sind schon fertig", antwortet meine Mutter und zwinkert mir verschwörerisch zu.

„Was gibt's Neues bei dir?", erkundigt sich mein Papa.

„Nichts, es ist halt grad Sommerloch." Ich gucke so unschuldig, wie ich nur kann, doch ich merke, wie mein Vater mich aufmerksam mustert.

„Tut sich in deinem Liebesleben was?", hakt er wie nebenbei nach und löffelt weiter genüsslich sein Sorbet.

„Papa! Wenn es was Wichtiges zu berichten gäbe, würde ich euch schon informieren. Obwohl euch mein Liebesleben gar nichts angeht."

„Bin schon gespannt, wen du uns als nächstes vorstellst – Männlein oder Weiblein, mit Haar oder ohne Haar." Sebastian grinst so frech, wie es nur jüngere Brüder können, und spielt damit auf die kurzgeschorene Tina an. Ich beuge mich vor, um ihm scherzhaft eine zu scheuern, und verschütte dabei fast mein Glas mit Fanta.

„Ihr seid immer noch wie zwei kleine Kinder." Meine Mutter schüttelt den Kopf, doch sie lächelt sanft dabei und sieht meinen Vater fast verliebt an. Könnte es sein, dass die beiden stolz darauf sind, zwei solche Prachtexemplare produziert zu haben? Ich mag meine Familie, auch wenn sie mich manchmal nervt.

Ich habe mein Smartphone nicht ausgemacht und es meldet sich mit einer SMS. Ich entschuldige mich und ziehe es aus meiner Handtasche. Als ich Vics Namen erblicke, spüre ich, wie mir die Röte ins Gesicht steigt.

„Sorry, ich muss die Nachricht kurz lesen, kann sein, dass es wichtig ist", murmele ich entschuldigend und lehne mich zurück, um Sebastian den Blick auf das Display zu versperren.

Hi Kitty Kat! Ich wollte mal ganz spontan fragen, ob du heute Abend Zeit und Lust hättest, mit mir auszugehen? Vic

Meine Hand zittert leicht, als ich, ohne zu überlegen, die Antwort eintippe:

Klar, gerne! Holst du mich ab? Wann?

Die Antwort folgt prompt:

Um 18 Uhr? Und pack bitte einen Bikini ein! Ich freu mich!

Ich tippe noch ein *Okay* und stecke das Handy wieder ein. Mit meinem besten Pokergesicht wende ich mich wieder meiner Familie zu, obwohl ich innerlich laut jubele. Er meldet sich! Und dann noch so schnell!

„Wo sind wir stehen geblieben?", frage ich mit Unschuldsmiene.

„Wer war das?", erkundigen sich mein Vater und Sebastian fast unisono.

„Niemand. Das heißt, ein Freund", antworte ich viel zu schnell und erröte noch stärker.

„Soso, ein Niemand. Und warum wirkst du dann so aufgeregt?" Meine Mutter führt ihr Glas an den Mund und schaut mich dabei bedeutungsvoll an.

„Bin gar nicht aufgeregt!", wehre ich mich. „Ihr seid alle unmöglich!"

„Komm, Kat, sag schon: Wer war das? Ein neuer Verehrer?" Der Lümmel von Bruder grinst frech und genießt es offensichtlich, seine große Schwester mal so verlegen zu erleben.

„Das war ein Mann, der mich um ein Date gebeten hat und ich habe ja gesagt, nichts weiter", erkläre ich schließlich fast trotzig.

„Aha. Interessant." Meine Mutter schürzt die Lippen. „Magst du uns von ihm erzählen? Wie er heißt und was er so macht?" Meine Mutter wäre nicht meine Mutter, wenn sie sich nicht sofort nach wichtigen Details erkundigen würde.

Ergeben seufze ich und greife nach meinem Dessertlöffel. „Also, er heißt Vic Taylor, er ist fünfundzwanzig und Amerikaner. Beruflich ist er in der Musikbranche tätig. Seid ihr jetzt zufrieden?" Entschlossen widme ich mich dem Himbeersorbet und hoffe, das Verhör ist damit beendet.

„Willst du uns jetzt verarschen, oder wie?", meldet sich Sebastian und erntet für seine vulgäre Wortwahl einen missbilligenden Blick von unserer Mutter. „Du meinst nicht *den* Vic Taylor? Den Sänger von *Black Sunday Desire*?" Scheiße. Ich hätte es wissen müssen. Mein Bruder steht zwar auf Techno und nicht auf Rock, doch die Band ist mittlerweile zu bekannt und Vics Name anscheinend auch. Ich verpasse ihm einen Tritt unter dem Tisch, um ihn zum Schweigen zu bringen, doch er geht nicht darauf ein.

„Hey, hör auf, mich zu treten!", protestiert er. „Erzähl lieber, wo du den aufgerissen hast!" Ich könnte ihn ohrfeigen, er weiß ganz genau, dass ich Vics Identität nicht preisgeben will.

„Was hat das jetzt zu bedeuten? Kennst du diesen Vic etwa?" Meine Mutter kann ihre Neugier nicht länger beherrschen.

„Natürlich! Jeder kennt ihn! Er ist der Frontmann einer berühmten Rockband, wahnsinnig erfolgreich und bestimmt stinkreich!", klärt Sebastian meine Eltern auf und klingt richtig begeistert. „Voll krass, das hätte ich dir gar nicht zugetraut, du bist echt cool!" Er sieht mich so anerkennend an, als ob ich einen alternativen Nobelpreis oder etwas Ähnliches gewonnen hätte.

„Sänger in einer Rockband?" Meine Mutter spricht diese Worte aus, als ob ihr Zweitgeborener gerade verraten hätte, dass mein aktuelles Date ein Serienmörder sei. Oder zumindest ein böser Drogendealer.

„Ja, ganz genau", entgegne ich.

„Du hast ihn bestimmt über Noemi und ihren Freund, diesen Gitarristen, kennengelernt, nicht wahr?", fragt meine Mutter und sieht weiterhin ziemlich entsetzt aus.

„So ist es. Ich war mit Noemi und Myles zu Vics Party eingeladen und dort haben wir uns kennengelernt." Ich weiß ganz genau, was meiner Mutter gerade durch den Kopf geht. Ein Rockmusiker ist für sie automatisch ein Junkie, ein Krimineller und ein unangepasster Rebell, der die allgemeinen gesellschaftlichen Normen schwer missachtet.

„Na, das klingt ja spannend! Der junge Mann ist bestimmt eine interessante Persönlichkeit, wenn er so weit gekommen ist", gibt schließlich noch mein Vater seinen Kommentar ab.

„Doch, das ist er, auf jeden Fall. Aber ich möchte jetzt wirklich nicht länger über ihn reden. Wir haben uns gerade erst kennengelernt und es ist unser zweites Date", sage ich so freundlich, wie es noch geht.

„Dann wünschen wir dir viel Spaß bei der Verabredung. Und ich möchte, dass du eins weißt: Wir vertrauen dir völlig. Stimmt's, Bernhard?" Meine Mutter ist offensichtlich beunruhigt und das versucht sie zu verbergen, indem sie sich an meinen Vater wendet.

„Aber natürlich! Kathleen ist eine kluge junge Frau, die gut auf sich selbst aufpassen kann." Mein Vater zwinkert mir zu. Meine Mutter scheint nicht ganz überzeugt zu sein, doch sie beherrscht sich und sagt nichts mehr zu dem Thema. Auch Sebastian verkneift sich weitere Kommentare und greift nach seinem Handy.

„Sebastian – wage es nicht!", warne ich ihn mit drohender Stimme. „Du wirst keinem deiner Kumpels erzählen, mit wem ich ein Date habe, ist das klar? Versprich mir das!" Ich lag goldrichtig mit meiner Vermutung. Sofort legt er das Handy wieder hin und macht ein reuevolles Gesicht.

„Okay. Ich verspreche es."

„Gut! Denn das würde ich dir nicht verzeihen." Es ist mir wirklich ernst. Solche Nachrichten würden sich auf Social Media wie ein Buschfeuer verbreiten: „Vic Taylor hat ein Date mit der Schwester meines Freundes." Irgendwann noch mit meinem vollen Namen und verknüpft mit meinem Facebookprofil. Das wäre eine mittelschwere Katastrophe, und ich kann nur hoffen, dass Sebastian sein Versprechen halten wird.

Am frühen Nachmittag verabschiede ich mich von meiner Familie. Die Vorfreude und die Aufregung steigen von Minute zu Minute und ich will zu Hause in

Ruhe duschen und mich umziehen. Alle wünschen mir viel Spaß und ich weiß, sie erwarten von mir, dass ich mich so bald wie möglich melde. Obwohl meine Mutter weiter skeptisch bleibt, scheint sie irgendwie doch beeindruckt zu sein, dass ich mit einem berühmten und reichen Mann ausgehe, der schon sehr früh eine bedeutende Karriere vorzuweisen hat. Ich wette, spätestens heute Abend, wenn sie von Sebastian einiges über Vic gehört oder selbst im Internet recherchiert hat, bekommt sie mindestens einen mittelschweren Migräneanfall. Sexeskapaden, Drogen, Prügeleien, Hotelzimmerverwüstungen, obszönes Benehmen auf der Bühne – das alles wird ihren Traum von einem potenziellen Schwiegersohn mit Vorzeigequalitäten im Keim ersticken.

Ich geh doch bloß mit ihm aus! Und vielleicht landen wir in der Kiste, was aber letztendlich niemanden außer mich was angeht. Ich bin schließlich erwachsen und kann tun, was ich will. Na gut, etwas zuvorkommend muss ich schon sein, schließlich finanzieren meine Eltern größtenteils mein Studentendasein. Doch mit wem ich schlafe ist wirklich meine Privatangelegenheit. Das haben meine Eltern, und besonders meine Mutter, immer noch nicht kapiert.

Zuhause schaffe ich es, meine neugierige Familie zu vergessen, und mache mich frisch. Ich ziehe ein dünnes, lachsfarbenes Hängerchenkleid an und lasse mein frisch gewaschenes Haar offen. Während der Cabriofahrt geht sowieso jede Frisur flöten. In die große Handtasche packe ich noch einen weißen Bikini und ein Handtuch und frage mich, was er bloß vorhat. Fahren wir etwa an einen See? Ich bin jedenfalls sehr gespannt auf unser Date.

Helmut spielt halbherzig mit seiner Wollmaus, während ich mich fertigmache, legt sich anschließend auf den Rücken und lässt sich die Sonne auf den weißen Bauch scheinen. Vielleicht sollte ich mehr mit ihm spielen? Er wirkt immer so desinteressiert und lustlos. Können Katzen auch depressiv werden? Oder autistisch? Ich muss dringend mit Naty darüber reden. Als angehende Tierärztin wird sie mir vielleicht erklären können, was Helmut fehlt. Oder werden alle kastrierten Kater so? Diese Gedanken beruhigen nicht gerade mein schlechtes Gewissen, und ich öffne ihm eine Dose mit seinem Lieblingsmenü. Helmut steht gleich auf und kommt näher, als ich seinen Futternapf fülle. Er reibt sich sogar kurz an meinen Beinen und schließt schnurrend seine Augen, als ich ihm über das getigerte Fell streichle.

„Ich gehe wieder aus", erkläre ich ihm. „Aber du kommst schon gut alleine klar, oder?" Als ob er mir antworten könnte. Katzen sind doch unabhängig und können sich selbst beschäftigen, sagt man. Wenn er ein Hund wäre, könnte ich mit ihm Gassi gehen, Stöckchen werfen und ihm Tricks beibringen. Aber was macht man bitteschön mit einem leicht verhaltensgestörten Kater? Ich muss mir dringend ein paar Katzenratgeber besorgen. Mit einem tiefen Seufzer lasse ich Helmut in Ruhe schlemmen und ziehe mir weiße Stoffschuhe an.

Vic ist pünktlich und meldet sich mit einer SMS: Er ist unten am Parkplatz. Bewusst ohne Eile verlasse ich die Wohnung und steige in den Fahrstuhl. Eine Etage tiefer wird er angehalten und ich bekomme Gesellschaft. Es ist Jonas, mein attraktiver Nachbar.

„So trifft man sich wieder. Ohne Mülltüte siehst du noch hübscher aus", grinst er mich an, als wir uns begrüßen. Es entgeht mir nicht, dass er mich von oben bis unten mustert, während er sich lässig an die Fahrstuhlwand lehnt.

Es fällt mir gerade keine schlagfertige Antwort ein, mit meinen Gedanken bin ich schon ganz bei Vic, also lächle ich nur kurz und schweige.

„Unser Bier wartet immer noch", erinnert er mich. „Du musst nur anklingeln. Aber ich kann mir denken, dass so eine tolle Frau wie du von einigen Männern auf einen Drink eingeladen wird, nicht nur von ihrem Nachbarn."

„Vielleicht ergibt es sich ja bald, wir sehen uns ja immer wieder", rede ich mich heraus.

„Spätestens, wenn du mich das nächste Mal mit der Gießkanne nass machst", zwinkert er mir zu. Oh du Schande, ich habe seit Freitag die Geranien nicht mehr gegossen!

„Mach's gut", verabschiede ich mich von ihm, als er mich höflich beim Aussteigen vorlässt. Draußen sehe ich sofort Vic, der im Schatten an seinen Mustang gelehnt steht und wartet. Mit beschleunigtem Puls laufe ich zu ihm, obwohl Jonas mir vermutlich hinterhersieht. Was soll's, dann kriegt er halt mit, von wem ich abgeholt werde. Vic trägt eine dunkle Sonnenbrille und ist nicht sofort zu erkennen, doch sein protziger Mustang fällt sofort ins Auge.

„Hey, my pretty woman", begrüßt er mich, als ich vor ihm stehen bleibe. Er kaut Kaugummi und hält seine

Arme vor der Brust verschränkt. Nur wenige Männer können das, ohne dabei zu bemüht cool und lässig auszusehen. Doch bei Vic wirkt es echt. Und sexy. Er neigt sich zu mir und gibt mir ein Küsschen auf den Mund. „Die Tür ist offen." Er zeigt zur anderen Seite des Wagens und steigt selbst ein.

Mit Kirschgeschmack auf meinen Lippen laufe ich um das große Auto herum und sehe noch, wie Jonas in die andere Richtung des Parkplatzes geht. Ganz bestimmt hat er unsere Begrüßungsszene beobachtet. Drei Halbwüchsige, die auf einer Bank in der Nähe rauchen, können ihre Begeisterung nicht zurückhalten, während sie den Mustang betrachten. Sie gestikulieren wild und zeigen darauf. Ist bestimmt kein alltäglicher Anblick, sogar für Berlin nicht. Ich wette, sie werden ein Foto machen, wenn wir beide im Wagen sitzen. Mir wird die Situation etwas unangenehm und ich schließe schnell die Autotür hinter mir. Es wäre mir lieber, wenn wir etwas unauffälliger unterwegs wären, doch wenn man sich mit einem Rockstar einlässt, muss man da halt durch.

„Wohin fahren wir denn?", frage ich neugierig, während wir uns anschnallen und den Parkplatz verlassen.

„Ich dachte, ich überrasche dich mit einem Picknick im Grünen. Was hältst du davon?"

„Oh, ich mag Picknicks, sehr sogar!", versichere ich ihm ehrlich.

Vics Lächeln wird breiter, als er meine Begeisterung sieht. „Dann habe ich ja Glück gehabt. Wir fahren erst an den Wannsee. Bei dem Verkehr brauchen wir eine gute halbe Stunde, habe alles genau berechnet."

Wow, das klingt ja vielversprechend und sogar romantisch! Ein Picknick am Badesee im August ist doch viel schöner, als in einem Restaurant abzuhängen.

Der überschaubare Sonntagsverkehr lässt uns schnell vorankommen, und als wir die Autobahn erreichen, zeigt der Mustang, was er draufhat. Vic drückt ordentlich aufs Gaspedal und die Fahrt durch den Grunewald kommt mir um die Hälfte kürzer vor, als wenn ich mit der S-Bahn fahre. Ich genieße die Geschwindigkeit im Cabrio und den angenehm warmen Wind, der mir um die Ohren saust. Das Wetter ist herrlich und wir haben achtundzwanzig Grad bei strahlend blauem Himmel.

Vic parkt direkt am Yachthafen und holt einen großen Picknickkorb und eine Decke aus dem Kofferraum.

„Wo hast du das alles aufgetrieben?", wundere ich mich. Die Utensilien sind nicht grade das, was man im Kofferraum eines Rockstars erwarten würde.

„Dank Internet ist alles machbar und bestellbar", lächelt er, als ich ihm die Decke abnehme.

„Kennst du dich hier etwa aus?"

„Nicht richtig. Ich war im Juli einmal hier, mit unserem Manager, der eine Yacht für eine unserer Partys gemietet hat. So bin ich heute Morgen auf die Idee gekommen, was wir gemeinsam unternehmen könnten." Er telefoniert kurz, und wenige Minuten später erscheint ein Mitarbeiter der Bootsvermietung und führt uns in den Yachthafen. Er bleibt bei einem süßen Daycruiser stehen und gibt Vic ein paar Anweisungen, bevor er ihm die Schlüssel übergibt und uns einen netten Ausflug wünscht. Vic steigt als Erster in das Motorboot und reicht mir die Hand, als ich ihm etwas unsicher folge. Das Boot ist klein, aber gemütlich.

„Hast du etwa einen Führerschein für das Ding?", staune ich.

„Leider nicht. Aber das Boot hier darf ich auch so fahren. Ich würde dich lieber auf eine viel schnellere und größere Yacht einladen, wie die dort zum Beispiel, aber dafür bräuchten wir einen Skipper, und das fand ich nicht so prickelnd." Er deutet auf die *Summer Queen*, eine Luxusyacht unweit von uns. Auf dem Deck sonnt sich eine ältere Dame, die für ihre Proportionen einen viel zu knappen Bikini trägt, und ihr Yorkshireterrier kläfft uns an, als ich zu ihr hinaufsehe.

„Und du weißt auch schon, wohin wir fahren wollen?" Ich blicke zurück zu Vic.

„Yep. Dahin!" Er zeigt mit dem Kopf zum anderen Ufer. „Dexter meinte, dort gibt es viele einsame Buchten, wo man den Anker werfen und schön ungestört am Ufer picknicken kann." Seine dunkelblauen Augen blitzen auf und ich setze mich auf den weißen, gepolsterten Beifahrersitz. Er möchte also mit mir alleine sein, an einem einsamen, lauschigen Plätzchen am See … Bei dem Gedanken wird mir unwillkürlich heiß, obwohl die Brise hier am Wasser recht frisch ist.

Er macht das Boot los und findet sich am Steuer sofort zurecht. Langsam und sicher manövriert er uns aus dem Hafen, und als wir ihn hinter uns haben, beschleunigt er. Mehr als zehn Kilometer pro Stunde sind nicht drin, erklärt er mir achselzuckend. Trotzdem finde ich die Fahrt aufregend. Das grünblaue Wasser ist hier draußen sehr sauber und die frühabendliche Sonne glitzert golden auf der gekräuselten Oberfläche.

Schon aus der Ferne entdecken wir ein ideales Plätzchen für unser Picknick und Vic bringt das Boot ganz nah an das Ufer heran. Weit und breit ist niemand zu sehen. Er wirft den Anker und zieht seine Hose und sein T-Shirt aus. In seinen kurzen Bade-Bermudas klettert er die Leiter hinunter in das hüfttiefe Wasser. Ich folge seinem Beispiel, lege mein Kleid und die Schuhe ab und reiche ihm den Picknickkorb, bevor ich in meinem Bikini das Boot verlasse. Das Wasser ist weniger kalt, als ich erwartet habe, und mit der Picknickdecke, die ich zusammen mit dem Handtuch vor meine Brust halte, wate ich in wenigen Schritten zu dem flachen Ufer. Die winzige Bucht ist sandig und umgeben von Bäumen, deren Äste bis ins Wasser reichen. Es ist herrlich grün, ruhig und romantisch hier. Vic stellt den Picknickkorb ab und hilft mir, die große Picknickdecke auszubreiten. Seine verstohlenen Blicke, mit denen er meine knackige Figur in dem knappen Bikini begutachtet, entgehen mir nicht. Auch ich schiele auf seinen muskulösen Oberkörper mit schön ausgeprägtem Sixpack, der genau meinen Erwartungen entspricht. Schade, dass viele Männer Schlabberbadehosen tragen, selbst diejenigen, die einen so sexy Hintern wie Vic vorzuweisen haben.

Wir machen es uns an dem halbschattigen Platz mit dem weichen Sand gemütlich und ich öffne neugierig den Korb. Es ist alles dabei, was man sich nur wünschen kann: belegte Brötchen, geschnittenes Obst und Gemüse, Joghurt, Schokoriegel und in der kleinen

Kühltasche ein paar Erfrischungsgetränke und zwei Bierdosen.

„Guten Appetit." Vic beugt sich mit einem Küsschen zu mir und mein Herz macht einen Sprung.

„Guten Appetit", wünsche ich ihm auch, und unsere Blicke verschmelzen für einen Augenblick. Die ununterdrückbare Spannung zwischen uns steigt von Augenblick zu Augenblick und lässt uns beide schweigen. Wir essen eine Weile und prosten uns mit den Bierdosen zu. Ich bin viel zu schnell satt, weil die unruhigen Schmetterlinge in meinem Bauch den Appetit drosseln. Auch Vic scheint keinen großen Hunger zu haben. Mit Schokoriegeln in der Hand legen wir uns hin und sehen gemeinsam in den wolkenlosen Himmel. Unsere Körper berühren sich dabei wie zufällig, doch wir beide spüren das Verlangen nacheinander wie eine unsichtbare, magnetische Kraft.

„Es ist sehr schön hier. Vielen Dank, dass du mich hergebracht hast", sage ich nach einer Weile. Meine Finger finden seine Hand und er hält sie fest.

„Gern geschehen. Mit dir ist es noch viel schöner. Du machst es einem leicht, sich wohlzufühlen, weißt du das?" Gleichzeitig drehen wir unsere Köpfe zueinander, unsere Finger immer noch ineinander verflochten. Sein Gesicht ist so nah, dass ich die goldenen Lichtkränze um seine Pupillen betrachten und die Sommersprossen auf seiner geraden Nase zählen kann. Seine langen Wimpern sind rötlich braun, genauso wie die fein geschwungenen Augenbrauen. Vic lässt meine Hand los und berührt meinen Mund. Seine warmen Fingerspitzen gleiten über mein Gesicht, den Hals hinunter, über die Schulter. Die zarte Berührung lässt mich erzittern und ich halte die Luft an, völlig versunken in den heißen Empfindungen, die in mir Wellen schlagen. Vics Finger gleiten weiter, über mein Dekolleté, folgen dem Saum des Bikinioberteils bis zu der Stelle zwischen meinen Brüsten. Laut atme ich aus und unsere Gesichter bewegen sich noch näher aufeinander zu, während wir uns auf die Seite drehen. Er küsst meine halb geöffneten Lippen, die vor Sehnsucht brennen. Unbeherrscht greife ich nach seinem Kopf und ziehe ihn an mich heran. Auch er hält mich fest; seine Hand wandert von meinem Rücken bis zu meinem Steiß.

Wir küssen uns viel hemmungsloser als gestern. Unsere Zungen sind fordernd, gierig, hungrig. Ich seufze laut, als er tief in meine Mundhöhle vordringt und dabei nach meiner Brust greift. Geschickt zieht er den Stoff des Triangelbikinis zur Seite und entblößt meine zusammengezogene Brustwarze. Er löst sich von meinem Mund und sieht mir tief in die Augen.

„Ich will dich, hier und jetzt", raunt er mit heißer, heiserer Stimme. Seine Worte und das Verlangen in seinen vor Lust getrübten Augen treiben meine eigene Begierde ins Unerträgliche und ich schlinge ein Bein um ihn.

„Ich will dich auch", raune ich zurück, während er seine Lippen um meine Brustwarze schließt. Ein heißer Blitz trifft mich direkt in meiner Mitte und mein Unterleib zieht sich lustvoll zusammen. Vics Zunge spielt mit meiner kleinen Knospe und die Hand an meinem Steiß rutscht noch tiefer, um meine festen Pobacken zu ertasten. Als er die Brustwarze tief in seinen Mund einsaugt, stöhne ich laut auf und das Pochen in meiner

Klit wird fast schmerzhaft. Vic öffnet die Schleife meines Bikinioberteils und zieht es mir ganz aus. Er beugt sich über mich und widmet sich der anderen Brust. Sein Haar unter meinen Fingern ist weich, glatt und dicht. Er rutscht tiefer, küsst meinen Bauch, meinen Nabel, meine Hüfte. Mit den Zähnen öffnet er die beiden Schleifen an dem Höschen und sieht mit einem verführerischen Lächeln zu mir auf. Ich bebe am ganzen Körper, als er mit dem Mund den vorderen Teil des Höschens von meinem Venushügel zieht und mein kurz getrimmtes Dreieck entblößt. Er betrachtet mich neugierig und öffnet meine zitternden Beine ein Stückchen weiter.

„Du bist so schön", flüstert er und küsst mich knapp oberhalb der Härchenlinie, dort, wo sich mein kleines Rosentattoo dem auserwählten Betrachter präsentiert. Ich winkle meine Beine erwartungsvoll noch mehr an und ermögliche ihm den Zugang zu meiner angeschwollenen, völlig feuchten Spalte. Seine Zunge versetzt mir einen kleinen, ekstatischen Elektroschock, als ich sie endlich auf meiner aufgerichteten Liebesperle spüre. Schon nach wenigen Augenblicken wird mir klar, Vic gehört zu der Sorte Mann, die weiß, was sie tut und es auch genießt. Er leckt mich hingebungsvoll, ungehemmt und vor allem gekonnt. Er saugt und lutscht an mir wie an einer köstlichen, vor süßem Saft tröpfelnden Frucht und folgt aufmerksam dem Tempo, das mein Becken ihm vorgibt. Doch ich weiß, dass ich so nicht kommen werde, egal, wie wahnsinnig gut sich seine Zunge in mir anfühlt. Ich brauche noch mehr von ihm, ich muss ausgefüllt sein, um vor Lust zerplatzen zu können. Da es unser erstes Mal ist, scheue ich mich noch, ihm mit Worten zu sagen, was ich will. Stattdessen greife ich nur stumm nach seiner Hand, die meine Brust liebkost, und führe sie tiefer. Vic versteht sofort und schon spüre ich, wie er behutsam einen Finger in mich einführt. Ich stöhne noch lauter auf und lasse ihn damit wissen, dass es goldrichtig ist, was er da macht.

Was danach passiert, ist einfach der Wahnsinn. Ich kann nicht sagen, wie viele seiner Finger ich in mir spüre, die mich im schnellen Tempo massieren. Es könnten zwei, aber auch drei sein. Dazu seine gierigen, gleichmäßigen Zungenstriche, die er genussvoll über meine Lustknospe verteilt. Ich rase meinem Höhepunkt entgegen und kralle die Finger in die Picknickdecke unter mir. Es ist gewaltig, wie sehr ich plötzlich die Kontrolle verliere und laut schreiend explodiere. Der Orgasmus katapultiert mich hoch hinaus über die Baumkronen, zum Himmel empor, an dem für einige Augenblicke unzählige rote Sternchen tanzen. Die Kontraktionen in meiner Mitte sind stärker und süßer als jemals zuvor und treiben mir Tränen in die Augen. Völlig aufgelöst und nach Luft ringend, lande ich wieder in meinem vor Ekstase bebenden Körper und sehe Vic so an, als ob ich ihn das erste Mal erblicke.

„Was hast du bloß mit mir gemacht?", frage ich fassungslos und selig lächelnd. Ich hatte schon einige geile Orgasmen in meinem Leben, aber das jetzt hat mich völlig überrollt. War das gerade der sagenhafte G-Punkt-Orgasmus? Dieses Mal habe ich das Epizentrum tief in mir gefühlt und nicht in der Klitoris wie sonst. Völlig abgefahren!

„Ich hab doch nichts Besonderes gemacht", grinst Vic selbstzufrieden, zieht langsam seine Finger aus mir und leckt sie ab. Gott, ist das versaut! Und ich liebe es! Noch nicht richtig wieder bei mir, ziehe ich ihn in meine Umarmung und küsse ihn dankbar auf den Mund, der gnadenlos nach mir schmeckt. Leicht salzig, doch mit einem süßen Beigeschmack. Er erwidert meinen Kuss mit der gleichen Intensität, mit der er mir den Orgasmus beschert hat, und seine unbefriedigte Lust macht mich erneut geil auf ihn. Ich zerre an seiner noch nassen Badehose, die ich unangenehm kalt zwischen meinen Schenkeln spüre, und versuche, sie ihm auszuziehen. Sein Hintern unter meinen Händen fühlt sich fest und rund an. Doch noch neugieriger bin ich auf seinen Schwanz, der sich durch den Stoff fest gegen meinen Bauch presst. Vic hilft mir, indem er sich aus meiner Umarmung löst und auf dem Rücken neben mir liegen bleibt. Er will offensichtlich, dass ich den Rest mache. Nichts lieber als das. Ich beuge mich zu ihm und küsse ihn auf die glatte Brust mit den zarten, rosigen Brustwarzen. Ich streife mit der Zunge darüber, und als er dadurch erschaudert, ziehen sich seine klar definierten Bauchmuskeln sinnlich zusammen. Sein kaum behaarter Körper betört mich mit seiner Schönheit, und eine neue Ladung der Lust pumpt durch meine Adern. Langsam ziehe ich die Hose von seinen schmalen Hüften und befreie endlich seinen harten Schwanz. Oh du Scheiße! Er ist beschnitten! Ich habe noch nie einen beschnittenen Schwanz in echt gesehen, geschweige denn ihn angefasst! Ob ich das hinkriege? Fasziniert betrachte ich ihn und schließe meine Faust vorsichtig um ihn. Er ist nicht zu groß, nicht zu klein, dafür aber ordentlich dick. Ein kleiner Lusttropfen glitzert auf der glatten Eichel und ich bewege zögernd meine Hand. Es ist ein ungewöhnliches Gefühl für mich und ich bin etwas unsicher. Ich neige meinen Kopf und berühre seine Schwanzspitze mit der Zunge. Vic hält kurz den Atem an und stützt sich auf seine Ellbogen, um mich dabei beobachten zu können. Er schmeckt gut und ich öffne meinen Mund, um ihn tiefer aufnehmen zu können.

Normalerweise blase ich nicht beim ersten Mal. Manchmal auch beim zweiten Mal nicht. Ich muss erst eine Beziehung zu dem Schwanz und seinem Besitzer aufbauen, um ihn lutschen zu können. Doch bei Vic ist es anders. Es macht mich einfach geil, dieses neue Gefühl beim Blasen auszukosten. Ich merke bald, dass seine Eichel nicht so empfindlich ist wie bei unbeschnittenen Männern und ich entdecke schnell, wie viel heftiger er reagiert, wenn ich die Stelle um die Naht herum bearbeite. Vic stöhnt leise und hält mit einer Hand mein Haar zurück, um mir ins Gesicht sehen zu können. Als er anfängt, die Lenden zu bewegen und stoßweise zu atmen, weiß ich, dass er nicht mehr lange braucht. Doch ich will, dass er mich fickt und lasse ihn los. Seine Augen sind ganz matt vor Lust und wir küssen uns heftig. Ich halte seinen Schwanz mit der Hand fest und er bewegt sich feucht und heiß in meiner Faust.

„Hast du ein Kondom?", frage ich keuchend, als wir uns aus dem Kuss lösen, um nach Luft zu schnappen.

„Ja, in meiner Badehose", keucht er zurück und lässt mich kurz los. Ungeduldig fischt er das Päckchen aus der Tasche und reißt es mit den Zähnen auf. Geübt rollt er sich den Gummi über den Schwanz und wendet sich wieder zu mir.

„Du scheinst Erfahrung mit beschnittenen Schwänzen zu haben." Er lächelt mich anerkennend an, während er sich zwischen meine Schenkel schiebt.

„Nein, deiner ist der erste", raune ich.

„Dann bist du ein Naturtalent." Grinsend teilt er mit seinem Schwanz in der Hand genüsslich meine sabbernde Spalte. Mit einem Stoß dringt er in mich ein und ich empfange ihn mit einem lauten Aufstöhnen. Gott, er ist so schön dick! Er füllt mich völlig aus, als er mich weiter dehnt und tiefer vordringt. Wie nötig habe ich das bloß gehabt! Kein Vibrator dieser Welt kann das herrliche Gefühl ersetzen, von einem Mann, den man begehrt, gefickt zu werden!

Vic stößt mich heftig und langsam. Wenn er tief in mir versinkt, verweilt er einen Augenblick lang in mir und genießt das Gefühl, mich vollkommen auszufüllen. Doch als ich meine Schenkel fest um ihn schlinge und ihm beim Küssen die Zunge tief in den Mund schiebe, beschleunigt er sein Tempo. Seine Stöße werden hart, schnell und drängend. Er sieht mir in die Augen und der lustvolle Ausdruck auf seinem Gesicht macht mich wahnsinnig vor Begehren.

„Ja, komm! Du darfst jetzt kommen!", sporne ich ihn an und kralle meine Finger in seine knackigen Pobacken. Sein Körper spannt sich an und laut stöhnend verharrt er mit dem allerletzten Stoß tief in mir. Er zuckt noch ein paar Male und dann sackt er schwer und schlaff über mir zusammen. Ich umarme ihn mit beiden Armen und halte mich an ihm fest. Sein Herz hämmert noch spürbar an meiner Brust und er atmet angestrengt an meinem Ohr. Nach einigen Sekunden rollt er sich zur Seite und zieht den Schwanz aus mir heraus. Das ist das Blöde an Kondomen: Man kann nicht noch ewig miteinander verschmolzen liegen bleiben. Noch blöder ist natürlich der fehlende Hautkontakt. Doch Sex ohne Kondom wäre mit Vic ein sehr gewagtes Spiel. Wer weiß, wo er seinen Schwanz schon überall reingesteckt hat ... Das will ich lieber gar nicht wissen.

Vic bietet mir seinen Arm an, um mich bei ihm einzukuscheln, und ich nehme das Angebot sehr gerne an. Es fühlt sich alles richtig an. Ich bin völlig befriedigt, hatte meinen ersten G-Punkt-Orgasmus und liege in den Armen eines aufregenden Mannes, der sich viel Mühe gegeben hat, um unser Date unvergesslich zu gestalten.

Die Sonne gleitet tiefer und tiefer und das Licht um uns wird matt und gedämpft. Der strahlend blaue Himmel verblasst allmählich und die Wellen plätschern im Abendwind sanft an das Ufer. Die einzigen Geräusche, die wir neben ihnen wahrnehmen, sind der raschelnde Wind im Schilf und die zwitschernden Vögel in den Bäumen. Man kann nur schwer glauben, dass man in Berlin ist und nicht auf einer einsamen Insel fernab der Zivilisation.

„Wollen wir eine Runde schwimmen?", unterbricht Vics Stimme diese pure Idylle. „Nackt, wie es die Deutschen so gerne tun?" Er lächelt mich an und wir küssen uns innig.

„Gute Idee!" Ich erhebe mich als Erste und strecke mich.

„Du bist ja nahtlos braun." Vic beobachtet mich und streichelt über meinen Schenkel.

„Ich sonne mich nackt auf meinem Balkon und war im Juli ein paar Tage an der Ostsee, wo es überall FKK-Strandabschnitte gibt“, erkläre ich ihm.

„Dein Körper ist wahnsinnig sexy“, murmelt er bewundernd. „Treibst du viel Sport?“

„Nee. Bloß viel Sex“, erwidere ich ernst und grinse frech, als er mich mit staunendem Blick anschaut. „Ist ein Scherz! Natürlich treibe ich viel Sport, ich gehe regelmäßig joggen und ins Fitnessstudio.“

Vic springt auf die Beine und gibt mir grinsend einen Klaps auf den Hintern. „Das sieht man dem Baby an. Ich stehe auf feste, runde Ärsche.“ Er begrapscht meinen Allerwertesten. Ein Anflug von Lust flackert in seinen Augen auf, als wir uns küssen und ich unmittelbar seine Zunge spüre. Wenn er mich fragt, könnte ich schon wieder. Das gerade war nur eine Aufwärmübung, die mich erst richtig heiß gemacht hat. Doch Vic löst sich von unserem Kuss und zieht mich an der Hand ins Wasser. Es kostet mich schon etwas Überwindung, mich sofort in das kühle Nass zu werfen, doch Vic lässt mir keine Zeit zu zögern. In enger Umarmung fallen wir ins Wasser und ich kreische auf. Es ist nicht richtig kalt, doch mein vom Sex erhitzter Körper empfindet trotzdem einen kleinen Kälteschock. Ich schwimme los, um mich an die Temperatur zu gewöhnen, und kraule aus der kleinen Bucht. Vic holt mich sofort ein und ich umschlinge ihn mit den Schenkeln, als wir uns küssen.

„Du gleitest durch das Wasser wie ein Fisch!“, sagt er anerkennend.

„Du bist aber auch ein guter Schwimmer!“

„Das ist erst so, seit ich Vic Taylor bin. Vorher konnte ich nur mäßig schwimmen, ich hatte ja kaum Gelegenheit dazu. Aber seit zwei Jahren trainiere ich mit einem Personal Coach, und ein hartes Schwimmtraining gehört zu meinem täglichen Programm, wenn ich nicht gerade Urlaub mache.“

Wir schwimmen noch eine Weile, bis mir kalt wird und von dem sonnigen Tag nur noch der rosa gefärbte Abendhimmel übrigbleibt. Wir trocknen uns mit meinem Handtuch ab, knabbern an dem noch reichlich vorhandenen Essen und packen schließlich alles wieder ein. Vic holt das Boot und bringt es ganz nah ans Ufer, sodass ich nur bis zu den Knien nass werde. Im Boot ziehen wir unsere Klamotten an und fahren zurück zum Hafen.

Als wir wieder im Auto sitzen, wird es dunkel. Mein Haar ist inzwischen trocken und weht wild hinter mir her wie in einer schönen Szene aus einem Roadmovie. Wir hören Musik aus Vics bunt zusammengewürfelter Mischung: alles Mögliche, von Iggy Pop bis Pink und U2. Ich bin glücklich wie schon lange nicht mehr, ja, fast euphorisch.

„Magst du mit zu mir kommen?“, fragt mich Vic an einer roten Ampel, als wir die Stadt erreichen. Ich blicke ihm tief in die Augen und beuge mich mit einem leidenschaftlichen Kuss zu ihm.

„Sehr gerne!“, sage ich und lege meine Füße hoch. Das Kleidchen verrutscht dabei und entblößt meine Oberschenkel. Ich habe kein Höschen angezogen und ich sehe Vic herausfordernd an. Er greift mir sofort zwischen meine einladend geöffneten Schenkel und berührt meine nackte Spalte.

„Du bist mir schon ein kleines Luder!“, grinst er anzüglich. Ich stöhne leise auf, als seine Finger meine Schamlippen teilen und ich unmittelbar feucht werde.

„Das macht dich geil, stimmt's?“, fragt er, ohne mich anzublicken, während er durch Berlin fährt und meine Muschi streichelt.

„Ja, es macht mich geil“, raune ich und sehe aus dem Fenster, ohne wirklich auf die Umgebung zu achten. Wenn jemand an der Ampel neben uns stehen bliebe und zu uns reinschauen würde, würde er bemerken, was Vic gerade tut. Dieser Gedanke erregt mich wahnsinnig und ich stöhne lauter auf. Ich hebe leicht mein Becken, sodass Vics Finger in mich gleiten können. Er fährt die ganze Zeit mit einer Hand und ich wette, ihn erregt unser Spielchen genauso wie mich.

Am Ernst-Reuter-Platz ist es dann so weit: Wir stehen wieder an einer roten Ampel, neben uns andere Autos, und vielleicht sieht nun tatsächlich jemand zu. Vics auffälliges Muscle-Car zieht ja alle Blicke auf sich, und jeder will wissen, wer in so einem Luxuswagen sitzt. Vic verstärkt den Druck und das Tempo, mit dem seine Finger mich bearbeiten, und mein Körper spannt sich heftig an. Trotz schwacher Bedenken in meinem Kopf lasse ich es zu …

Die bunten Lichter der Stadt verschmelzen zu einem grellen Blitz vor meinen Augen. Ich halte mich mit einer Hand an Vics Oberschenkel fest, als die Spannung ihren Höhepunkt erreicht und die Orgasmuswelle mich überwältigt. Nur mit Mühe presse ich meine Lippen zusammen, um nicht zu laut aufzuschreien.

Zitternd und keuchend schiebe ich Vics Hand weg und versinke kraftlos im weichen Ledersitz. Wir haben mittlerweile grün und der Mustang beschleunigt tief wummernd und sekundenschnell. Meine Güte, dieser Mann hat mich ganz schön im Griff! Ich habe nicht damit gerechnet, dass er mich einfach so zum Orgasmus bringt! Eigentlich bin ich da nicht so leicht zu händeln. Aber im Zusammenhang mit Vic ist so einiges nicht wie gewohnt.

„Wow, du bist tatsächlich gekommen? Du bist echt der Hammer", wundert sich Vic und steckt sich den Mittelfinger, der vor meiner Geilheit glänzt, in den Mund, um ihn ganz langsam abzulecken. Gott, wie mich das antörnt! Und wenn hier jemand der Hammer ist, dann er.

„Alles deine Schuld." Ich seufze selbstzufrieden. „Hat jemand zugeschaut?", frage ich dann fast schüchtern.

„Bestimmt", grinst er. „Aber das ist gerade der Kick bei der Sache, oder?" Bedeutungsvoll sieht er mir in die Augen und ich antworte nicht. Einem spontanen Impuls folgend, greife ich ihm zwischen die Beine und ertaste die vermutete Beule.

„Was haben wir denn da? Fühlt sich da jemand vernachlässigt?", frage ich verlockend und öffne meinen Sicherheitsgurt. Vic blickt schweigend geradeaus, auf die Straße des 17. Juni, die uns durch den Tierpark führt, und schluckt so hart, dass sein Adamsapfel heftig springt. Anscheinend traut er mir mein Vorhaben nicht zu, doch er ist sichtlich bereit für das verbotene, nicht ungefährliche Spielchen. Ohne zu zögern knöpfe ich seine Hose auf und ziehe seinen steifen Schwanz aus den Boxershorts. Unter seiner Hand auf dem Lenkrad beuge ich mich über ihn. Mein gieriger Mund nimmt ihn so tief es nur geht auf, und Vic drückt mir mit der freien Hand sanft, doch bestimmt den Kopf runter. Eine Geste, die ich als dominant und geil empfinde. Trotzdem habe ich etwas Angst. Was, wenn ich ihn zu sehr ablenke und er einen Unfall baut? Abenteuer gerne, doch lebensmüde bin ich nicht und ich will auch niemanden sonst gefährden. Und vor allem kann ich meiner Familie so was nicht antun. Ich sehe schon die Schlagzeilen in der BILD:

Heiße Sexspiele am Steuer! Schlimmer Unfall im Tierpark! Das junge Paar hat offenbar während der Cabriofahrt oral miteinander verkehrt und leichtsinnig sich selbst und andere (beobachtende) Verkehrsteilnehmer in Gefahr gebracht. Die Polizei konnte die Medizinstudentin Kathleen S. und den berühmten Rockstar Vic T. identifizieren.

Mit Fotos von uns, natürlich.

Das würde meine Mutter niemals verkraften und mein Vater würde einige seiner ehrenwerten und angesehenen Privatpatienten für immer verlieren. Nur das Ansehen meines Bruders könnte in seinen Kreisen davon profitieren. Eine ältere Schwester, die mitten in Berlin in einem Ford Mustang ihrem berühmten Lover einen bläst, ist doch geil und cool. Auch wenn dabei jemand umkommt. Voll krass halt.

Nein, lieber nicht. An der Siegessäule, wo Vic den Großen Stern umfahren und beide Hände benutzen muss, höre ich auf und hebe meinen Kopf.

„Vic, das ist gefährlich, halt lieber irgendwo am Straßenrand an", sage ich verunsichert.

„Nein, mach ruhig weiter. Vertrau mir!“, raunt er und sein Schwanz in meiner Hand zuckt ungeduldig. Was soll’s, das ist doch Rock ’n’ Roll, oder? Wie oft werde ich noch einem Rockstar in einem Cabrio während der Fahrt durch den Tierpark einen blasen? Es ist schon dunkel und niemand sieht, was ich da tue. Ich werfe meine Bedenken über Bord und widme mich wieder seinem Schwanz. Vic stöhnt auf, als ich ihn stärker packe.

„Ja, so ist es gut, nimm ihn ordentlich ran“, murmelt er. Ich habe noch Hemmungen, mit so viel Druck zu arbeiten, doch ein beschnittener Schwanz verträgt anscheinend einiges mehr. Oder Vic steht einfach auf eine etwas härtere Behandlung. Er stöhnt immer lauter und ich vermute, dass er bald kommt.

„Ich halte am Straßenrand an“, keucht er und verlangsamt endlich das Fahrtempo. Er findet eine Parklücke und manövriert den großen Wagen geschickt hinein. Hastig öffnet er seinen Gurt und greift in seine Hosentasche, um ein Kondom herauszuholen. Schnell und geschickt stülpt er das Gummi über seinen Schwanz und zieht mich zu sich.

„Komm, setz dich auf mich“, fordert er mich auf. Das muss ich mir nicht zweimal sagen lassen. In der Dunkelheit der Nacht fühle ich mich sicher und geschützt in dem großen Auto, doch ich weiß, dass man bei genauem Hinsehen merken könnte, was wir da treiben. Das kümmert mich jetzt aber wirklich nicht. Ich setze mich rittlings auf meinen Lover und er führt geschickt seinen Schwanz in mich ein. Ich bewege nur mein Becken, um nicht zu auffällig zu wirken, und wir küssen uns heftig dabei. Mit seiner Zunge tief in meinem Mund stößt er von unten in mich ein, und ich stöhne unbeherrscht auf. Er fühlt sich so verdammt gut an in mir, wenn er bis zum Anschlag in mir versinkt! Wie geschaffen, um meine Pussy zu beglücken.

„Es ist so geil, dich zu ficken", murmelt er mit vor Lust heiserer Stimme, die auf mich wie eine intravenös injizierte Portion Frauenviagra wirkt. Er streift mir die Träger meines Kleides von der Schulter und entblößt meine Brust, um sich an meiner Brustwarze festzusaugen. Er stößt mich dabei noch kräftiger und dann kommt er auch schon, laut und hemmungslos stöhnend. Ich liebe es, wenn ein Mann seinen Orgasmus so herausstöhnt, das macht mich unglaublich an. Ich halte seinen Kopf an meiner Brust fest und lausche seinen heftigen Zuckungen tief in meinem Körper. Dass Sex mit Vic *so* geil sein würde, habe ich echt nicht erwartet. Das wird die Geschichte für mich deutlich komplizierter machen.

10. Vic

Holy Fuck, die Kleine ist noch eine Nummer heißer, als ich es vermutet habe. Wie sie gekommen ist, als ich bloß ein wenig an ihr rumgefummelt habe! Und sie bläst wie eine Professionelle. Die meisten Frauen hier in Europa haben keine Erfahrung mit beschnittenen Schwänzen und sind viel zu sanft und vorsichtig. Doch sie hat sich getraut, so an ihm zu saugen, wie ich es mag. Dazu hat sie es unübersehbar selbst genossen. Wie es aussieht, werden wir noch viel Spaß miteinander haben. Sie ist hemmungslos und liebt offensichtlich den Reiz des Verbotenen. Genau mein Geschmack. Sex im Freien und in der Öffentlichkeit macht mich einfach an, und wenn die Frau dabei verklemmt ist, verdirbt sie einem den Kick. Nicht aber Kat. Wieder zusätzliche Punkte für sie.

„Geht es dir gut?", frage ich sie nach einer Weile. Sie sitzt immer noch auf mir und ich halte sie in meiner Umarmung fest. Frauen stehen ja darauf, unmittelbar nach dem Sex weiter den Körperkontakt zu haben, und mit ihr macht mir das merkwürdigerweise nichts aus. Meistens vertrage ich das Nachspiel nicht; ich ziehe mich nach dem Abspritzen sofort zurück und will meine Ruhe. Kat hebt den Kopf und sieht mir in die Augen. Sie lächelt und scheint happy zu sein.

„Oh, mir geht es ausgezeichnet", antwortet sie, und ihre Augen funkeln im Dämmerlicht der Straßenbeleuchtung. Sie küsst mich und es fühlt sich angenehm an. Wann hab ich zuletzt mit einer Frau nach dem Sex geknutscht, wenn überhaupt? Mit Molly, ja, aber das war was anderes. In Molly war ich irgendwie verliebt. Und alle anderen Mädchen und Frauen habe ich bloß gefickt.

Natürlich bin ich nicht in Kathleen verliebt. Aber ich kann sie gut leiden und fühl mich wohl in ihrer Nähe. Sie scheint eine selbstbewusste und unabhängige Frau zu sein, die nicht gleich denken wird, wir haben jetzt eine Beziehung oder so, nur weil ich mir Mühe mit ihr gebe, sie schätze und sie gerne ficke. Aber ich darf nicht übertreiben. Wenn ich sie zu sehr verwöhne und mich zu sehr um ihre Befriedigung kümmere, besteht die Gefahr, dass sie anfängt, sich was einzubilden oder sich in mich zu verlieben. Ich will ihr nicht wehtun, und das heißt schon was. Normalerweise interessiert es mich nicht, was die Frauen, die mit mir schlafen, eigentlich empfinden. Ich nehme mir das, was ich brauche, und wenn es einer nicht passt, kann sie jederzeit gehen.

Bis jetzt waren sie alle leicht ersetzbar und keine hat mich richtig interessiert. Wenn sie sich mit mir einlassen, wissen sie doch, dass ich ein Arsch bin, und daher muss ich auch keiner was vormachen. Die stehen eh auf Bad Guys, die sie wie Dreck behandeln. Warum soll ich sie dann enttäuschen und mich plötzlich wie ein Gentleman benehmen? Es ist alles ein Spiel und ich mach nur das, was man von mir erwartet.

„Mir gehts auch super. Dann wollen wir weiterfahren", entgegne ich verhalten und schnalle mich wieder an.

Sie ist die restliche Fahrt schweigsam, doch es ist nicht die Art Stille, die unangenehm ist und ein Zeichen dafür, dass man sich außer ficken nichts zu sagen hat. Mit ihr ist es einfach ... whatever.

In der Tiefgarage parke ich den Wagen auf meinem Parkplatz und führe Kat zum Fahrstuhl, der direkt in meine Penthousewohnung fährt. Es ist immer wieder ein geiles Gefühl, wenn ich an den wenigen Tagen, an denen ich in Berlin bin, in meine Wohnung komme und mir selbst gratuliere, dass ich mir diese Bude leisten kann. Wenn Molly das wüsste ... Sie würde sich von Herzen für mich freuen. Vielleicht sollte ich mich doch mal bei ihr melden.

Kat kennt meine Wohnung zwar schon, doch sie sieht sich jetzt in Ruhe um. Ehrlich gesagt ist die Bude für nur einen einzigen Menschen etwas zu groß. Aber damals, als die Maklerin sie mir gezeigt hat, fand ich sie einfach geil, so geräumig, hell und mit dieser Dachterrasse, von der man einen irren Ausblick hat. Nach der Zeit in der Dreizimmerbruchbude, in der oft mehr als zehn Menschen gewohnt haben, habe ich mich nach viel Platz nur für mich allein gesehnt.

„Fühl dich wie zu Hause", sage ich zu Kat, als sie im Wohnzimmer ihre Tasche ablegt und barfuß über den Parkettboden läuft. „Hast du Hunger? Oder trinken wir noch ein Bierchen auf der Terrasse?"

„Ja, ein Bierchen wäre gut." Sie schenkt mir ihr strahlendstes Lächeln. Sie lächelt so ungezwungen und natürlich wie kaum eine Frau, die ich kenne. Auch sonst ist sie viel natürlicher als die Mädchen, die sich sonst um mich scharen. Dazu ist sie keine makellose Schönheit und gerade deswegen so anziehend. Sie ist nicht perfekt und versucht nicht mal, es zu sein. Sie trägt kurze Fingernägel, flache Schuhe und es ist ihr scheißegal, ob das Wasser oder der Wind ihr Haar unordentlich aussehen lässt. Ganz offensichtlich mag sie sich, so wie sie ist, und fühlt sich auch ohne eine dicke Schicht Make-up wohl.

Und sie ist sexy. Sehr sogar. Nicht nur, weil sie einiges für ihren Körper tut, sondern auch, weil sie eine Selbstsicherheit ausstrahlt, die viel geiler ist als dicke Silikon-Titten und aufgespritzte Lippen. Ich sehe ihr hinterher, während sie zu der Terrassentür läuft, und bewundere jeden ihrer Schritte. Ihr knackiger, kleiner Arsch bewegt sich sexy unter dem dünnen Stoff und macht mich erneut geil auf sie. Ich will sie wieder ficken, doch ich fühle, wie schlapp und müde ich bin. Ich schlafe viel zu wenig und langsam spüre ich das auch. Doch nach dem Bier auf der Terrasse kann ich nicht einfach mit ihr ins Bett steigen, Händchen halten und einpennen. Das wäre eine Verschwendung. In etwas mehr als einer Woche bin ich weg und wer weiß, ob wir uns im Winter wiedersehen werden, wenn ich von der Amerika-Tour zurück bin. Also muss ich mich ein wenig stärken ...

Ich hole uns erst zwei Flaschen Bier. Kat hat es sich auf der Hollywoodschaukel gemütlich gemacht und sieht mich verführerisch an, als ich ihr die geöffnete Flasche reiche. Klar, sie will es auch, sie scheint einen guten Appetit zu haben. Ich darf sie keinesfalls enttäuschen. Wir prosten uns zu und ich beuge mich mit einem Kuss zu ihr. Ihre Lippen sind weich und süß und sie küsst mich sinnlich zurück. Es ist unübersehbar, dass sie mich will und noch nicht genug hat.

„Meine sexy Kitty Kat … Ich komme gleich zu dir, ich mach mich nur noch etwas frisch", raune ich ihr zu und verlasse sie, ehe sie nach meinem Gürtel greifen kann.

Im Badezimmer hole ich mein Zubehör aus dem Schränkchen und lege es auf die große Ablagefläche neben dem Waschbecken. Koks wird mich wieder wach und leistungsstark machen. Nur eine kleine Prise, mehr brauche ich nicht. Ich beuge mich zu dem weißen Pülverchen und ziehe es mit einem starken Zug hoch. Es wirkt bei mir immer sehr schnell. Ich stütze mich mit beiden Händen auf den Waschtisch und atme einige Male tief durch. Ja, ich spüre sie schon, diese anflutende Energiewelle, die augenblicklich die Müdigkeit vertreibt und mich wieder munter und aktiv macht.

„Vic, was machst du da?", höre ich plötzlich Kats Stimme hinter mir. Ich habe die Badezimmertür nicht geschlossen, eine Macht der Gewohnheit. Ich drehe mich rasch um. Sie steht in der Tür und mustert mich und das Zeug auf dem Waschtisch. Es ist ihr sofort klar, was sie da sieht und sie wirkt verstört.

„Kat, Baby, ist nur ein bisschen Koks! Ich war müde und wollte nicht schlappmachen. Ist bloß eine kleine Erfrischung, nichts weiter", erkläre ich ihr und lächle entspannt. Ich hab nichts zu verheimlichen und stehe dazu, dass ich ab und zu nach dem Stoff greife.

„Scheiße, Vic! Das ist echt scheiße!" Sie funkelt mich fast wütend an und tritt einen Schritt zurück. Anscheinend hat sie ein Problem damit.

„Hey, beruhige dich! Was ist schon dabei? Mach jetzt nicht so ein Drama! Vielleicht solltest du auch etwas davon nehmen, um locker zu werden? Wir können danach noch viel geiler ficken ..." Ich verstehe ihre Reaktion echt nicht. Sie ist doch ein cooles und mutiges Mädchen, das kein Problem damit hat, mir im Auto einen zu blasen. Aber bei ein paar harmlosen Drogen macht sie gleich einen auf Empörung. Wie öde!

„Fick dich! Ich werde ganz bestimmt nichts davon nehmen! Ich will mit Scheißdrogen nichts zu tun haben und mit Typen, die sie konsumieren, auch nicht!" Sie dreht sich um und läuft einfach weg. Blöde Schnepfe! Am liebsten würde ich ihr hinterherrufen, sie soll nicht so zickig sein, aber ich reiße mich zusammen. Ich laufe ihr hinterher und hole sie an der Wohnungstür ein, als sie nach ihren Schuhen greift.

„Kat, warte doch! Es tut mir leid, ich wollte dich nicht angreifen. Bleib doch bei mir, wir können noch eine geile Nacht miteinander verbringen. Ich will dich und ich weiß, dass du mich auch willst." Sie ist unwiderstehlich sexy, wie sie mit vor Wut blitzenden Augen und aufgeregt atmend vor mir steht. Am liebsten würde ich sie packen, an die Wand drücken und von hinten ficken, gleich hier und sofort. Ich fasse sie am Arm, um sie zu beruhigen, doch sie entzieht sich mir heftig, noch bevor ich ihr mit der anderen Hand unter das Kleid greifen kann.

„Lass mich, Vic. Ich gehe jetzt nach Hause. Es war schön mit dir. Sehr sogar, bis du mit dem Scheißzeug alles kaputt gemacht hast." Ihre Stimme zittert und ihre Augen glänzen feucht. Ehe ich sie aufhalten kann, öffnet sie die Tür und rennt weg, die Treppen hinunter.

Was soll's. Ich werde ihr bestimmt nicht hinterherlaufen und mich weiter bei ihr entschuldigen. Sie kann mich mal am Arsch lecken. Eine Frau, die Koks nicht mal probieren will, ist sowieso zu spießig für mich. Es gibt genug andere, die sich nicht so zieren. Ich muss sie nur anrufen und sie kommen gleich angerannt. Und das werde ich jetzt auch tun. Ich verbringe die Nacht bestimmt nicht alleine. Schade. Die war echt was Besonderes. Aber warum sollte ich mich auf eine versteifen, wenn ich so viele haben kann!? Scheiße, ich habe es verbockt. Ich sollte es wissen, dass sie nichts von Drogen hält, sie ist zu schlau dafür. Vic, du bist ein fucking Idiot!

11. Kathleen

Ich renne die Treppen hinunter und kann meine Tränen nicht länger aufhalten. Scheißkerl! Ich fass es nicht! Wieso musste er das tun? Wir haben einen wunderbaren Abend miteinander verbracht, alles war so schön und fast perfekt und dann so was. Ich kann Drogen nicht leiden und habe es einfach verdrängt, was ich über ihn und seinen angeblichen Kokainkonsum gelesen hatte. Dass Rockstars gerne mal nach verschiedenem Stoff greifen, ist gewiss nichts Neues oder Überraschendes. Doch ich habe mir wohl eingebildet, ich kenne den wahren, echten Vic, der im Grunde genommen ein ganz netter Typ ist und dass all das, was man über ihn schreibt, nur Teil seiner Rolle ist, die er für die Medien spielen muss. Na klar. Ich war so scharf auf ihn, dass ich alles ausgeblendet habe, was mich davon abgehalten hätte, die Finger von ihm zu lassen. Wenn Kathleen was will, dann kriegt sie es auch, bin ja stur wie ein portugiesischer Esel, wie meine Mutter immer sagt. Und ich wollte Vic unbedingt haben, also habe ich meinen Verstand ausgeschaltet und nur noch mit der Pussy gedacht.

Aber besser, die Ernüchterung kommt jetzt und nicht irgendwann, wenn ich schon so von ihm angefixt bin, dass er mir wehtun könnte. Jetzt hat er mich nur enttäuscht und angepisst, aber das werde ich schon wegstecken. Wir haben eine schöne Zeit miteinander verbracht und der Sex war heiß. Was habe ich denn mehr erwartet? Dass er mir einen Liebesbrief schickt und mich fragt: Willst du mit mir gehen? Oder gleich die Gitarre zur Hand nimmt und einen schmalzigen Song für mich schreibt?

Ich habe das bekommen, wonach mir war, nämlich richtig geilen Sex und dazu noch die Aufmerksamkeit eines Mannes, der nicht gerade dafür bekannt ist, mit Frauen gentlemanlike umzugehen. Das müsste mir genügen. Auch wenn wir nur zwei Dates hatten, haben sie für genügend Erinnerungen gesorgt, dass ich noch viele Jahre gerne darauf zurückblicken werde.

Ich habe einen kühlen Kopf und bin emotional nicht so leicht aus der Ruhe zu bringen, sagt mein Papa. Ja, so bin ich. Also lasse ich mich nicht von einem koksenden Kurzzeit-Lover stressen.

Die Nacht ist mittlerweile kühl geworden und ich friere leicht in meinem Kleidchen, als ich zur Frankfurter Allee laufe. Ich habe keinen Bock auf die U-Bahn, also halte ich das erste freie Taxi an und steige ein. Die paar Euro bis zum Alex darf ich mir ruhig leisten, ich lebe sonst nicht verschwenderisch.

Zuhause angekommen, dusche ich erst mal. Ich lasse das warme Wasser über mich laufen und dann heule ich doch los. Ja, ich habe mich in Vic verknallt. So richtig untypisch für mich, viel zu schnell und zu unüberlegt. Mir ist klar, dass ich mich gerade in einem Hormonrausch befinde und ich mich selbst nicht ernst nehmen darf. Mein Gehirn wurde durch Vic von Dopamin und Phenylethylamin überflutet und ich spüre jetzt den Entzug, deswegen heule ich. Er hat mich bezaubert und getäuscht und ich hatte das Gefühl, wir kennen uns schon viel länger als bloß drei Tage. Dadurch, dass er mir seine Lebensgeschichte offenbart hatte, hat er ein viel tieferes Gefühl der Vertrautheit und Verbundenheit geschaffen, als wenn wir nur den üblichen Small Talk geführt hätten. Unsere Dates fand ich aufregend und romantisch und die Tatsache, dass ich schon beim ersten Mal mit ihm gekommen bin, spricht dafür, wie besonders er für mich war. Die verdammte Oxytocin-Falle! Viele Frauen binden sich deswegen emotional an einen Mann, der sie zum Orgasmus bringt. Egal, wie wenig sie ihn kennen. Ich brauche normalerweise schon etwas mehr Zeit, das benötigte Vertrauen zu gewinnen, um mich beim Sex richtig fallen zu lassen. Vic aber hat mich sofort aus der Reserve gelockt und mir jegliche Hemmungen genommen. Von einem Mann in seinem Alter hätte ich diese Souveränität und Überzeugungskraft nicht erwartet. Vielleicht liegt das daran, dass er ein Rockstar ist. Genauso, wie er die Massen bei seinen Konzerten in seinen Bann zieht und sie in Euphorie versetzen kann, weiß er auch instinktiv, wie er eine Frau dazu bringt, sich ihm völlig hinzugeben und von ihm führen lassen. Ja, er ist kein gewöhnlicher Mann, das muss ich schon zugeben.

Trotzdem tut mir die Enttäuschung weh. Ich würde gerne noch weiter mit ihm berauschenden Sex haben, in seinem Mustang durch die Stadt fahren, dabei laut Musik hören, mit ihm lachen und über Gott und die Welt reden. Warum konnte er nicht wenigstens in unserer gemeinsamen Zeit die Finger von dem Scheißkoks lassen? Er sah so verändert aus, nachdem er sich den Stoff durch die Nase gezogen hat. Irgendwie aggressiv, arrogant und grob. Nein, auf diesen Vic habe ich keine Lust. Es war schon richtig, dass ich weggelaufen bin.

Ich versuche, einzuschlafen und die Bilder unseres gemeinsamen Abends zu verdrängen, die immer wieder vor meinen Augen kreisen. Unsere kleine Bootstour, das Picknick in der einsamen Bucht, der heiße Sex in der freien Natur ... Es war wirklich schön und was Besonderes. So möchte ich ihn in Erinnerung behalten und den blöden Drogenzwischenfall einfach vergessen. Und ich bin ganz bestimmt nicht in ihn verknallt!

Als ich am nächsten Morgen aufwache, bemerke ich sofort dieses fiese, bleierne Gefühl in der Magengrube, das eine Schwere bis in die Brustgegend ausstrahlt. Oh nein! Ich kenne es nur zu gut: Es ist Liebeskummer. Den hatte ich zuletzt, als ich mich von Tina getrennt habe. Obwohl ich diejenige war, die Schluss gemacht hat, hat es sehr wehgetan. Ich hatte sie sehr lieb, doch ich konnte mich mit meinen zweiundzwanzig Jahren noch nicht so richtig fest an eine Person binden, die bei mir einziehen wollte, in den Tattoostudios nach einem Partnertattoo-Motiv Ausschau hielt und von mir erwartete, für immer und ewig der Männerwelt zu entsagen und mich mit ihrem angeschnallten Dildo zufriedenzugeben.

Bei Professor Kaiser, Lutz, meine ich, war es wieder anders. Anfangs war es nur Lust, aber dann habe ich mich in ihn verliebt. Meine Enttäuschung am Ende war bitter. Zum Glück war er zum damaligen Zeitpunkt nicht mehr mein Professor und ich konnte ihm problemlos aus dem Weg gehen. Aber ich habe lange darunter gelitten, dass er unsere Affäre beendet hat. Der Sex mit ihm fehlte mir einfach zu sehr. Lutz war so schön versaut, dominant und hat mich in die leichte Version der SM-Praktiken eingeführt. Wahrscheinlich war ich ihm sexuell hörig und habe deswegen alle Warnsignale überhört, die die ganze Zeit dafür sprachen, dass er eigentlich nie vorhatte, seine Frau zu verlassen.

Und nun habe ich Liebeskummer wegen eines Mannes, der nach einem sehr vielversprechenden Anfang einen Fehler gemacht hat. Echt dumm gelaufen.

Trotzdem lasse ich nicht den Kopf hängen. Neuer Tag, neuer Anfang! Schwungvoll verlasse ich das Bett und entscheide mich tapfer und nüchtern, der Tatsache in die Augen zu sehen, dass mein Liebesleben irgendwie nicht zu meinen Stärken gehört. Vielleicht bin ich einfach ein Freak, der mit normalen Menschen nicht klarkommt und sich immer wieder komplizierte und ungewöhnliche Sexpartner aussucht, bei denen das Scheitern vorprogrammiert ist. Wenn das so ist, ist bestimmt meine Mutter schuld. Die Mütter sind immer schuld, wenn die Kinder komisch werden oder Probleme im Leben haben. Jawohl, das muss es sein. Ihre autoritäre, leistungsorientierte und strenge Erziehung hat aus mir eine Frau gemacht, die nicht in der Lage ist, ein stinknormales, gewöhnliches und solides Liebesleben zu führen. Vielleicht hat sie mich nicht lange genug gestillt. Oder sie hat mich viel zu früh auf das Töpfchen gezwungen. Und mit drei Jahren in die Kita gehen zu müssen, war für mich bestimmt eine traumatische Erfahrung, die mich beziehungsunfähig und verkorkst gemacht hat. Daher suche ich mir solche Partner aus, die nicht gut für mich sind. Ganz einfach.

Wieder mal schiebe ich die Schuld für alles auf meine arme Mutter und fühle mich etwas besser. Ich selbst habe nichts falsch gemacht, also muss ich mich auch nicht fertigmachen!

Zwei Stunden später klingele ich eine Etage tiefer, bei dem süßen Nachbarn. Ein neues Objekt der Begierde ist die beste Medizin und Ablenkung gegen Liebeskummer und Enttäuschungen!

„Hey, das ist ja eine Überraschung!", begrüßt mich Jonas, als er mir nur in kurzen Shorts die Tür aufmacht. Das, was ich sehe, tut meinen Augen gut, und erfahrungsgemäß wird sich das auch positiv auf meine geknickte Stimmung auswirken. Jonas' gebräunter Oberkörper ist muskulös und sportlich, jedoch ohne aufgepumpt zu wirken. Er hat zwar keinen ausgeprägten Sixpack, doch er ist insgesamt etwas kräftiger gebaut, eher wie ein Schwerathlet. Ein starker Mann mit einem sehr sympathischen Gesicht und einem breiten, unwiderstehlichen Lächeln. Auch er mustert mich interessiert. Ich trage zerrissene Jeansshorts und ein knappes rotes Top ohne einen BH darunter. Halt so, wie ich zu Hause rumlaufe und auch mal bei meinem Nachbarn klingele.

„Hey! Ich dachte, wir haben einen weiteren heißen Tag und ein kühles Bierchen wäre nicht verkehrt. Auch, wenn es noch etwas früh dafür ist", lächle ich ihn an.

„Aber gerne! Komm doch rein! Ich sitze auf dem Balkon und wollte mir auch grad eins holen." Er lässt mich herein und ich gehe so eng an ihm vorbei, dass ich den Duft nach Duschgel wahrnehme. Vielleicht ist es auch ein Deo, Hauptsache, er riecht frisch und angenehm. Die Wohnung ist genauso geschnitten wie meine, nur spartanischer eingerichtet. Eine Junggesellenwohnung mit nur der notwendigsten Einrichtung.

„Lebst du ganz alleine hier? Warum hat sich die WG eigentlich aufgelöst?" Ich sehe ihn an, als ich durch das Wohnzimmer zur Balkontür laufe. Auf der Fensterbank stehen Grünpflanzen und Kräutertöpfe und sein Balkon ist im Vergleich zu meinem eine grüne Oase: Kapuzinerkresse, Sonnenblumen, Kirschtomaten, sogar Erdbeeren wachsen in den Blumenkästen auf der Brüstung. Er scheint einen grünen Daumen zu haben. Oder etwa eine Freundin, die sich um das Grünzeug kümmert?

„Mein Kumpel Quirin ist im Juni ausgezogen, zu seiner Freundin, und sein Mitbewohner konnte sich die Miete alleine nicht leisten. Er wohnt jetzt in einer anderen WG. Quirin hat mir dann die Wohnung angeboten und sie hat mir wegen der zentralen Lage sofort gefallen. Also habe ich zugeschlagen. Du weißt ja, wie schwierig es ist, in Berlin eine vernünftige Wohnung zu bekommen. So bin ich jetzt alleine hier, und ich muss gestehen, es gefällt mir ganz gut so. Ich habe selbst einige Jahre in einer WG gelebt und daher kann ich umso mehr wertschätzen, endlich zwei Zimmer mit Küche und Bad nur für mich zu haben." Er lächelt entwaffnend.

„Wie alt bist du denn?", frage ich ganz unverblümt.

„Achtundzwanzig. Und du?"

„Dreiundzwanzig. Und ich bin noch Studentin." Er
sieht jünger aus, ich habe ihn auf vierundzwanzig,
höchstens fünfundzwanzig geschätzt.

„Komm, setz dich." Er bietet mir einen der bequemen
Stühle auf dem Balkon an, während er zwei Bierflaschen auf das Tischchen stellt. Ich setze mich neben
den Kübel mit den Kirschtomaten und greife gleich zu.
„Darf ich?" Ich sehe ihn fragend an, während ich mir
schon zwei saftig-süße Früchte in den Mund stopfe.

„Klar, bedien dich nur! Ich schaffe es sowieso nicht,
die alle aufzuessen, die wachsen wie verrückt."

„Du redest bestimmt viel mit deinen Pflanzen, dass
sie so üppig gedeihen?" Ich blicke ganz ernst und ver-
wirre ihn für einen Augenblick.

„Du machst dich über mich lustig, oder?" Er lächelt
amüsiert, als ich mit vollem Mund grinse. „Keine Ahnung, die wachsen von alleine, ich tue nicht viel dafür.
Ich gieße sie nur regelmäßig und das war's schon."

„Ich schaff es nicht mal, meine grässlichen Geranien
am Leben zu halten, die wollen nicht so richtig." Ich
stehe auf und sehe hinauf zu meinem Balkon. Gleich
rümpfe ich die Nase bei dem jämmerlichen Blick der
vertrockneten Blumen, die verzweifelt ihre spärlichen
Blüten hängen lassen und von unten noch schlimmer
aussehen.

„Ein hübscher Anblick", sagt Jonas. Natürlich meint
er nicht meine Geranien, sondern die Art, wie ich mich
vorbeuge und den Hintern ausstrecke. „Aber von unten
sieht es auch schön aus", grinst er in Anspielung auf
neulich, wo ich ihn mit dem Gießwasser nass gemacht
habe und er mir auf die Brüste gestarrt hat.

Ich richte mich auf und setze mich wieder hin. Er soll nicht den Eindruck bekommen, dass ich ihn verführen will. Jonas gefällt mir, doch ich will mich keineswegs gleich ins nächste unüberlegte Abenteuer stürzen. Etwas Ablenkung ja, aber sonst nichts. Bloß keinen neuen Stress.

„Was machst du eigentlich beruflich?"

„Ich bin Fotograf", erwidert er und streckt seine Hand mit der Bierflasche aus, um mit mir anzustoßen.

„Cool! Und was fotografierst du?"

„Zurzeit hauptsächlich Autos für ein Automagazin, und je nach Auftragslage mache ich Fotos bei verschiedenen Sportveranstaltungen."

„Also bist du Freiberufler?"

„Klar, ist meistens so in meiner Branche. Und du? Was studierst du denn?", erkundigt er sich offensichtlich interessiert.

„Ich bin an der Uni der Bundeswehr, ich möchte stolze Berufssoldatin werden und danach zu den Fallschirmjägern gehen", antworte ich prompt mit todernster Miene.

„Aha", ist alles, was er herausbringt.

„Sorry, das war wieder ein kleiner Scherz."

„Du bist echt ein freches Mädchen, weißt du das?" Er schüttelt lächelnd den Kopf. „Ich hab's dir tatsächlich geglaubt!"

„Echt? Sehe ich denn so aus?" Ich mache große Augen.

„Ich weiß nicht, wie Berufssoldatinnen aussehen. Aber so, wie du dich gibst, würde ich dir das zutrauen." Na toll. Das kann ja alles Mögliche heißen und war bestimmt nicht als Kompliment gemeint. Jetzt würde meine Mutter mit Recht sagen: Sei einfach nicht so albern und überlege erst, bevor du deinen Mund öffnest.

„Was studierst du denn nun wirklich?" Er gibt mir noch eine Chance.

„Medizin. Ehrenwort! Ich möchte Ärztin werden, beziehungsweise man erwartet das von mir", erkläre ich ehrlich.

„Was heißt das genau?"

„Na ja, meine Eltern sind Ärzte und der Großvater war auch Arzt, also erwartet man, dass ich schön brav die Familientradition weiterführe."

„Und du selbst? Möchtest du denn Ärztin werden?" Er sieht mich mit seinen warmen braunen Augen bedeutungsvoll an.

„Doch, schon. Nur manchmal fühle ich mich unter Druck gesetzt, als ob ich keine eigene Wahl hätte, und das gefällt mir nicht", gebe ich offenherzig zu. Ups, ich fange an, einem noch recht fremden Mann ziemlich persönliche Sachen von mir zu erzählen! *Halt dich schön zurück!*

„Das ist doch normal, wenn man in so einer Familie aufwächst. Aber letztendlich geht es um dein Leben, und wenn du nicht ganz sicher bist, ob du tatsächlich deine eigenen Träume verfolgst, solltest du es dir gut überlegen. Jetzt ist es noch nicht zu spät." Jonas redet wie jemand, der schon viel Lebenserfahrung hat, und das steht ihm. Sehr sogar. Dadurch wirkt er noch männlicher und attraktiver.

„Hast du etwa schon nach dem Abi gewusst, was du mit deinem Leben anfangen willst? Was dein großer Traum ist?", frage ich leicht provokant, weil ich mich etwas herausgefordert fühle. Er kennt mich ja kaum und schon predigt er mir!

„Ja, ungefähr schon. Ich wollte viel rumreisen und Fotografie war immer schon mein Hobby. Wenn man die Welt durch die Linse betrachtet, sieht sie ganz anders aus. Man bemerkt viel mehr Details und kann den Augenblick festhalten. Außerdem wollte ich mein Leben nicht so wie meine Eltern, die beide Beamte sind, in einem Büro und in Papierkram vergraben zubringen. Ich bin gerne draußen, flexibel und frei. Mein großer Traum ist, einmal als Fotograf eine Expedition zu begleiten. In die Wildnis des Amazonas, oder nach Nepal und Tibet. Also arbeite ich noch an meinem Traum, wie du siehst."

„Wow, das klingt ja faszinierend!" Er ist also ein Abenteurer und ein Träumer. Und trotzdem wirkt er bodenständig und zuverlässig. Ein interessanter Mann, auf jeden Fall.

„Was würdest du denn gerne tun, wenn du nicht Medizin studieren würdest?", überrascht er mich mit der Frage, der ich gerne ausweichen würde. Ich stelle sie mir selbst manchmal, wenn ich an meiner beruflichen Zukunft zweifle.

„Puh, keine Ahnung." Ich greife nach der Flasche und versuche, Zeit für eine Antwort zu gewinnen. „Manchmal habe ich alberne Ideen und denke, vielleicht wäre es besser, ich unterbreche mein Studium und mache eine Ausbildung als Fitnesstrainerin oder Physiotherapeutin. Ich trainiere selbst gerne und ich habe schon meinen ganzen Freundeskreis massiert, wenn jemand Beschwerden hatte, oder einfach so, aus Spaß. Es macht mir Freude, direkt mit dem Körper zu arbeiten. Ich meine, als Ärztin werde ich auch mit dem menschlichen Körper beschäftigt sein, aber es muss ja nicht ganz so kompliziert und aufwendig sein, oder? Die beiden Berufe würden auch genügen, um mir die Befriedigung zu verschaffen, die man sich von seiner Arbeit erhofft." Ich bin verblüfft über meine Offenheit. Bisher war Noemi die Einzige, die meine Zweifel an meiner Berufswahl kannte. Sie versteht mich. Doch sie weiß auch von meiner Angst, diese Zweifel meinen Eltern zu gestehen, vor allem meiner Mutter.

„Das klingt spannend und einleuchtend. Du hast den Wunsch, den Menschen zu helfen, sei es, um fit und gesund zu werden oder ihre Beschwerden zu lindern. Dafür muss man nicht zwangsläufig ein Arzt sein. Die beiden Berufe eignen sich doch perfekt dafür." Jonas sagt das auf eine so positive Art, als ob es die einfachste Sache der Welt wäre, eine neue Entscheidung zu treffen und meinen beruflichen Werdegang umzumodeln.

„Ja, schon. Aber es ist alles nicht so leicht", seufze ich und stütze mich mit den Füßen an der Balkonbrüstung ab. „Erst mal müsste ich mir selbst ganz sicher sein, und dann müsste ich noch mit meinen Eltern reden und sie auf das Schwerste enttäuschen."

„Das ist doch alles gar nicht so schwierig, wie du denkst. Du musst dir nur etwas Zeit nehmen und in Ruhe nach innen schauen, dann bekommst du auch die richtige Antwort. Die wartet schon auf dich, du musst nur bereit sein, sie zu hören." Jonas sagt das todernst und verblüfft mich damit. Ist er vielleicht so ein New-Age-Freak, der stundenlang meditiert, seinen Pflanzen positive Energie schickt und Briefe an das Universum schreibt?

„Du hörst dich an wie ein Zenmeister", erwidere ich lächelnd. „Aber ich bin eher eine kopfgesteuerte Person, die lieber ihren nüchternen Verstand benutzt, statt meine innere Göttin um Rat zu fragen."

Jonas stützt seinen Kopf auf die Hand und beobachtet mich mit prüfendem Blick. Er macht einen ziemlich intelligenten Eindruck auf mich und die Gelassenheit, die er ausstrahlt, finde ich sehr anziehend. Obwohl wir uns erst flüchtig kennen, bin ich stark beeindruckt von ihm, das muss ich schon zugeben. Ganz abgesehen von seinem blendenden Aussehen, das aus ihm ohne Zweifel einen Frauenmagneten macht.

„Ich bin auch kein Zenmeister. Aber ich kenne einen, ich trainiere Aikido bei ihm, seit ich sechzehn bin. Hoffentlich hat mittlerweile etwas von seiner Weisheit auf mich abgefärbt." Er entblößt seine perfekten Zähne mit einem charmanten Lächeln.

Aikido! Ich hatte also recht! Mein Bruder hat vor einem Jahr angefangen, Aikido zu trainieren, um sein Selbstbewusstsein zu stärken, aber schon nach zwei Monaten aufgegeben. Zu viel Achtsamkeit, innerer Raum und Klatschen mit bloß einer Hand, hat er gesagt. Statt zu lernen, wie man im Notfall einen viel stärkeren Angreifer galant und stilvoll verprügelt, musste er nach der Stille in sich suchen, seinen Geist vom Müll leeren und an den feinstofflichen Schwingungen die Absichten seines Gegners erkennen. Das war nichts für meinen leicht hyperaktiven Bruder, der Stille als Misshandlung empfindet und Achtsamkeit für eine Zwangsneurose hält.

Also ist Jonas eine Art sexy urbaner Mönch, der seinen Geist und seine Sinne beherrscht und das Leben im

Hier und Jetzt genießt, ohne reuevoll zurückzublicken oder sehnsüchtig nach vorne? Hoffentlich lebt er nicht enthaltsam! Was soll's, ich frage ihn ganz unschuldig, ob er eine Freundin hat, was ist schon dabei. In diesem Augenblick klingelt mein Handy.

„Sorry, ich schau nur nach, wer anruft", sage ich, bevor ich das Smartphone aus der Hintertasche hole. Beim Anblick des Displays macht mein Herz eine Extrasystole. Es ist Vic. Wie von einer Schlange gebissen, drücke ich den Anruf schlagartig weg.

„Geh doch ruhig ran", meint Jonas.

„Nein, nein, das war ... nicht wichtig." Ich mache eine abwehrende Geste und versuche, ganz locker zu bleiben. Ich will nicht mit Vic sprechen, weil ich ihm nichts mehr zu sagen habe und ihn nicht mehr wiedersehen will.

„Ein unerwünschter Verehrer?" Jonas hebt amüsiert seine dichten Augenbrauen.

„Nein. Ich meine ... Ist egal! Keiner, mit dem ich sprechen will!"

Doch Jonas lässt nicht locker. Bestimmt hat er gemerkt, wie mich Vics Anruf aufgeregt hat. Als Aikidoprofi kann er bestimmt sehr gut die Stimmungen seines Gegenübers wahrnehmen. „War das der Cowboy mit dem Mustang?", fragt er ganz unschuldig, doch leicht provokant.

Schließlich gebe ich nach und nicke. „Ja, der war's."

„Ist er dein Freund?"

„Ach wo! Nein. Wir kennen uns kaum, wir sind nur zweimal zusammen ausgegangen und das war's schon. Nicht der Rede wert, alles aus und vorbei", erzähle ich ganz belanglos. Warum tue ich das eigentlich? Es geht ihn doch überhaupt nichts an!

„Hm. Dafür siehst du aber ziemlich aufgewühlt aus. Man sollte immer die Sachen zu Ende bringen oder sich aussprechen, statt wegzurennen und so zu tun, als ob es nicht wichtig wäre. Nur so kannst du wirklich etwas abschließen und dich davon befreien." Mann, jetzt predigt er mir schon wieder! Doch er hat recht. Trotz meiner großen Klappe gehe ich Konflikten gerne aus dem Weg und meide unangenehme Gespräche lieber.

„Es gibt nichts mehr zu besprechen", entgegne ich trotzdem und höre, wie gereizt ich klinge. Warum musste Vic gerade jetzt anrufen, wo ich durch Jonas angenehm von ihm abgelenkt wurde! Wenn das kein Zufall ist. Mein Handy meldet sich mit dem SMS-Ton und ich blicke auf das Display. Wie vermutet, ist die Nachricht von Vic. Meine gute Laune ist hin und ich trinke das restliche Bier aus, ohne die SMS gelesen zu haben. Es wird Zeit, dass ich gehe. Ich stehe entschlossen auf und versuche, freundlich zu lächeln. „Sorry, ich wollte nicht kratzbürstig sein. Ich muss jetzt gehen. Ich fand unser Gespräch sehr anregend und interessant."

„Das sehe ich genauso", erwidert Jonas und erhebt sich auch. „Kathleen, es hat mich sehr gefreut, dich etwas näher kennenzulernen. Leider bin ich ab nächster Woche bis Anfang September weg, ich habe einen Auftrag in der Schweiz. Ist zwar nicht Nepal oder Tibet, doch ich freue mich trotzdem auf den Tapetenwechsel. Ich werde Fotos für ein Lifestyle-Magazin machen und dabei bestimmt einige wunderschöne Locations besuchen. Aber wenn ich wieder zurück bin, dann würde ich dich sehr gerne wiedersehen. "

„Ja, klar! Geht mir auch so!" Ich bin ein wenig enttäuscht, weil er so lange weg sein wird, und gleichzeitig tut es gut, zu spüren, dass er mich mag. Ich weiß noch nicht, auf welche Art er mich mag – auf die lustvolle oder eher die menschliche. Das will ich auf jeden Fall genauer erfahren.

„Du weißt, wo du mich findest, und wenn du willst, gebe ich dir auch meine Handynummer", schlage ich vor. *Ich mag dich auch*, würde ich am liebsten laut sagen, doch ich will mit meiner spontanen, unüberlegten Art nichts zerstören.

„Super! Dann kann ich dir mal ein paar Fotos aus der Wildnis schicken." Jonas lächelt mich an, als er nach seinem iPhone greift, um die Nummer einzutippen. Er bringt mich zur Tür und wir sehen uns wieder an. Er hat wirklich eine große Ähnlichkeit mit diesem schwedischen Prinzen, nur, dass er kräftiger und männlicher wirkt. Ein ganz toller Mann. Vielleicht können wir gute Freunde werden.

„Hab noch einen schönen Sommer! Und pass auf dich auf!" Jonas beugt sich zu mir und gibt mir ein Küsschen auf die Wange. Er ist groß, sehr sogar. Bestimmt eins neunzig. Ich möchte ihn umarmen, doch ich habe Hemmungen, seinen nackten, leicht verschwitzten Oberkörper anzufassen. Stattdessen tauche ich noch einmal in die Tiefe seiner dunklen Augen, bevor ich mich schnell umdrehe.

„Danke! Du auch! Viel Spaß in den Bergen! Und grüß die Heidi von mir!", rufe ich ihm zu, als ich die Treppen nach oben laufe. Ich weiß, dass er mir hinterhersieht, und sein Blick, den ich im Rücken – oder auch etwas tiefer – spüre, beflügelt mich. Das wollte ich doch, oder?

Ablenkung und Bestätigung. Dazu habe ich noch starke Anregungen und einleuchtende Argumente für das Thema bekommen, das mir manchmal schlaflose Nächte beschert.

Ich platze in meine Wohnung und schließe die Tür ziemlich laut. Dadurch wecke ich Helmut, der auf der Fensterbank im Wohnzimmer gepennt hat. Die ist richtig kahl im Vergleich zu Jonas' aufgereihten Blumentöpfen. Nur ein abgegrastes Schälchen mit Katzengras trotzt einsam der Leere auf der geräumigen Fensterbank. Vielleicht sollte ich mit einer pflegeleichten Zimmerpflanze anfangen und damit für mehr Leben im Zimmer sorgen. Der faule Kater ist ja nicht viel lebendiger als ein Stofftier und verhält sich wie ein Wohnungsaccessoire. Ich werfe mich in den weichen Ikeasessel und ziehe das Handy aus meinen Shorts. Dann wollen wir mal lesen, was Vic zu sagen hat.

Es tut mir leid, ich habe mich wie ein Idiot benommen. Bitte, lass uns darüber reden! Ich möchte dich sehen. Vic

Tja, das hätte er sich vorher überlegen sollen – bevor er sich zudröhnt. Schön für ihn, dass er mich sehen will. Ich hab echt keinen Bock. Mit zitternder Hand und einem Kloß im Hals lösche ich die Nachricht. So einfach ist das nicht. Wenn er denkt, mit einer Entschuldigung sei alles getan und alles wird wieder so, wie es zwischen uns war, dann irrt er sich gewaltig. So gern würde ich jetzt mit Noemi reden, doch sie hat im Urlaub Spaß mit ihrem Myles. Anscheinend muss ich diesmal alleine da durch. Ich versuche, mich weiter abzulenken, und setze mich vor den Computer. Ich öffne ein paar Seiten mit Informationen über die Ausbildung zur Physiotherapeutin und Fitnesstrainerin. Das Gespräch mit Jonas hat den alten Wurm in mir so richtig aufgescheucht. Ich weiß wirklich nicht mehr, ob ich Ärztin werden will. Oder studiere ich nur, weil das für so viele Menschen in meinem Leben eine Selbstverständlichkeit ist? Wissen meine Eltern, meine Großeltern und die restliche Verwandtschaft tatsächlich besser als ich selbst, was das Richtige für mich ist? Was ich wirklich mit meinem Leben anfangen will? Ich bin schließlich kein kleines Mädchen mehr, das immer auf den gut gemeinten Rat seiner Eltern hören muss und keine eigenen Entscheidungen treffen darf. Weil es so sicherer und vernünftiger ist. Genau das ist es: Von mir wird stets erwartet, dass ich vernünftig und folgsam bin und das tue, was für mich angeblich das Beste ist. Eine hilflose Wut steigt in mir hoch und Tränen brennen mir in den Augen.

Will ich das wirklich? Lebenslänglich einen Beruf ausüben, den andere für mich ausgesucht haben? Klar, als kleines Mädchen habe ich liebend gerne Ärztin gespielt, meinen Eltern nachgeeifert und wollte so werden wie sie: einen strahlendweißen Kittel tragen, Menschen gesund machen, Spritzen geben, Rezepte verschreiben. Aber das waren Kindheitsträume und ich wurde von meinen Eltern schon früh darauf hingelenkt, ohne eine andere Wahl gehabt zu haben. Sogar für meinen Papa war es selbstverständlich, dass ich auch Ärztin werden möchte. In dieser Hinsicht zog er mit meiner Ma an einem Strang, und als Daddys Girl konnte ich ihn nicht enttäuschen. Irgendwann, mit zwölf oder dreizehn, hatte ich zwar eine Phase, in der ich Lehrerin werden wollte, aber meine Eltern haben mir das schnell ausgeredet: Lehrer seien stark benachteiligt, niemand respektiere sie, sie seien unterbezahlt und überfordert und müssen sich vor gewalttätigen Schülern in Acht nehmen. Aber ein Arzt zu sein, das sei was ganz Besonderes, ein Privileg und eine Berufung.

Man kann aber Menschen auch in anderen Berufen helfen und so ein respektiertes und angesehenes Mitglied der Gesellschaft werden, nicht bloß als Arzt! Nein, so geht das nicht weiter. Ich muss herausfinden, ob ich mein Studium wirklich aus eigenem Impuls fortsetzen möchte, oder ob ich es bloß tue, weil ich eine gute Tochter sein will. Im Geist danke ich Jonas, weil er mir in unserem kurzen Gespräch die Augen geöffnet und mir gezeigt hat, dass es einen anderen Weg für mich gibt. Die richtige Antwort warte schon auf mich, hat er gesagt. Ich müsse nur bereit sein, sie zu hören. Genau das werde ich tun! Entschlossen wische ich mir mit dem Handrücken die Tränen weg und speichere die Links mit den Anmeldeunterlagen. Mein Handy meldet sich wieder mit einer SMS. Es ist noch mal Vic.

Bitte, Kat, rede mit mir! Ich vermiss dich ...

Ich hole tief Luft und schreibe:

Okay, dann lass uns reden. Kommst du zu mir? In einer halben Stunde?

Die Antwort folgt prompt.

*Danke! Ich komme! *freu**

Hilflos starre ich auf mein Smartphone und meine Gedanken rasen. Ist das eine gute Idee? Will ich ihn wirklich sehen? Mein Verstand wehrt sich stark dagegen, doch das Gefühl in meinem Körper ist eindeutig. Ja, ich will ihn sehen und mit ihm reden! Man kann den Kontakt mit jemandem nicht einfach beenden, indem man wegrennt. Das ist kindisch und unreif. Natürlich hatten wir noch keine richtige Beziehung, doch wir hatten Sex, und das ist keine Sache, die man am nächsten Tag einfach vergisst. Wenigstens für mich nicht. Schließlich lasse ich beim Sex einen Mann buchstäblich in mein Innerstes, was eine verdammt intime Angelegenheit ist. Und das ist schon Grund genug, um sich mit der Person, die einem so nahegekommen ist, wenigstens auszusprechen, bevor man sich endgültig aus dem Weg geht.

Ich betrachte mich kurz im Spiegel und entscheide, so zu bleiben, wie ich bin. Um Vic zu empfangen, muss ich mich nicht umstylen, ich sehe gut genug aus. Das haben mir Jonas' bewundernde Blicke eindeutig gezeigt. Es war wirklich passend, dass ich mich gerade mit ihm getroffen habe. So ist mir wenigstens bewusst, dass es auch andere attraktive Männer gibt, die Gefallen an mir finden.

Vic ist pünktlich. Als er unten an der Tür klingelt, drücke ich ohne ein Wort auf den automatischen Türöffner. Er soll selbst herausfinden, in welchem Stock ich wohne, er kann ja zählen.

Der Fahrstuhl bleibt tatsächlich im achten Stock stehen und ich öffne meine Wohnungstür. Vic sieht mich sofort. Oh du Schreck! Er hat einen Blumenstrauß da-

bei und noch etwas in der Hand, das wie eine Pralinen-
schachtel aussieht. Er trägt ein weißes Tanktop und
eine helle, zerrissene Jeans. Sein blondes Haar fällt ihm
glatt ins Gesicht und er sieht einfach umwerfend aus.
Er lächelt etwas zurückhaltend, während er sich mir
nähert, und wirkt dabei ziemlich nervös. Ich kann mir
gut vorstellen, wie viel Überwindung ihn so ein Auftritt
kostet, ist ja überhaupt nicht rockstarmäßig oder cool.
Deswegen erbarme ich mich und schenke ihm ein kleines Lächeln.

„Ich habe doch keine Blumen bestellt und ich kaufe
auch nichts."

Vics Lächeln wird breiter, als ich ihn mit einem
Scherz begrüße und damit die Spannung etwas lo-
ckere.

„Hey", sagt er nur, als er vor mir stehen bleibt. „Darf
ich herein?"

„Klar." Ich öffne die Tür noch weiter, und während er
an mir vorbeiläuft, verspüre ich den sehnsuchtsvollen
Drang, ihn zu berühren, zu küssen ... Es wird hart für
mich werden, standhaft und abweisend zu bleiben.
Seine Anziehungskraft ist einfach zu stark und mein
Verstand wird augenblicklich von einem mächtigen
Hormoncocktail überflutet. Wie sagt man so schön?
Der Geist ist willig, doch das Fleisch ist schwach.

Im Flur bleiben wir stehen und er dreht sich zu mir
um. Etwas hilflos hält er mir den Blumenstrauß, der
noch im Papier steckt, entgegen. Anscheinend hat er
nicht viel Erfahrung damit, Blumen zu schenken. Umso
süßer finde ich seine Geste.

„Hier, für dich. Ein kleiner Versuch, mich bei dir zu entschuldigen." Sein durchdringender Blick hält meinen gefangen, während ich meine Hand nach dem großen Strauß ausstrecke.

„Danke!", murmele ich und reiße gleich das Papier auf.

„Oh, sorry, ich sollte dir die Blumen nicht im Papier übergeben." Er schlägt sich mit der Hand vor den Kopf. „Bin nicht richtig erfahren in solchen Angelegenheiten."

„Nicht schlimm!" Ich entferne das Papier und entdecke einen wunderschönen Rosenstrauß. Pink, zart rosa, weiß, gelb. Rot ist nicht dabei, also weiß er doch etwas über die Blumensprache.

„Oh, die sind wunderschön! Vielen Dank! Komm in die Küche, ich stelle sie sofort in die Vase." Vic folgt mir und beobachtet mich still, wie ich die größte Vase aus dem Regal hole, die ich besitze, und sie mit Wasser fülle.

„Ist das auch für mich?" Ich zeige auf das Päckchen, das er noch immer in der Hand hält.

„Was? Oh ja, natürlich! Bin etwas durch den Wind, sorry. Ist nur eine Kleinigkeit, ich dachte, so was schenkt man halt einem Mädchen, das man mag." Vic schenkt mir sein bezauberndstes Lächeln, als er mir das Geschenk überreicht. Es sind tatsächlich Pralinen, eine erlesene Sorte mit Alkoholfüllung. Eigentlich stehe ich überhaupt nicht auf solche stereotypen Mitbringsel, doch weil Vic sie mir schenkt, haben sie eine besondere Bedeutung. Auch, weil er so ungeübt ist, was solche Aufmerksamkeiten betrifft.

„Noch mal vielen Dank! Du bist ja ein richtiger Kavalier“, scherze ich und stelle die Rosen in die Vase. „So, wir können jetzt ins Wohnzimmer gehen. Magst du ein Bier? Oder was anderes?“

„Wenn du auch ein Bier trinkst, dann gerne.“ Ich hatte zwar schon eines mit Jonas, doch ich habe auch ein paar Sorten Mix-Bier im Kühlschrank, ein Holundergemisch zum Beispiel. Ich hole eine Dose Pilsner für ihn und eine Flasche Mix für mich.

Vic nimmt mir die Dose aus der Hand und wir berühren uns flüchtig. Es fühlt sich wie ein klitzekleiner, wohliger Elektroschock an, und ich senke meinen Blick. Oh Gott, die Wirkung, die er auf mich hat, ist einfach fatal. Wie soll ich bloß dagegen ankämpfen?

Wir setzen uns auf mein weißes Kunstledersofa, das angenehm kühl ist, und ich nehme einen sicheren Abstand zu ihm ein.

„Du wolltest also mit mir reden?“, komme ich gleich zur Sache, unfähig, die Spannung, die zwischen uns herrscht, länger auszuhalten. Mein Körper lechzt nach Versöhnungssex, mein Verstand befiehlt mir Distanz und Entschlossenheit.

„So ist es. Kat, es tut mir leid, dass ich gestern diesen dummen Fehler gemacht und alles Schöne, was zwischen uns passiert ist, zerstört habe“, sagt Vic mit reuevoller, tiefer Stimme. „Ich möchte dir mein Verhalten erklären, weil ich vermute, du denkst jetzt, ich bin ein drogenabhängiger Arsch.“

„Ja, das habe ich tatsächlich gedacht.“

„Ich bin nicht kokainabhängig, egal, was du eventuell in den Medien gelesen hast. Ab und zu konsumiere ich es, aber bloß in kleinen Mengen. Auch, wenn ich es wollte, regelmäßig zu koksen, könnte ich es mir nicht erlauben. Ich bin an strenge Klauseln in meinem Vertrag gebunden. Drogensucht ist ein sofortiger Grund, um mich aus der Band und dem Plattenvertrag zu entlassen. Es steht für mich viel zu viel auf dem Spiel, um alles leichtsinnig zu verkacken. Dafür habe ich viel zu hart gearbeitet und ich wäre ein Idiot, um das wieder zu verlieren. Bitte, glaub mir, das ist die Wahrheit." Er wirkt überzeugend. Ich kann einfach nicht glauben, dass er bloß Scheiße labert, um mich wieder zurückzugewinnen. Trotzdem habe ich noch immer ein Problem.

„Wenn das so ist, warum hast du gestern überhaupt Koks gebraucht? Ich dachte, du hattest mit mir genug Spaß."

„Natürlich hatte ich das! Darum ging es überhaupt nicht. Ich habe mich nur körperlich nicht fit genug für all das gefühlt, was ich mit dir noch vorhatte, und ich wollte mir einen kleinen Energieschub holen. In den letzten Nächten habe ich wenig geschlafen, viel gefeiert und wollte nicht schlapp machen, während du in meinem Bett liegst." Vic senkt seinen Blick und beißt sich verlegen auf die Lippe.

Das soll also der Grund für das Koks gewesen sein? Er hat befürchtet, er würde mich enttäuschen, wenn sein Schwanz nicht die ganze Nacht stramm steht für mich! Irgendwie glaube ich ihm das und versuche, mich in seine Lage zu versetzen. Er ist ein Rockstar, von dem alle erwarten, stets in Höchstform zu sein, jegliche Erwartungen zu erfüllen, pausenlos wilde Partys zu feiern und zu ficken wie ein Pornodarsteller. Das ist ziemlich beschissen und muss einen mächtigen Druck erzeugen. In diesem Augenblick tut er mir fast leid.

„Vic, das ist total dämlich! Ich habe doch nicht von dir erwartet, dass wir ununterbrochen vögeln! Ich wäre auch mit einem Mal zufrieden gewesen. Sich deswegen Koks durch die Nase zu ziehen!“ Ich verdrehe die Augen und schüttele den Kopf.

„Kat, ich weiß, dass du das nicht nachvollziehen kannst. Du bist einfach so anders als alle, mit denen ich sonst ins Bett gehe. Die verlangen selbst den Stoff von mir, dröhnen sich voll zu und wollen zu dritt oder zu viert mit mir die ganze Nacht lang tanzen und dann ficken, bis wir alle grün und blau sind. So ein Leben verlangt eine hohe Leistungsfähigkeit von mir, und da greife ich bei solchen Gelegenheiten halt zum Koks. Wahrscheinlich muss ich dir als Medizinstudentin nicht erklären, welchen Effekt das auf mich hat.“

„Nein, das musst du nicht. Auch die wenig angenehmen Nebenwirkungen auf die Persönlichkeit, die ich gestern in kürzester Zeit an dir bemerkt habe, sind mir wohl bekannt. Dazu habe ich ein Semester lang in einer Ambulanz für drogensüchtige Jugendliche assistiert und aus erster Hand erfahren, was dieses verfickte Scheißzeug aus den Menschen macht, wenn sie zu tief reinrutschen und die Kontrolle verlieren. Seitdem reagiere ich ziemlich allergisch auf Drogen und will privat damit nichts zu tun haben.“ Ich verschränke meine Arme vor der Brust und lehne mich zurück. Es ist wirklich so. Ich habe in dieser Zeit so viel Elend, kaputte Existenzen und furchtbares Leid gesehen, dass es mich einfach ankotzt, wenn Drogen weiter verharmlost werden.

„Okay, jetzt verstehe ich, warum du gestern so reagiert hast! Das erklärt einiges. Es tut mir wirklich leid." Vic nickt verständnisvoll und fährt sich mit der Hand nervös durch das Haar. „Heißt das jetzt, du willst mit mir auch nichts mehr zu tun haben? Obwohl ich dir versichern kann, dass ich weit von der Drogensucht entfernt bin? Du wirst mich nie wieder zugedröhnt erleben, das verspreche ich dir. Ich respektiere und wertschätze dich und deine Meinung sehr, weil du mir wichtig bist. Deswegen möchte ich dir beweisen, dass du mir vertrauen kannst. Bist du bereit, mir eine zweite Chance zu geben?"

Wahrscheinlich schon. Ich meine, wir werden eh nie ein richtiges Liebespaar werden oder gar zusammenleben. Seltsamerweise nehme ich ihm ab, dass er nicht süchtig ist, sondern nur gelegentlich kokst. Er ist nun mal anders als andere Männer in seinem Alter. Er steht auf den Bühnen der ganzen Welt und lebt das Leben in einem ganz anderen Tempo. Ich bin nicht verantwortlich für ihn, und wenn er sich in meiner Anwesenheit nicht noch mal zudröhnt, sollte ich wirklich nicht zu intolerant sein. Er ist Musiker, und dass so jemand gerne nach legalen oder illegalen Rauschsubstanzen greift, ist ja nichts Neues. Nicht, dass ich das gut finden würde. Einige Menschen, die ich kenne, koksen auch ab und zu. Sogar Lutz, und er meinte, nicht wenige angesehene Professoren tun das regelmäßig, nicht nur die Studenten. Trotzdem muss ich selbst das Zeug nicht befürworten oder gar ausprobieren.

Tatsache ist, ich bin verknallt in Vic, und die kurze Zeit, die uns vergönnt ist, möchte ich gerne genießen. Und dass er sich Mühe gegeben hat, um sich bei mir zu entschuldigen, mit den albernen Rosen und den Pralinen, muss ich ihm echt hoch anrechnen. Er hätte mich gleich durch eine neue Favoritin ersetzen können und sich nicht die Blöße geben müssen, mich um eine zweite Chance zu bitten. Er ist immerhin Vic Taylor.

Ich drehe mich ihm zu und streichle ihm zärtlich über die Wange. Seine feinen, schönen Gesichtszüge machen mich schwach und das Verlangen in meinem Körper siegt endgültig über meinen Verstand.

„Natürlich tue ich das! Jeder verdient eine zweite Chance. Außerdem hast du nichts Schlimmes verbrochen, wenn ich die Sache ganz nüchtern betrachte. Du bist ein erwachsener Mann und tust das, was du für richtig hältst. Wenn du in der Zeit, in der wir zusammen sind, den Koks lässt, kann ich damit leben. Das ist die einzige Bedingung. Und ich hoffe sehr, du wirst dich daran halten können ...“ Ich weiß, dass es ziemlich naiv von mir ist, ihm wirklich zu vertrauen. Doch ich will ihn weiterhin sehen, und meine Sehnsucht nach ihm ist stärker als meine moralischen Überzeugungen.

„Darauf kannst du dich verlassen“, raunt Vic und neigt sich zu mir. Er küsst mich auf den Mund und umarmt mich dabei fest mit beiden Armen. Sein Kuss fühlt sich an, als ob er sein Versprechen besiegeln will, und ich merke, wie mein restlicher Widerstand und meine Bedenken gnadenlos hinwegschmelzen und reinem Verlangen weichen. Auch ich greife nach ihm, gierig, seinen schlanken, festen Körper zu spüren. Seine Küsse werden leidenschaftlich, seine Zunge fordernd und ungehalten. Die wilde, berauschende Lust schießt durch meine Venen. Ich ziehe ihn an mich und lasse mich nach hinten auf das Sofa fallen.

„My hot, sweet Kitty Kat", murmelt er, als sich unsere Lippen voneinander lösen. Das macht mich an. Wenn ein Mann in einer Fremdsprache mit mir spricht, reagiere ich fast so wie Jamie Lee Curtis im Film *Ein Fisch namens Wanda*: Ich werde rollig. „Oh ja, sprich mit mir ..." murmele ich heiser, als er mir die Träger meines Tanktops von den Schultern streift und geschickt meine Brüste entblößt. Einen BH trage ich nicht.

„You're so sexy ... I know you're already wet for me ..." Vics Tonfall ist lasziv. Angetörnt umschlinge ich ihn fest mit beiden Schenkeln und werfe meinen Kopf zurück.

„I'm going to fuck you hard ..."

Mein Unterleib zieht sich mehrmals vor Lust zusammen und ich stöhne laut auf, als sein heißer Mund meine steinharte Brustwarze umschließt und sie einsaugt. Ja, das macht er verdammt gut! Ich liebe Dirty Talk!

Vic lässt meine Brustwarze los und rutscht tiefer. „I love to suck your tasty nipples ...", schürt er weiter das Feuer in mir. Sein Mund hinterlässt brennende Spuren auf meinem Bauch und ich hebe meinen Hintern an, als er versucht, mir die Shorts auszuziehen. „Now I'm gonna eat your little wet pussy until you come ..."

Diese vielversprechenden Worte und der lustvolle Klang seiner Stimme machen mich rasend vor Geilheit. Ich helfe ihm, mein Höschen auszuziehen, und öffne schamlos meine Schenkel. Vic zieht sein Tanktop aus, seinen hungrigen Blick auf meinen überfluteten Schoß gerichtet. Mit ungeduldigen Fingern knöpfe ich eilig seine Jeans auf, ich will ihn ganz nackt, ich will jeden Zentimeter seiner Haut spüren und schmecken! Vic erledigt sich rasch seiner Klamotten, und als er mit seinem Gesicht zwischen meinen Beinen eintauchen will, halte ich ihn auf.

„Nein, ich will, dass du mich erst fickst", flehe ich ihn fast an. „Das Kondom, schnell!" Ich zittere am ganzen Körper vor Ungeduld. Ich will ihn so sehr, dass mein angeschwollenes Geschlecht regelrecht schmerzt vor unerfüllter Sehnsucht.

Vic greift sofort nach seiner Hose und ich halte seinen steifen Schwanz fest in meiner Hand, unfähig, eine Minute länger zu warten. Ich will ihn sofort in mir spüren, er macht mich schlicht verrückt! Erst, als er das Kondom über den Schwanz streift, lasse ich ihn los. Stattdessen berühre ich seine glatte, mit Tribal-Tattoos geschmückte Brust, spüre die samtige Weichheit seiner warmen Haut unter meinen Fingern. Ich labe mich regelrecht an dem Anblick seiner jugendlichen, doch maskulinen Schönheit. Männer in diesem Alter haben mich nie sonderlich interessiert, sie sind mir noch zu glatt, zu unreif. Vic jedoch scheint von seiner harten Kindheit und Jugend stark gezeichnet zu sein und wirkt dadurch viel erwachsener und erfahrener als seine Altersgenossen. „Ich will dich!", verlange ich laut keuchend, überwältigt von dem drängenden Wunsch tief in meiner Mitte.

„Do you want my cock inside your pussy?", murmelt er lüstern.

„Oh ja, bitte!", bettele ich und führe seinen Schwanz zwischen meine Vulvalippen. Vic scheint so angetörnt zu sein wie ich. Ganz ohne Eile, doch mit einem intensiven, verlangenden Blick in seinen sturmblauen Augen, drückt er ihn langsam in meine Spalte. Ich liebe diesen Augenblick, wo der Schwanz mich erst mit seiner Eichel teilt und dehnt, um sich dann in mir breit zu machen, tiefer vorzudringen und mich ganz auszufüllen. Mit dem nachfolgenden, heftigen Hüftstoß entlockt Vic mir einen Lustschrei und ich kralle mich an seinem Rücken fest. Ja, so ist es gut! Er ist tief in mir und versinkt mit weiteren Stößen bis zum Anschlag in meiner heißen Enge.

„Yeah, take that cock, baby!", stöhnt er. „Your wet tight pussy is squeezing me, you little bitch ..." Er sieht mir in die Augen, um herauszufinden, wie weit er mit seiner Sprache gehen darf. Ja, er darf so was zu mir sagen, ich genieße es!

„I want to fuck you doggy style", verlangt er nach einer Weile und zieht seinen Schwanz aus mir. Gehorsam drehe ich mich um und gehe auf die Knie. Vic steht auf und stellt sich hinter mich. Er hält mich an den Hüften und dringt mit einem harten Stoß in mich ein. Gott, ist das geil! Ich fühle ihn noch tiefer in mir und die Tatsache, dass er bei helllichtem Tag einen freien Blick auf alle meine Körperöffnungen hat, macht mich umso mehr an. Er knetet meine Pobacken und beschleunigt das Tempo. Offensichtlich steht er auf diese Stellung. Welcher Mann tut das nicht?

„You are so damn hot! I love your ass", keucht er und ich spüre, dass er sich kurz vorm Höhepunkt befindet. Noch ein paar Stöße, und er ergießt sich bebend und laut stöhnend in mir. Ich halte mich immer noch an der Rückenlehne fest, als er sich über mich beugt und meinen Nacken küsst. Er streift meine rote Mähne zur Seite, um mich noch auf den Mund küssen zu können. Ich will mich umdrehen, doch er hält mich auf.

„Nein, bleib so", flüstert er lasziv und kniet sich hinter mich, mit dem Gesicht zwischen meinen Beinen. „I told you – I'm gonna eat your pussy until you come ..." sagt er mit tiefer, heiserer Stimme und ich erzittere vor lustvoller Erwartung. Schon spüre ich, wie er mit seiner Zunge über meine Spalte leckt, langsam und gründlich. An meiner empfindlichen Lustperle hält er inne, umspielt sie erst mit der Zungenspitze und saugt sie dann behutsam zwischen seine Lippen. Stöhnend und wimmernd presse ich meinen Mund in den kühlen Sofabezug und überlasse mich ganz den unbeschreiblichen Empfindungen, die durch meinen Körper rasen. Mal spüre ich seine geschickte Zunge in mir, mal an meiner Klitoris, er macht nicht mal vor meiner Rosette halt. Er macht genau das, was er mir angekündigt hat – er isst mich regelrecht auf!

Als ich meine anfängliche Scheu wegen dieser exponierten Stellung überwinde, genieße ich nur noch und schalte alle störenden Gedanken aus. Seine Hemmungslosigkeit bringt mich schnell zum Endspurt. Plötzlich spüre ich es: dieses mächtige Wahnsinnsgefühl, wenn die lustvolle Hitze in meiner angespannten Mitte unerträglich wird und der Orgasmus beginnt, mich mit seinen Wellen zu überfluten und durchzuschütteln.

Ich schreie meine Ekstase in das weiche Sofapolster und mein Körper zuckt unkontrolliert. Meine Beine zittern und ich fühle mich überwältigt und gänzlich aufgelöst von der Heftigkeit des Höhepunktes. Unfähig, klar zu denken, würde ich am liebsten nach Vic greifen, ihn mit dankbaren Küssen überschütten und mehrmals laut *Ich liebe dich!* rufen. Doch ich beherrsche mich und lasse mich nur entkräftet auf das Sofa fallen. Vic beugt sich mit einem siegesbewussten Lächeln über mich und küsst mich auf den Mund. Heftig ziehe ich ihn an mich und halte ihn mit beiden Armen fest. Sein Gesicht glänzt noch von meinen Säften und der Kuss schmeckt und riecht nach mir. Ist irgendwie geil. Ich habe nichts gegen meine Intimflüssigkeit und Sexdüfte. Manchmal beneide ich sogar die Zirkusartistinnen, die sich angeblich selbst lecken können. Ist bestimmt eine abgefahrene Erfahrung …

„Das war nicht schlecht", raune ich anerkennend, als wir uns ansehen. Eigentlich will ich noch sagen: *Es war fantastisch, es war überirdisch! Ich bin hin und weg und dabei, mich in dich zu verlieben!* Zum Glück schaffe ich es irgendwie, für mich zu behalten, wie aufgewühlt ich bin. Trotzdem habe ich bestimmt diesen dämlich verklärten, verschossenen und dankbaren postorgastischen Gesichtsausdruck, der einen durchschnittlich-bindungsunwilligen Mann entweder gleich in die Flucht treibt oder ihm Lust macht, seiner aktuellen Sexpartnerin noch mehr davon zu bescheren. In dem zweiten, erfahrungsgemäß selteneren Fall, heißt es, die Chancen auf eine Beziehungskiste erhöhen sich stark – oder es entsteht eine wunderbare Freundschaft mit gewissen Vorzügen. Was aber meistens die Facebookstatus-Ankündigung *Es ist kompliziert* vorprogrammiert. Wenn ich was nicht leiden kann, dann sind es komplizierte Beziehungskonstellationen.

„Also, für mich war es mehr als bloß nicht schlecht", grinst Vic und leckt mit der Zungenspitze über meine weich gewordene Brustwarze.

„Ich will nur vermeiden, dass du eingebildet wirst, wenn ich dich zu sehr lobe." Ich verwuschele ihm liebevoll das Haar, das feucht an seiner Stirn klebt. Vic legt daraufhin seinen Kopf an meine Brust, und ich umarme ihn. Fuck, wir kuscheln ja! Auch, wenn ich mich innerlich dagegen wehre, fühle ich diese starke, innige Verbundenheit, die zwangsläufig nach gutem Sex zwischen zwei Menschen entsteht, auch wenn sich die beiden noch ziemlich fremd sind.

Damit kann ich leider nicht gut umgehen. Wenn ich dieses Gefühl verspüre, ist es für mich eindeutig ein Zeichen dafür, dass ich den Typen nicht bloß in meine Möse gelassen habe, sondern auch in mein Herz. Und das heißt, ich mache mich verwundbar und weich. Was im Zusammenhang mit Vic Taylor nicht nur völlig ungeplant, sondern auch unangebracht ist. Besser ausgedrückt: Es ist scheiße, was da gerade mit mir passiert. Ich kann mir keine emotionale Bindung an einen Mann wie Vic erlauben. Ganz bestimmt habe ich keinen Bock, erneut auf der Schnauze zu landen, ich habe doch genug andere Probleme.

„Ist alles okay?", fragt Vic nach meinem tiefen Seufzer.

„Doch. Mir geht momentan nur ganz viel durch den Kopf", erwidere ich und streichle ihn weiter. Plötzlich erscheint etwas Weiches auf dem Sofa und berührt Vics nackten Hintern mit seiner dicken Tatze. Vic springt mit einem „What the fuck?" erschrocken hoch und wird mit Helmuts griesgrämigen Blick konfrontiert. Völlig geräuschlos hat der sich ins Zimmer geschlichen und ist unbemerkt auf das Sofa gesprungen. Ich glaub es nicht – der Kater ist eifersüchtig! Er zwängt sich zwischen Vic und mich und schnurrt mich plötzlich wie ein liebreizendes, verschmustes Kätzchen an.

„Man, scheiße, ich wusste nicht, dass du eine Katze hast", lacht Vic und streichelt über Helmuts Rücken. Das Vieh zuckt zusammen und weicht seiner Hand aus. Er mag ihn nicht, erkenne ich auch ohne bessere Kenntnisse der Katzenpsychologie.

„Ja, das ist Helmut, mein WG-Genosse, der normalerweise keinen Körperkontakt zu mir sucht. Anscheinend hast du ihn eifersüchtig gemacht, und jetzt will er dir zeigen, wem ich eigentlich gehöre", lache ich auch und setze Helmut auf den Boden. Beleidigt würdigt er mich keines Blickes, sondern läuft zurück in die Küche. Wahrscheinlich hat er uns die ganze Zeit beobachtet, während wir Sex hatten. Kleiner perverser Kater! Aber Spannen ist jetzt die einzige sexuelle Aktivität, die er noch betreiben kann. Außer sich selbst abzulecken. So unmittelbar nach dem megageilen Sex mit Vic fühle ich mich noch schuldiger, dass ich meinen Kater für immer dieses Spaßes beraubt habe.

„Er heißt Helmut? Das ist ja stark! Weil er so dick wie Helmut Kohl ist?", lacht sich Vic kaputt.

„Nein, nicht deswegen. Er schaut genauso mürrisch wie mein Opa Helmut, von dem ich mich als kleines Kind etwas gefürchtet habe", erkläre ich ihm. „Und er ist nicht dick, er hat nur einen etwas schweren Knochenbau“, verteidige ich meinen fetten Kater. Letztendlich kann er nichts für sein leichtes Übergewicht, ich bin diejenige, die seinen Futternapf stets nachfüllt. Wahrscheinlich denke ich, mit Essen kann er seinen Verlust kompensieren …

„Ich stehe nicht besonders auf Katzen, ich bin der Hundetyp. Aber umso mehr mag ich kleine süße Kätzchen, wie dieses hier“, sagt er neckisch und fährt mit seinen Fingern über meine Pussy. „Mit denen kann man viel schöner spielen und die kratzen meistens nicht“, grinst er.

„Du bist unmöglich“, lache ich und greife nach ihm, um ihn zu küssen.

„Kat, was geht dir durch den Kopf?“ Er sieht mich mit ernstem Blick an und streichelt zärtlich über meine Wange. „Ist es wegen uns? Machst du dir Gedanken, wohin das führt?“ Überrascht schlucke ich.

„Ich möchte ganz ehrlich zu dir sein“, fährt er fort. „Du kannst dir denken, dass ich beziehungsmäßig sehr unerfahren bin und Frauen für mich vor allem eins bedeuten: unverbindlichen Spaß und Abwechslung. Aber bei dir ist das anders. Natürlich habe ich sehr viel Spaß mit dir, doch es ist nicht bloß das. Du interessierst mich als Person, und ich fühle mich einfach wohl in deiner Anwesenheit. Bei dir kann ich einfach so sein, wie ich wirklich bin, ohne den coolen Rockstar spielen zu müssen. Außerdem spüre ich, dass du mich verstehst und als ganz normalen Menschen siehst. Du hast wahrscheinlich keine Ahnung, wie entspannend und angenehm das für mich ist.“ Vic führt meine Hand zu seinem Mund und küsst meine Handfläche. Er scheint irgendwie ergriffen zu sein und mir wird ganz warm ums Herz.

„Trotzdem hüte ich mich davor, uns beiden irgendwas vorzumachen oder sich da in irgendwas zu verrennen", fügt er schnell hinzu und verbannt den sanften, gefühlvollen Ton aus seiner Stimme. „Was ich sagen möchte – die knappe Zeit, die ich noch vor mir habe, bevor wir in die USA fliegen, würde ich gerne mit dir verbringen. Vorausgesetzt, du möchtest es auch."

Jetzt ist die sonst so schlagfertige Kathleen ausnahmsweise mal sprachlos. Nicht, dass ich seine Worte in meiner postkoitalen Gehirninsuffizienz als Liebesbekenntnis interpretiere. Es ist aber trotzdem schön und beflügelnd zu hören, dass dieser heiß begehrte Mann seine freie Zeit mit mir verbringen möchte und meine Gesellschaft offensichtlich sehr genießt. Also hat er nicht vor, das Weite zu suchen, nachdem ich mich nach dem Orgasmus so stark an ihn geklammert habe, als ob er mich aus einem Loch im Eis befreit und dabei sein Leben riskiert hätte.

„Na gut, geht in Ordnung", lächle ich. „Alle meine Freunde sind nämlich verreist und ich langweile mich sonst zu Tode, ich habe gerade eh nichts Besseres zu tun." Wie immer, wenn ich mich verletzlich fühle, versuche ich, es mit einem blöden Scherz zu überspielen.

„Du bist doof." Vic streckt mir die Zunge heraus und haut mich leicht mit dem Sofakissen. Natürlich revanchiere ich mich und wir beginnen eine Kissenschlacht. Schließlich bleibe ich, von seiner Kraft überwältigt, keuchend unter ihm liegen und er hält meine Arme über meinem Kopf fest.

„Ergibst du dich?“, fragt er und streift mit der Zungenspitze über meine geöffneten Lippen.

„Ja, ich ergebe mich …“, raune ich, und die Vorstellung, von ihm gefesselt zu werden, verursacht ein lustvolles Ziehen in meinem Bauch.

„Gut! Ich denke, so eine freche Frau wie du braucht jemanden, der ihr zeigt, wo’s langgeht … Und ihr ab und zu den süßen Hintern versohlt.“ Vics Augen blitzen auf, und ich wette, er spielt gerne solche Spielchen.

„Das denke ich auch“, hauche ich angetörnt, bevor er mich endlich küsst und mir seine Zunge tief in den Mund steckt. Das wird noch ein vielversprechender, heißer Sommer werden!

„Sag mal, wie lange bist du denn noch in Berlin?“, frage ich, als wir eng umarmt und immer noch nackt auf dem Sofa kuscheln. Vic hat seinen Kopf in meinen Schoß gelegt. Mit geschlossenen Augen hält er meine Hand fest, während ich mit der anderen über sein Haar streichle.

„Noch knapp zehn Tage. Dann fliegen wir nach New York. Im September fängt unsere Tour durch die USA an“, erklärt er mir. Zehn Tage! In meine Brust schleicht sich ein unschönes, schweres Gefühl. Wir haben nicht mehr viel Zeit. Klar, wir können uns sexuell gründlich austoben, viel Spaß miteinander haben und den Sommer so richtig genießen. Doch was kommt dann? Ich weiß jetzt schon, dass ich mich immer mehr in ihn verknallen werde und dass der Abschied mich vorzeitig in den Herbstblues katapultieren wird. Meine unbeschwerte, heitere Stimmung vergeht mir ziemlich und ich atme laut aus.

„Hey! Kitty Kat, was ist los?“ Er erhebt sich sofort.

„Nichts, alles gut! Ich wollte nur wissen, wie viel Zeit wir noch haben, bevor du abhaust." Ich versuche, unbeschwert zu lächeln.

„Kat, ich weiß, es ist nicht einfach." Er nimmt mein Gesicht mit beiden Händen und zwingt mich, ihn anzusehen. „Wir fangen gerade an, uns kennenzulernen, und es ist schön, was zwischen uns passiert. Ich habe auch darüber nachgedacht. Natürlich weiß ich nicht, wie deine Pläne aussehen und welche Verpflichtungen du demnächst hast, aber ich wollte dich fragen, ob du nicht einfach mitkommst in die USA. Du kannst mich während der Tour begleiten, dir die Städte anschauen, in denen wir spielen, unsere Konzerte miterleben ... Klar werde ich sehr beschäftigt sein, doch du bist eine Frau, die keine Betreuung und Bespaßung rund um die Uhr braucht und wirst auch mal allein zurechtkommen. Trotzdem können wir zusammen sein und an meinen wenigen freien Tagen die Zeit zu zweit verbringen. Was hältst du davon?" Vic lässt mein Gesicht los und lehnt sich zurück.

Meine Gedanken kreisen plötzlich wie verrückt und diese völlig unerwartete Option versetzt mich in einen leichten Schockzustand. Ich mit Vic in den USA, während der Bandtour? Das ist doch eine Schnapsidee, oder?

„Aber ... wie soll das gehen? Darfst du mich überhaupt mitnehmen? In den Tourbus, die Hotels und überhaupt?"

„Diese Sorge überlass mal mir. Klar muss ich mit dem Manager reden, doch ich denke, er wird sich darauf einlassen. Wenn ich ein Mädchen dabeihabe, das nicht nur für eine Nacht bleibt, und das mir offensichtlich etwas bedeutet, heißt das, es wird keine verrückten Groupies um mich geben, keine Alkohol- und Drogenexzesse, ich werde bessere Laune haben und daher pflegeleichter sein. Das ganze Team kann davon nur profitieren", grinst er und küsst mich begeistert.

„Okay ... aber ... wie soll ich es sagen ..." Ich suche nach passenden Worten und schlucke. „Wir haben ja keine Beziehung, und wir wissen nicht, wie es weitergehen wird mit uns, ob wir nicht schon nach einer Woche die Lust aufeinander verlieren und so ..."

„Mach dir deswegen keinen Kopf! Erstens glaub ich nicht, dass wir schon nach einer Woche die Lust aufeinander verlieren. Du vielleicht, ich aber bestimmt nicht. Und wenn das passiert, dann kaufe ich dir einfach ein Flugticket nach Berlin, wir schütteln uns die Hände und versuchen, Freunde zu bleiben. Es gibt dabei kein Risiko für dich, du kannst gehen, wann immer du willst." Vics Augen schimmern wieder sanft und er lächelt so zärtlich, dass ich ihn einfach küssen muss.

„Es gibt dabei ein größeres Risiko für mich", sagt er. „Wenn du plötzlich die Nase voll hast von mir und zurückfliegst, werde ich mit gebrochenem Herzen die Tour weitermachen müssen."

Ich bin mir nicht sicher, ob er nur scherzt oder ob er das ernst meint. Jedenfalls bin ich von Minute zu Minute begeisterter von seinem Vorschlag. Er hat recht: Was kann ich dabei schon verlieren? Ich sehe mir die Staaten an, bin bei den Konzerten einer gefeierten Band dabei, genieße weiter heiße Stunden mit Vic. Wenn es mir nicht mehr passt, dann fliege ich halt zurück. Auf seine Kosten.

„Ich weiß zwar nicht, wie du das mit mir anstellst, aber du hast mich überzeugt. Ich komme mit." Ich falle ihm um den Hals und küsse ihn überschwänglich. Was soll's! Ich bin jung, frei und will das Leben voll auskosten! Wie oft bekommt man schon so eine geile Chance?

„Das freut mich! Ich werde mein Bestes tun, damit du die Entscheidung nicht bereust", lächelt Vic, als ich ihn wieder loslasse. „Das heißt, du bist in der nächsten Zeit frei und hast wirklich nichts Besseres zu tun? Ich will deinen Verpflichtungen keineswegs im Wege stehen", sagt er vorsichtig. „Es ist reiner Egoismus meinerseits, dass ich dich dabeihaben will. Aber ich will dich weder ablenken noch deine Pläne durchkreuzen."

„Das wird wiederum meine Sorge sein", entgegne ich stirnrunzelnd. „Unabhängig von unseren gemeinsamen Plänen habe ich einiges vor mir, das ich demnächst in meinem Leben ändern muss, und ich habe großen Schiss davor."

„Das hört sich nicht so gut an", meint Vic. „Möchtest du darüber reden?"

„Warum eigentlich nicht", seufze ich ergeben. Ich versuche, mich kurz zu fassen, während ich ihm von meinem Studium, meinen Eltern, meiner wachsenden Unzufriedenheit und meinen wahren Wünschen erzähle. Er hört mir aufmerksam und interessiert zu und unterbricht mich nicht. Erst, als ich fertig bin und uns aus dem Kühlschrank zwei weitere Bierdosen hole, räuspert er sich.

„Kat, ich will mich natürlich nicht einmischen und es steht mir nicht zu, dir Ratschläge zu geben. Trotzdem finde ich, du solltest einfach dir selbst treu sein und nur das tun, was wirklich deinen Wünschen und Zielen entspricht. Ich habe keine Ahnung davon, wie es ist, den Erwartungen seiner Eltern gerecht werden zu müssen und noch weniger, wie es ist, überhaupt eine liebevolle, sich kümmernde Familie zu haben. Doch so, wie sie dich zu lieben scheinen und unterstützen, werden sie es auch verstehen, dass du einen anderen Weg gehen möchtest. Ich würde an deiner Stelle nicht so viel Angst haben, mit deinen Eltern über deine Zukunftspläne zu reden. Wie alt bist du? Zweiundzwanzig? Du bist kein kleines Mädchen mehr, sondern eine erwachsene Frau, die weiß, was sie will. Vielleicht haben deine Eltern das bisher noch nicht mitgekriegt und es wird Zeit, sie damit zu konfrontieren."

Er lächelt ganz entspannt, als er mir zuprostet, und für ihn scheint die Sache halb so wild zu sein. Ich fahre einfach nach Hause, sage meiner Mutter und meinem Vater, dass ich mich exmatrikulieren werde und im Herbst eine Ausbildung zur Physiotherapeutin anfangen möchte. So einfach ist das. Aber genau das muss ich tun. Und zwar so bald wie möglich, ohne weitere Verzögerungen und Grübeleien. Scheiße. Im Ernst, wie soll ich meinen Eltern bloß schonend beibringen, dass ich mein Medizinstudium abbrechen werde, ohne dass sie mich gleich enterben, meine Mutter einen psychosomatisch bedingten Herzinfarkt erleidet und mein Vater aus Verzweiflung in seiner Midlife-Krise die Familie verlässt und sich einer Althippiekommune auf den Kanaren anschließt, wo er den Job des Dorfschamanen übernimmt? Für Vic ist das so einfach, denn er ist viel mutiger als ich. Nach seiner traurigen Kindheit und harten Jugend ist er mutterseelenallein und mittellos nur mit einer Gitarre und einem Rucksack nach Berlin gekommen, buchstäblich auf der Straße gelandet, hat von Null angefangen und ist seinen Träumen gefolgt. Im Vergleich zu seiner Geschichte habe ich echt Luxusprobleme. Ich fürchte mich bloß vor einer unangenehmen Konfrontation mit meinen Eltern, sonst hätte ich wahrscheinlich schon längst das Studium geschmissen. Oder es gar nicht erst angefangen ...

Kathleen Schumann, du springst demnächst ins kalte Wasser und redest Klartext mit deinen Eltern! Und werde endlich erwachsen!

Bis dahin tue ich aber erstmal das, wonach mir im Augenblick am meisten ist: Ich lasse mich von diesem aufregenden, sexy Mann noch mal so richtig durchvögeln!

„Ich mach das. Noch diese Woche rede ich mit meinen Eltern, und bevor wir fliegen, erledige ich den ganzen Papierkram, der auf mich wartet", sage ich entschlossen und rutsche näher zu Vic. Rittlings setze ich mich auf seinen Schoß und küsse ihn verlockend. „Aber jetzt will ich Sex", raune ich lasziv und beiße in das Ohrläppchen mit dem kleinen Stecker.

„Ich stehe dir gerne zu Diensten!", murmelt Vic begeistert und packt mich an den Pobacken. „Ich lass mich nämlich gerne von Frauen verführen, die wissen, was sie wollen ..."

„Mmh, das sehe ich ..." flüstere ich glücklich, als meine Hand nach seinem schon völlig aufgerichteten Schwanz greift.

Ja, so ist es! Er hat recht – endlich weiß ich, was ich wirklich will: heißen Sex mit einem tollen Typen, der auf mich steht, ohne mir etwas vormachen zu wollen und der mir nebenbei noch ein aufregendes Abenteuer bietet. Zudem will ich eine berufliche Zukunft ganz nach meinen Vorstellungen. Beides scheint plötzlich zum Greifen nah zu sein.

Dieser Sommer verspricht echt, ein Knaller zu werden!

12. Vic

Ich kann mich nur schwer von ihr trennen, wie sie da an der Wohnungstür steht, nur in Höschen und knappem Top, noch mit sexy verwuschelter Mähne, die von unserer heißen Nacht spricht. Kitty Kat. Mein süßes, wildes Kätzchen.

Sie wirft mir noch ein Küsschen zu, bevor sich die Fahrstuhltür schließt und ich Kat aus dem Blick verliere. Wir haben uns noch einige Male an der Türschwelle geküsst, immer wieder, ehe ich sie endlich aus meinen Armen lassen konnte. Da hat auch die Tatsache nicht geholfen, dass wir uns schon am Abend wiedersehen und zusammen in ein Freiluftkino fahren.

Obwohl wir insgesamt dreimal Sex hatten – nein, mit der Nummer auf dem Frühstückstisch waren es viermal –, habe ich das Gefühl, ich könnte sie weiter ficken, bis mein Schwanz wund wird und meine Eier blau. Ich kriege einfach nicht genug von ihr. Eine völlig neue, krasse Erfahrung für mich. Bisher war es so, dass ich mit derselben Frau nur ein, zwei Male Sex hatte, und schon hatte sie ihren Reiz für mich verloren. Doch bei Kat wird es immer spannender, aufregender, geiler, schöner.

Sie gibt alles beim Sex, und ich spüre sehr wohl, dass sie auch mit ihren Gefühlen dabei ist, nicht nur mit ihrem Körper. Das müsste mich eigentlich beunruhigen oder sogar abschrecken. Aber es gefällt mir zunehmend. Es fühlt sich an, als ob Sex dadurch eine neue Dimension bekommt und noch intensiver und geiler wird. Mit Molly war es damals ähnlich, doch wir wussten beide, das mit uns führt nirgendwohin und wird bald enden müssen.

Kat und ich sind aber frei und es steht nichts zwischen uns. Ich bin fucking froh, dass sie mit mir in die USA kommt und eine Weile bei mir bleibt. Es wäre wirklich schade, ein Mädchen wie sie so schnell wieder aufgeben zu müssen.

Bei meinem Mustang stehen einige Kids und machen Fotos mit ihren Handys. Als sie mich bemerken, treten sie einige Schritte zurück und mustern mich aufmerksam. Das einzige Mädchen ruft plötzlich aufgeregt: „Hey, voll krass, das ist doch Vic Taylor von *Black Sunday Desire!*"

Ich steige so schnell ich kann ein und verschwinde vom Parkplatz. Es ist immer wieder ein komisches Gefühl, wenn mich wildfremde Menschen auf der Straße erkennen, nach mir rufen und mich anfassen oder Selfies mit mir machen wollen.

Ja, ich habe es geschafft. Ich habe etwas erreicht, das so gut wie unmöglich war und wie ein utopischer Traum erschien, als ich ein verwahrloster, einsamer, mittelloser und nach Liebe und Anerkennung hungernder Teenager war. Ich glaube nicht an Gott, aber fast könnte ich sagen, eine höhere Macht wollte, dass ich es schaffe und dahin komme, wo ich mich jetzt befinde. Und dafür bin ich verflucht dankbar, jeden einzelnen Tag, wenn ich aufwache und merke, ich träume nicht bloß, sondern lebe meinen Traum.

Es ist nur ein kleiner Haken dabei … In den letzten zwei Jahren, die mir jetzt wie ein Dauerrauschzustand vorkommen, habe ich alles erreicht, wonach ich mich während meiner Zeit auf der Straße gesehnt habe: Ruhm, Geld, Anerkennung, Erfolg, Respekt. Mein Publikum frisst mir aus der Hand und die weiblichen Fans beten mich an. Ist es nicht beschissen seltsam, dass ich mich trotzdem immer noch einsam fühle? Dass ich immer noch nicht weiß, was es heißt, wirklich geliebt zu werden?

Fuck drauf. Liebe ist was für Normalos, ich aber habe eine höhere Mission. Ich bin ein Rockstar und lebe für die Musik. Ich habe sonst alles, wofür meine Fans und die Hasser mich beneiden. Also, warum sollte ich jetzt pussymäßig jammern und mich nach Liebe sehnen, wo ich viel mehr habe? Es reicht doch, wenn ich im Augenblick mit einer wirklich aufregenden Frau Spaß habe und ich ihr zuliebe bereit bin, vorübergehend auf Koks zu verzichten und den Schwanz nur noch in ihre süße kleine Möse zu stecken.

Wir verstehen uns, ich kann mit ihr über alles reden und sie macht mich so geil wie noch keine andere. Heute Nacht habe ich keinen Koks gebraucht, um für sie fit zu bleiben und leistungsfähig zu sein. Vielleicht lag es an den anderen Frauen, dass ich mich erst in Stimmung bringen musste, um sie die ganze Nacht vögeln zu können. Vielleicht ist es einfach anders, eine Frau zu ficken, die man wirklich mag.

Wir werden sehen, wohin das führt und wie lange es dauert. Erst mal fliege ich mit ihr nach New York, wo wir mit der Band zwei Wochen proben und Interviews geben, bevor wir das erste Konzert im Rumsey Playfield im Central Park haben.

Ich werde nicht so viel Zeit für sie haben wie hier in Berlin. Aber Hauptsache, sie wird in meiner Nähe sein und ich werde jeden Tag neben ihr aufwachen, so wie heute Morgen. Das fände ich geil!

13. Kathleen

Die Woche nach dieser Nacht ist wie im Flug vergangen. Vic und ich waren so gut wie jeden Tag zusammen. Tagsüber streiften wir durch Berlin, verhielten uns wie Touris, sahen uns Sehenswürdigkeiten an oder lungerten an einem der vielen Badeseen herum. Und zwischendurch hatten wir immer wieder Sex, wie zwei Süchtige, die nicht in der Lage sind, die Finger voneinander zu lassen.

Mal übernachteten wir bei mir, mal bei ihm. Gestern nahmen wir uns ein Zimmer im exklusiven Soho House, wo Vic Mitglied ist. Am Pool auf dem Dach haben wir uns zu viele Cocktails genehmigt, und Vic ist nicht mehr in der Lage gewesen, Auto zu fahren, also sind wir einfach dort geblieben.

Es ist schön mit ihm. Und es wird immer schöner, wenn ich ehrlich bin. Nicht nur der Sex, sondern auch alles andere. Er ist witzig, aufregend, ein anregender Gesprächspartner trotz seiner Bildungslücken, und vor allem wird er zunehmend warmherziger und zärtlicher. Er hat zugegeben, dass er noch nie eine richtige Beziehung gehabt hat, sondern nur flüchtige Sexgeschichten. Dafür schätze ich seine Bemühungen um mich umso mehr. Er versucht, mich glücklich zu machen, und das ist es, was letztendlich zählt. Wir sind beide noch so jung. Warum sollte ich mir Gedanken um unsere eventuelle Zukunft machen? Erst mal fliegen wir nach New York und dann startet die Tour. Natürlich wird sich dort einiges ändern, schließlich wird er arbeiten und sein Job ist verdammt hart. Aber er möchte mich trotzdem dabeihaben und die knappe freie Zeit mit mir verbringen. Sein Manager hat schon seine Zustimmung gegeben und laut Vic etwas skeptisch dabei geguckt. Er kennt ihn halt nicht so: sich für eine Weile auf ein einziges Mädchen festzulegen und mal auf das wilde After-Show-Leben zu verzichten.

Das reicht für mich schon, ich brauche keine unehrlichen Liebesschwüre und falschen Versprechungen, um mich wohlzufühlen mit einem Mann. Das hatte ich schon alles. Ich lebe von Tag zu Tag und genieße das zwischen uns, ohne es benennen zu müssen.

Im Augenblick habe ich ganz andere Sorgen. Vorgestern habe ich die Anmeldung für die Physiotherapieausbildung abgeschickt und hoffe, dass ich wegen der fünf Semester Medizinstudium, die ich hinter mir habe, den Platz bekomme.

Das heißt jetzt, ich muss meine Eltern mit der Entscheidung konfrontieren. Was eine der schwersten Aufgaben in meinem bisherigen Leben ist. Ich bin so nervös, dass sich Vic freiwillig gemeldet hat, mich zu meinen Eltern zu fahren, nachdem ich mit zitternder Hand angerufen und angekündigt habe, dass ich vorbeikommen wolle, um was Wichtiges zu besprechen. Meine Mutter konnte sich ihren ersten panischen Gedanken nicht verkneifen: „Schätzchen, du bist aber nicht schwanger, oder?“

„Nein, Mama, ich bin nicht schwanger, ich weiß, wie man Kondome benutzt“, lautete meine Antwort, die natürlich nicht das war, was sie hören wollte. Wahrscheinlich hätte ich lieber sagen sollen: „Schwanger? Wovon denn?"

So fahren wir in dem Mustang nach Zehlendorf. Vic übersieht, wie so oft, eine rote Ampel und grinst nur unbekümmert, als ich ihn darauf aufmerksam mache. Er hat neulich gesagt, wenn man schon so ein protziges Auto fährt, darf man ruhig ab und zu die Verkehrsregeln freier interpretieren. Wie er das auch mit den Geschwindigkeitsbegrenzungen macht. In diesem zugegebenermaßen geilen Auto merke ich kaum, wie schnell wir eigentlich durch die Straßen brausen, und ich will nicht die ganze Zeit auf das Tachometer schauen.

Obwohl ich ihn gebeten habe, ein paar Häuser weiter anzuhalten, parkt er direkt vor meinem Elternhaus und lässt mich erst nach ausgiebiger Knutscherei aussteigen, die mich beruhigen und meine Nervosität vertreiben soll.

Nun verlasse ich das Auto nervös und noch geil dazu. Sein charmantes Grinsen, mit dem er sich verabschiedet und wegbraust, zaubert mir am Ende doch ein Lächeln auf das Gesicht. Das mir sofort vergeht, als ich das Empfangskomitee vor der Haustür erblicke. Da stehen sie alle – meine Eltern und mein Bruder, der mit offenem Mund Vic und dem Mustang hinterhersieht. Na toll, das auch noch, die haben also alles gesehen – den Mustang, Vic und unsere wilde Knutscherei.

Schicksalsergeben öffne ich die Gartentür und laufe zu meiner Familie.

„Hallo!", begrüße ich sie kleinlaut und küsse erst meine stoisch dreinblickende Mutter auf die Wange, dann meinen schmunzelnden Papa. Mein Bruder gibt mir stattdessen High five.

„Wie geil ist das denn! Ein Mustang Cabrio!", strahlt er und seine Ohren werden vor Aufregung ganz rot. Meine Mutter wirft ihm einen strengen Blick zu, und schweigend folgen wir ihr in den Garten. Wir setzen uns und Sebastian zwinkert mir aufmunternd zu.

„Soll ich gehen oder darf ich bleiben?", fragt er unschuldig. Klar, er ist neugierig, ob das angekündigte Gespräch was mit Vic zu tun haben könnte.

„Wie du willst, du störst mich überhaupt nicht", antworte ich und merke, wie trocken sich meine Kehle anfühlt. „Ich habe Durst", murmele ich und greife nach der großen Glaskaraffe mit der selbstgemachten Holunderlimo. Den Sirup macht meine Mama im Juni und bedient sich bei dem üppigen Holunderbusch, der an der Mauer wächst.

„Ja, natürlich, bedien dich, du bist ja hier zu Hause", erwidert meine Mutter, und ihre freundliche Stimme überrascht mich etwas. Sie passt nicht zu ihrer ernsten, fast verbissenen Miene.

„Du wolltest etwas mit uns besprechen?", hilft mir mein Papa, die Katze schleunigst aus dem Sack zu lassen.

„So ist es." Ich merke, wie meine Handflächen schwitzen. Mal ehrlich, ich hätte weniger Angst, meinen Eltern erzählen zu müssen, dass ich mir den Tripper geholt hätte, als dass ich mein Medizinstudium schmeißen werde! Jede noch so eklige Krankheit kann man ja heutzutage behandeln, aber ein verpatztes Studium ist viel schrecklicher!

„Nach reichlicher Überlegung und ganz sachlicher Auseinandersetzung mit meinen Wünschen, Vorstellungen und konkreten Möglichkeiten habe ich mich entschieden, das Medizinstudium abzubrechen und stattdessen eine Ausbildung zur Physiotherapeutin zu machen. Ich habe mich schon beworben und exmatrikuliert." So, es ist ausgesprochen! Das war gar nicht so schwer. Ein schlichtes Geständnis, das als Folge lebenslängliche Vorwürfe, Schuldgefühle und ein gestörtes Eltern-Kind-Verhältnis haben wird, sonst nichts. Es wird still um mich. Sehr sogar. Als plötzlich Sebastians Smartphone mit einer Nachricht vibriert, schrecke ich zusammen mit meiner Mutter hoch.

„Sebastian! Kannst du das verdammte Ding nicht mal für fünf Minuten ausschalten?", faucht sie ihn an. Meine Mutter flucht. Das heißt, sie befindet sich am Rande eines Nervenzusammenbruchs. Ich spüre, wie mir der kalte Schweiß den Rücken herunterläuft und klammere mich an mein Glas, während ich auf ihre Reaktion warte.

„Bernhard, sag du mal was", meldet sie sich schließlich mit seltsam ruhiger Stimme und greift auch nach einem Glas Holunderlimo.

„Also, das ist jetzt eine völlig unerwartete Überraschung und ich muss gestehen, ich bin ziemlich sauer", sagt mein Vater und wischt sich den Schweiß von seiner Glatze. Scheiße! Wenn schon Papa so sauer ist, dann wird Mama erst recht explodieren!

Hast du dir das wirklich gut überlegt, fragt eine feige Stimme in mir. Doch, das habe ich!

„Ich bin nicht sauer, weil du deine Pläne geändert hast, sondern weil du uns nicht schon vorher erzählt hast, dass du unglücklich mit deinem Studium bist“, verblüfft mich Papa mit seiner Erklärung.

„Das sehe ich auch so“, sagt meine Mutter. „Hast du so wenig Vertrauen zu uns, dass du uns deine Zweifel und Überlegungen verschweigst, statt gemeinsam mit uns nach einer Lösung zu suchen?“ Ihre Stimme klingt äußerst vorwurfsvoll, doch langsam wird mir klar, dass sie gar nicht so geschockt wegen meiner Entscheidung sind, sondern weil ich sie aus meinen Überlegungen ausgeschlossen habe! Das ist jetzt eine komplett neue Situation, mit der ich überhaupt nicht gerechnet habe. Mist.

„Wartet mal. Heißt das, ihr nehmt es mir nicht übel, dass ich keine Ärztin werden will, sondern dass ich euch nicht schon früher verraten habe, dass ich mit meinem Leben eigentlich was ganz anderes anfangen will?“ Ich sehe abwechselnd meinen Vater und dann wieder meine Mutter an und schwitze aus allen Poren.

„Ja, das finden wir schlimm, nicht wahr, Bernhard? Wir sind doch immer für dich da, und solche wichtigen Entscheidungen trifft man nicht alleine. Wenn du schon früher mit uns gesprochen hättest, hätten wir dir vielleicht mehr Mut machen können und dir gut zureden …“ Okay, sie begreift immer noch nicht, dass meine Entscheidung feststeht, und mit Mut machen meint sie wohl Druck machen.

„Mama, ich habe selbst eine ganze Weile gebraucht, um zu diesem Entschluss zu kommen. Und es sollte ganz allein meine Entscheidung sein. Es geht schließlich um mein Leben und ich bin nun erwachsen.“ Wow, bin stolz auf mich, mit solch selbstbewussten Worten um mich zu werfen!

Meine Mutter seufzt dramatisch und fächert sich hektisch Luft mit Papas Rolling Stone Magazin zu. In seiner Midlife-Crisis könnte das jetzt genauso gut ein Playboy sein oder ein anderes Tittenmagazin, aber mein Papa hat Stil und frönt lieber seiner alten Leidenschaft, der Musik. Ich wette, er würde sich mit Vic super verstehen.

„Kathleen, Schätzchen, hast du dir das denn auch gut überlegt? Weißt du wirklich, was du da tust? Das Leben ist nun mal keine Cabriofahrt!" Aha, jetzt ist es raus! Sie vermutet, dass Vic dahintersteckt und mir Flausen in den Kopf setzt.

„Doch, wenn man es sich leisten kann, schon", meldet sich plötzlich Sebastian mit einem überzeugten Grinsen. Dafür erntet er einen vernichtenden Blick von meiner Mutter und ein verhuschtes Lächeln meines Vaters.

„Mama, lass bitte die Anspielungen auf Vic! Er hat damit gar nichts zu tun, ich überlege schon das ganze letzte halbe Jahr", sage ich.

„Schon gut, ich verstehe", entgegnet meine Mutter schnippisch. „Du ziehst dich von uns zurück, verheimlichst dein Privatleben vor uns und triffst extrem wichtige Entscheidungen ganz ohne unsere Hilfe. Ich bin ziemlich verletzt und ich erlaube mir, meine Gefühle zu zeigen." Plötzlich weint sie, als ob ich gerade verkündet hätte, dass ich für immer nach Tasmanien ziehen und dort einen verwitweten Holzfäller mit fünf Kindern heiraten würde.

„Das sind die Hormone", flüstert mein Vater, bevor er meine Mutter liebevoll in den Arm nimmt.

„Doris, das stimmt doch nicht, was du da sagst! Unser Mädchen ist nur erwachsen geworden und geht seine eigenen Wege! Es ist alles gut! Hauptsache, Kathleen wird eine zufriedene Physiotherapeutin, die ihren Beruf gerne ausübt, statt eine frustrierte und unmotivierte Ärztin! Sie hat uns jetzt nur ihre Entscheidung mitgeteilt, und wir wollen ihr doch keine Vorwürfe machen, sondern viel Glück wünschen, oder?" Mein Paps ist echt cool, ihn bringt nichts so schnell aus der Ruhe. Ein richtig gechillter Typ. Ich wette, er raucht ab und zu einen Joint in seinem Musikzimmer, wenn Mama golfen geht. Er ist sowieso davon überzeugt, dass Joints weniger schädlich sind als Bier und Tabak. Aber das kann er natürlich nicht zu laut sagen, schließlich ist er ein seriöser und angesehener Arzt.

„Ich möchte nur, dass sie glücklich ist, das ist alles", schluchzt meine Mutter und ich umarme sie von der anderen Seite.

„Das weiß ich doch! Bitte, weine jetzt nicht, es ist alles gut! Ich habe nämlich noch andere Neuigkeiten", füge ich vorsichtig hinzu.

„Was? Ich vertrage keine weiteren Aufregungen, ich bekomme schon wieder Herzstolpern!" Meine Mom putzt sich die Nase mit der Serviette und versucht, sich zu entspannen. Wenn die Wechseljahre tatsächlich viel schlimmer als PMS sein können, dann werde ich schon mit dreißig vorbeugend anfangen, Hormone zu nehmen! Ich erkenne meine Mutter nicht mehr wieder. Sie war immer so beherrscht und stark, und jetzt machen ihr ihre Stimmungsschwankungen echt zu schaffen.

„Keine Sorge! Es sind schöne Neuigkeiten", beruhige ich sie. „Vic, ich meine, der junge Mann, der mich hierhergefahren hat, ist, wie ihr mittlerweile ja schon wisst, ein bekannter Rocksänger und geht im September auf

Tour durch die USA. Wir sind uns in der letzten Zeit ziemlich nahegekommen. Also, wir sind nicht richtig zusammen, weil es dafür noch zu früh ist, aber wir verstehen uns sehr gut und wir mögen uns einfach." Oh Gott, über mein Liebesleben zu sprechen, fällt mir noch schwerer. Ich weiß ja selbst nicht, wie ich unsere Beziehung beschreiben und benennen soll.

„Ihr datet, kurz gesagt", hilft mir mein Bruderherz ganz unerwartet und zwinkert mir zu.

„Ja, genau! Das tun wir. Wir daten." Ich sehe ihn dankbar an. „Und weil es für uns beide cool ist und ich in der nächsten Zeit frei habe, hat er mich eingeladen, mit ihm zusammen nach New York zu fliegen und ihn während der Tour zu begleiten. Wir brechen schon in einer Woche auf."

„New York?" Meine Mutter atmet laut aus.

„Mann, das wird ja immer geiler mit euch beiden!", freut sich Sebastian für mich.

Ich erkläre mit wenigen Sätzen, dass ich so lange bleiben werde, wie es uns beiden gefällt und keinerlei Kosten habe, weder für den Flug noch für andere Dinge. Vic ist ein großzügiger Liebhaber und möchte mich einfach verwöhnen. Nach anfänglicher Skepsis erheitert sich das Gesicht meiner Mutter und sie freut sich tatsächlich für mich, quer durch die Staaten reisen zu können und eine aufregende, abenteuerliche Zeit zu haben. Das sorgt bei mir für erhebliche Erleichterung, und endlich kann ich ganz entspannt dasitzen und von der großen Tour der Band erzählen.

Mein Vater ist natürlich noch etwas begeisterter als meine Mutter und lädt sich sofort einige Songs von

Black Sunday Desire auf sein Smartphone, um die Musik von Vic kennenzulernen.

„Aber eine Bedingung, beziehungsweise Voraussetzung habe ich trotzdem, bevor ich mit deiner Reise einverstanden bin", sagt plötzlich meine Mutter mit sehr ernst klingender Stimme. Will sie mir doch noch eine Moralpredigt halten? Oh nein! Es hat doch alles so friedlich und harmonisch ausgesehen. Wir alle richten unsere Blicke auf sie und ich rutsche nervös auf dem Stuhl herum.

„Ich würde es als sehr angebracht empfinden und ich denke, da rede ich für uns alle, wenn Kathleen uns den jungen Mann vor der Reise vorstellen würde."

Mir fällt das Kinn herunter. Das ist jetzt aber echt der Höhepunkt dieser Familienzusammenkunft! Meine Mutter möchte meinen Liebhaber kennenlernen, der weder ein ernsthafter Student noch ein aufstrebender Jungarzt ist, dazu keine vornehme Familie vorweisen kann und einen Beruf ausübt, mit dem man in ihren Kreisen nur das Schlimmste verbindet! Aber offensichtlich kenne ich meine Mutter gar nicht so gut, wie ich dachte, und habe ihr Unrecht getan.

„Mama, bist du dir da sicher?", frage ich trotzdem skeptisch. „Du weißt doch, wir sind weder verlobt noch richtig zusammen, und Vic hat mit sechzehn die Schule abgebrochen und ist gar nicht der Schwiegermutter-Typ", warne ich sie vorsichtshalber.

„Wozu braucht ein Rockstar einen Schulabschluss?", mischt sich Sebastian halblaut ein, doch diesmal ohne einen vernichtenden Blick meiner Mutter als Reaktion.

„Das ist mir gewiss bekannt, ich habe neulich auch recherchiert“, erwidert sie stattdessen mit einem siegesbewussten Lächeln, als sie mein verblüfftes Gesicht sieht. „Der erst fünfundzwanzigjährige junge Mann hat nur mit seinem Ehrgeiz, seiner Entschlossenheit und durch harte Arbeit mehr geschafft, als manche Menschen in ihrem ganzen Leben jemals hinbekommen werden. Dafür verdient er sehr wohl meinen Respekt. Und meine Neugier hat er schon längst geweckt.“

„Na klar, bring doch den Burschen mit nach Hause“, gibt Paps seinen Kommentar ab. „Vielleicht können wir mal zusammen die Gitarren in die Hände nehmen und eine Runde jammen.“

„Und darf ich mit ihm eine Runde im Mustang fahren?“, meldet sich natürlich noch mein Bruder.

„Ihr seid ja alle verrückt und habt euch gegen mich verschworen“, lache ich kopfschüttelnd. „Erst dachte ich, ihr würdet mich enterben und mir mein Leben lang nicht verzeihen können, dass ich euch so enttäuscht habe, und jetzt wollt ihr sogar noch meinen Lover kennenlernen. Ihr spinnt wirklich!“

„Tja, das kommt davon, wenn du so eine schlechte Meinung von deinen Eltern hast!“, versetzt mir meine Mom mit sichtlichem Genuss noch einen Seitenhieb.

„Ja, du hast recht, ich war echt bescheuert“, gebe ich zu und lasse mich von ihr auf die Wange küssen. „Ich hab dich auch lieb, Mami!“

„So, Bernhard, es wird Zeit, eine Flasche Sekt zu köpfen!“, wendet sie sich an Paps. „Wir wollen doch auf Kathleens neues Leben anstoßen. Und wenn dein Rockstar gerade Zeit und Lust hat, kann er gerne dazukommen. Es ist Lasagne im Ofen. Na los, schreib ihm doch“,

fordert sie mich auf und küsst mich auf den Kopf, ehe
sie in die Küche verschwindet.

Das mache ich gerne. Ich weiß, dass Vic, wie abgesprochen, auf dem Parkplatz vor dem Einkaufszentrum in der Nähe auf mich wartet. Breit grinsend hole
ich mein Smartphone aus der Tasche und schreibe ihm
schnell eine Nachricht:

*Es ist alles gut gelaufen, so, wie du es vorausgesagt hast!
Das ist aber noch nicht alles – meine Familie will dich
kennenlernen, sonst darf ich nicht mit dir wegfliegen.
Ich befürchte, die wollen dich gleich adoptieren :-P
Also, schwing deinen sexy Hintern hierher! Kiss, K.*

Zwanzig Sekunden später:

*What the fuck??? Das ist nicht dein Ernst! Die werden
mich doch hassen!*

*Nee, wird schon schiefgehen! Du darfst mit meiner
Mutter nur nicht über Politik, Drogen oder Religion reden und bloß keine Zigaretten in ihrer Anwesenheit.
Und mit meinem Vater bitte kein Wort über Fußball,
den hasst er total. Und wehe, du behauptest, die Beatles
wären besser als die Stones. Am besten, du redest überhaupt nicht*

*Yeah, alles klar! Vielleicht schicke ich lieber mein hübsches, schwedisches Body-Double vorbei, der spricht
kein bisschen Deutsch!?*

Besorg Blumen für meine Mutter (am besten hellrosa Gerberas) und frag meinen Dad höflich, ob er dir seine E-Gitarre zeigt, dann wird schon alles gut werden!

Hellrosa what?? Jesus, worauf habe ich mich da eingelassen ... Soll ich mir noch schnell ein weißes Hemd kaufen und mir die Jeans bügeln lassen, oder was? Das werde ich dir so schnell nicht verzeihen!!

Ich mag dich auch

Dafür werde ich dir heute Abend ordentlich den Hintern versohlen!

Oh ja, ich bestehe darauf

Das ist jetzt kein Scherz: Du bringst mich gerade in eine fucking doofe Situation! Ich bin und will kein potenzieller Schwiegersohn sein!!

Das weiß ich doch!! Mann, mach dir nicht gleich in die Hose! Leck mich!

Mach ich doch gerne. Nachher

„Und? Kommt er?", unterbricht Sebastians Frage meinen Chat mit Vic.

„Ja, er kommt. Er ist nicht gerade begeistert, aber was solls. Ich hoffe, Mama und Paps werden sich einigermaßen benehmen und ihn nicht in die Flucht treiben." Ich runzle besorgt die Stirn.

„Hmm, wenn es ums Peinlichsein geht, sind die beiden schon ziemliche Schwergewichte“, bestätigt mein Bruder nachdenklich nickend meine Befürchtungen.

„Na toll! Vielen Dank für deine positive Einstellung.“ Ich verdrehe die Augen. „Wenigstens du wirst nicht zu peinlich sein, versprochen? Und wehe, du machst irgendwelche Fotos von uns! Dann ist morgen dein Pinkelfoto auf Facebook, Twitter, Instagram und TikTok zu sehen! Dazu auf YouTube das Familienvideo, wo du an Omas siebzigstem Geburtstag für sie *Jenseits von Eden* singst!“ Ja, ich kann echt grausam sein.

Mein Bruder weitet erschrocken seine Augen und wird blass um die Nase.

„Du hast dieses Video nicht gelöscht?“, fragt er ganz leise und klingt so ängstlich, dass er mir gleich leidtut. Wenn ich dieses Video tatsächlich posten würde, wäre er für die nächsten Jahre erledigt und meine Eltern müssten ihn zu dem besten Privattherapeuten in Intensivbehandlung schicken. Es spielt keine Rolle, dass er damals erst zehn Jahre alt war, seine Altersgenossen würden ihn mit ihren Kommentaren gnadenlos fertig machen.

„Natürlich nicht. Ich musste mich doch absichern. Man kann nie wissen, wann der jüngere Bruder einem in den Rücken fällt“, grinse ich trotzdem schadenfroh.

„Mann, du bist so eine blöde Kuh! Ich werde ganz bestimmt keine Fotos von deinem Promi-Macker schießen! Für wen hältst du mich denn?“ Sebastian macht ein beleidigtes Gesicht. Liebevoll boxe ich ihm gegen die Schulter.

„Für meinen bescheuerten kleinen Bruder, der
schwer in Ordnung ist!" So wie der Rest meiner
schrecklich netten Familie.

Vic und ich kuscheln unter der Decke auf unseren bequemen First-Class-Sitzen im Flieger und ich bin aufgeregt wie ein Kind kurz vor Heiligabend.

Wir fliegen nach New York! Wie geil ist das denn? Dieser Trip ist die Krönung dieses so ereignisreichen Sommers und mein Schicksal ist im Augenblick äußerst gut zu mir. Ich genieße das erotischste Abenteuer meines Lebens, ich habe endlich eine große und wichtige Entscheidung getroffen, habe einen Ausbildungsplatz als Physiotherapeutin in der Tasche und meine Eltern sind nicht sauer auf mich, dass ich mein Medizinstudium abgebrochen habe.

Vic und ich fangen bald an zu fummeln. Ziemlich heftig sogar. Seitdem ich ihn treffe, trage ich meist kein Höschen, um immer schnell bereit für spontane Sexspielchen zu sein. Auch diesmal trage ich unter dem geblümten Sommerkleid nichts als meinen blonden Naturpelz, und meine durch Vics freche Finger aufgeweckte Pussy sabbert schon heftig vor Lust. Vic flüstert mir irgendwann angetörnt zu, dass er mich sofort ficken wolle und ich die Toilette aufsuchen solle. Er würde mir einige Minuten später folgen und fünfmal an die Tür klopfen. Und so tue ich es. Als ich mit gerötetem Gesicht und etwas außer Atem aufstehe und mein zerknittertes Kleid glätte, entgeht mir der argwöhnische Blick seines Managers nicht. Er ahnt nur zu gut, was wir vorhaben, schließlich konnte er uns auf unseren Sitzen die ganze Zeit beobachten. Spanner! Bestimmt hat er sich daran aufgegeilt. Doch das ist mir ziemlich egal. Dexter weiß doch, dass ich Vic nicht begleite, um ihm Gutenachtgeschichten vorzulesen oder den verspannten Nacken zu massieren.

Dexter hat mich zwar freundlich begrüßt, als Vic uns offiziell miteinander bekannt gemacht hat, doch er hat mir auch deutlich zu spüren gegeben, dass er mich bloß für ein auserwähltes und besonders privilegiertes Groupie hält. Er kennt Vic ja nicht anders, und warum sollte er denken, ich wäre so was wie eine vorübergehende halbfeste Freundin? Doch meine tatsächliche Bedeutung in Vics Leben zu definieren wäre noch komplizierter als eine genaue Prognose über die Ausmaße der globalen Erwärmung zu geben.

Wie auch immer.

Nach einigen Minuten auf der Toilette, die mir schrecklich lang vorkommen, klopft es fünfmal leise an der Tür. Mit fahrigen Fingern öffne ich und lasse Vic herein. Noch während ich die Tür hinter ihm schließe, greift er nach mir und dreht mich so hastig um, dass ich mit dem Gesicht am Spiegel lande. Ohne weiteres schiebt er mein Kleid nach oben und knöpft gleichzeitig seine Hose auf. Ich brauche kein weiteres Vorspiel, ich bin nicht bloß bereit, sondern lechze regelrecht nach seinem Schwanz. Mit beiden Händen stütze ich mich auf das Waschbecken, als er sich in mich bohrt und mir mit einer Hand den Mund zuhält, um mein Stöhnen zu dämpfen.

„Du musst ganz leise sein, versprochen?", raunt er mir ins Ohr. Als ich folgsam nicke, nimmt er seine Hand weg und küsst mich. Er vertraut mir nicht ganz, dass ich leise sein könnte, während er mich fickt. Das war ich noch nie. Nicht mal neulich, als er in der Umkleidekabine des Lafayettes in Berlin über mich herfiel und eine der Verkäuferinnen irgendwann an die Tür klopfte und vorsichtig fragte, ob alles in Ordnung sei. Er rief ihr keuchend zu: „Doch, doch, alles bestens, wir kommen gleich!" Das tat er zumindest.

Zugegeben, ich genieße es stets, zusammen mit ihm zu provozieren und mich wie eine richtige Rockstar-Geliebte zu benehmen.

Der Quickie auf der Flugzeugtoilette ist unser erstes Mal ohne Kondom. Ich habe mir nämlich die Spirale einsetzen und Vic einen Test auf HIV und andere Krankheiten machen lassen. Darauf habe ich bestanden. Alles negativ, und so gab ich Vic beruhigt grünes Licht. In seiner jüngsten Vergangenheit war er nämlich nicht immer sonderlich gewissenhaft, wenn es um Safer Sex ging, besonders nicht im Vollrausch.

Also können wir endlich frei und ungestört vögeln und es ist geil, ihn ohne Gummi zu spüren. Mit zusammengepressten Lippen bücke ich mich noch tiefer und stehe dabei auf meinen Zehenspitzen. Als ich bei Vics letztem, heftigem Stoß das Gleichgewicht verliere, knalle ich mit dem Kopf gegen die Kante des Seifenspenders und ziehe mir eine blöde Beule zu. Wir lachen gemeinsam, als wir uns voneinander lösen und Vic pustet auf die Stelle. Sie tut verdammt weh! Aber die Erfahrung ist es mir wert. Jetzt gehöre ich offiziell zum Mile High Club und kann meinen Enkelkindern eine schöne Geschichte darüber erzählen. Obwohl, wie blöd ist der Gedanke denn? Solche pikanten Sexgeschichten aus der Jugend erzählt man ganz bestimmt nicht seinen Enkelkindern, oder? Egal. Vielleicht werde ich irgendwann meine Memoiren schreiben und Vic diskret in Sid umbenennen, um nicht als ein nach Aufmerksamkeit bettelndes, alt und runzelig gewordenes Groupie abgestempelt zu werden.

Ich kehre als Erste auf meinen Sitz zurück und Vic folgt mir nach wenigen Sekunden. Es ist ihm offensichtlich egal, dass sowohl Dexter als auch seine Bandkollegen sehr wohl ahnen, was wir getrieben haben. Es war ja nicht das erste Mal für Vic. Wie viele Flugbegleiterinnen er schon während seiner Reisen im Waschraum beglückt hat, will ich gar nicht wissen. Im Augenblick bin ich diejenige, die seine Gunst genießt, und das lasse ich mir von nichts und niemandem verderben.

Den restlichen Flug verschlafen wir, der Sex hat mich beruhigt und ich kann endlich an Vics Seite abschalten.

Umso aufgeregter bin ich, als wir vier Stunden später auf dem JFK-Flughafen landen und ich mit etwas wackeligen Beinen das Flugzeug verlasse.

Die Beule an meinem Kopf schmerzt immer noch, doch wenn ich daran denke, wie ich sie mir zugezogen habe, empfinde ich den Schmerz nur noch als halb so wild.

Es ist ein herrlich sonniger Spätsommertag, als wir den Flughafen durch die Absperrung verlassen. Ein Grüppchen weiblicher Fans wartet, wie vom Dexter vermutet, am Ausgang. Die Mädchen rufen aufgeregt nach Vic und er setzt sein charmantestes Lächeln auf, als er ihnen zuwinkt und kurz für Fotos stehen bleibt. Dann stellt sich schon der bandeigene Bodyguard Mitch schützend vor ihn und begleitet ihn die wenigen

Schritte zu den Mädels, wo er ein paar Autogramme gibt und für Selfies posiert.

Die Fans kreischen begeistert auf und viele Hände greifen nach ihm. Doch der aufgepumpte und grimmig dreinblickende Mitch erlaubt keinen Körperkontakt. Er zieht Vic sofort zurück, als ein heulendes Mädchen sich ihm an den Hals wirft, und beendet die kurze Session. Dexter gibt dem Sicherheitspersonal im Hintergrund ein Zeichen, die Mädchen fernzuhalten und uns den Weg zu den Fahrzeugen zu ermöglichen. Das alles spielt sich innerhalb weniger Minuten ab und ich beobachte interessiert das Geschehen. So, wie die Mädchen Vic anstrahlen und anschmachten, vermittelt es den Eindruck, der Mann, der mich noch vor Kurzem auf der Flugzeugtoilette gevögelt hat, sei so was wie ein Halbgott. Schon abgefahren, zu erleben, wie der eigene Lover angehimmelt und verehrt wird!

Ich stehe die ganze Zeit diskret im Hintergrund bei Dexters Assistenten Nathan, um bloß nicht aufzufallen. Lola ist nicht mitgekommen, denn sie hat in Berlin während Dexters Abwesenheit genug zu tun. Vic und sein Manager haben abgemacht, mich als Physiotherapeutin der Band vorzustellen, wenn man mich in der Öffentlichkeit zusammen mit Vic sichtet. Am besten bleibe ich so unsichtbar wie möglich. Dexter hat vor der Abreise noch mal darauf bestanden, dass Vic in der Öffentlichkeit immer Abstand von mir hält. Alles Blabla, hat Vic mir danach zugeflüstert und ungeniert meinen Hintern begrapscht, während wir in den kleinen Bus einstiegen, der uns zum Flugzeug auf die Landebahn fahren sollte.

Als wir die kreischenden Mädels los sind, verlassen Vic und ich den Flughafen im großen schwarzen Chrysler der Plattenfirma, und die restlichen Bandmitglieder fahren mit einem Chevy Kleinbus. Vic setzt seinen Kopf bei Dexter durch und fährt nicht sofort zu der Loftwohnung in Chelsea, die für die ganze Band gemietet wurde. Erst will er mich in mein Hotel bringen. Dexter mahlt darauf nur genervt mit den Zähnen, doch er verkneift sich einen Kommentar.

Ich muss mir nichts vormachen: Es ist klar, dass er mich nicht leiden kann, weil ich zu viel von Vics Aufmerksamkeit in Anspruch nehme und er dadurch noch weniger Kontrolle über ihn hat. Wir werden bestimmt keine Busenfreunde werden.

Nun sitze ich in dem riesigen Auto und schmiege mich an Vic, der sofort einen Arm um mich legt. Endlich sind wir alleine, abgesehen von dem Fahrer, der aber durch seine professionelle Distanziertheit fast unsichtbar wirkt.

„Willkommen in New York", sagt Vic und küsst mich auf die Stirn.

„Danke!", gähne ich und kuschele mich noch enger an ihn. Wie spät ist es jetzt eigentlich im Vergleich zu Berlin? Ich versuche, nachzurechnen, doch ich gebe es schnell auf. Mit der Zeitverschiebung habe ich ein ähnliches Problem wie mit der Umstellung auf Sommer- oder Winterzeit.

„In welches Hotel fahren wir denn?", frage ich, weil ich Vics Anweisung an den Fahrer nicht richtig mitbekommen habe.

„Ins Dream Downtown Hotel. Ist in der Nähe von Chelsea und unserem Loft, also habe ich keinen weiten

Weg zu dir“, lächelt er mich an und seine Hand verschwindet unter dem Saum meines Kleides.

„Aha, verstehe. Aber es ist keine Luxusbude, oder? Du weißt doch, dass ich nicht allzu protzig wohnen will, vor allem nicht auf deine Kosten. Sonst komme ich mir vor wie eine bezahlte Geliebte.“ Ich stoppe seine Hand, die sich zwischen meine Schenkel drängt, und erwarte eine Antwort. Zugegeben, ich habe ein kleines Problem mit der Tatsache, dass Vic mir diesen Trip nach New York komplett finanziert. Er hat Kohle wie Heu, aber ich bin es einfach nicht gewohnt, dass ein Mann so viel Geld für mich ausgibt. Lutz hat zwar auch einiges für mich hingeblättert, doch ich habe nie mehrere Wochen voll auf seine Kosten gelebt. Das weckt in mir zunehmend ein unschönes, gar nicht romantisches Gefühl, als ob ich mich irgendwie dazu verpflichte, Vic stets zur Verfügung zu stehen und alle seine Wünsche erfüllen zu müssen. Wie eine Nutte eben.

„Kitty Kat, rede keinen Unsinn!“ Vic dreht sich sofort zu mir und berührt mein Kinn, um mir in die Augen sehen zu können. „Du bist eine ganz besondere Frau für mich und ich hab dich sehr, sehr lieb. Abgesehen davon wie geil ich auf dich bin. Also hör auf, Probleme zu sehen, wo es keine gibt. Ich habe in den letzten zwei Jahren so viel Geld verdient, dass ich gar keinen Überblick mehr habe, und es macht mich glücklich, wenn ich dem Mädchen, das mir so nahesteht, etwas bieten kann.“ Er gibt mir einen innigen Kuss auf den Mund und lässt mich wieder los.

Ich ringe buchstäblich nach Atem, völlig überwältigt von seinen Worten. Scheiße, was war das denn jetzt? Eine Art Liebesbekenntnis? Er hat mich also sehr, sehr lieb ... Eine mächtige Ladung Glückshormone überschwemmt mein Gehirn und breitet sich rasch in meinem Körper aus wie eine wohlige Flutwelle. Impulsiv falle ich ihm um den Hals und küsse ihn heftig.

„Ich hab dich auch lieb", flüstere ich ergriffen und küsse ihn noch einmal. Vic zieht mich in seine Umarmung und hält mich ganz fest, während ich mein Gesicht an seiner Brust verberge. Ich atme seinen Geruch ein und bin so verdammt glücklich, dass ich heulen könnte.

„Aber wir bleiben schön auf dem Teppich. Wir wollen nichts überstürzen und uns nicht in irgendwas verrennen. Wir sind hier, um Spaß und eine gute Zeit miteinander zu haben und nichts weiter. Okay?" Vics nüchterne Worte so unmittelbar nach dem berauschenden Glücksmoment verpassen mir gleich eine kalte Dusche, doch ich nicke und höre meine Stimme, die genauso nüchtern klingt: „Natürlich! Wir sind kein Liebespaar, das ist doch klar. Wir mögen uns, wir schlafen gerne miteinander, aber das ist keine richtige Beziehung. Das wollen wir doch beide nicht."

Vics Haltung entspannt sich sichtbar und er küsst mich auf den Kopf. „So ist es. Warum sollten wir alles kompliziert machen, wenn es so viel schöner ist. Wir brauchen nicht so zu sein, wie die Normalos da draußen es sind. Eine klassische, spießige Beziehung wäre nichts für uns." War doch klar. Er ist ein Rockstar am Beginn einer fantastischen Karriere und dazu noch ein emotional geschädigter Typ. Kein Mann, mit dem man sich eine richtige Beziehung vorstellen kann und der in der Lage ist, einer Frau Sicherheit und Stabilität zu bieten. Wenn ich so einen Freund will, dann kann ich gleich mit Dirk ausgehen, dem angehenden Arzt, der nicht tanzen kann und der schon vor seiner Approbation vom Niedrigenergiehaus in Malchow oder Französisch Buchholz träumt und einen spießigen Opel fährt. Aber Vic ist ein ganz besonderer Mann. Er hat Charisma, er ist so herrlich unangepasst, kreativ, impulsiv, rebellisch und vor allem auf magnetische Weise sexy. Klar, er ist ein ziemlicher Bad Boy. Doch das ist ein Teil seiner Anziehungskraft, die er auf mich ausübt. Ich spiele mit dem Feuer, indem ich mich auf ihn einlasse, und er bietet mir ein atemberaubendes Abenteuer, das mir ein so lieber und netter Kerl wie Dirk nicht mal im Traum bieten könnte. Um das genießen zu können und das Risiko einzugehen, muss ich selbst ein wenig zum Bad Girl werden.

Vernünftig und brav kann ich dann sein, wenn unsere Romanze verglüht ist und wir unsere Faszination füreinander verloren haben. Jemanden wie Dirk werde ich auch später noch finden können und seine Vorzüge schätzen lernen. Doch einem Mann wie Vic werde ich nicht zweimal begegnen. Ich wäre ganz schön blöd, wenn ich aus Vernunftsgründen kneifen und mich zurückziehen würde, bloß um mir eine potenzielle Enttäuschung und Kummer zu ersparen. Wann handelt man leichtsinnig und unüberlegt, wenn nicht jetzt, mit Anfang zwanzig?

Wieder beruhigt richte ich mich auf und überlasse mich dem Staunen. Mittlerweile haben wir die City erreicht und den Midtown Tunnel hinter uns gelassen. Wow, ja, ich bin tatsächlich in New York, in Manhattan! Wie versprochen, schreibe ich schnell eine SMS an meine Eltern und an meine Mädels, bevor ich meine

Nase wieder an die Fensterscheibe klebe und mich den Eindrücken überlasse.

Nach einer halben Stunde erreichen wir das *Dream Town Hotel*, das Vic für mich ausgesucht hat. Schon der Blick auf den Eingang und die moderne, fast schon futuristische Architektur mit Bullaugen als Fenster verrät mir, dass er meine Wünsche nach einem bescheidenen Hotel völlig ignoriert hat. Vic gibt dem Fahrer eine kurze Anweisung und steigt mit mir zusammen aus. An der Rezeption erledigt er gleich alle Formalitäten für mich und wir steigen in den Fahrstuhl. Vic drückt den Knopf für das elfte Stockwerk. Na klar, oben sind immer die besten Zimmer. Da wir nicht die Einzigen sind, zische ich ihm nur leise zu: „Das ist ein mega protziges Hotel! Du kannst es nicht lassen, oder?"

„Nein, es tut mir leid", grinst er hinter seiner schwarzen Sonnenbrille. „Ich wollte immer schon mal hier reinschauen und jetzt habe ich endlich die Gelegenheit dazu. Im Hotel gibt es eine Beachbar mit Sand aus Montauk, und im Pool kannst du beim Schwimmen die Hotellobby unter dir durch den Glasboden beobachten. Dazu gibt es coole Bars mit Live-Musik, und dein Zimmer hat einen Ausblick auf das Empire State Building. Ist doch geil, oder?"

„Ja, schon", seufze ich ergeben. „Trotzdem gefällt es mir nicht, dass du so viel Geld für mich verschwendest."

„Darüber solltest du dir keine Gedanken machen, wir haben das doch schon in Berlin geklärt. Du bist mir zu nichts verpflichtet und es ist mir eine Freude, etwas Geld für so ein wunderbares Mädchen wie dich ausgeben zu können." Vic neigt sich zu mir und gibt mir ein

Küsschen. Die kleine Gruppe junger, sehr hip gestylter Frauen, die hinter uns steht, beginnt zu tuscheln. Es kann gut sein, dass die Damen Vic erkannt haben, oder sie finden ihn einfach geil und fragen sich, was er mit so einer Frau wie mir in dieser Luxusbleibe macht. Ich halte mich keineswegs für hässlich, aber neben Vic würde sich wahrscheinlich jede Frau, die nicht gerade ein Supermodel oder eine superschöne Schauspielerin ist, fragen, ob sie in puncto Attraktivität mit ihm mithalten kann. Ein so sexy und lässiger Typ wie er ist eine tägliche Herausforderung für mein Selbstbewusstsein. Besonders jetzt, wo die neugierigen Blicke dieser Tussis an meinem Rücken kleben. Beiläufig blicke ich zu meinem Spiegelbild auf der Seite, um mein Äußeres zu überprüfen. Im Unterschied zu den Frauen hinter uns trage ich fast kein Make-up und mein langes, gewelltes Haar ist zu einem lockeren Zopf zusammengebunden. In dem Sommerkleid sehe ich zwar sehr schlank aus und meine Haut ist schön gebräunt, doch ich bin definitiv keine perfekte Schönheit oder Sexbombe.

Als ob Vic meine Gedanken erraten würde, neigt er sich noch einmal zu mir, diesmal mit einem etwas längeren Kuss, der die Frauen hinter uns zum Schweigen bringt.

Zum Glück steigen die fünf aufgetakelten Grazien schon im zweiten Stock kichernd aus. Eine Blonde in weißen Hotpants und schwindelerregenden High Heels dreht sich noch schnell um, bevor die Fahrstuhltür zugeht, und schenkt Vic einen *Fick-mich*-Blick. Ich versuche es einfach zu ignorieren, wie schon viele solcher Blicke, die Vic in meiner Anwesenheit zugeworfen wurden. So ist es halt, wenn man mit einem Rockstar verkehrt – die Frauen lassen sich von mir keineswegs stören oder nehmen gar Rücksicht auf mich, sie flirten ungeniert mit Vic und bieten sich ihm mehr oder weniger dezent an.

Laute Musik, die aus der Beachbar zu uns herüberdringt, kündigt die Partyatmosphäre an, die in diesem Hotel herrscht.

„Dein Zimmer ist ganz oben, dort wird es ruhiger, falls du mal ausschlafen willst." Vic lächelt mich an und legt seinen Arm liebevoll um mich, während wir weiterfahren.

Mein Zimmer bietet mit mehreren Bullaugen-Fenstern einen atemberaubenden Blick auf das Empire State Building und verfügt über Designermöbel und ein Kingsize Bett.

Vic wirft sich darauf und gibt mir ein einladendes Handzeichen. Ich lasse mich neben ihn auf das weiche Bett fallen und er zieht mich in seine Umarmung.

„Wir werden hier noch viel Spaß miteinander haben", raunt er mir lüstern ins Ohr. „Wenn ich mir dafür die Zeit nehmen kann", seufzt er anschließend. „Doch ich verspreche dir, dass ich jede freie Minute mit dir verbringen werde."

„Das ist überhaupt kein Problem! Ich bin doch ein großes Mädchen und kann mich selbst beschäftigen", versuche ich ihn zu ermuntern. Ich weiß, wie wichtig es für ihn ist, dass er einen freien Kopf behält und sich völlig auf seinen Job konzentrieren kann. Während ich hier bin, darf ich kein Störfaktor oder eine zu starke Ablenkung für ihn werden und damit die Befürchtungen seines Managements bestätigen. Schon sein Wunsch, eine Weile bei mir zu sein, ist für mich Grund genug, völlig zufrieden und dankbar zu sein. Wir sind nicht hier, um von morgens bis abends zusammenzuhängen und in Ruhe Sightseeing zu machen. Vic ist hier, weil eine wichtige Tournee auf ihn wartet, die ihm und seiner Band endgültig den internationalen Durchbruch verschaffen soll. Ich muss happy sein, wenn er ab und zu die Nacht bei mir verbringt und mit mir abends Essen geht! Auch von diesem ersten Tag darf ich nicht zu viel erwarten, sonst sind Stress und Enttäuschung beiderseits vorprogrammiert.

„Du bist so eine wunderbare Frau!", seufzt Vic und zieht mich näher zu sich, um mich zu küssen. „So verständnisvoll und unabhängig. Und vor allem so sexy." Er streift mir die Träger meines Kleides von den Schultern und entblößt eine Brust. Zärtlich und verlangend zugleich küsst er meine Brustwarze. Lustvolle Hitze schießt durch meinen Körper und beschleunigt meinen Atem. Wir hatten erst vor knapp drei Stunden Sex, aber wir haben trotzdem schon wieder Lust aufeinander. Verlangend greife ich nach seinem Kopf, doch Vic lässt mich los und springt entschlossen auf die Beine.

„Es tut mir leid, aber ich habe Dexter versprochen, sofort im Loft zu erscheinen, nachdem ich dich im Hotel abgesetzt habe." Entschuldigend streichelt er mir über den Oberschenkel, als ich mit den Schultern zucke und mich aufrichte.

„Ist schon gut, geh ruhig", sage ich etwas gedämpft. Ich mag es nicht besonders, wenn man mich erst heiß macht und dann warten lässt.

„Dafür komme ich heute Abend und verbringe die Nacht mit dir", beschwichtigt er mich. „Jetzt wäre es eh nicht mehr als ein Quickie geworden, und den hatten wir schon im Flugzeug. Nachher nehmen wir uns viel Zeit und ich kann es dir in aller Ruhe ordentlich besorgen …“ Vic grinst vielversprechend und entlockt mir damit ein Lächeln.

Mann, ich bin echt verrückt nach dem Typen! Ich bekomme einfach nicht genug von ihm. Bin ich etwa schon sexsüchtig? Bis jetzt hat es noch niemand geschafft, mich so dauergeil zu machen. Es reicht, dass ich ihn ansehe und an seinen Schwanz denke, und schon wird mein Höschen feucht. Ja, ich gebe es zu, ich bin überwiegend wegen des heißen Sexes in ihn verknallt. Erst kommt diese gewaltige erotische Anziehungskraft, die zwischen uns herrscht, und dann alles andere. Doch ich will ihn ja nicht heiraten. Ich bin bloß verliebt, und da spielt es keine Rolle, ob wir wirklich zusammenpassen und eine gemeinsame Zukunft haben.

„Krieg ich einen Kuss oder bist du jetzt sauer auf mich?“ Vic mustert mich aufmerksam mit seinen dunkelblauen Augen.

„Natürlich nicht! Ist doch klar, dass du erst zu deinem Team musst“, beruhige ich ihn und stehe auf, um ihn ausgiebig zu küssen. Ab sofort muss ich dafür sorgen, dass er sich unbeschwert und entspannt von mir verabschiedet und sich keine Gedanken wegen mir machen muss. Es ist schon ziemlich klar: Er wird die Diva in unserer Beziehung sein, um die sich alles dreht, und ich werde mich schön seinem Leben anpassen müssen, wenn ich will, dass wir weiter Spaß miteinander haben. Tja, diesmal wird einiges anders sein als in meinen vorherigen Beziehungen, wo ich im Mittelpunkt stand.

Doch ich war noch nie mit einem Rockstar zusammen, und diese Erfahrung ist es wert, mein Krönchen für eine Weile zur Seite zu legen.

Wir verabschieden uns liebevoll und Vic begrapscht mich noch ordentlich, während ich ihm die Tür öffne und ihn aus dem Zimmer schiebe.

Mit gemischten Gefühlen lasse mich wieder auf das Bett fallen und merke, wie müde ich eigentlich bin. Wie spät ist es jetzt in Berlin? Ist auch egal, ich nehme erst mal eine Dusche und dann sehe ich mir den Pool mit der Beachbar an!

15. Vic

Der Fahrer wartet wie abgesprochen vor dem Hotel auf mich und steigt sofort aus, um mir die Tür aufzuhalten. Das hasse ich, ich bin doch nicht behindert und kann selbst ins Auto einsteigen. Was soll's, er macht nur seinen beschissenen Job und ich bin der fucking Rockstar, den er bedienen muss. Die zwei Chicks in der Hotellobby waren echt heiß. Wie sie mich angelächelt haben, als ich vorbeigelaufen bin! Als ob sie gleich ihre Höschen zur Seite schieben und Platz für meinen Schwanz machen wollen! Wenn Kat nicht wäre, würde ich mir gleich ihre Handynummern geben und mich später von beiden gleichzeitig verwöhnen lassen.

Ist schon irgendwie komisch. Seit ich Kat kenne, bin ich bereit, auf andere Pussys zu verzichten. Sie hat mir klar gesagt, dass sie für die Zeit, in der wir miteinander vögeln, nicht tolerieren wird, wenn ich noch andere Frauen ficke. Ich wollte ihr zwar keine absolute Treue versprechen, weil das für mich bedeuten würde, wir hätten eine feste Beziehung, doch ich habe ihre Spielregeln akzeptiert. Es wäre schade, sie wegen eines unbedeutenden Ficks verlieren zu müssen. Dafür ist sie zu besonders. Außerdem vermisse ich im Augenblick meine uneingeschränkte sexuelle Freiheit nicht wirklich. Kat bietet mir alles, was ich mir im Bett nur wünschen kann, und ich krieg nicht genug von ihr.

Ja, dieses Vertrauen und diese Nähe zwischen uns ist schon geil. Ich kann bei ihr so richtig entspannen, zur Ruhe kommen und mich einfach geborgen fühlen.

Mann, Vic, was für sentimentale Scheiße denkst du da! Du bist doch nicht etwa verliebt?

Ich schüttele diesen Gedanken sofort entschlossen ab. Verliebtheit ist was für Pussys und Weicheier. Die macht einen nur schwach, verletzlich und unkonzentriert. Das alles kann ich in meinem Job absolut nicht gebrauchen. Egal, wie einzigartig Kat ist, wie gut sie mir tut und wie geil es ist, sie zu ficken, ich werde mich nicht richtig in sie verlieben. Wir haben auch so eine coole Beziehung und wollen beide nur Spaß, aber keine Komplikationen. Es reicht, dass ich zu ihr gesagt habe, ich hab sie lieb. Das wollte ich nicht, es ist mir einfach so rausgerutscht. Anscheinend bin ich schon zu schwach geworden ...

Die Stadt wirkt auf mich irgendwie fremd. Ich kann beim besten Willen nicht sagen, mich wie jemand zu fühlen, der nach Hause gekommen ist. Früher war ich nur selten in Manhattan. Als ein armes Kind aus der unteren Mittelschicht hat man dort nichts verloren. Ich erinnere mich vage, wie ich als kleiner Junge mit meiner Uroma Christa in der Weihnachtszeit den großen, prunkvollen Weihnachtsbaum vor dem Rockefeller Center bewundert habe. Das war mein erstes Mal in Manhattan und ich glaubte, in einer völlig anderen Stadt zu sein. Anschließend kaufte sie mir einen Hotdog, bevor wir schnell wieder zurück nach Brooklyn fuhren, weit weg von all dem Glitzer und den bunten Lichtern. Sie hat gesagt, wir gehören nicht hierher.

Manhattan heißt nur die Reichen und die Erfolgreichen willkommen, für die Loser und Pechvögel hat es nichts übrig. Aber zu denen zähle ich ja nicht länger! Trotzdem fühle ich mich fremd hier. Mittlerweile ist Berlin mein Zuhause, obwohl ich erst fünf Jahre dort lebe. Wenn man solch einen sentimentalen Ausdruck wie *zuhause* überhaupt benutzen kann ...

Ein richtiges Zuhause hatte ich eigentlich nie. Vielleicht die kurze Zeit bei meiner Urgroßmutter. Sie sorgte dafür, dass ich was zu essen hatte, ein Bett zum Schlafen, und manchmal strich sie mir unbeholfen über den Kopf. Sogar ihre fette, alte Katze bekam mehr Aufmerksamkeit und Streicheleinheiten ab als ich.

Uroma Christa duldete und mochte mich, aber das war's auch schon. Abgesehen davon war sie schon zu alt und zu verbittert, um mir mehr bieten zu können.

Whatever. Ich wohne gerne in Berlin und fühle mich wohl in meiner teuren Dachgeschosswohnung.

Das riesengroße Loft mit dem Proberaum und dem Tonstudio wird jetzt vorübergehend mein Zuhause sein, bevor wir unsere Nächte mehrere Monate lang im Tourbus und in Hotelzimmern verbringen werden. Jedes Bandmitglied hat ein eigenes Zimmer zur Verfügung, dazu gibt's ein megagroßes Wohnzimmer mit offener Küche und Blick auf das Empire State Building sowie den akustisch abgeschirmten Proberaum mit Aufnahmestudio. Als Personal haben wir einen chinesischen Koch, der sich um das leibliche Wohl kümmert, und ein puerto-ricanisches Hausmädchen, das wahnsinnig nett, aber nicht sonderlich hübsch ist. Ich wette,

Dexter hat extra darauf bestanden, dass uns die Agentur keine Schönheit schickt, weil wir die Ärmste sonst ständig belästigen und anmachen würden.

Das Hausmädchen empfängt mich freundlich lächelnd an der Tür, als ich oben ankomme und der übergewichtige Fahrer stöhnend mein Gepäck aus dem Fahrstuhl holt.

„Hallo Mister Vic", begrüßt sie mich strahlend. Wir kennen uns schon von unserem letzten Aufenthalt in diesem Loft, und zum Glück habe ich mir ihren Namen gemerkt.

„Hallo Marisa", erwidere ich ihre Begrüßung und sie errötet, als ich ihr in die dunkelbraunen Augen blicke. Wahrscheinlich hat sie nicht erwartet, dass ich noch weiß, wie sie heißt. Ihr Gesicht mit der viel zu großen Nase und unreiner Haut ist sehr sympathisch und sie ist gut gebaut. Die Zimmermädchenuniform steht ihr hervorragend und betont ihre Kurven. Über ihrem üppigen Dekolleté in enger Bluse hängt fast demonstrativ ein schweres Kreuz, um anstößige Männerblicke gleich abzuwehren. Ich sehe zwar kurz reflexartig hin, doch interessanterweise male ich mir nicht sofort aus, wie ihre Titten wohl aussähen, wenn man sie auspackt. Es sieht fast so aus, als ob Kathleens Brüste meinen Bedarf an weiblichen Reizen zurzeit vollkommen abdecken würden. Das ist mir, ehrlich gesagt, noch nie passiert. Ich war noch nie mit einer Frau so lange zusammen und noch monogam dazu. Okay, damals mit Molly. Aber das zählt nicht.

Ich betrete das Wohnzimmer, wo alle anderen schon auf der überdimensionalen Sofalandschaft rumhängen.

„Hey Vic, das war wohl bloß ein Quickie, du bist ja total schnell", ruft mir Kim anzüglich zu. Ich zeige ihm den Stinkefinger und werfe meine Umhängetasche auf den Boden. Marisa, die mir gefolgt ist, greift sofort danach, um sie in mein Zimmer zu bringen.

Wir alle neigen dazu, jeden Raum in kürzester Zeit in pures Chaos zu verwandeln, und ich kann nur hoffen, dass sie für ihre harte Arbeit gut bezahlt wird. Ich lasse mich neben Bill in die weichen Lederpolster fallen und strecke mich nach einer Dose Bier aus, die auf dem Beistelltisch steht.

„Vic, danke, dass du meine Bitte berücksichtigt hast." Dexter, der auf dem Sessel gegenüber sitzt, sieht mich fast schon freundlich an. „Bevor ihr euch alle in eure Zimmer verzieht und ich in mein Hotel fahre, wollte ich kurz mit euch den Plan für die nächsten Tage durchgehen." Poison, unser Drummer, der halb liegend mit den Fingern auf der Sofalehne rumtrommelt, gähnt laut und reißt dabei seinen großen Mund auf. Er heißt eigentlich Peter, doch da er Bret Michaels, dem Sänger der kultigen Hair Metal Band *Poison* aus den Achtzigern, so extrem ähnlichsieht, trägt er seinen Spitznamen seit seiner Teeniezeit. Er ist der einzige Deutsche in unserer Band. „Poison, danke für deine Begeisterung!" Dexter schüttelt leicht genervt den Kopf. „Ich werde euch nicht lange langweilen, ich weiß, dass ihr erst ankommen müsst. Also: Wir fangen morgen um zehn Uhr mit den Proben an."

„Um zehn Uhr abends?", fragt Bill dämlich und fährt sich mit den Fingern durch die glänzende, schwarze Mähne. Er kann zwar sehr gut Gitarre spielen, doch er ist ganz bestimmt keine Intelligenzbestie.

„Idiot!" Kim verdreht die Augen. „Dex meinte natürlich um zehn Uhr morgens!"

„Ganz genau", nickt Dexter. „Deswegen erwarte ich von euch, dass ihr euch heute nicht zudröhnt und zeitig ins Bett geht. Alleine natürlich. Morgen erwarte ich euch frisch, motiviert und vor allem nüchtern. Und pünktlich dazu! Das gilt vor allem für dich, Vic." Er fixiert mich mit seinem scharfen Blick. „Ich kann dir nicht verbieten, die Nacht woanders zu verbringen, doch deine Kleine sollte lieber dafür sorgen, dass du pünktlich um zehn am Mikrofon stehst. Haben wir uns verstanden?"

Bevor ich mit einem giftigen Spruch kontern kann, beiße ich mir lieber auf die Zunge. Er muss seinen verdammten Job machen und dafür sorgen, dass wir diszipliniert und effektiv unsere Arbeit erledigen. Ich beneide ihn um diese Verantwortung gewiss nicht. Eine Truppe aufmüpfiger, nach Sex, Drugs & Rock 'n' Roll gieriger, frischgebackener Rockstars zu bändigen und zu managen, ist mit Sicherheit eine äußerst undankbare Aufgabe.

Kim würde am liebsten den ganzen Tag kiffen, nebenbei seine Dreadlocks pflegen und ganz entspannt und faul chillen. Bill guckt viel zu oft und viel zu tief in die Wodkaflasche und kaschiert damit seine Unsicherheit und seine Komplexe als der Nachfolger von Myles. Und Poison nutzt immer exzessiver seinen Niedlichkeitsfaktor als der blonde Drummer mit dem hübschen Babyface, der den Groupies den Atem verschlägt, wenn er seinen Riesenschwanz aus der Hose holt. Er ist sexsüchtig, wenn man mich fragt.

Und ich selbst bin bestimmt auch alles andere als pflegeleicht. Auch ich verbringe meine Tage gerne mit kiffen, saufen und ficken und rebelliere regelmäßig gegen Dex und andere Bosse. Dass ich jetzt sogar ein Mädchen mitgenommen habe, ist sowieso allen ein Dorn im Auge. Denken sie etwa, ich habe nicht mitbekommen, wie sie darüber reden? Was, wenn jemand Fotos von uns macht und die Jugendzeitschriften schreiben, ich habe eine feste Freundin? Das geht überhaupt nicht! Und was, wenn ich wegen ihr meine Arbeit vernachlässige? Man weiß doch nur zu gut, welch einen Schaden die Weiber bei anderen berühmten Musikern angerichtet haben. Denken wir nur an Nancy und Sid, Courtney und Kurt, Yoko und John.

„Yes, Sir! Alles klar!", salutiere ich leicht ironisch und proste Dexter und den anderen zu.

„Gut!" Dexter atmet hörbar aus. „Das Konzert im Central Park ist in einer guten Woche und alle erwarten von euch, dass ihr in Bestform seid und die Bühne rockt! Wir zeigen es der ganzen Welt, welch eine geile Band *Black Sunday Desire* ist! Viele haben gesagt, ihr wärt nur eine Eintagsfliege, doch das zweite Album wird alle umhauen. Es wird mindestens drei Singleauskopplungen geben, und wie ihr wisst, ist *Bad Memories* seit dieser Woche in den Top 10 der Single-Charts, sowohl in Europa als auch hier in den USA! Ihr seid großartig und das wisst ihr auch. Also, reißt euch jetzt zusammen und bewegt eure faulen Ärsche morgen pünktlich an euren Arbeitsplatz. So, und jetzt trink ich noch ein Bierchen mit euch, bevor ich euch für heute in Ruhe lasse."

„Geht in Ordnung, Papa Dex, wir werden schön brav sein, nicht wahr, Jungs?" Kim reicht ihm eine Dose Bier.

Die anderen zwei stimmen ihm zu, und Dexter lehnt sich schon etwas entspannter zurück in den weichen Sessel. Zugegeben, der Mann gibt sich große Mühe, uns stets zu motivieren, anzutreiben und uns immer wieder daran zu erinnern, warum wir eigentlich hier sind: um berühmt, erfolgreich und reich zu werden und eine Menge Spaß auf der Bühne zu haben. Klar, das tut er nicht, weil er uns so liebhat und sich nur das Beste für uns wünscht. Nee, er ist ein fucking knallharter Geschäftsmann und Workaholic und wir sind für ihn ein ganz heißes Eisen. Er verdient verdammt viel Kohle an uns und sein Ruf ist in der Szene wahnsinnig gestiegen, seit er uns managt. Also liegt ihm unser Erfolg ganz besonders am Herzen und er wird versuchen, alles aus uns rauszupressen, so lange wir so angesagt sind.

Ich denke, seit seine Frau ihn wegen seiner vielen Arbeit verlassen hat, geht sein Privatleben gegen null. Manchmal bestellt er sich eine Edelnutte aufs Hotelzimmer, aber das war's auch schon. Also lebt er nur für seinen Job. Wie wir alle eigentlich.

Es klingelt an der Tür und Dex springt auf. „Das muss Samantha sein, eure Assistentin, die in dem Apartment nebenan wohnen wird. Seid schön nett zu ihr und benehmt euch einigermaßen zivilisiert, um sie nicht sofort zu vergraulen! Ich habe keine Lust, jemand anderen zu suchen, nur weil sie gleich morgen wieder kündigt", warnt er uns auf dem Weg zur Tür, und er meint es ernst.

Wie wahnsinnig attraktiv der Job als Assistentin für *Black Sunday Desire* auch erscheinen mag, letztendlich ist es bloß knochenharte, wenig glamouröse Arbeit. Dafür zu sorgen, dass wir einwandfrei funktionieren und einigermaßen organisiert, fit und zufrieden sind, ist nicht einfach. Noch härter ist es, sich täglich mit unseren Stimmungen, Marotten, Sonderwünschen und Beschwerden auseinanderzusetzen und Kontrolle über das Chaos, das wir kontinuierlich erschaffen, zu behalten. Die Frau tut mir schon irgendwie leid.

Dex kommt zurück ins Wohnzimmer und stellt uns eine kleine, etwas mopsige Frau Ende zwanzig vor: „Leute, das ist Samantha. Sie hat Medienwissenschaft und Psychologie studiert und eine Weile als persönliche Assistentin einer Dame aus dem Pop-Olymp gearbeitet, deren Name aus Diskretionsgründen nicht genannt werden darf. Sie ist sehr qualifiziert für den Job und hat selbst zehn Jahre lang in einer Punkband Bass gespielt."

Wir stehen brav auf und begrüßen sie einer nach dem anderen.

„Wie geil, eine Kollegin!", schleimt sich Kim gleich bei ihr ein und erntet dafür einen kurzen, misstrauischen Blick aus Samanthas grünen Augen. Sie trägt ihr blondschwarzes Haar schulterlang, hat einige Piercings im Gesicht, und ihre vollen Lippen sind lila geschminkt. Trotz einiger Kilos zu viel trägt sie selbstbewusst einen lila Minirock und dazu schwarze Doc Martens. Samantha scheint eine Frau mit starker Persönlichkeit zu sein und ich finde sie auf Anhieb sympathisch. Sie muss viel Mut besitzen, wenn sie bereit ist, sich mit uns einzulassen. Ich reiche ihr die Hand und sie schüttelt sie fest, fast wie ein Kerl.

„Hi Samantha, es freut mich, dich kennenzulernen. Willkommen bei uns", begrüße ich sie.

„Danke, Vic“, erwidert sie trocken, ohne die Miene zu verziehen, und reicht ihre Hand auch den anderen. Sie scheint nicht sonderlich beeindruckt von uns zu sein, was in meinen Augen für sie spricht.

„Ihr könnt mich Sam nennen. Ich will von Anfang an eins klarstellen: Ich bin nicht hier, weil ich eure Musik geil finde oder weil meine Pussy feucht wird, wenn ich euren Namen höre.“ Ich sehe, wie Bill und Poison sich bei ihren Worten überrascht anschauen, und verkneife mir ein Grinsen. Die Frau ist gut!

„Ich bin hier, um für euch zu arbeiten, und ich erwarte von euch, mit Respekt behandelt zu werden“, fährt sie mit ruhiger Stimme fort. „Außerdem könnt ihr euch eure chauvinistische Rockstar-Attitüde abschminken, darauf hab ich echt keinen Bock. Dafür werde ich mir große Mühe geben, um für alles zu sorgen, was nötig ist, dass ihr euch auf eure Arbeit konzentrieren könnt. Wenn es sein muss, werde ich euch auch in den Arsch treten. Wir müssen zwar keine Freunde werden, aber ich hoffe, unsere Zusammenarbeit wird einigermaßen reibungslos und zur gegenseitigen Zufriedenheit verlaufen. Ihr bekommt alle meine Handynummer, unter der ich rund um die Uhr für euch erreichbar bin. Trotzdem wäre es schön, wenn ihr mich vor allem nachts nicht wegen jeder verloren gegangenen Socke oder einem Pickel auf dem Hintern anrufen würdet.“ Erst jetzt gönnt sie uns ein kleines, verschmitztes Grinsen und zwinkert uns zu. „Schließlich seid ihr erwachsene Männer und keine Babys, nicht wahr?“

Kim meldet sich als Erster und lächelt etwas dämlich dabei. „Ich denke, ich spreche jetzt für die ganze Band:

Wir werden uns Mühe geben, dir das Leben nicht allzu schwer zu machen, stimmt's, Jungs?" Es sieht so aus, als sei er von der resoluten Frau, die eine natürliche Autorität ausstrahlt, stark beeindruckt. Sie ist tatsächlich völlig anders als die meisten Frauen, die sich sonst um uns scharen. Sam kriecht uns nicht in den Arsch, sie ist nicht scharf auf uns und hält uns offensichtlich für ziemlich unreife, asoziale Typen ohne Manieren.

Fast unisono stimmen wir ihm zu und sie fordert uns gleich auf, ihre Handynummer in unseren Smartphones zu speichern. Dexter, der bis dahin die Vorstellungsrunde stumm beobachtet hat, packt mich fröhlich an der Schulter. Er scheint echt glücklich zu sein, dass wir Sam sofort akzeptiert haben und ihr eine Chance geben wollen. Wir haben schon mehrere Assistentinnen vertrieben, seit wir eine berühmte Band sind. Einige liefen weg, weil sie zu sensibel für unsere rüpelhafte Art waren. Einige fühlten sich von uns und unserer sexistisch-chauvinistischen Attitüde belästigt. Die anderen waren dem Job einfach nicht gewachsen und kamen mit unserem Chaos nicht zurecht. Ich wette, Sam wird ihre Aufgabe gut meistern.

Nach einer Weile verziehe ich mich in mein Zimmer, um zu duschen und mich umzuziehen.

Aus der Küche duftet es verführerisch nach Abendessen. Der asiatische Koch, dessen Namen ich nicht mitbekommen habe, ist offensichtlich schon fertig. Ich will nur eine Kleinigkeit essen, bevor ich zu Kat fahre und sie zum Abendessen ausführe.

Bei dem Gedanken an sie schleicht sich ein prickelndes, geiles Gefühl an, ähnlich der Freude auf eine Show, die von mir keine Höchstleistung abverlangt, sondern einfach nur Spaß auf der Bühne verspricht. Ja, dieses Mädchen hat es drauf, mich bei Laune zu halten. Und das seit Wochen, ohne dass ich irgendwelche Anzeichen von Sättigung oder gar Langeweile verspüre. Das hat vor Kat noch keine Andere geschafft. Dazu kann ich bei ihr so sein, wie ich wirklich bin, ohne den coolen Rockstar spielen zu müssen. Ganz ehrlich: Kat zeigt mir immer wieder, dass sie sich für mich als Typen interessiert und nicht für die Rolle, die ich spiele. Und das ist verdammt geil.

Das hat seit Molly keine mehr getan. Scheiße. Ich muss sie anrufen. Ich bin so ein verdammtes Arschloch. Nach allem, was sie für mich getan hat, hab ich ihr nicht einmal geschrieben oder sie angerufen. Das war echt mies von mir. Jetzt habe ich aber die Chance, es irgendwie wiedergutzumachen. Also muss ich rausfinden, ob sie immer noch in Brooklyn wohnt, und mit ihr sprechen. Ja, das mach ich! Und ich lade sie zu unserem Konzert im Central Park ein!

Meine Besichtigungstour im Hotel fällt ziemlich kurz aus. Das überstylte Publikum in der Beachbar wirft mir fast verächtliche Blicke zu, als ich mich auf die Schnelle umsehen will. Wahrscheinlich merken sie sofort, dass ich nicht zu den Reichen und Schönen der Stadt gehöre. Ich trage bloß mein schlichtes Sommerkleid und weiße Chucks. Dazu immer noch kaum Make-up. Aber die Tussis, die sich auf den Liegen räkeln, sehen alle aus wie aus dem Videoclip eines Rappers: knappe Bikinioberteile statt Tops, hautenge Shorts, Sandaletten mit schwindelerregenden Absätzen, dazu kiloweise Bling-Bling und Make-up wie Lady Gaga bei den MTV-Awards. Auch die Typen präsentieren selbstverliebt ihre gestählten Körper in Designerjeans sowie perfekt gestylte Frisuren.

Extrem laute DJ-Musik ist nicht gerade mein Geschmack, also verziehe ich mich schnell zum Pool. Wie erwartet ist auch der überfüllt mit jungem, hippem Partypublikum. Girls mit Sonnenhüten und viel Kunststoff in ihren Körpern hängen halb liegend auf großen, pinkfarbenen Schläuchen auf dem Wasser und nippen an ihren Cocktails. Die kuscheligen Sonnenliegen sind alle mit perfekten und optimierten jungen Körpern in Badeanzügen besetzt. Vielleicht fühlt man sich hier wohl, wenn man zu einem der Grüppchen gehört, aber so völlig alleine komme ich mir total deplatziert vor.

Wahrscheinlich muss ich gleich morgens nach dem Frühstück hierherkommen, wenn die Partyleute noch schlafen und der Pool auch anderen Hotelgästen gehört.

Vic hat mir gesagt, dass wir nachher zusammen essen gehen und er sobald wie möglich wiederkommt. Tatsächlich erreicht mich seine SMS auf dem Weg zurück ins Zimmer.

Er wird in einer halben Stunde bei mir sein.

Ich hole mir einen Schokoriegel aus der Minibar für den kleinen Hunger und mache mich frisch. Obwohl ich mich in dem schicken Hotel fehl am Platz fühle, genieße ich den aufregenden Ausblick aus den Bulleye-Fenstern. Ich mache schnell ein paar Fotos und schicke sie an meine Familie und Noemi.

Vic klopft an meine Tür, sogar fünf Minuten früher als angekündigt. Er sieht toll aus mit seinen frisch gewaschenen, noch leicht feuchten Haaren, die ihm unordentlich in die Augen fallen. Auch wenn er kein Schönling im klassischen Sinne ist, bezaubert mich seine Erscheinung doch immer wieder. Seine großen, indigoblauen Augen glänzen unglaublich intensiv. Vielleicht ist es sein starker Wille oder der alles beherrschende Wunsch nach Erfolg und Anerkennung, der ihm dieses unwiderstehliche Strahlen verleiht und ihn älter erscheinen lässt, als er ist. Er zieht mich immer fester in seinen Bann und verwandelt die stolze, unabhängige und eigensinnige Kathleen zeitweise in ein zahmes Schmusekätzchen.

Die verführerisch-zärtliche Art, mit der er mich anlächelt, weckt in mir den Wunsch, ihm um den Hals zu fallen und etwas Albernes zuzuflüstern. *Ich habe dich lieb* zum Beispiel. Doch ich tue es natürlich nicht. Es reicht, wenn sich mein Herzschlag bei seinem Anblick beschleunigt und Schmetterlinge in meinem Bauch wilde Purzelbäume schlagen.

Sofort zieht er mich zu sich heran, um mich mit einem ausgiebigen Kuss zu begrüßen. Er riecht frisch und verführerisch und ich seufze glücklich, als seine Zunge fordernd meinen Mund öffnet. Wir küssen uns leidenschaftlich und seine Hände begrüßen dabei alle meine Rundungen. Das zahme Schmusekätzchen verwandelt sich augenblicklich in eine rollige, paarungswillige Wildkatze.

„Gefällt es dir hier?", fragt er mich, als er mich nach einer Weile loslässt und mir erlaubt, nach Luft zu schnappen.

„Unnötiger Luxus! Und das Publikum ist grässlich, alles reiche Schnösel und überhebliche Tussis." Ich verziehe verächtlich den Mund, immer noch außer Atem. „Aber sonst ist es wunderbar hier, vor allem der Ausblick!" Ich nickte in Richtung der Fenster, von denen aus wir das Empire State Building sehen. Die Abendsonne taucht das wunderbare Panoramabild in warmes, oranges Licht und vermittelt mir die Illusion, eine Filmkulisse zu betrachten.

„Hmm, dieser Blick ist wirklich vielversprechend", murmelt Vic, während er die Knöpfe meiner Bluse öffnet. Ich trage darunter keinen BH. Absichtlich. Aber ein Höschen habe ich an, ich will nicht allzu durchschaubar sein.

„Ich dachte, wir wollen essen gehen", raune ich heiser zurück. Als er seinen Kopf neigt und meine aufgerichtete Knospe küsst, hole ich geräuschvoll Luft. Seine

Zunge fühlt sich brennend heiß an und die Muskeln in meinem Unterleib ziehen sich erregt zusammen. Gierig saugt er meine Brustwarze tief in seinen Mund und ich beiße mir hart auf die Unterlippe. Trotzdem entweicht mir ein leises Stöhnen.

„Danach ... Erst die Vorspeise", murmelt er mit noch lustvollerer Stimme und fasst mir unter die Bluse, die meinen Hintern wie ein Kurzkleid bedeckt. Obwohl ich den Jetlag noch deutlich spüre, reagiert mein Körper unmittelbar auf Vics Liebkosungen. Er lässt von meinem Nippel ab und richtet sich wieder auf. Als seine frechen Finger in mein Höschen vordringen und meine schon völlig feuchte Spalte finden, huscht ein frivoles Lächeln über sein Gesicht.

„Du scheinst aber auch immer bereit zu sein, nicht wahr?" Ich spüre deutlich, wie es ihm gefällt, mich so schnell zum Schmelzen zu bringen. Meine Geilheit nach ihm grenzt wirklich schon an Sexsucht, doch ich wehre mich nicht dagegen. Und ich dachte, ich war meinem Professor Kaiser sexuell hörig! Im Vergleich dazu, was ich bei Vics Berührungen erlebe, kommen mir die Erinnerungen an den Sex mit meinem Ex-Liebhaber wie ein lauwarmer Kamillentee vor.

Vic dreht mich bestimmend um, eine Hand auf meiner Brust, die andere zwischen meinen Schenkeln, und führt mich zum Bett. Seine Finger dringen ohne Weiteres in mich ein und ich stöhne wieder auf, diesmal laut und ungehemmt. Deutlich spüre ich die harte Beule in seiner Hose, die sich an meinen Hintern presst, und werde immer stärker von dem wilden Verlangen nach meinem aufregenden Lover überflutet. Auch Vic atmet schwer hinter mir, aufgegeilt von meiner so offensichtlichen Lust nach ihm. Rasch zieht er mir die Bluse und das Höschen aus und drückt mich nach vorn, sodass ich bäuchlings auf dem weichen Bett lande und vor Erwartung erzittere.

Ganz langsam beugt er sich über mich, verteilt sanfte Küsse auf meinem Rücken und beißt mir leicht in die Schulter. Wohlige Gänsehaut überzieht meinen Körper und meine Mitte pocht vor schmerzendem Verlangen. Ich höre, wie Vic hastig sein T-Shirt und seine Hose auszieht und sich anschließend auf mich legt. Jeder Zentimeter unseres Hautkontaktes brennt, als ob wir beide Fieber hätten. Mein Becken bewegt sich unwillkürlich, während ich seinen Schwanz auf meiner Pobacke spüre, und ich drehe meinen Kopf zu ihm, um ihn zu küssen.

„Ich liebe es, wenn du so geil bist", murmelt er, bevor er seine Zunge in meinen Mund gleiten lässt. Und ich liebe es, wenn er meinen Verstand in weiche Grütze verwandelt, die außer zur Lust zu keiner weiteren Empfindung mehr fähig ist. Doch da ist noch was anderes außer Lust ... dieses warme Gefühl in der Brust, das mir so schön das Herz weitet. Und mir manchmal heiße Tränen in die Augen treibt, wenn ich in seinen Armen liege, sodass ich mein Gesicht vor ihm verstecke ...

Vic löst sich von meinem Mund und kniet sich hinter mich. Genießerisch knetet er meine festen Pobacken und zieht sie sanft auseinander. Nur zu gut weiß ich, wie er den Anblick liebt, wenn ich so ausgeliefert vor ihm liege und schamlos nach ihm lechze. Schon spüre ich, wie seine Schwanzspitze sich den Weg in meine feuchte Spalte sucht, wie er mich weitet und mit jedem

Stoß tiefer eindringt. Ich schreie halblaut auf, als er sich endlich mit seiner vollen Länge in mir befindet und mich mit geschmeidigen Bewegungen aus den Lenden heraus fickt. Wir beide mögen diese Stellung sehr. Dabei fühle ich mich herrlich wehrlos und hingegeben, besonders, wenn er mich mit einer Hand in meinem Nacken leicht aufs Bett drückt. Vic hat schnell mitbekommen, dass ich beim Sex gerne dem Mann die dominante Rolle überlasse, und er genießt es ebenfalls. Aber er würde mir niemals wehtun. Hier und da verpasst er mir gerne einen spielerischen Klaps auf den Hintern, doch er war sichtbar erleichtert, als ich ihm versicherte, dass ich auf männliche Stärke und Dominanz stehe, nicht jedoch auf Schmerz.

Das, was er gerade mit mir anstellt, versetzt mich in einen lustvollen Rausch auch ohne zusätzliche Reize. Wir stöhnen im gemeinsamen Rhythmus und ich merke an seiner Lautstärke, er wird in dieser Stellung nicht ewig auf mich warten können.

„Deine Pussy ist wahnsinnig geil, ich kann nicht genug von ihr kriegen ...", keucht er und stößt mich noch fester und immer schneller.

„Du darfst kommen", raune ich ihm zu, als er sich über mich beugt und meinen Mund sucht. Seine Haut, die sich an meiner reibt, ist heiß und von einem zarten Schweißfilm benetzt. Er riecht verlockend, und gierig atme ich seinen Duft ein. Er ist mir so vertraut, so nah, dass ich zerfließen könnte.

Während wir uns küssen, überwältigt ihn schon sein Höhepunkt. Der Kuss dämpft sein lautes Aufstöhnen und er zuckt noch einige Male in mir, bevor er sich von meinem Mund löst und über mir zusammenbricht. Er bleibt nur kurz so liegen, bis sein heftiger Herzschlag, den ich auf meinem Rücken spüre, etwas ruhiger wird. Seufzend gleitet er aus mir und dreht mich liebevoll um.

Seine Augen sind noch verschleiert vor Lust, als wir uns ansehen. Kleine Schweißperlen schmücken seine hohe Stirn, seine Brust, und glänzen auf seinen Schultern. Auf seine muskulösen Arme gestützt, beugt er sich zu mir und küsst meine steifen Brustwarzen, die sich in fiebriger Erregung noch mehr zusammenziehen. Seine Lippen und seine Zungenspitze, die feucht und heiß über sie leckt, erzeugen unerträglich süße Blitze in meinem Unterleib, der bebt und nach Erfüllung schreit. Er rutscht zwischen meine Schenkel und versinkt mit dem Gesicht in meiner Scham. Mittlerweile kennt er meinen Körper in- und auswendig und weiß ganz genau, wie er mich am besten zum Orgasmus bringt. Ich will alles von ihm spüren – seine Zunge, seine Lippen, seine Finger. Ich will, dass er völlig Besitz von mir ergreift und mir die heiß ersehnte Befriedigung schenkt, die er mir noch von unserem Quickie hoch über den Wolken schuldet.

Vic liebkost mit seiner linken Hand sanft meine Brüste. Mit den Fingern seiner rechten massiert er den sagenumwobenen Punkt in mir, den er als erster Sexpartner in meinem Leben entdeckt hat, und seine Zunge erledigt den Rest. Mir entweichen immer wieder kurze, leise Laute der Lust, die ich allmählich wie aus weiter Entfernung höre.

Irgendwann schließe ich meine Augen und vergesse völlig, wo ich mich befinde. Der atemberaubende Ausblick auf die wie eine Filmkulisse wirkende City, entfernte Beats, die aus der Beachbar leise in mein Zimmer dringen, das weiche Luxusbett unter mir – das alles weicht den segensreichen Empfindungen in meinem Körper. Meine Schenkel beginnen zu zittern und ich kralle hilflos meine Finger ins Bettlaken. Vic kennt die Vorboten meines nahenden Höhepunktes und fährt gleichmäßig fort.

Alles in mir wird flüssig und heiß, jede Nervenzelle in meinem Körper wird von der Lustempfindung überflutet und die unerträgliche Spannung in meinem Schoß entlädt sich mit voller Wucht. Das plötzliche Pulsieren tief in meiner Weiblichkeit ist so stark, dass ich meinen Aufschrei nicht unterdrücken kann. Warum sollte ich auch. Ich gebe mich der berauschenden Eruption in meiner Mitte vollkommen hin, jeder einzelnen Welle, die durch mich rauscht und in mir unzählige Kaskaden von euphorischen Glücksgefühlen auslöst.

Vic wartet, bis das letzte Beben in mir nachlässt, erst dann lässt er mich los. Auf meinem Bauch wischt er sein Gesicht ab, bevor er sich zu mir legt und mich auf den geöffneten Mund küsst. Er schmeckt und duftet nach unseren vermischten Liebessäften, und diese ganz intime Mischung verstärkt nur noch die irren Glücksgefühle, die mich völlig high und wie benommen machen.

„Oh Vic, ich bin so glücklich! Du machst mich unglaublich happy!", platzt es aus mir heraus, als ich ihn stürmisch umarme und sein Gesicht mit Küssen überdecke.

„Hey, ist schon gut! Ich hab doch gar nichts gemacht! Ich hab dich bloß geleckt und gefingert", wehrt sich Vic lächelnd und versucht, sachlich zu bleiben.

„Aber wie du das gemacht hast! Wegen solcher Orgasmen könnte ich dich glatt heiraten!".

„Du bist crazy! Da spricht jetzt bloß deine kleine, gierige Möse aus dir!" Vic grinst amüsiert, doch mit einem siegreichen Glanz in seinen schönen Augen. Natürlich ist er stolz, wenn er mich zu solch krassen Höhepunkten bringt, die bewirken, dass ich so ein wirres Zeug rede. Trotzdem merke ich, dass ihn meine überschwänglichen Worte leicht beunruhigen.

„Selbst schuld, wenn du mich nicht mehr so schnell loswirst! Bei diesen megageilen Orgasmen … Es ist ähnlich wie eine Droge, ich bin voll angefixt von dir." Ich lasse es wie einen Scherz klingen, weil ich spüre, dass wir wieder mal krampfhaft versuchen, die starken Gefühle, die mittlerweile zwischen uns herrschen, zu verdrängen, sie nicht wahrzunehmen …

„Wer sagt, dass ich dich loswerden will? Dafür schmeckt deine Pussy viel zu süß", erwidert Vic im selben Tonfall und zieht mich in seine Umarmung, sodass ich sein Gesicht nicht länger sehen kann. Aber ich spüre es trotzdem. Er hat Angst. Angst vor dem, was uns immer intensiver verbindet. Umso schöner es wird mit uns, desto böser können wir auf der Schnauze landen. Ich kenne diese Angst zu gut, um ihm Feigheit vorwerfen zu können. Vielleicht ist es besser, man spricht gewisse Dinge nicht an. Man benennt sie lieber nicht mit Worten, die zu schwerwiegend und zu bedeutsam sind und diese wunderbare Intimität und dieses Zusammengehörigkeitsgefühl bedrohen oder ganz zerstören könnten. Also schweige ich und Vic drückt mir einen zärtlichen Kuss auf den Kopf.

„Ich mag dich, Kitty Kat. Sehr sogar. Und ich bin froh, dass du hier bist, bei mir", murmelt er leise in mein Haar. Erneut bekomme ich Gänsehaut. Ich weiß ganz genau, was er mir mit diesen Worten sagen will. Es ist die verschlüsselte Liebessprache eines Menschen, der in seinem Leben zu viel Bitterkeit und Einsamkeit erfahren hat, um es sich erlauben zu können, weich und verletzbar zu sein. Trotz des Glamours und Triumphes, die sein neues Leben seit ein paar Jahren definieren, ist es in diesem Augenblick nicht Vic, der coole Rockstar, der mich in seinen Armen hält. Es ist Zach, der Junge aus Brooklyn, der sich sein ganzes Leben lang ungeliebt und ungewollt gefühlt hat und der nicht glaubt, jemand könnte ihn aufrichtig und bedingungslos für das lieben, was er ist und nicht für das, was er tut.

Ich schließe die Augen, um die aufsteigenden Tränen zu unterdrücken, und dann sage ich es einfach: „Das bin ich auch. Und ich lieb dich ..."

Es ist raus. So einfach war das. Ich erwarte nicht, dass er darauf antwortet. Das tut er auch nicht. Er drückt mich nur noch fester an seine Brust. So fest, dass es mir die Luft aus den Lungen presst. Eine Weile hält er mich so und ich merke, wie er zittert. Doch es wäre fatal, wenn ich mitbekommen würde, dass er mit den Tränen kämpft. Das würde seinen Stolz zu sehr verletzen. Ich atme ganz flach, die Nase an seiner warmen, glatten Brust, statt mich aus seiner Umarmung zu befreien und ihm ins Gesicht zu sehen. So kann ich meine eigenen Tränen runterschlucken und mich wieder zusammenreißen. In diesem Augenblick liebe ich ihn so sehr, dass ich es tief in meinen Knochen spüre. Komisch. Die Angst ist völlig weg. Wahrscheinlich, weil die Liebe stärker als alles andere ist.

Mann, was für ein verkorkstes Pärchen wir bloß sind! Als ob Gefühle eine gefährliche, ja, sogar tödliche Krankheit wären, vor der wir uns sorgsam hüten müssten! Aber egal. Er weiß spätestens jetzt, was ich wirklich für ihn empfinde. Und ich weiß, er liebt mich auch, auch wenn er es nicht sagen kann. Alles ist gut.

17. Vic

Als ich es am nächsten Morgen tatsächlich schaffe, rechtzeitig aufzustehen und mich nach dem morgendlichen Quickie von Kat zu lösen, fällt es mir nicht leicht, sie alleine zurückzulassen.

Sie sieht so süß und sexy aus mit ihren zerzausten roten Locken und diesem besonderen Glanz in ihren babyblauen Augen, wie immer nach dem Sex. Am liebsten würde ich zurück in das große Bett kriechen, mich an ihren warmen Körper schmiegen und noch eine Weile schlafen, während sie mich festhält. Wir würden erst gegen Mittag aufstehen, gemeinsam ins Bad gehen, eine heiße Nummer unter der Dusche schieben und nach dem Frühstück entweder am Pool liegen oder mit der Limousine, die mir während des Aufenthalts in der City zur Verfügung steht, durch Manhattan fahren.

Sie sieht mir zu, während ich mich anziehe, und ich weiß, dass sie es auch lieber hätte, wenn ich mehr Zeit mit ihr verbringen könnte. Doch sie ist zu klug und zu verständnisvoll, um sich zu beklagen. Wir beide wissen, wie wichtig dieser Aufenthalt für meine berufliche Zukunft ist.

Hier, in New York, werden wir zwar einige Nächte zur Verfügung haben, aber tagsüber werde ich proben, trainieren und mich sonst auf die Tournee vorbereiten. Sobald die losgeht, werde ich abends auf der Bühne stehen, danach vor Erschöpfung bis in den Nachmittag hinein pennen, um mich gleich danach wieder für die nächste Show vorbereiten zu müssen. Dazu Interviews, Fotoshootings und der übliche Scheiß.

Nein, Kat wird nicht viel Spaß mit mir haben. Während der Tournee werde ich nicht zu viel mehr in der Lage sein, als ab und zu mit ihr zu schlafen. Da ich mir vorgenommen habe, aufs Saufen zu verzichten und auch den Koks für eine Weile aufzugeben, werde ich auch nicht in Partylaune sein. Zum Glück erwartet sie nicht von mir, dass ich für ihre Unterhaltung sorge. Kat ist schon ein tolles Mädchen. Nicht nur als Geliebte, sondern auch als Freundin und generell als Mensch tut sie mir verdammt gut. Ich befürchte nur, wir steigern uns in etwas hinein, was gefährlich werden könnte. Ich bin auf dem Weg, ein weltberühmter Rocksänger zu werden. Für diese Chance habe ich alles gegeben und bin bereit, auch weiterhin alles zu tun, um mein Ziel zu erreichen. Ich lebe für die Musik, ohne sie bin ich ein Niemand, so wie noch vor fünf Jahren, als ich auf der Straße gepennt und von der Hand in den Mund gelebt habe.

Es darf nichts in meinem Leben geben, was mich an meiner Karriere hindern oder von meinem Kurs abbringen könnte. Auch nicht privates Glück. Ich kann es mir einfach nicht erlauben, mitten in einer Tournee, die fucking alles von mir abverlangen wird, Beziehungsstress zu haben oder gar Liebeskummer! Das ist der Hauptgrund, warum unser Manager und der Boss der Plattenfirma uns keine Beziehungen erlauben. Das Risiko, dass wir wegen eines Mädchens nicht mehr hundertpro bei der Arbeit sind und unsere Leistung darunter leidet, ist einfach zu groß.

Ich mag Kat wirklich sehr und sie ist nicht der Typ Frau, der rumzickt, Drama Queen ist und einem das Leben schwer macht. Aber sie ist trotzdem eine Frau, und sie darf nicht zu viel Macht über mich bekommen. Bei aller Liebe, aber selbst für sie bin ich nicht bereit, meine Arbeit zu gefährden oder zu vernachlässigen. Frauen kommen und gehen, doch die Chance, weltberühmt zu werden, hast du nur einmal im Leben.

Egal, wie süß sie ist und wie geil es ist, sie zu ficken: Ich darf nicht zu weich werden und mich durch das, was ich für sie empfinde, verwundbar machen. Trotzdem habe ich gestern zweimal zugelassen, mich von meinen Gefühlen für sie beherrschen zu lassen. Fuck! Als sie sagte, sie liebt mich, hätte ich fast losgeheult. Es hat noch nie einen Menschen in meinem Leben gegeben, der das zu mir gesagt hat.

18. Vic

Eigentlich wollte ich die Angelegenheit Sam überlassen, aber im letzten Augenblick habe ich es mir doch anders überlegt. Klar, sie könnte Molly für mich anrufen, nachdem sie im Internet fündig geworden ist, und sie in meinem Namen zu dem Konzert im Central Park einladen. Doch das wäre irgendwie unpersönlich und, na ja, so richtig beschissen. Der große Rockstar lässt ihr gnädig ein Ticket zuschicken, aber er ist sich zu fein oder zu schade, um nach allem, was sie für ihn getan hat, persönlich vorbeizukommen. Besonders, weil er sich in all den Jahren nicht ein einziges Mal bei ihr gemeldet oder gar mal Dankeschön gesagt hat. Ein richtiges Arschloch war ich, und das denkt sie wahrscheinlich auch über mich. Hab ich ja schließlich verdient.

Also, dann will ich mal endlich etwas Charakterstärke zeigen und ihr die Gelegenheit geben, mir ins Gesicht zu sagen, was sie von mir hält. Wenn sie mich überhaupt noch sehen will.

Ich lasse mir von Sam Mollys Adresse geben und sie bestellt meinen Chauffeur Bud pünktlich um vier, nach der Probe. Die Jungs und Dexter denken, ich fahre wieder zu Kat und stellen keine Fragen. Die halten mich sowieso schon für ein Weichei, weil ich meine freie Zeit immer mit demselben Mädchen verbringe. Die können mich alle mal. Sie tun so, als ob sie jeden Abend eine andere Möse ficken, aber es ist bloß ihre rechte Hand, mit der sie sich den Abend verschönern. Dexter hat für die Probenzeit ein strenges Regime eingeführt, das keine Frauenbesuche oder Nächte in Clubs gestattet. Alle drei sind richtig neidisch auf mich und meine Ausnahmesituation mit Kat, das merke ich an ihren Blicken.

Ich verschwinde, ohne ein Wort mit jemandem zu wechseln, und steige ins Auto, das vor dem Eingang auf mich wartet. Ich nenne Bud die Adresse in Brooklyn und bitte ihn, auf dem Weg an einem Blumenladen zu halten. Das tut er kommentarlos und ich gebe ihm Geld, um einen großen und teuren Blumenstrauß zu kaufen. Ich habe ja keine Ahnung von Blumen, er soll was richtig Hübsches nehmen. Aber keine roten Rosen natürlich. Bud nickt verständnisvoll und steigt aus dem Auto. Ich sehe, wie es hinter seiner Stirn arbeitet. Wir fahren nicht wie üblich ins Hotel zu Kat, also wird der Blumenstrauß auch nicht für sie sein.

Nun, vor meinem Chauffeur muss ich mich echt nicht rechtfertigen. Niemanden geht es was an, welcher Frau ich Blumen schenke und warum, ich bin ein freier und ungebundener Mann.

Ich habe Kat nicht erzählt, dass ich Molly besuche. Obwohl sie wahrscheinlich verständnisvoll reagieren und mich in meiner Absicht sogar bestätigen würde, möchte ich auf keinen Fall riskieren, sie irgendwie zu kränken oder gar eifersüchtig zu machen. Das ist das Letzte, was ich so kurz vor dem Konzert brauche. Ich tue nichts Verwerfliches und ich nehme ihr nichts weg, wenn ich mich mit Molly treffe, also muss sie es auch nicht wissen. Schließlich sind wir nicht verheiratet.

Sie erwartet mich erst gegen Abend, also wird sie auch nicht bemerken, dass ich nicht direkt von der Probe komme. Fuck! Warum muss ich mir überhaupt Gedanken deswegen machen? Ich darf doch sehen, wen ich will! Aus genau diesem Grund will ich keine richtige Beziehung haben. Man muss dem anderen immer alles erklären, man muss ständig aufpassen, um nichts Falsches zu tun oder zu sagen, man darf sich nicht mit anderen Frauen treffen, man darf keine privaten Angelegenheiten mehr haben oder muss den anderen belügen, um Stress zu vermeiden. Kurz gesagt: Man ist völlig eingeschränkt und angekettet. Nö, das wäre nichts für mich. Deswegen will ich Kat keine endgültige Aussage zu unserem Beziehungsstatus geben. Ich weiß es einfach: Wenn wir das tun, wird es das Ende unserer geilen Zeit bedeuten. Warum also etwas zerstören, wenn es so viel schöner ist?

Was es noch bescheuerter macht, dass ich mich trotzdem irgendwie schlecht fühle. Als ob ich Kat mit meiner verschwiegenen Aktion belüge oder sogar hintergehe. Heute Abend mache ich es wieder gut und schenke ihr meine ganze Aufmerksamkeit.

Bud schimpft immer wieder, nachdem er zurückgekehrt ist und wir weiterfahren. Die Verkehrsadern der City drohen in der Rushhour völlig zu verstopfen und wir kommen nur mühsam voran. Um mich davon abzuschirmen, stecke ich mir die AirPods ein und höre mir unsere neuen Songs an, die ich noch nicht in meinem Langzeitgedächtnis abgespeichert habe. Versunken in die Musik singe ich innerlich mit, um mir die Lyrics einzuprägen, und außerdem vergeht die Zeit so viel schneller.

Nach einer guten halben Stunde hält Bud an und dreht sich zu mir um, um mir mitzuteilen, dass wir angekommen sind. Mit dem großen Blumenstrauß, der mir viel zu auffällig und gewollt erscheint, steige ich aus dem Auto und setze die schwarze Sonnenbrille auf, wie immer, wenn ich mich unter Menschen begebe. Bud hat genau vor der Hausnummer, die ich von Sam bekommen habe, in der Clymer Street geparkt. Auch ohne auf das fünfstöckige Haus zu blicken, weiß ich, ich bin hier richtig: Ich stehe vor einem Laden mit lilafarbenem Namensschild über der Tür. *Molly's Secondhand Shop.* Auf dem Bürgersteig stehen zwei Tische mit Stühlen, und drei Frauen mit kleinen Kindern sitzen dort und essen Eis.

Molly hat sich also selbstständig gemacht und sich damit einen Traum erfüllt. Sie wollte immer schon einen eigenen Laden führen, mit Kinderkram und Damenmode und selbst gemachten Süßigkeiten dazu.

Die Tür ist offen und mit dem blöden Blumenstrauß in der Hand trete ich ein. Zugegeben etwas nervös. Der Raum ist geräumig und hell, voll von Kleiderstangen und Regalen mit Klamotten und Spielzeug.

Da sehe ich sie auch schon: Molly steht an der Kasse links von mir und verabschiedet sich gerade von einer Frau mit einem Baby in einer Tragetasche. Sie sieht immer noch so aus, wie ich sie in Erinnerung habe: schulterlanges, stark gelocktes Haar, üppige Figur, hübsches Gesicht mit großem, sinnlichem Mund, leuchtend gelbe Bluse. Sie hat immer gerne knallig bunte Farben getragen, die gut zu ihrem dunklen Teint passen. Unsere Blicke begegnen sich, als die junge Frau an mir vorbeiläuft. Mollys Züge verraten ihre Überraschung, als sie mich trotz der schwarzen Sonnenbrille sofort erkennt. Sie schüttelt leicht den Kopf und ein breites Lächeln erhellt ihr Gesicht. „Holy Shit! Was für ein Wunder! Vic Taylor in meinem Laden!", sagt sie mit ihrer tiefen, heiseren Stimme und lacht vor Freude.

Es klingt irgendwie komisch, diesen Namen aus ihrem Mund zu hören. Sie hat mich ja immer Zach genannt. Damals, als Vic Taylor noch nicht erschaffen worden war und meine Karriere als Rockstar nur ein unrealistischer, hoffnungsloser Traum gewesen ist ...

„Hi Molly! Es ist schön, dich zu sehen." Ich bleibe vor ihr stehen und halte ihr unbeholfen den Blumenstrauß entgegen.

„Ich glaube es nicht! Dass du eines Tages mit einem Blumenstrauß vorbeikommst!", lacht sie weiter und entblößt dabei ihre weißen Zähne. „Ich wusste es, du wirst mal richtig berühmt. Aber dass du mir mal Blumen schenkst, hätte ich nie gedacht." In ihrer fröhlichen Stimme schwingt ein leiser Vorwurf mit und auch ein Hauch von Sarkasmus. Sie nimmt den Blumenstrauß entgegen, riecht kurz daran und legt ihn auf dem Tisch ab.

„Komm her, Kid, und lass dich umarmen", murmelt sie dann gerührt und ihre dunklen, mandelförmigen Augen glänzen feucht. Sie hat mich liebevoll Kid genannt, damals, während unserer Affäre. Sie streckt die Arme nach mir aus und zieht mich in ihre Umarmung. Sie fühlt sich weich, warm und vertraut an, und spätestens in diesem Augenblick wird mir klar, dass sie für mich eine Art Ersatzmutter war, obwohl ich sie als Frau begehrt habe. Ganz schön krank waren wir beide. Sie hat mich vom ersten Tag an bemuttert, als wir uns damals in dem kleinen Fastfood Laden kennengelernt haben, ein paar Blocks von hier entfernt.

Jetzt erwidere ich ihre Umarmung und drücke sie fest an mich. Die Verbindung zwischen uns ist stark spürbar. Wir sind uns trotz der vergangenen fünf Jahre nicht fremd geworden. Es ist inzwischen vieles passiert, doch wir sind uns immer noch nah. Fucking seltsam. Fast gleichzeitig lassen wir uns los und Molly wischt sich mit dem Handrücken eine Träne weg. Im nächsten Augenblick verpasst sie mir eine leichte Ohrfeige.

„Du miese kleine Ratte! Warum hast du dich nicht wenigstens *einmal* bei mir gemeldet?" Sie lacht durch den Tränenschleier und ich reibe mir grinsend die Wange und tue so, als ob sie mir wehgetan hätte.

„Das habe ich wohl verdient, ich bin wirklich eine miese Ratte!" Reuevoll senke ich den Kopf und Molly zerzaust mir zärtlich mein Haar.

„Du siehst richtig gut aus mit deinem neuen Look", sagt sie mit sanfter Stimme. „Wie ein echter Rockstar. So habe ich dich damals schon in meinen Visionen gesehen. Und meine Zigeunerkarten haben mir bestätigt, dass aus dir ganz was Großes werden wird."

„Du und dein Hokuspokus", lächle ich und kämme mir mit den Fingern die langen Strähnen aus dem Gesicht. „Molly, es tut mir aufrichtig leid, dass ich mich nie gemeldet habe. Aber ich habe oft an dich gedacht ..." Ich räuspere mich und senke wieder meinen Blick.

„Schon gut, du musst dich nicht entschuldigen." Sie berührt meinen Unterarm. „Ich habe an dich geglaubt und war mir sicher, du wirst es dort drüben schaffen.

Und ich weiß, dass du an mich gedacht hast, das habe ich gespürt. Trotzdem möchte ich alles wissen, du weißt schon, wie du es letztendlich geschafft hast. Wie hat es damals in Berlin angefangen, wie sieht dein neues Leben wirklich aus?" Molly spricht mit dieser Leidenschaft in der Stimme, die ich an ihr so mochte und noch immer mag. Sie hatte immer schon eine starke Überzeugungskraft und mich dazu gebracht, daran zu glauben, dass ich es tatsächlich schaffen und meinen Traum verwirklichen kann.

„Ach, was soll's, ich schließe einfach den Laden für heute, ist eh nicht mehr viel los um die Zeit und wir gehen eine leckere Pizza essen, dann kannst du mir in Ruhe alles erzählen", schlägt sie entschlossen vor.

„Sehr gerne! Ich habe jetzt etwas Zeit", sage ich, unfähig, ihr zu widersprechen, und verdränge lieber den Gedanken an Kat.

„Super! Dann wollen wir los!" Molly dreht sich schwungvoll um und widmet sich der Kasse. Ihr üppiger Hintern im engen roten Rock ist immer noch ein Hingucker, und ich wende meinen Blick schnell wieder ab, als bestimmte Erinnerungen in mir hochsteigen.

„Ich warte draußen im Auto auf dich", murmele ich und verlasse den Laden. Ich will sie nicht länger als meine ehemalige Geliebte betrachten, sondern nur noch als eine liebe alte Freundin.

Sie folgt mir wenige Minuten später und schließt den Laden. Als sie mich vor der Limo erblickt, lächelt sie wieder breit. Ihre dunklen Locken fliegen ihr ums Gesicht, als sie heftig den Kopf schüttelt. Entgegenkommend öffne ich ihr die Autotür und lasse sie einsteigen.

Bud begrüßt sie mit einem freundlichen „Ma'am" und nickt ihr zu.

„Oh du meine Güte, du hast einen eigenen Chauffeur!?" Sie kann ihre Begeisterung nicht verbergen. „Dass ich eines Tages in so einer Limousine rumchauffiert werde! Meine Mädels werden es mir nicht glauben, wenn ich es ihnen erzähle!", sagt sie aufgeregt.

„Mister Taylor, wohin wollen wir denn fahren?", erkundigt sich Bud höflich, aber mit einem Schmunzeln.

Molly nennt ihm die Adresse des Restaurants in der Nähe, wo wir essen wollen, und ich bitte ihn, an der Ecke ein Stück davor anzuhalten. Ich möchte kein Aufsehen erregen und erkannt werden.

Wir steigen also ein paar Häuser vor dem Restaurant aus und laufen das Stückchen bis dahin zu Fuß. Auf meine ausdrückliche Bitte hin führt mich Molly ins Innere des Restaurants, wo wie erhofft ein Separee hinter einem großen Aquarium frei ist. Es ist etwas dunkel dort, doch wir können uns ungestört und unbeobachtet unterhalten. Draußen, auf der Straße, ist es zwar schön sonnig und hell, aber da würde ich mich nicht entspannen können, weil ich die ganze Zeit von irgendwem fotografiert oder angesprochen werden könnte. Molly staunt, als ich ihr mein Verhalten erkläre, und erkennt ziemlich schnell, welche Nachteile mein Aufstieg mit sich bringt.

Wir bestellen Pizza und Bier und ich lege meine Sonnenbrille ab, als wir wieder alleine sind.

„Also, dann fang mal an und erzähl mir, was nach deiner Landung in Berlin passiert ist und wie genau du entdeckt worden bist", kommt Molly gleich zur Sache. „Ich habe dich vor zwei Jahren gefunden. Nachdem ich im Internet regelmäßig nach erfolgreichen deutschen Bands und Musikern gesucht hatte, habe ich plötzlich dein Gesicht erkannt. Da du dich nie bei mir gemeldet hast, konnte ich dir auch nicht schreiben und mich nach dir erkundigen. Aber ich habe ganz fest daran geglaubt, dass sich unsere Wege irgendwann wieder kreuzen würden." Sie lächelt mich an, diesmal ohne jeden Vorwurf, doch irgendwie geheimnisvoll.

Ich erzähle ihr meine Geschichte über den ersten Winter in Berlin, über mein Leben als hungernder Straßenmusiker, über die chaotische WG mit den Punks und Junkies in Neukölln, über meinen Kampf mit den Zweifeln und der Hoffnungslosigkeit. Halt über alles bis zu diesem schicksalhaften Nachmittag am Alexanderplatz, als Konrad Emmerich, der bekannte Produzent, an mir vorbeigelaufen ist und ihn meine Interpretation des Songs *Lips of an Angel* von *Hinder* fesselte. Alles, was danach passiert ist, kommt mir heute noch wie ein Traum vor: die Einladung ins Tonstudio, die Demoaufnahme, der Imagewechsel, die sorgfältig geplante Geburt von Vic Taylor, das Casting für den Leadsänger von *Black Sunday Desire*, die ersten Erfolge, die bald darauf kamen ...

Molly hört mir gebannt zu und hat zwischendurch immer mal wieder Tränen in den Augen, mal aus Mitgefühl, mal vor Freude. Als ich fertig bin mit meiner Erzählung, beugt sie sich über den Tisch, nimmt mein Gesicht zwischen ihre Hände und küsst mich auf den Mund. Es ist kein erotischer Kuss, sondern der Kuss einer ganz lieben, engen Freundin, die mich so gut kennt wie sonst kein anderer Mensch auf dieser Welt. Außer Kat vielleicht.

„Zach, vielen Dank, dass du mir das alles erzählt hast“, sagt sie mit belegter Stimme. „Ich darf dich doch Zach nennen? Oder ist dir Vic lieber?“

„Wenn es für dich okay ist, dann lieber Vic. Zach gehört in meine Vergangenheit, auf die ich nicht besonders gerne zurückblicke“, erwidere ich und presse meine Lippen zusammen. „Abgesehen von einigen wenigen Lichtmomenten“, korrigiere ich mich und sehe ihr tief in die Augen. Sie nickt und versteht, was ich meine.

„So, und jetzt genug von mir erzählt! Ich will wissen, wie es dir in der Zeit ergangen ist. Du siehst blendend aus, deswegen vermute ich, es geht dir gut?“ frage ich sie und lehne mich zurück, als der Kellner mit unserem Essen erscheint. Wir prosten uns mit den Bierflaschen zu und Molly lächelt verwegen.

„Ach, über mich zu erzählen, ist nicht so mein Ding. Mein Leben ist, im Gegensatz zu deinem, immer noch nicht besonders aufregend“, wehrt sie bescheiden ab. „Aber es gibt trotzdem einige große Veränderungen.“

„Ich höre zu! Ich möchte alles wissen“, ermutige ich sie, während ich meine Pizza schneide.

„Wie du ja schon gesehen hast, habe ich jetzt einen eigenen Laden. Seit zweieinhalb Jahren genauer gesagt“, fängt sie an und strahlt dabei. „Damit habe ich mir meinen alten Traum erfüllt und kann es immer noch nicht glauben, dass der wahr geworden sein soll. Ich hatte nie genug Geld dafür, Trevor hat ja alles, was er verdient hat, versoffen oder verspielt. Letztendlich war es das Schicksal, das mir das alles ermöglicht hat.“ Molly holt tief Luft und trinkt etwas von ihrem Bier, bevor sie fortfährt. „Mein Mann, nun, der ist vor vier Jahren mit seinem Truck tödlich verunglückt, ganz weit weg von hier, in Nebraska. Ich wusste nicht, dass er eine Lebensversicherung abgeschlossen hatte, und plötzlich bekam ich recht viel Geld! Ich gebe es zu, ich war keine trauernde Witwe, du weißt genau, wie er mich behandelt hat. Er war ein gewalttätiger Trinker und ich hatte gewiss kein schönes Leben mit ihm. Auch die Mädchen haben sich vor ihm gefürchtet und nicht mal um ihn geweint. Das sagt schon alles." Mollys Gesicht verdunkelt sich bei diesen Worten und ich sehe sie wieder ganz deutlich vor mir, mit einer aufgeplatzten Lippe und einem zugeschwollenen Auge, nachdem das Arschloch sie wieder mal schlimm zugerichtet hatte. Ich wollte sie zur Polizei begleiten, wo sie ihn anzeigen sollte, doch sie tat es nicht. Sie hatte zu viel Angst vor ihm und befürchtete, er würde sich schlimm an ihr oder den Mädchen rächen. Oder sogar darauf kommen, dass sie ihn mit mir betrügt! Ich hätte ihn damals glatt umbringen können, das Drecksschwein. Ich habe auch vermutet, dass er sie öfter vergewaltigt hat, doch darüber hat sie mit mir nicht sprechen wollen.

„Wie auch immer", murmelt Molly und macht eine abwehrende Geste, so als ob sie die hässlichen Erinnerungen an ihren Kerl vertreiben will. „Also habe ich mir mit dem Geld von der Lebensversicherung ein neues Leben aufgebaut. Wir sind aus der alten Wohnung ausgezogen, ich habe den Laden gemietet und Lindsay, meine Große, kann ab dem Herbst aufs College gehen. Das Leben ist wieder schön, für uns alle."

„Molly, das ist doch super! Ich würde lügen, wenn ich sagen würde, es tut mir leid, dass der alte Stinker tot ist!", sage ich. „Ganz im Gegenteil! So hat er dir wenigstens nach seinem Tod eine Entschädigung für alles, was du ertragen musstest, hinterlassen."

„Gott weiß, ich habe ihm nicht den Tod gewünscht, aber nachgeweint habe ich ihm auch nicht."

„Wie groß sind denn jetzt deine Mädchen?", wechsle ich schnell das Thema, um sie von den unangenehmen Erinnerungen abzulenken.

„Lindsay ist achtzehn, Patty fast sechzehn, Libby neun. Nachdem du weg warst, habe ich noch ein Nesthäkchen bekommen, den Jonny. Er ist vier Jahre alt und wurde nach Trevors Tod geboren."

„Wow! Du hast noch einen Sohn! Man sieht deiner Figur nicht mal im Geringsten an, dass du vier Kinder auf die Welt gebracht hast", entgegne ich anerkennend.

„Ach komm, ich habe viel zu viel zugenommen." Sie lacht verlegen.

„Das stimmt nicht, du siehst immer noch genauso gut aus wie vor fünf Jahren." Sie ist wirklich eine attraktive Frau, auch wenn sie mittlerweile schon vierzig sein müsste.

„Und du, mein Lieber, du bist ein richtiger Mann geworden!" Sie blickt mich liebevoll und anerkennend an. „Schau dir nur mal deine Muskeln an! Bestimmt trainierst du viel, oder?"

„Ja, schon. Ich habe ein strenges Programm zu absolvieren und auch beim Essen habe ich meine Vorschriften. Pizza, wie jetzt, ist eine große Ausnahme." Entschuldigend zucke ich mit den Schultern. „Ich muss nicht nur gut singen können, sondern auch geil aussehen."

„Blondes Haar steht dir sehr gut. Du hast was von James Dean, das habe ich schon damals gesagt, als du noch rothaarig warst. Jetzt sieht man das noch deutlicher.“

„Ja ja, ich weiß. Du hast immer schon gerne maßlos übertrieben.“ Lächelnd widme ich mich dem restlichen Stück Pizza.

Molly, die eine sehr schnelle Esserin ist, schiebt ihren leeren Teller zur Seite und lehnt sich in ihrem Stuhl zurück. Schweigend beobachtet sie mich und ihr Blick ist prüfend.

„Sag mal, Vic“ spricht sie mich das erste Mal mit meinem neuen Namen an. „Du hast so gut wie alles erreicht, wovon du geträumt hast: Du bist berühmt, reich, wirst angehimmelt von unzähligen Fans und deine Musik wird auch von den Kritikern positiv bewertet. Bist du jetzt eigentlich glücklich?“

Ihre sehr direkte und herausfordernde Frage überrascht mich und ich hole tief Atem.

„Ja, klar, das bin ich. Wer wäre nicht glücklich an meiner Stelle?“ Ich lebe für meinen Job, der mir alles bedeutet, und würde mit niemandem tauschen. Trotz einiger Schattenseiten, die er mit sich bringt.

„Hm“, erwidert Molly nachdenklich. „Du bist ein heiß begehrter Rockstar, der schon ganz Europa erobert hat, und auch die Staaten werden dir spätestens nach dem Ende eurer Tournee zu Füßen liegen. Finanziell bist du wahrscheinlich auch für die nächsten dreißig Jahre abgesichert, wenn du nicht alles leichtsinnig aus dem Fenster wirfst. Aber bist du wirklich glücklich? Ich meine, gibt es jemanden in deinem Leben, dem du als

Mensch, und nicht als Rockstar, etwas bedeutest? Jemanden, der dich ganz doll lieb hat?"

Mollys verblüffende Fragen berühren mich unangenehm und treffen mich genau dort, wo es wehtut. Sie lässt sich nicht vom äußeren Schein blenden, dafür ist sie eine viel zu tiefsinnige Person, die Menschen direkt in die Seele sehen kann. Es ist ihr sehr wohl klar, dass die Massen, die mich verehren und umjubeln, nicht den Mann hinter der Maske des Rockstars meinen, sondern bloß die schillernde Figur, die ich auf der Bühne und vor den Kameras darstelle. Die triste Einsamkeit und innere Leere, die einen überfällt, wenn man nach den Shows die Hotelzimmertür hinter sich schließt und sein Bühnen-Make-up abwischt, kann sie nur ahnen. Um die zu betäuben, sind die Groupies und Rauschsubstanzen da. Oder laute, wilde Partys, die mich vorübergehend von zu viel Selbstbeobachtung und Nachdenken ablenken.

Ich schlucke hart und bitter, als Molly mich so schnell entlarvt und durchschaut. Eine Frau wie sie kann man nicht täuschen.

Ehe die Stimmung kippen kann, steigt in mir plötzlich der Gedanke an Kat auf. Seit ich sie kenne, ist es irgendwie anders. Ich fühle mich nicht mehr einsam. Was einen gravierenden Unterschied ausmacht...

„Doch, da ist ein Mädchen. Kat heißt sie. Wir kennen uns noch nicht lange, aber es ist schön mit ihr und ich denke, sie mag mich wirklich."

„Das habe ich stark gehofft!" Molly atmet erleichtert auf. „Weißt du, ich verfolge regelmäßig Berichte über dich und dein Leben, und so habe ich immer wieder über deine Sexgeschichten und deinen Drogenkonsum gelesen. Da wurde mir sofort klar, wie einsam du eigentlich immer noch sein musst. Erzähl mir mehr von ihr! Liebst du sie?"

Ich rutsche nervös auf meinem Stuhl hin und her. War doch klar, dass noch mehr unbequeme Fragen folgen würden und ich sie beantworten muss. Ihr Verhör treibt mir fast die Schweißtröpfchen auf die Stirn. Über Liebe zu reden ist eigentlich grad das Letzte, was ich will. Doch Mollys herausfordernder Blick ist unmissverständlich: Sie wird nicht lockerlassen!

Mein Hals fühlt sich trocken an und ich muss mich räuspern, bevor ich antworte. „Ich mag sie sehr. Sie ist sexy, klug, witzig und sie nimmt mich so, wie ich bin, ohne den Rockstar in mir zu bewundern. Mit ihr kann ich über alles reden und sie tut mir einfach gut."

„Liebst du sie?", bohrt sie nach.

„Irgendwie schon. Trotzdem will ich mich bloß nicht zu sehr an sie binden, ich bin kein Mann für feste Beziehungen. Das würde schon wegen meines Jobs nicht lange gutgehen. Außerdem sind wir beide noch sehr jung." Ich versuche, Molly meine Beziehung zu Kat zu erklären, und die Gefühle, die dabei in mir hochsteigen, sind gemischt. Eine fucking Lovestory war in meinem Leben keineswegs vorgesehen. Aber über Kat zu reden, macht mich irgendwie happy.

„Ich verstehe. Es freut mich für dich." Molly lächelt sanft. „Vic, egal wie du darüber denkst, ich bin mir ziemlich sicher, du hast dich dein ganzes junges Leben nicht bloß nach Ruhm und Anerkennung gesehnt, sondern vor allem danach, geliebt zu werden. Dir ist hoffentlich bewusst, dass deine Fans dir das nicht geben können. Die himmeln dich nur so lange an, wie du strahlend und selbstbewusst auf der Bühne stehst und dir die Seele aus dem Leib singst. Dein Publikum mag dich nicht, weil du ein toller Mensch bist, sondern weil du denen das Bild lieferst, das sie von dir haben wollen. Die benutzen dich letztendlich. Doch du brauchst Menschen, die dich wirklich lieben und die für dich da sind, auch wenn es dir mal dreckig geht oder wenn nicht mehr alles so glatt läuft mit der Karriere. Wenn diese Frau dich liebt, dann kümmere dich gut um sie und lass sie nicht gehen! Egal, wie kompliziert es auch sein mag, wenn es Liebe ist, wird sie einen Weg für euch finden.“

„Molly, warum erzählst du mir das alles? Du bist nicht meine Mutter“, sag ich plötzlich gereizt. Ich kann schon selbst darüber entscheiden, wie ich mein privates Leben führen soll.

„Weil ich dich mal sehr lieb hatte und du mir immer noch wichtig bist. Und das wird sich nicht so schnell ändern“, erwidert Molly schlicht, ohne sich von meinem Ton kränken zu lassen.

„Es tut mir leid … Du bist eine tolle Frau“, seufze ich und berühre kurz ihre Hand. „Hoffentlich gibt es jemanden in deinem Leben, der das zu schätzen weiß?“

Molly senkt kurz ihren Blick und lächelt. „Ja, da gibt es jemanden. Nach Trevors Tod habe ich wieder angefangen, im Gospelchor in unserer Kirche zu singen. Dort habe ich Jeremy kennengelernt. Er spielt Orgel. Wir sind seit fast drei Jahren ein Paar, aber wir wohnen nicht zusammen, wir wollen es ganz langsam angehen.“

„Ich freue mich für dich! Du verdienst es, glücklich zu sein! Auch wenn du das wahrscheinlich nicht glaubst, bist du immer noch sehr wichtig für mich. Schließlich verdanke ich dir einiges. Wenn du nicht an mich geglaubt und mich in meiner Idee, nach Berlin auszuwandern, nicht unterstützt hättest, würde ich mich wahrscheinlich immer noch hier in Brooklyn rumtreiben und bloß träumen. Ich schulde dir so viel, Molly. Ich weiß gar nicht, wie ich das wiedergutmachen soll." Meine Stimme bricht. *Verflucht! Bloß nicht zu sentimental werden*, ermahne ich mich, als ich meine Ergriffenheit merke. Auch Molly wirkt gerührt und streichelt zärtlich meinen Unterarm. Ich würde ihr so gerne wenigstens das Geld für das Flugticket zurückgeben, doch ich weiß, sie würde es empört ablehnen, es war schließlich ein Geschenk. Ich muss einen anderen Weg finden, um was für sie zu tun.

„Nächste Woche spielen wir im Central Park und ich würde mich freuen, wenn du zum Konzert kommen würdest. Natürlich kannst du deine Kinder mitbringen", wechsle ich schnell das Thema.

„Oh, liebend gerne! Ich wünsche mir schon so lange, dich live auf der Bühne zu sehen. Und Lindsay und Patty werden bestimmt begeistert sein, mitkommen zu dürfen!" Mollys dunkle Augen leuchten und ich sehe, dass sie sich riesig freut, mich bald performen zu sehen. Sie war von Anfang an von mir überzeugt und hat an mich und meine Stimme geglaubt. Eigentlich war sie es, die mich entdeckt hat, und nicht der Produzent! Er hat mir nur die richtige Tür geöffnet, aber Molly und ihre Überzeugungskraft haben mich überhaupt dazu gebracht, es versuchen zu wollen. Dafür kann ich ihr gar nicht genug danken.

„Ich lass euch auf die Gästeliste setzen und ihr werdet direkt vor der Bühne stehen können. Darum kümmere ich mich persönlich. Wenn ihr wollt, besorge ich euch auch noch Backstagepässe."

„Wow, das wäre sehr cool, vielen Dank!"

„Nichts zu danken", wehre ich ab. „Ich schulde dir viel mehr als bloß einen Backstagepass, das weißt du doch."

Molly sieht verlegen weg und wir schweigen eine Weile. Ich weiß, dass wir beide an unsere gemeinsame Zeit denken. An die verstohlenen Zärtlichkeiten in dunklen, schmutzigen Hinterhöfen. An unsere Schäferstündchen in der Wohnung ihrer Schwester während ihrer Mittagspausen. An die letzte Nacht vor meiner Abreise, als sie mit der Ausrede, ihre kranke Mutter besuchen zu wollen und bei ihr zu übernachten, uns ein Zimmer in einem schäbigen Hotel gemietet hat, um noch die letzten Stunden mit mir verbringen zu können. Ich erinnere mich noch an ihre heißen Tränen, als sie mich zu dem Bus zum Flughafen begleitet und mir bis zum letzten Augenblick Mut gemacht hat.

Der Blick auf ihr Smartphone lässt Molly aufschrecken. „Gott, ist es schon so spät? Mein Lieber, ich muss gehen, Jonny abholen. Er ist mit einer Mutter aus dem Kindergarten auf dem Spielplatz gleich hier um die Ecke. Magst du mich noch dorthin begleiten oder musst du weg?" Plötzlich wirkt sie total nervös und vermeidet es, mir in die Augen zu blicken. Habe ich vielleicht was Falsches gesagt?

Auch ich sehe auf die Uhr: Es ist erst sechs und Kat wird mich nicht vor sieben oder acht Uhr erwarten. Also warum nicht? Ich bezahle das Essen und wir verlassen das Restaurant. Molly erklärt Bud, der vor dem Laden sitzt und Zeitung liest, wo er mit dem Auto auf mich warten soll. Wir wollen den kurzen Weg zum

Spielplatz laufen. Es ist angenehm warm und sonnig, obwohl wir seit ein paar Tagen Herbst haben.

Wir plaudern über Brooklyn und dass das Viertel immer attraktiver für Künstler und Alternative geworden ist. Ich staune, als Molly mir erzählt, dass das hippe Williamsburg von den Insidern *Little Berlin* genannt wird und jetzt die Szene aus Manhattan zum Feiern nach Brooklyn kommt und nicht mehr umgekehrt. Tatsächlich erinnern mich die Läden und die mit Graffiti geschmückten Häuser, an denen wir vorbeilaufen, irgendwie an Neukölln. Von dem rauen, harten Brooklyn, das ich noch gut in Erinnerung habe, ist anscheinend nicht viel übrig geblieben.

Auf dem Spielplatz, den wir nach wenigen Minuten erreichen, führt mich Molly zu den Schaukeln, auf denen zwei kleine Jungs sitzen und laut lachen. Die Mutter, die auf die beiden aufpasst, winkt Molly zu.

„Jonny, hier bin ich!", ruft Molly den Kindern zu. Beide sehen zu ihr und mein Blick bleibt an dem dunkelhäutigen Jungen mit den kurzen schwarzen Löckchen hängen. Das muss Jonny sein. Doch der bleibt weiter auf der Schaukel sitzen, und die Frau schubst ihn stärker an. Der andere Junge springt geschickt runter und läuft auf uns zu. Molly geht in die Hocke und streckt ihre Hände aus. Der Kleine wirft sich lachend gegen sie und sie schließt ihn liebevoll in die Arme. Er hat hellere Haut als sie, braunes, gelocktes Haar, ihren vollen Mund und große blaue Augen. Molly küsst ihn auf die Wange und steht auf.

Staunend beobachte ich die beiden und mein Gehirn arbeitet fieberhaft. Trevor war wie Molly ein Afroamerikaner. Wie kann es dann sein, dass der Junge blaue

Augen hat? Es sei denn, Trevor war nicht sein Vater. Ich spüre, wie sich mein Magen langsam zusammenzieht, und meine rasenden Gedanken erzeugen in mir ein Schwindelgefühl. Mit feuchten Handflächen trete ich ein paar Schritte zurück und lehne mich mit dem Rücken an das Klettergerüst. Jonny ist vier Jahre alt. Panisch rechne ich nach, und das flaue Gefühl in meinem Magen wird immer stärker. Das kann doch nicht wahr sein ...

Molly bemerkt meine Reaktion und dreht sich schnell zu Jonny um. „Schätzchen, hol deine Jacke und sag tschüs zu Frau Barnes und Jimmy. Der Junge läuft gleich zurück zu den beiden und Molly nähert sich mir langsam. Sie legt mir eine Hand auf die Schulter und blickt mir ernst in die Augen.

„Du hast es erkannt, oder?"

Ich schlucke hart und hole tief Luft, bevor ich antworte. „Er ist mein Sohn, nicht wahr?", frage ich mit belegter Stimme und richte mich wieder auf.

„Ja, so ist es." Molly nickt. „Du bist im November weggegangen und im Dezember habe ich erfahren, dass ich schwanger bin", erzählt sie mit leicht zitternder Stimme. „Ich war mir ziemlich sicher, dass du der Vater bist. Trevor war den ganzen Oktober bis Mitte November mit dem Truck unterwegs. Als Jonny geboren wurde, war es offensichtlich: Er war ganz hell und dann diese großen blauen Augen ... Er sah dir so ähnlich. Ich weiß, es muss für dich ein Schock sein, dass du plötzlich einen Sohn hast. Aber du musst nichts befürchten! Ich erwarte von dir keinerlei Verpflichtungen, ich komme mit den Kindern sehr gut allein zurecht. Ich wünsche mir nur, dass er weiß, wer sein Papa ist."

„Was hast du ihm denn erzählt, wer sein Vater ist?"

„Das erste Mal hat er nach seinem Papa gefragt, als er drei war. Da sagte ich ihm, sein Vater sei weggegangen. Er gab sich mit der Antwort zufrieden. Meine Töchter wussten ziemlich schnell, dass er nicht Trevors Sohn ist, aber außer Lindsay hat sich keine getraut, mich nach seinem Erzeuger zu fragen. An seinem vierten Geburtstag hat er mich dann wieder nach seinem Papa gefragt und ob er zurückkommen würde. Ich sagte, ich weiß es nicht. Vielleicht eines Tages."

„Molly, du hättest es mir aber sagen müssen! Verdammt, ich habe ein Kind und weiß nichts davon!", platzt es plötzlich aus mir heraus.

„Wie denn? Du hast dich nie gemeldet, ich hatte keine Ahnung, wo du bist, wie es dir geht, ob du überhaupt noch lebst!", entgegnet Molly vorwurfsvoll.

„Aber als du mich in den Medien entdeckt hast, hättest du doch versuchen können, mich zu kontaktieren! Wir leben im Internetzeitalter, wo jeder Mensch auffindbar ist!"

„Du weißt nicht, was du da redest." Molly schüttelt verärgert den Kopf. „Sollte ich etwa deinem Manager schreiben, dass ich ein Kind von dir bekommen habe und dich sprechen will? Der hätte die E-Mail sofort gelöscht und gedacht, ich wäre bloß eine dreiste und verrückte Verehrerin. Er hätte meine Nachricht niemals an dich weitergeleitet. Und um an deine private Adresse ranzukommen, fehlten mir leider die entsprechenden Beziehungen. Oder sollte ich etwa mit dem

Kind auf dem Arm nach Berlin kommen, vor der Tür deiner Plattenfirma stehen und darauf warten, dass du zufällig vorbeispazierst?"

Jonny kommt zurück und lächelt mich etwas scheu an. „Mami, wer ist der Mann?", fragt er Molly und schmiegt sich an sie. Als ich ihn ansehe, versteckt er sein Gesicht in ihrem Rock.

„Jonny, das ist Vic, ein alter Freund von mir. Er ist ein Sänger in einer bekannten Band. Sag hallo zu ihm."

Jonny streckt brav seine Hand aus. „Hallo Vic."

„Hallo Jonny", bringe ich heraus und schlucke den dicken Kloß herunter. Seine kleine Hand in meiner fühlt sich warm und ganz weich an. Ich habe noch nie eine so winzige, zerbrechliche Hand gehalten. Scheiße, dieser süße Junge ist mein Sohn! Mein Fleisch und Blut! Ich sehe plötzlich alles nur noch verschwommen, und zum Glück versteckt meine dunkle Sonnenbrille die Tränen, die mir plötzlich in die Augen schießen.

Molly entgeht meine Ergriffenheit nicht. Sie streichelt mir kurz über den Oberarm, als ich Jonnys Händchen wieder loslasse. „Vic, wir müssen jetzt gehen. Bitte ruf mich an, wir können in Ruhe über alles reden, wenn du das Ganze etwas verdaut hast. Ich weiß, ich habe dich völlig überrumpelt, aber ich habe keinen Grund gesehen, es dir noch länger zu verheimlichen."

Ich sammle mich wieder. „Ja, ich ruf dich an. Bis bald dann. Tschüs." Schleunigst verlasse ich die beiden und laufe zum Ausgang, wo ich schon die Limo stehen sehe. Ich bin völlig durch den Wind und mein Kopf pocht. Alles, was ich heute Nachmittag wollte, war die Frau zu sehen, die ich in der Vergangenheit sehr mochte und die viel für mich getan hat.

Doch ich hätte nicht mal in meinen wildesten Träumen erahnen können, was mich erwartet. Ich weiß selbst nicht, wie ich mit der Tatsache, dass ich auf einmal Vater bin, umgehen soll. Der Gedanke macht mir irgendwie Angst und klingt nach Komplikationen und Problemen. All das, was ich mir in meiner jetzigen Situation überhaupt nicht leisten kann. In zwei Tagen rocken wir die Bühne im Central Park und das ist alles, was mich interessieren sollte.

Warum habe ich bloß in der Vergangenheit gegraben? Es war schon richtig, dass ich mit meinem alten Leben völlig gebrochen habe, nachdem ich Vic Taylor geworden bin. Aber anscheinend kann man nicht einfach so alles hinter sich lassen und hoffen, dass einen das alte Leben niemals wieder einholen wird ...

Hastig steige ich ins Auto und knalle die Tür hinter mir zu. Aus der Minibar hole ich mit zittrigen Händen ein Fläschchen Wodka und trinke es in einem einzigen Schluck aus. Ich fühle mich beschissen. Sauer, wütend, überfordert, besorgt. Aber irgendwie auch aufgeregt und neugierig auf den kleinen Jungen, der meine Augen hat.

„Alles in Ordnung, Mr. Taylor?", erkundigt sich Bud vorsichtig.

„Ja ja, alles cool! Ich will nur einen trinken, wenn ich darf", erwidere ich sarkastisch und öffne das zweite Fläschchen."

„Wohin fahren wir?", fragt er noch vorsichtiger.

„Fuck, keine Ahnung! Fahr einfach zurück nach Manhattan und dann zu dem verdammten Hotel!", schnauze ich ihn an. Ich werfe den Kopf zurück in die Lehne und atme laut aus. Eigentlich will ich Kat heute

nicht sehen. Ich will ihr nichts erklären müssen, ich
will ihr keine Sorglosigkeit vormachen. Und ich will ihr
noch nicht von Jonny erzählen. Erst mal muss ich selbst
damit klarkommen. Fuck, sie ist nicht meine Frau und
ich bin ihr zu nichts verpflichtet! Ich hole mein iPhone
aus der Tasche und schreibe ihr eine Nachricht:

*Es tut mir leid, ich kann heute nicht zu dir kommen,
bin völlig erledigt und brauch etwas Ruhe für mich. Sei
mir nicht böse und mach dir einen schönen Abend.
Kiss, V.*

Ich belüge sie damit nicht, es stimmt, was ich geschrieben habe. Ja, ich bin erledigt und ich brauche etwas Ruhe, um über alles nachdenken zu können. Und
ich brauche Koks. Ich habe mir seit über einem Monat
nichts mehr durch die Nase gezogen, Kat zuliebe. Doch
heute wird mir der Stoff helfen, wieder einen klaren
Kopf zu bekommen. Ich suche im Adressbuch nach der
Handynummer des Dealers, der mich schon mal in
New York versorgt hat. Bevor ich sie wähle, lass ich es
doch lieber. Genervt werfe ich das iPhone auf den Sitz
und trinke den restlichen Wodka aus.
„Bring mich bitte direkt zurück zum Loft, ich hab es
mir anders überlegt", sage ich zu Bud. Ich habe Kat versprochen, das Zeug nicht zu konsumieren, so lange wir
zusammen sind. Stattdessen kann ich mir mit Kim einen Joint drehen und mich dazu ordentlich besaufen.
So lösen die Rockstars doch ihre Probleme, nicht wahr?

19. Kathleen

Es ist endlich so weit! Im Backstagebereich verabschiede ich mich mit einem Kuss von Vic und wünsche ihm und den anderen Jungs ganz viel Spaß und Erfolg. Das Konzert auf der Summerstage des Rumsay Playfields im Central Park geht gleich los. Vic läuft schon eine ganze Weile wie eine Wildkatze im Käfig hin und her und lässt mit genervtem Gesichtsausdruck die junge Frau, die im Team als Make-up Artist arbeitet, an seinem Haar rumfummeln. Zum letzten Mal zupft sie an seinen langen Haarsträhnen, die ihm schräg über die Augen fallen, und befestigt sie mit Haarspray. Er trägt zerfetzte schwarze Jeans und ein schwarzes Muskelshirt, das seine wunderbar definierten Bizepse sehr sexy in Szene setzt. Auch mit dem dezenten Augen-Make-up sieht er toll aus, leicht androgyn, doch gleichzeitig wahnsinnig männlich. Eine warme Mischung aus Stolz und Verliebtheit füllt meine Brust, als ich meinen Lover kurz bewundere, bevor ich den Raum verlasse. Vic schenkt mir zwar ein kleines Lächeln, doch ich merke, er ist mit seinen Gedanken schon auf der Bühne und nimmt mich gar nicht mehr so richtig wahr.

Das stört mich nicht, ich kann mir gut vorstellen, was dieses Konzert für die Band bedeutet. Wenn man es in New York schafft, das Publikum zu überzeugen, schafft man es überall!

Ich trage einen Backstagepass um den Hals, der mir Zugang zu jedem Bereich ermöglicht, und fühle mich ganz schön privilegiert. Mittlerweile bin ich ein richtiger Fan von *Black Sunday Desire* geworden und finde besonders das zweite, neue Album der Band richtig geil. Die Hälfte der Songs hat Vic geschrieben, die andere Hälfte Myles, der der Band als Songwriter erhalten geblieben ist und auch ein paar besonders geile Gitarren-Soli für das Album im Studio eingespielt hat. Was dem armen Bill Extraschweiß auf die Stirn treibt. Die Erwartungen an ihn sind sehr hoch. Sowohl die Fangemeinde als auch die Kritiker haben ihn immer noch nicht als gleichwertigen Ersatz für Myles Flemming akzeptiert.

Vic hat mir geraten, das Konzert von der Bühnenseite aus zu verfolgen oder von ganz vorne, vor der Absperrung, die das Publikum von der Bühne trennt. Ich entscheide mich, lieber an der Seite zu stehen, wo ich im Schatten für das Publikum unsichtbar sein werde. Ganz vorne wäre mir zu exponiert.

Als ich ankomme, muss ich aufpassen, dass ich der Technikercrew nicht im Wege stehe. Die Typen rennen immer noch hin und her und überprüfen die letzten Details, bevor es losgeht. Charlie, der Tourmanager, läuft an mir vorbei und beachtet mich nicht. Warum sollte er auch. Ich trage zwar den *Access-All-Areas*-Pass, doch ich mache mir nichts vor, ich weiß ganz genau, dass schon einige Mädels diesen Pass von Vic erhalten und genau hier gestanden haben.

Es wird allmählich dunkel. Ich mustere das Publikum und schätze, dass mehrere tausend Menschen auf Vic und seine Kollegen warten. In den ersten Reihen, direkt vor der Absperrung, stehen die härtesten Fans dicht beieinander, überwiegend junge Mädchen. Es sind einige richtig hübsche Gesichter dabei. Darauf habe ich mich gut vorbereitet. Vic ist halt ein Frauenmagnet und ich muss damit klarkommen, dass sie ihn wie einen Halbgott anhimmeln werden und sich nach ihm verzehren. Er wird ganz bestimmt nicht mir zuliebe wegsehen und sie ignorieren, sondern mit ihnen flirten, wie er es auch sonst bei seinen Auftritten tut. Das gehört nun mal zu seinem Job. Auch wenn sie nachher vor dem Backstagebereich auf ihn warten und er wahrscheinlich mit einigen von ihnen für Selfies posieren wird, werde ich ganz bestimmt keine Eifersucht zeigen.

Ich möchte keine weiteren Gedanken an die Groupies verschwenden, sondern mich auf das Konzert freuen. Ich bin ganz schön aufgeregt, obwohl ich ja selbst nicht auf die Bühne muss. Es ist das erste Mal für mich, ein Konzert aus diesem Blickwinkel erleben zu können, und dann noch mit einer so engen Bindung an den Frontmann ...

Ich habe mir extra für heute Abend einen neuen Kunstleder-Minirock gekauft. Dazu trage ich ein schwarzes Top und halbhohe Stiefeletten. Das Haar habe ich mir geglättet, es fällt mir frei über eine Schulter. Auch mein Make-up ist heute etwas stärker als sonst und Vic fand es sehr sexy. Als wir zusammen zum Park gefahren sind, hat er im Auto die ganze Zeit an mir rumgefummelt, obwohl ich ihm vorher in meinem Zimmer noch schnell einen geblasen habe. Um ihn zu beruhigen, wie ich augenzwinkernd sagte.

Er kam schon ziemlich aufgedreht zu mir und dazu geil, als ob er seit Monaten keinen Sex hätte. Wahrscheinlich das Testosteron und der Adrenalinschub vor dem Konzert ...

Der frische Wind raschelt in den Bäumen, von denen die Bühnenmuschel umkränzt wird, und hinter den Wolken zeigt sich die Mondsichel. Meine Aufregung verursacht mir Herzklopfen, als plötzlich die Bühnenlichter angehen und Kim zusammen mit Poison den ersten Song anstimmt. Es folgt Bill und das Publikum springt jubelnd in die Luft. Die Jungs spielen ihren ersten Hit aus dem neuen Album, *Bad Memories*, den ich gleich an den Anfangsakkorden erkenne.

Und da ist er auch schon: Mit einem energischen Sprung erscheint Vic auf der anderen Seite der Bühne und greift nach dem Mikro. Das Publikum wird noch lauter und die Mädels in den ersten Reihen kreischen laut auf. Extrem laut sogar. Sie schreien seinen Namen und strecken ihre Hände nach ihm aus. Nach dem sexy Mann, der seit Wochen mit mir das Bett teilt und meine Feuchtgebiete zum Kochen bringt. Ja, ich bin richtig stolz auf ihn! Und ein bisschen auch auf mich selbst, weil ich es geschafft habe, seine Zuneigung und Leidenschaft zu gewinnen.

Vic rockt die Bühne und das Kreischen hört leider nicht mehr auf. Nach jeder besonders erotischen Bewegung wird es noch lauter, und wenn er seine Blicke auf die Mädchen direkt vor der Bühne richtet, nimmt ihre Begeisterung regelrecht hysterische Züge an.

Das habe ich so noch nie erlebt. Wenn ich Rockkonzerte besucht habe, habe ich nie so nah am Ort des Geschehens gestanden und somit die Hardcore-Fanfront nicht wahrgenommen. Ich wette, wenn Vic über die Absperrung springen würde und sie nach ihm greifen könnten, würde er nicht mehr heil aus der Menge herauskommen. Da kann ich nur hoffen, dass er keine spontanen Ideen bekommt und unkalkulierbare Risiken eingeht. Ich traue den verrückten Weibern nämlich nicht. Sie würden ihm bestimmt sofort die Klamotten mitsamt Haaren vom Leibe reißen.

Zwischen den Songs spricht Vic kurz zum Publikum oder trinkt aus einer seiner vielen Flaschen, die Sam neben den Boxen für ihn bereitgestellt hat.

Bill leistet geile Arbeit und gibt sich wirklich die größte Mühe, um den Vergleich mit Myles gut zu bestehen. Während des Songs *Skin on Skin*, der zu meinen Favoriten gehört, singe ich mit und bewege mich im Rhythmus der Ballade. Die Band überzeugt mich live noch viel mehr als auf den Studioaufnahmen und Vics kräftige, sonore Stimme erzeugt immer wieder Gänsehaut bei mir. Er singt ziemlich hoch, doch nicht nasal wie etwa Axl Rose, mit dem er gerne verglichen wird.

Mein Herz schlägt von Song zu Song noch verliebter und das Konzert versetzt mich in einen rauschartigen Zustand, obwohl ich keinen Tropfen Alkohol getrunken habe. Vics Haut ist mittlerweile von unzähligen Schweißperlen bedeckt, und als er irgendwann sein Muskelshirt auszieht und es ins Publikum schleudert, löst er einen kleinen, erbitterten Kampf zwischen seinen Anbeterinnen aus, die sich um den Stofffetzen reißen. Ein freches, selbstverliebtes Grinsen erscheint auf seinem Gesicht, als er die Szene beobachtet. Sein schlanker, durchtrainierter Körper glänzt im Scheinwerferlicht und er sieht einfach zum Anbeißen aus.

Plötzlich verstehe ich die Mädchen, die verzweifelt und mit wildem Glanz in den Augen nach ihm rufen.

Auf der Bühne sieht er noch attraktiver aus als sonst. Die geile Musik, zu der er singt, und die emotionale Wucht in seiner Stimme machen ihn nicht bloß zu einem unwiderstehlichen Sexgott. Er ist viel mehr als nur das. Von ihm geht eine starke, euphorisierende Energie aus, die einen mitreißt und in einen besonderen Zustand versetzt. Obwohl ich nicht im Zentrum des Geschehens stehe, sondern leicht abseits der jubelnden Menge, spüre ich diese Energie sehr deutlich und fühle mich high und einfach nur glücklich.

Das erste Mal betrachte ich Vic mit den Augen eines Fans und sehe ihn endlich als denjenigen, der er auch ist: ein sehr talentierter Musiker, der seinen Job mit Leib und Seele ausführt und eine ganz besondere, glühende Leidenschaft und Hingabe besitzt. Deswegen ist er so weit gekommen und hat alle Hindernisse überwunden, die ihm im Wege standen. Er gibt für die Musik einfach alles, er steckt sein ganzes Herzblut in seine Songs und seine Performance. Schonungslos und vorbehaltlos. Neben grenzenloser Bewunderung empfinde ich für ihn in diesem Augenblick ganz viel Respekt und vor allem Liebe. Ich spüre, wie plötzlich Tränen mein Gesicht überströmen und mein Make-up ruinieren, während mein Blick wie hypnotisiert an ihm hängt und ich ihn anschmachte. Ich wette, ich betrachte ihn mit der gleichen Inbrunst wie seine Fans vor der Bühne ...

Nach einem der größten Hits der Band, *One more time*, erscheint Sam neben mir mit Handtüchern in den Händen. Vic und Bill bemerken sie gleich und verlassen kurz die Bühne, um sich rasch ihre nassen Gesichter abzuwischen. Ich trete lieber einen Schritt zurück, um sie nicht abzulenken oder Sam im Weg zu stehen. Vic wirft das Handtuch weg und auf einmal ist er bei mir, greift nach mir und verpasst mir einen leidenschaftlichen Kuss auf den Mund. Das passiert alles innerhalb weniger Sekunden und schon springt er zurück auf die Bühne. Ich aber schnappe nach Luft und habe wacklige Beine. Sein Kuss hat leicht salzig geschmeckt und sein Geruch nach frischem Schweiß mich augenblicklich benebelt. Wilde, grenzenlose Sehnsucht nach ihm weitet mein Herz und ich ertrinke fast in den Glücksgefühlen, die mich überfluten. Neben mir sammelt Sam die weggeworfenen Handtücher vom Boden und sieht mich schmunzelnd an, bevor sie wieder verschwindet. Wahrscheinlich stehe ich wie erstarrt und grinse vor Glück und lauter Verliebtheit dämlich vor mich hin.

Ich habe diesen Kuss keineswegs erwartet. Umso mehr hat mich seine kleine, jedoch für mich kostbare Aufmerksamkeit vom Hocker gerissen. Das Publikum hat diesen Kuss zum Glück nicht mitbekommen, nur die Crewmitglieder. So auch Dexter, der mir gegenübersteht. Aber für mich fühlt es sich an, als ob die ganze Welt diesen Kuss gesehen hätte.

Vic kündigt den letzten Song an und erntet damit heftige Protestrufe. Ich blicke wieder ins Publikum und bemerke auf der äußeren rechten Seite vor der Bühne drei Frauen, die sofort meine Aufmerksamkeit wecken. Alle drei ähneln sich stark und müssen Mutter und Töchter sein. Die beiden Mädchen sind noch Teenager. Sie haben hübsche, strahlende Gesichter und ihre Mutter ist eine üppig gebaute, gut aussehende Frau um die vierzig. *Molly,* schießt es mir plötzlich durch den Kopf. Vic hat mir gestern erzählt, dass er sie zusammen mit ihren Töchtern zu dem Konzert eingeladen hat. Das fand ich sehr lieb von ihm, nach all dem, was er mir über sie erzählt hat. Sie hat viel für ihn getan und es ist nur selbstverständlich, wenn er ihr auf diese Weise seine Dankbarkeit zeigt. Ja, das kann nur sie sein. Man merkt deutlich, wie begeistert sie ist, ihn auf der Bühne triumphieren zu sehen.

Obwohl ich Vic selbst zugeredet habe, mit ihr wieder Kontakt aufzunehmen, schleicht sich ein klitzekleiner Hauch der Eifersucht an und droht, meine Hochstimmung zu trüben. Molly ist eine attraktive, reife Frau mit sehr weiblichen Rundungen. Im Vergleich zu ihr wirke ich fast mädchenhaft. Doch die Erinnerung an den Kuss, den ich gerade bekommen habe, reißt mich zum Glück sofort aus diesen gefährlichen Gedanken.

Molly ist ein Teil von Vics Vergangenheit, mich aber hat er ausgesucht, um ihm die Gegenwart zu versüßen. Ich muss mich nicht mit ihr vergleichen. Wir sind zwei völlig unterschiedliche Frauentypen und abgesehen davon wäre ich völlig bescheuert, wenn ich an Vics Zuneigung zweifeln würde. Außerdem hat er mir noch auf der Fahrt zum Konzert deutlich gezeigt, wie verrückt er nach meinem Körper ist. Es wäre echt lächerlich, eifersüchtig auf Molly zu sein!

Ich widme meine Aufmerksamkeit wieder dem letzten Song und schmachte weiter meinen Geliebten an. Sein glückliches Gesicht strahlt und seine Körperhaltung ist die eines Siegers. Er ist sich wohl bewusst, dass er das Publikum bis in die letzte Reihe erreicht und mitgenommen hat. Auch die anderen Bandmitglieder scheinen glücklich zu sein, als sie am Ende ihr Bestes geben und ein geiles, unvergessliches Finale abliefern.

Die Atmosphäre in dem dunkel gewordenen Park ist wunderbar. Nicht nur die eingefleischten Fans in den vorderen Reihen tanzen und singen mit, auch die Besucher, die ganz hinten ihre Picknickdecken ausgebreitet haben und das Konzert bisher gemütlich sitzend verfolgt haben, stehen auf und zeigen der Band ihre Begeisterung. Dexter grinst zufrieden und wippt im Rhythmus des Songs. Man muss ihn nur ansehen und weiß, die Band hat es geschafft!

Die Fotografen schießen letzte Fotos, ehe der Song endet und Vic sich laut schreiend beim Publikum bedankt. Er wirkt völlig aufgedreht und high. Wenn ich ihm nicht so vertrauen würde, würde ich denken, er hat irgendwas genommen. Aber das glaube ich nicht. Es ist der Erfolg und der ist die beste Droge, hat er mir mal gesagt.

Auch ich klatsche und schreie mit, als die Jungs nach vorne kommen und sich gemeinsam verbeugen. Bill wirft sein Plektrum ins Publikum und Poison folgt seinem Beispiel mit seinen Drumsticks. Alle vier sehen sehr geschafft aus, doch grenzenlos glücklich. Noch das letzte Dankeschön und sie verlassen die Bühne.

Sam erscheint wieder mit mehreren Handtüchern in den Händen neben mir. Einer nach dem anderen laufen die Musiker an uns vorbei und greifen danach, um sich ihre klitschnassen Gesichter abzutrocknen. Vic ist der Letzte. Auch er nimmt erst ein Handtuch aus Sams Hand und wischt sich den Schweiß vom Gesicht. Danach falle ich ihm schon um den Hals.

„Du warst großartig! Bin so unglaublich stolz auf dich", rufe ich aufgedreht und drücke ihn so fest ich kann.

„Hey, du bist ja heftiger als jeder Fan", lacht Vic und versucht, sich aus meiner Umarmung zu befreien. „Pass lieber auf, ich bin völlig nass." Doch mir ist das vollkommen egal. Sein durchgeschwitzter Körper fühlt sich heiß an und sein Geruch weckt sofort die wilde Tigerin in mir. Vic küsst mich liebevoll auf den Mund und missachtet damit Dexters Regel Nummer eins: keine Knutschereien in der Öffentlichkeit! Die Fotografen, die vor der Bühne stehen, könnten jederzeit den Backstagebereich stürmen und uns erwischen.

„Komm, gehen wir lieber", sagt Vic und lässt mich los, um den anderen zu folgen, die schon auf dem Weg in die Garderoben sind.

„Kat, warte kurz!", ruft Sam, während Vic weitergeht.

Ich sehe sie an und merke, dass sie irgendwie verlegen dreinblickt.

„Dexter hat mich gebeten, dir zu sagen, dass du dir jetzt ein Taxi nehmen und ins Hotel fahren sollst. Vic wird sich noch mit einigen Fans unterhalten müssen, du weißt schon, für Selfies posieren, Autogramme geben und so. Es wäre besser, wenn du nicht in der Nähe wärst, wenn die Band den hinteren Ausgang verlässt und die Fans sich auf die Jungs stürzen. Du verstehst das, oder?"

„Ja, schon klar, mach ich." Ich nicke und versuche, gleichgültig auszusehen. Ich bin jetzt nicht nur überflüssig, sondern sogar unerwünscht. Vic muss sich sorglos und ungestört seinen Fans widmen können, ohne dass er sich in der geringsten Weise von mir beobachtet oder abgelenkt fühlt.

Das tut schon etwas weh. Doch ganz ehrlich, ich bin auch nicht scharf darauf, aus der Entfernung mitanzusehen, wie all diese Mädchen und Frauen ihn mit ihren Blicken verschlingen oder sich ihm gar anbieten und er pflichtbewusst mit ihnen flirtet. Diesen Teil von Vics Leben muss ich mir nicht antun. Ich finde es nur blöd, dass Dexter nicht genug Arsch in der Hose hat, mir selbst zu sagen, dass ich mich verpissen soll. Er kann mich mal, ich lasse mir von ihm nicht den wunderbaren Abend vermiesen!

Sam findet diese Regelung anscheinend auch ziemlich bescheuert. „Soll ich Vic was bestellen?", fragt sie mich solidarisch.

„Nö, danke, musst du nicht. Er wird sich schon melden, wenn er wieder frei ist."

„Ich bestell dir wenigstens ein Taxi", sagt sie. „Es war eine geile Show, oder?" Sie schenkt mir ein freundliches Lächeln und holt ihr iPhone aus der Hosentasche.

„Ja, es war sehr geil. Spätestens seit heute Abend gehöre ich zu den richtigen Fans von *Black Sunday Desire*", sage ich und erwidere ihr Lächeln.

Einige Minuten später sitze ich im Taxi und fahre an den Fans vorbei, die vor dem Ausgang auf Vic und seine Kollegen warten. Ich versuche, nicht länger an sie zu denken, sondern lieber an das Konzert. Die ganze Fahrt über höre ich Vics Stimme in meinem Kopf, ich sehe ihn vor meinen geschlossenen Augen, bewundere seine sexy Gestalt. In diesem Augenblick will ich ihn so sehr, dass mir der ganze Körper wehtut. Wenn er heute Nacht nicht zu mir kommt, werde ich vor Sehnsucht nach ihm vergehen. Ich will ihn anfassen, in den Tiefen seiner blauen Augen versinken und mit ihm eins werden. Nur mit Mühe unterdrücke ich mein Bedauern, dass ich nicht bei ihm sein darf, so unmittelbar nach dem Konzert. Ihn als richtigen Rockstar zu erleben, hat mein Verlangen nach ihm nur noch verstärkt, und mein armer Körper verzehrt sich verzweifelt nach ihm.

Doch ich muss mich gedulden und warten, bis er seine Verpflichtungen absolviert hat. Erst dann wird er an mich denken dürfen. Trotz meines Verständnisses für seinen Job schlucke ich bitter und blinzle ein paar Mal, um die Tränen aus meinen Augen zu vertreiben. Ich darf nicht schwach werden und mir mehr wünschen, als möglich ist! Ich weiß, dass er mir alles gibt, was er nur kann. Er verbringt seine freie Zeit mit mir, und das muss mir genügen. Während ich mir gut zurede, meldet sich mein Smartphone mit einer Nachricht: Es ist Vic!

Babe, du fehlst mir! Ich komm zu dir, wenn ich fertig bin. Aber erwarte nicht zu viel von mir, bin völlig platt ;) xx Vic

Mit seligem Lächeln im Gesicht antworte ich ihm:

Lass dir Zeit, mein Liebster! Ich bin im Hotel und warte nackt auf dich, bis du kommst und es mir die ganze Nacht lang wie ein Rockstar besorgst! xx Kat
P.S. Nur ein kleiner Scherz ;)

20. Kathleen

Vic kommt ziemlich spät zu mir ins Hotel, es ist schon nach eins. Nach der Autogrammrunde mit den Fans ist die Band mit ihrem Team noch essen gegangen, um den großen Erfolg zu feiern. Das war zu erwarten und hat mir auch nichts ausgemacht. Auch nicht, dass er ziemlich angetrunken in mein Zimmer platzt und seine Kraft nicht für viel mehr als für einen Quickie reicht. Gleich danach schläft er in meinen Armen ein, völlig erschöpft und betrunken von seinem Erfolg und mehreren Flaschen Bier.

Wir schlafen lange, und nach dem Frühstück im Bett erwacht er erst richtig, als wir zusammen unter die Dusche gehen und uns ein ausgiebiges Wasservergnügen gönnen. Obwohl er einen freien Tag hat, muss Vic mittags noch einige Telefonate erledigen. Ich lasse ihn dafür allein und gehe mich am Pool sonnen.

Nach einer knappen Stunde gesellt sich Vic zu mir, und da wir beide faul und müde sind, entschließen wir uns, den Nachmittag einfach hier zu verbringen.

So chillen wir nun seit ein paar Stunden auf den kuscheligen Sonnenliegen, genießen die milde Septembersonne und lassen uns mit leckeren Cocktails und Snacks verwöhnen. Das Partypublikum ist so früh zum Glück noch nicht da, und von den anwesenden Touris erkennt Vic niemand. Er trägt ja die ganze Zeit seine schwarze Sonnenbrille und dazu noch ein albernes Käppi als Tarnung.

Da er nicht nur erschöpft vom Konzert ist, sondern auch einen ordentlichen Kater hat, ist er nicht gerade gesprächig und genießt sichtlich die gemütliche Zeit. Als wir beide genug vom Herumliegen und Schwimmen haben, führt er mich in das Restaurant ganz oben, wo wir uns mit einem frühen Abendessen vollstopfen. Er ist immer noch ziemlich in sich versunken, was ich aber so kurz nach diesem bedeutenden Konzert gut nachvollziehen kann.

Anfang nächster Woche geht es dann so richtig los. Das erste Konzert in Seattle wird genauso wichtig sein wie das gestrige hier in New York. Der Leistungsdruck ist sehr hoch und ich kann mir kaum vorstellen, welch eine Schwerstarbeit auf die Band wartet.

„Vic, ist alles gut bei dir? Du bist so schweigsam", frage ich vorsichtig, als er nach dem Nachtisch, einem riesigen Becher Eis, nachdenklich in die Ferne blickt. Von der Terrasse aus haben wir einen Wahnsinnsausblick über Manhattan, noch viel besser als von meinen Fenstern aus.

„Es tut mir leid." Er greift nach meiner Hand und führt sie an seinen Mund, um sie zu küssen. „Ich muss einiges verdauen und mich innerlich auf das vorbereiten, was demnächst auf mich zukommt", erwidert er und blickt mir nur kurz in die Augen.

„Das kann ich mir gut vorstellen." Ich nicke verständnisvoll. „Ist es denn okay für dich, wenn ich weiter bei dir bleibe?"

„Aber natürlich!" Er neigt sich zu mir und küsst mich zärtlich. „Du bist eine wunderbare Frau", murmelt er.

„Mach dir keinen Kopf wegen mir, du weißt doch, dass ich auch prima alleine zurechtkomme", entgegne ich und küsse ihn ein weiteres Mal. „Ich will dir nur nicht im Wege stehen und dich von deiner Arbeit ablenken."

„Das tust du doch keineswegs! Aber du kennst meine Verpflichtungen und die Regeln, die ich einhalten muss. So was wie gestern, als ich ohne dich abhauen musste und du auf mich warten musstest." Vic streicht mir eine Haarlocke aus dem Gesicht und seine zärtliche Geste macht mich innerlich ganz weich.

„Hey, es ist alles okay! Ich verstehe sehr wohl, dass du aufpassen musst, um nicht mit mir gesehen zu werden. Ich kann damit umgehen", versichere ich ihm sofort und lächle ihn an.

„Du bist zu gut für mich, weißt du das?", lächelt auch er, wirkt aber immer noch müde.

„Quatsch", lache ich und lasse mich wieder von dem Ausblick auf die City verzaubern. „Es ist so schön hier oben! Wie in einem Film." Wir haben sehr lange gegessen und es wird allmählich dunkel. Das bunte Meer aus Lichtern erschafft eine magische, unreale Atmosphäre. Der Kellner zündet die Kerzen auf den Tischen an und auch die Lichterketten werden eingeschaltet. Vic hält meine Hand, während wir still das zauberhafte Panorama rund um uns genießen.

Ich bin glücklich. Vics Anwesenheit, seine Worte, seine Zärtlichkeiten und dazu diese märchenhafte Umgebung schaffen es, dass ich mich fast euphorisch fühle. Ich genieße die Zuneigung dieses attraktiven Mannes, dem bald die ganze Welt zu Füßen liegt, und befinde mich zugleich an einem Ort, der mir wie eine

Szene aus einem romantischen Liebesroman vorkommt.

„Danke dir“, sage ich irgendwann ergriffen und küsse ihn.

„Wofür denn?“ Er lächelt sanft.

„Für all das hier.“ Ich deute auf die Stadt. „Und für dich. Ich bin so unbeschreiblich glücklich, dass ich bei dir sein kann“, flüstere ich. Vic zieht mich an sich und küsst mich leidenschaftlich, immer wieder. Ich spüre seine Zunge, die noch nach Himbeereis schmeckt, und heißes, wildes Verlangen nach ihm durchflutet mich augenblicklich.

„Ich bin derjenige, der danken muss, nicht du. Ich will dich so sehr, Kitty Kat … Du hast keine Ahnung, wie sehr“, raunt er heiser, als wir uns voneinander lösen. Seine Hand gleitet unter der Tischdecke forsch zwischen meine willig geöffneten Schenkel und ich fühle die Hitze, die aus meiner Mitte strahlt.

„Ich will dich auch“, flüstere ich zurück. Mein ganzes Wesen schreit in diesem Augenblick nach Vics Händen, seinem Mund, seinem Schwanz …

Ich sehne mich so sehr nach ihm, dass es mir Angst macht. Diese heftige Intensität, mit der ich ihn begehre, ist mir fremd, sie ist wundersam und erschreckend zugleich. Weil ich mich durch sie hüllenlos und ausgeliefert fühle. Weil sie mich unbeschreiblich glücklich und zufrieden macht. Und weil sie mir zeigt, wie sehr ich in ihn verliebt bin und wie kläglich ich in meiner leichtsinnigen Absicht, bloß ein wenig Spaß mit ihm haben zu wollen, versagt habe.

Eine halbe Stunde später liegen wir mit ineinander verschlungenen Gliedern auf dem Teppich vor dem

Bett. Wir kleben buchstäblich aneinander, verschwitzt, atemlos und berauscht von dem Hormoncocktail, der gerade durch unsere Adern pumpt. Ich halte Vics Kopf an meiner Brust und atme gierig den Duft seines Haares ein, der mir süßer vorkommt als alles andere, was ich kenne. Wir haben Liebe gemacht, nicht bloß gefickt. Wie intensiv und verliebt er mir in die Augen geblickt hat, während er kam, war ein Gänsehautmoment. Genauso wie mein Tränenausbruch, als ich meinen Höhepunkt erreicht habe, mit seinem Schwanz tief in mir, mit seiner Hand zwischen meinen Beinen, mit seinen Lippen auf meinem Mund.

Wir halten uns nicht länger zurück, öffnen uns immer hemmungsloser füreinander, getrieben von dem mächtigen Strom der Gefühle und der Leidenschaft, der uns verbindet und uns in gefährliche Tiefen zieht.

Nach einer Weile wechseln wir ins Bett, trinken ein Glas Champagner und schlafen bald ein, in der Löffelchenstellung, um so viel Körperkontakt wie möglich zu behalten. In der Nacht stehe ich kurz auf, weil ich pinkeln muss, und löse mich vorsichtig aus Vics festem Griff. Er murmelt im Halbschlaf „Lass mich nicht alleine". Mein Herz wird weit, bis es kaum noch in meinen Brustkorb passt.

Als ich zurück bin, greift er sofort wieder nach mir und zieht mich in seine Umarmung. Er schläft unruhig, stöhnt einige Male im Schlaf, als ob schwere Träume ihn plagen würden. Wahrscheinlich der Stress wegen der Tournee. Er ist noch so jung, fällt mir plötzlich ein, als ich eine Weile wachliege und seinem Atem lausche. Vic zeigt sich mir immer liebenswerter, zärtlicher, sanfter, verletzlicher. Und ich liebe ihn, egal wie waghalsig und risikoreich es ist, jemanden wie ihn zu lieben.

Unsere beiden Handys melden sich um neun fast zeitgleich mit dem Wecker. Zu groß war unsere Angst, dass wir verschlafen würden und Vic dann Ärger bekommt. Er muss spätestens um elf in dem Loft sein, weil sie eine wichtige Teambesprechung haben und am Nachmittag mehrere Pressetermine. Wir werden uns erst spät am Abend wiedersehen, nachdem er ein geschäftliches Abendessen hinter sich gebracht hat.

Die ausgiebige Guten-Morgen-Knutscherei wird langsam gefährlich, also springt er entschlossen aus dem Bett, als sein bestes Stück sich mir freudig und erwartungsvoll entgegenstreckt.

„Nein, jetzt wird nicht gevögelt, mein Freundchen", sagt er streng zu seinem Schwanz und grinst mich anschließend an. Er geht als Erster duschen und ich bleibe noch im Bett. Verträumt lasse ich meinen Blick in die Weite über die Skyline schweifen. Es ist leicht bewölkt, doch es soll wieder ein schöner Frühherbsttag werden. Ich strecke mich lang auf dem riesigen Bett aus und gähne laut. Im ganzen Körper spüre ich diese angenehme, wohlige Erschöpfung, wie immer nach einer tollen Liebesnacht.

Vics iPhone, das noch auf dem Bett neben mir liegt, meldet sich mit einer Nachricht. Gott weiß, ich respektiere Privatsphäre und bin keine Frau, die gerne jemandem nachschnüffelt, doch ich kann es nicht lassen. Eine seltsame, nicht kontrollierbare Neugierde treibt mich dazu, mit leicht zitternder Hand das iPhone zu berühren, um zu sehen, von wem die Nachricht ist.

Was ich da lese, bringt mein Herz für wenige Augenblicke zum Stillstand. Die Nachricht ist von Molly. Mit schmerzlich pochendem Herzen und zugeschnürter Kehle lese ich sie. In entsetzlich langen Sekunden verwandelt sie das grenzenlose Glück, was ich bis gerade empfunden habe, in einen grässlichen Albtraum.

Ich freue mich schon auf das gemeinsame Abendessen heute bei uns zuhause! Jonny freut sich auch! Ich denke, dein Sohn mag dich ziemlich. Küsschen, M.

Die verdammten Buchstaben tanzen vor meinen Augen und ich sehe alles nur noch verschwommen. Gemeinsames Abendessen bei ihr zuhause ... sein Sohn ...

Ich versuche zu begreifen, was ich da gerade gelesen habe, und obwohl ich sicher bin, dass meine Augen mich nicht getäuscht haben, wehre ich mich mit meiner ganzen Kraft dagegen. Das kann doch nicht wahr sein! Meine Brust fühlt sich so eng an, dass ich kaum noch atmen kann, und in meinem Kopf dreht sich alles. Ich weiß nicht, welcher Teil der Nachricht mir mehr wehtut: die Tatsache, dass er sich hinter meinem Rücken mit Molly und ihrer Familie trifft, oder die schockierende Offenbarung, dass er einen Sohn hat mit dieser Frau! Wenn ich ihm wirklich was bedeute, hätte er mir doch davon erzählt! Oder wollte er sich erst überzeugen, ob Molly und er diesmal eine richtige Chance haben und mich dann in das erste Flugzeug setzen? Heftige Eifersucht steigt in mir hoch, obwohl ich mich für eine Frau halte, die nicht so schnell anfällig für dieses giftige Gefühl ist. Am liebsten würde ich kotzen, weinen, schreien, alles gleichzeitig. Zu Vic ins Bad rennen und ihn fragen, ob das wirklich sein iPhone ist oder ob es vielleicht Kim oder Dexter gehört oder irgendjemand anderem.

Wie konnte ich bloß so dumm sein, zu glauben, das mit uns wäre was Besonderes, und alles würde gut gehen!? Warum hat er mich so böse hintergangen? Das habe ich jetzt davon, dass ich mich mit einem Bad Boy eingelassen habe, der bekannt dafür gewesen ist, ein Arschloch zu sein! Ich bring ihn um! Ruckartig springe ich aus dem Bett und schwanke. Alles in meinem Kopf dreht sich und mir ist schlecht. Bevor ich ihn zur Rede stelle, muss ich mich erst mal beruhigen. Ich versuche, gleichmäßig zu atmen, tief in den Bauch. Die plötzliche Erkenntnis fühlt sich wie eine eiskalte Dusche an. Ich habe doch kein Recht, ihn anzugreifen und ihm Vorwürfe zu machen! Wir haben keine feste, verbindliche Beziehung, wo eine heimliche Verabredung mit einer Ex, die dazu noch Mutter seines Kindes ist, ein Vertrauensbruch wäre. Ich bin bloß eine Geliebte, eine Fickfreundin, und es steht mir nicht zu, ihn zur Rede zu stellen. Wie demütigend ist das eigentlich! Wo ich solche tiefen Gefühle für ihn empfinde und zunehmend spüre, dass auch er mich längst liebt. Aber ich spiele weiter dieses abgefuckte Spiel nach seinen Regeln mit, nur um mit ihm zusammen sein zu dürfen. Obwohl alles in mir danach schreit, dass er sich endlich zu mir bekennt, mich seine feste Freundin nennt, in der Öffentlichkeit zu unserer Liebe steht! Ja, ich will verdammt noch mal eine ganz spießige, kleinbürgerliche Liebesbeziehung mit gegenseitiger Treue und Händchenhalten auf der

Straße und albernen Kosenamen. Meine sorgsam unterdrückten Bedürfnisse und Wünsche schieben sich vehement in den Vordergrund. Wie konnte ich mir so lange vormachen, dass ich happy mit unserer unverbindlichen und keinesfalls verpflichtenden Sexbeziehung bin! Ich zittere regelrecht und denke fieberhaft nach. Er hat ein Kind mit Molly, seiner ersten Liebe! Vielleicht flammen ihre Gefühle füreinander jetzt wieder auf! Bestimmt wird sie versuchen, ihn zurückzugewinnen und oder ihn wenigstens durch ihren Sohn an sich zu binden. Das wird alles ändern und nichts zwischen uns wird mehr so sein, wie es mal war. Ich will auch nicht länger, dass es so ist, wie es mal war! Verflucht noch mal, ich will mehr und ich verdiene mehr, als die armselige Bettgesellin eines Rockstars zu sein! Hastig ziehe ich mich an, ich will nicht nackt sein, wenn ich mit Vic rede. Mein Magen schnürt sich schmerzhaft zusammen und ich habe Angst vor dem Gespräch. Warum musste ich bloß diese verdammte Nachricht lesen? Wenn ich es nicht getan hätte, wäre meine Welt weiter in Ordnung gewesen und ich wäre immer noch glücklich. Doch ich kann es nicht ungeschehen machen und ich will mich nicht länger belügen.

Vic kommt aus dem Bad, frisch rasiert, duftend und gut gelaunt. Er sieht mich, wie ich wahrscheinlich kreidebleich auf dem Bett sitze und mir ein Kissen vor die Brust drücke. Er scheint meine Stimmung sofort zu bemerken.

„Hey, Babe, ist was?"

„Das könntest du mir sagen", gebe ich schnippisch zurück.

„Was meinst du damit?" Er setzt sich neben mich und legt einen Arm um mich. Unmittelbar weiche ich ihm aus, unfähig, seine Berührung zu ertragen.

„Warum bist du unehrlich zu mir?" Ich sehe ihm ins Gesicht. „Ich dachte, wir wollten uns gegenseitig nicht bescheißen, so lange wir zusammen sind." Der bleierne Klumpen in meiner Brust steigt höher und schnürt mir die Kehle zu. Doch ich will nicht weinen, ich muss stark bleiben!

„Kat, was ist denn los?", fragt er besorgt. Die vollkommene Übereinstimmung zwischen uns, die ich noch in der Nacht gefühlt habe, ist verschwunden, und er kommt mir wie ein Fremder vor.

„Ich weiß alles." Ich nicke in Richtung iPhone, das auf dem Bett liegt. Vic atmet tief ein und greift danach. Seine Hand zittert leicht, als er auf den Knopf drückt und die Nachricht von Molly liest. Mit einem müden Ausdruck im Gesicht legt er das iPhone wieder weg.

„Du spionierst mir also nach", sagt er hart, mit einem bitteren Zug um den Mund. „Das ist ein fucking No-Go, ist dir das bewusst?"

„Nein, das tue ich nicht", wehre ich mich sofort und Ärger mischt sich in meine Niedergeschlagenheit. Er will sich mit einem Gegenangriff verteidigen, ist doch klar! „Das verfluchte iPhone lag neben mir und ich habe automatisch draufgeschaut, als ich das Signal gehört habe. Wenn du mir Sachen verheimlichen willst, solltest du besser aufpassen und dich dementsprechend vorsichtig verhalten", erwidere ich sarkastisch. Ja, ich spüre die Wut in mir aufsteigen, und das ist gut! Viel besser als Traurigkeit, Verzweiflung und Tränenausbrüche, die einen nur schwach machen.

„Kat, hör mir jetzt bitte zu!" Vic steht auf und lehnt sich an die Anrichte gegenüber. Auch er ist blass und wirkt sehr nervös. „Ich wollte dir noch nichts erzählen, weil ich selbst erst etwas Zeit gebraucht habe, um mit der großen Überraschung klarzukommen. Ich hatte ja keine Ahnung, dass ich einen Sohn habe, Molly und ich hatten bis vor wenigen Tagen absolut keinen Kontakt mehr zueinander. Als ich sie getroffen und zu dem Konzert eingeladen habe, war ich noch völlig ahnungslos. Dann hat sie mir den Kleinen gezeigt und ich hätte blind sein müssen, um die Ähnlichkeit mit mir zu übersehen. Sie hat meine Vermutung sofort bestätigt. Ich stand halb unter Schock und war völlig durcheinander. Scheiße, Kat, ich bin Vater und muss mich damit auseinandersetzen, obwohl der Augenblick nicht unpassender sein könnte. Molly ist mittlerweile Witwe und möchte, dass Jonny erfährt, wer sein Dad ist, deswegen hat sie mich heute Abend zu sich nach Hause eingeladen, um dem Jungen gemeinsam die Wahrheit zu sagen. Danach wollte ich es dir erzählen, glaub mir!"

Meine Gedanken sind in Aufruhr und der Knoten in meinem Magen brennt wie Feuer. Das zweite Mal innerhalb kürzester Zeit fühle ich mich in seinem Leben überflüssig, unerwünscht und ausgeladen. Erst gestern, nach dem Konzert, wo Vic für die Öffentlichkeit seine Rolle als ungebundenes Sexidol spielen musste – und jetzt, wo er mir erzählt, dass er plötzlich den Daddy geben muss.

Schon in seinem Leben als Musiker wird es nie richtig Platz für mich geben, und jetzt werde ich auch noch dieses kleine Stück seines Privatlebens, das ihm bleibt, mit Molly und ihrem Sohn teilen müssen! Sie wird bestimmt versuchen, ihn noch mal zu verführen …

„Du hast mich trotzdem belogen und so was kann ich einfach nicht leiden! Ich habe dir geglaubt und vertraut“, werfe ich ihm mit bebender Stimme an den Kopf.

„Kat, sei jetzt nicht so kleinkariert!“ Vic macht eine abwehrende Geste und verschränkt seine Hände vor der Brust. Er geht voll in die Defensive. „Ich habe dich nicht richtig belogen, sondern dir nur etwas verschwiegen, um es dir später in Ruhe zu erzählen. Ich musste überlegen, wie ich es dir sage, um dich nicht zu sehr aufzuregen. Dramen und Beziehungsstress sind das Letzte, was mir jetzt noch fehlt, ich habe wichtigere Sachen, die meine volle Aufmerksamkeit benötigen. Also mach mir jetzt bitte bloß keine zusätzlichen Probleme!“

„Na klar! Neben deinem Job musst du jetzt auch noch den verantwortungsvollen Papa spielen und dich um seine Mutter kümmern. Da bleibt natürlich nicht viel Zeit und Energie für die Dramen und Gefühlsschwankungen deiner Geliebten übrig. Schon verstanden, Vic! Von mir wird jetzt ganz viel Verständnis erwartet, und wie ich mich dabei fühle, interessiert letztendlich niemanden.“ Ich merke, wie ich in meinem Versuch, mich zu schützen, immer sarkastischer und zynischer klinge. Vic will etwas sagen, doch ich halte ihn entschlossen auf: „Nein, Vic, ich bin noch nicht fertig. Ich finde es scheiße, dass du nach all dem, was wir in letzter Zeit miteinander erlebt haben, nicht genug Vertrauen und Mut hattest, es mir sofort zu sagen. Zu erfahren, dass man ein Kind hat, ist eigentlich eine großartige und freudige Angelegenheit, egal, wie unerwartet es auch kommt. Dass du nicht das Bedürfnis hattest, diese Neuigkeiten mit mir zu teilen, empfinde ich als einen großen Vertrauensbruch. Aber auch als ein Zeichen, dass ich unsere Beziehung stark überschätzt habe und wir uns doch nicht so nah stehen, wie ich dachte. Und ich habe es satt, mich dir immer unterordnen und anpassen zu müssen. Das ist einfach nichts für mich. Ich verdiene einen Mann, der hundertprozentig zu mir steht, sich zu mir bekennt und mich nicht vor der ganzen Welt verstecken muss! Wenn ich einen Mann liebe, dann will ich so richtig mit ihm zusammen sein, wie ein normales Liebespaar es tut. Also, geh jetzt schön zu Molly und deinem Kind und genieße dein neues Leben als Familienpapa. Ich werde meine Sachen packen und zurückfliegen, so ist es am besten für uns beide." Ein starker Schmerz durchbohrt mich bei meinen letzten Worten, doch ich lasse es mir nicht anmerken.

„Kat, das ist doch Blödsinn! Bleib doch bei mir!" Vic kommt auf mich zu, doch ich weiche ihm aus.

„Warum? Du hast doch alles, was du brauchst! Deine Karriere, deine Fans und jetzt noch eine Familie! Und fürs Ficken findest du doch ganz easy eine Menge williger Groupies. Vielleicht klappt's ja auch wieder mit Molly, du hast doch mal gesagt, dass ihr geilen Sex miteinander hattet. Wozu brauchst du mich dann noch?" Ich drehe mich um, um meinen Koffer aus dem Schrank zu holen und mit dem Packen anzufangen.

„Kat, hör doch auf damit!" Er läuft mir hinterher und greift nach mir, um mich aufzuhalten. Er packt mich am Arm und ich bleibe stehen, doch vermeide es, ihm in die Augen zu sehen. „Es tut mir leid, dass du dich so unwohl als meine Geliebte fühlst. Doch das kann ich jetzt mitten in der Tournee nicht ändern, mir sind die Hände gebunden. Ich kann dir nicht mehr bieten als das, was wir haben. Aber trotzdem geht's nicht bloß ums Ficken zwischen uns, das weißt du doch!"

„Ach wirklich?" Ich blicke ihm unverwandt ins Gesicht. „Komm, Vic, sind wir ehrlich. Letztendlich geht es nur um Sex zwischen uns, und bald werden wir uns nach Abwechslung mit anderen Partnern sehnen. Es wird eh nicht lange gut gehen mit uns. Also beenden wir das Ganze lieber und hören auf, wenn es am schönsten ist." Ich klinge hart und tue mir dabei selber schrecklich weh. Doch ich muss jetzt stark bleiben, um noch größere Dramen zu vermeiden.

„So betrachtest du unsere Beziehung also?", fragt er überrascht und lässt mich los.

„Na klar! Wir haben eine schöne Fickfreundschaft, doch das ist nichts, was uns auf die Dauer glücklich machen wird. Du brauchst wieder etwas mehr Partylife und Sex mit Groupies, um in Schwung zu kommen. Ich habe mitbekommen, wie Dex zu Sam gesagt hat, du seist ganz ruhig und spießig geworden, seit ich dich begleite. Eigentlich solltest du aber so kurz vor der Tournee so richtig Gas geben und für Schlagzeilen sorgen, statt brav mit mir im Hotel zu hocken und zu kuscheln. Ich dagegen will aber frei sein für jemand anderen, der mir mehr bieten kann als Luxusurlaub, der flexibler ist und nicht von mir verlangt, nach seinen Regeln zu leben. Es war schön mit dir, doch es ist Zeit für mich zu gehen." Wieder versetze ich mir selber einen harten Stoß direkt ins Herz. Doch ich merke, wie wahr das alles ist, was ich da sage. Ja, ich habe das Bedürfnis nach einer verbindlichen Beziehung mit einem Mann, der mich nicht nur als einen angenehmen Zusatz in seinem Leben betrachtet. Als eine Art leckere Marzipanfigur auf dem großen, saftigen Kuchen, die er sich als Nascherei für besondere Augenblicke aufhebt. Und für Vic ist es besser, wenn er sich völlig frei fühlt und sich ohne jegliche emotionalen Bindungen und Verpflichtungen seiner Karriere widmen kann. Es wird schon genug von ihm abverlangt, wenn er jetzt auch noch die Verantwortung für einen kleinen Jungen übernehmen will.

„Weißt du was, Kat? Wenn du wirklich so denkst, dann will ich dich nicht aufhalten! Es gibt genügend Frauen, die liebend gerne deinen Platz einnehmen würden. Ich werde dir bestimmt nicht nachtrauern." Vics Stimme klingt bitter, doch seine Augen funkeln mich zornig an.

Touché. Ich habe ihm wehgetan und jetzt schlägt er verletzt zurück. Mit Recht. Und es ist auch besser, er hasst mich. So wird er mir nicht zu lange nachhängen und sich von der Arbeit ablenken lassen.

„Das erwarte ich auch nicht! Du denkst doch nicht etwa, ich hätte geglaubt, jemand wie du würde plötzlich beziehungsfähig werden und eine feste Freundin haben wollen? Die er mit Stolz seinen Freunden vorstellt? Oder gar der Mutter seines Kindes? Ach komm, ich bin zwar naturblond, aber nicht naiv. Als Liebhaber bist du schwer okay, aber das ist auch schon alles. Ich wette, Molly wird dich gerne in ihrem Bett trösten, wenn ich weg bin. Ich wünsch dir alles Gute, Vic. Und danke für diesen Trip. Ich hoffe, ich habe keine großen

Schulden hinterlassen und der Sex mit mir hat dich für deine Ausgaben einigermaßen entschädigt."

„Du bist so fucking bescheuert, ich kann gar nicht glauben, was für dummes Zeug du da redest." Er schüttelt den Kopf und verzieht verächtlich seinen Mund.

„Geh jetzt einfach! Deine Familie wartet schon auf dich!" Mit einer Geste scheuche ich ihn weg und drehe mich um.

Schon höre ich, wie er die Tür hinter sich zuknallt, und zucke zusammen. Er ist weg. Und ich habe ihn dazu getrieben. Ich erstarre für einige Augenblicke, bevor ich mich durch den Schmerz in mir zusammenkrümme und mich auf das Bett werfe. Ein Schwall heißer Tränen ergießt sich über mein Gesicht, jetzt, wo er weg ist und ich nicht mehr die starke, coole und abgebrühte Kat spielen muss. Ich bin nur noch verletzt, verzweifelt, entsetzt, enttäuscht und mein Herz blutet.

Schmerzende Eifersucht frisst sich in meine Eingeweide, wenn ich daran denke, wie er zu Molly fahren, sich von ihr trösten und umarmen lassen wird. Sie hat ihn schon mal bemuttert und wird es bestimmt wieder tun. Doch sie war auch scharf auf ihn und bestimmt werden sie gleich wieder im Bett landen. Ich habe es ganz genau gesehen, wie sie ihn bei dem Konzert angeschmachtet hat. Dazu ist sie nicht nur eine heiße Frau, sondern auch die Mutter seines Kindes, und das verbindet stark.

Ich bin vor allem maßlos enttäuscht von ihm, weil er sich mir nicht sofort anvertraut und mir von dem Kind und seinen zwiespältigen Gefühlen wegen seiner Vaterschaft erzählt hat. Ich bin verletzt, dass er mich nicht zu Molly mitnehmen wollte, um mich ihr und seinem

Sohn vorzustellen. Dafür war ich nicht gut genug. Ich war bloß gut genug dafür, Sex und belanglosen Spaß miteinander zu haben. Das alles muss doch reichen, um zu begreifen, dass ich ihm nicht wirklich wichtig war, dass er mich nicht geliebt hat. Ich habe mich in eine schöne, aufregende Illusion verrannt und mich darin fast verloren. Zum Glück habe ich noch rechtzeitig die Kurve gekriegt.

Das alles tut so entsetzlich weh. Wenn ich daran denke, dass er für immer weg ist, ist der Schmerz kaum noch auszuhalten. Wie werde ich bloß die nächste Zeit ohne ihn verbringen können? Die Gefühle, die mich an ihn binden, sind fast eine Sucht, und es wird mir schwerfallen, ohne sie klarzukommen.

Völlig neben der Spur packe ich hastig meine Sachen und verlasse das Zimmer, ohne zurückzublicken. Unten am Empfang bitte ich den hilfsbereiten Angestellten, mir den ersten freien Flug nach Berlin zu buchen. Ich habe Glück, ich kann am späten Nachmittag fliegen. Bis auf dieses Ticket ging alles auf Vics Rechnung, nur um das Visum habe ich mich zuvor allein gekümmert. Doch nach Hause fliegen will ich auf meine Kosten, ich habe ihn schon zu viel Geld für mich ausgeben lassen. Am Ende komme ich mir noch wie eine Edelnutte vor. *Nur was soll denn bitte an mir edel sein,* frage ich mich selbstironisch, als ich mich im Spiegel betrachte. Ungeschminkt, mit verheultem Gesicht, zerzaustem Haarzopf, in zerschlissener Jeanshose und einfacher Lederimitatjacke sehe ich alles andere als edel aus. Aber das ist mir im Augenblick so was von scheißegal. Morgen wollten wir uns gemeinsam die Freiheitsstatue anschauen. Das kann ich auch alleine, und zwar jetzt, rede ich mir trotzig ein und steige in das Taxi, das mich zum Hafen bringen soll.

Schon während der Fahrt überwältigt mich das Bedauern über die Szene, die ich ihm gemacht habe. Habe ich nicht viel zu heftig reagiert? Schließlich habe ich ihn ausspioniert wie eine dumme, eifersüchtige Tussi und irgendwie auch sein Vertrauen missbraucht. Nachdem ich Mollys Nachricht gelesen habe, hätte ich geduldig warten müssen, bis er mir von allein von der großen Überraschung erzählt. Ich hätte wissen müssen, welch ein Schock es für ihn gewesen sein muss, plötzlich zu erfahren, dass er einen Sohn hat! Ich hätte ihm vertrauen sollen, dass er mit Molly nichts anfangen will und ich sie nicht als Bedrohung betrachten muss. Ja, er hat mich belogen, als er gesagt hat, er muss zu einem geschäftlichen Abendessen. Oder vielmehr hat er nicht ganz die Wahrheit gesagt. Ich habe überreagiert, weil ich Angst hatte. Angst vor Verletzung und Zurückweisung.

Einfach Angst vor Liebe, die mehr Angriffsfläche und Risiken mit sich bringt, je größer sie wird. Deswegen habe ich so ein blödes, unfaires Zeug geredet und damit alles zerstört.

Ja, ich nehme Vic gerade in Schutz und versuche, sein Verhalten zu entschuldigen. Er kann sich einfach keine Dramen leisten, das hat er selbst gesagt. Seine Karriere geht vor. Und so wird es auch bleiben. Aber das habe ich doch von Anfang an gewusst! Er hat mir keine heile Welt zu zweit versprochen.

Trotzdem dreht sie sich nicht nur um ihn, diese Welt. Auch ich und meine Gefühle sind wichtig, verdammt noch mal! Ich kann mich nicht selbst verleugnen und mir weiter einreden, eine bescheuerte Freundschaft mit gewissen Vorzügen sei in Ordnung für mich. Ich liebe ihn doch.

Wieder verliere ich meinen Kampf mit den Tränen, die ich nicht länger unterdrücken kann. Ich hole mein Smartphone aus der Tasche und schreibe Noemi eine kurze Nachricht, in der ich ihr die ganze Geschichte zu erklären versuche.

Sie antwortet nicht. Vielleicht ist sie bei Myles. Oder sie überlegt erst, was sie mir sagen soll. Dann muss ich da halt allein durch und die nächsten Stunden ohne Zuspruch eines lieben Menschen überstehen.

Später, in der Hotellobby, erreicht mich Noemis Nachricht.

Meine Süße, das tut mir so leid! Ich drück dich ganz fest. Ruf mich bitte sofort an, wenn du in Berlin bist! xxx Noemi

Wenig später stehe ich auf dem vollen *Liberty-Express-Boot,* betrachte die imposante Freiheitsstatue und bedaure, dass ich meine Klappe nicht gehalten und ich letztendlich alles zerstört habe. Ich bin verzweifelt und unendlich traurig. Genauer gesagt habe ich mir selbst das Herz gebrochen. Aus Eifersucht, Enttäuschung und weil ich mehr wollte, als Vic bereit war, mir zu geben. Jetzt muss ich mit bitteren Konsequenzen klarkommen und fühle mich wie der einsamste Mensch in ganz New York.

In weniger als fünf Stunden geht mein Flieger, der mich zurück nach Berlin bringt. Alleine natürlich. Vic fliegt in zwei Tagen mit der Band nach Seattle, wo die Tournee an der Westküste startet.

Es ist Ende September und der Nachmittag ist herrlich sonnig. Doch der Wind, der die bauschigen Wolken vom mattblauen Himmel pustet, ist hier auf dem Wasser unangenehm kalt. Mit fahrigen Fingern schließe ich den Reißverschluss meiner dünnen Lederimitatjacke, die ich über dem sommerlichen Top trage. Meine Augen tränen hinter der dunklen Sonnenbrille vom Wind. Aber nicht nur davon. In einer stillen Ecke, etwas abseits der lauten Touristengrüppchen, halte ich mich am Buggeländer fest und weine. Die alte französische Lady hat nur für kurze Zeit meine Aufmerksamkeit auf sich gezogen. Da ich nicht ganz schwindelfrei bin, habe ich keinen Wunsch verspürt, auf der Liberty-Insel auszusteigen und den Sockel oder gar die Krone zu besteigen. Es reicht mir völlig, sie aus unmittelbarer Nähe gesehen zu haben.

Das Boot hat mittlerweile umgedreht und wir fahren wieder zurück. Während ich den Blick in die Ferne, zu der Skyline von Manhattan, schweifen lasse, putze ich mir endlich die Nase.

„Mädchen, ist alles in Ordnung?", höre ich plötzlich eine helle Stimme neben mir, und eine runzelige Hand mit pergamentdünner Haut fasst mich sanft am Unterarm. Ich drehe mich um und hole überrascht Luft. Eine alte, entzückende Dame im rosa Trenchcoat lächelt mich an und betrachtet mich aufmerksam.

„Ja ja, alles in Ordnung, es ist nur der Wind. Ich habe empfindliche Augen", versuche ich, krampfhaft zu lächeln und wische mir energisch die Tränen weg.

„Oh ja, der Wind ist sehr stark hier draußen." Die liebenswerte alte Dame nickt verständnisvoll und hält ihren altmodischen Hut fest, als ein neuer Windstoß aufkommt. „Sie sollten nicht alleine hier oben sein“, sagt sie dann und zieht ihre Augenbrauen skeptisch hoch. „Kein Streit ist so schlimm, als dass man sich danach nicht wieder versöhnen könnte. Und kein junger Mann ist es wert, um ihn zu trauern, wenn er so blöd war, das Herz einer Frau zu brechen.“

„Ich ... er ... es ist nicht so“, stammle ich und eine neue Ladung Tränen kullert mir über die Wangen. Sieht man mir etwa so deutlich an, dass ich Liebeskummer habe? Scheiße! Ich will keineswegs mitleiderregend durch die Welt laufen, nur weil ich mit meinem Lover einen bescheuerten Streit angefangen habe, der mir tatsächlich das Herz zerrissen hat!

„Ist schon in Ordnung!“ Die alte Dame tätschelt mütterlich meinen Unterarm und kneift ihre wässrig blauen Augen zusammen. „Sie müssen mir nichts erzählen. Ich erkenne es sofort, wenn ein Mädchen Liebeskummer hat. Auch ich war nämlich mal so jung wie Sie, auch wenn Sie sich das nicht vorstellen können. Und hübsch war ich auch.“ Sie kichert herzerwärmend und hält sich die Hand vor den rosa geschminkten Mund. „Mein Arthur hat mir vor vielen, vielen Jahren das Herz gebrochen, als er mich mit einer Broadwaytänzerin mit endlos langen Beinen betrogen hat. Wir hatten uns gerade verlobt, als sie ihm überaus eindeutige Avancen machte. Und er wurde schwach. Gott, habe ich geweint und gelitten!“ Die Augen der alten Dame füllen sich bei der Erinnerung mit Tränen und sie zieht ein spitzenbesetztes, weißes Taschentuch aus ihrer Handtasche, um sich die Nase zu putzen.

„Ich wollte ihn verlassen und nie wiedersehen. Doch er beteuerte, dass er einen dummen Fehler gemacht habe – und es tat ihm furchtbar leid. Meine Freundinnen und auch meine Eltern sagten mir, ich solle ihn in die Wüste schicken und mir einen anderen, anständigeren Verlobten suchen. Aber ich war in meinen Arthur furchtbar verliebt. Er war nämlich ein ganz prächtiger junger Mann, und er arbeitete als Pilot bei der Air Force, wissen Sie. In seiner Uniform sah er unwiderstehlich aus und die Frauen himmelten ihn an. Drei Monate lang bemühte er sich um mich, immer wieder, und schließlich siegte das Herz über den Verstand. Ich habe ihm verziehen und eine zweite Chance gegeben." Das etwas zu stark gepuderte Gesicht der Frau verklärt sich wie bei einem jungen, verliebten Mädchen, und ich muss einfach lächeln. Ich verstaue meine Sonnenbrille in der Brusttasche, da ich mich plötzlich an meine verstorbene Oma erinnere. Sie hat mir beigebracht, dass es ziemlich unhöflich ist, sich mit anderen Menschen zu unterhalten und dabei die Augen zu verbergen.

„Und waren Sie danach wieder glücklich mit ihm? Oder haben Sie es bereut, ihm verziehen zu haben?", frage ich schließlich und wische mir mit dem Handrücken die letzte Träne aus dem Gesicht.

„Ich habe es niemals bereut", antwortet sie mit ernstem Gesichtsausdruck. „Ich spürte es einfach: Ich kann ihm wieder vertrauen und er wird mir nie wieder wehtun. Und ja, ich wurde sehr, sehr glücklich mit Arthur. Ich bin es bis zum heutigen Tag!" Sie dreht sich schwungvoll um und zeigt auf einen großen, weißhaarigen Mann, der in einer kleinen Gruppe Senioren einige Meter von uns entfernt am Deck steht und den Ausblick genießt. „Das ist mein Arthur. Wir lieben uns immer noch und ich bin so froh, dass meine Liebe zu ihm damals stärker war als mein verletzter Stolz." Die Art, wie sie diese Worte ausspricht, berührt mich tief im Herzen und treibt mir erneut die Tränen in die Augen.

„Also, überlegen Sie es sich gut. Vielleicht besteht auch für Ihre Liebe noch eine Chance? Wissen Sie, man trifft manche Männer nur einmal im Leben. Wenn Ihr Liebster für Sie auch so etwas Besonderes ist, wie Arthur für mich, dann geben Sie ihn nicht zu schnell auf. Vielleicht können Sie ihm auch verzeihen, egal, was er Ihnen angetan hat. Reden Sie einfach mit ihm und hören Sie dabei auf Ihr Herz. Leben Sie wohl, meine Liebe!" Freundlich nickend verlässt sie mich und geht mit kleinen Schritten zu ihrem Arthur zurück, der ihr sofort zuvorkommend und liebevoll seinen Arm zum Einhaken anbietet und sie ins Innere des Bootes führt.

Ich spüre den bitteren Kloß in meinem Hals, als ich das zerbrechliche Paar beobachte, das immer noch so viel Liebe füreinander empfindet. Die Worte der alten Dame hallen in meinem Kopf nach. Ist schon abgefahren, dass sie mich einfach so anspricht und sofort errät, was in mir vorgeht. Ihre ungebetene, doch äußerst liebenswerte Einmischung empfinde ich als wohltuend und sogar Mut machend.

Vielleicht habe ich doch überreagiert und zu voreilig gehandelt. Vielleicht war ich Vic gegenüber einfach unfair. Vielleicht hatte ich einfach Angst. Angst, mich noch mehr in ihn zu verlieben und ihn dann auf schmerzlichste Art und Weise zu verlieren. Deswegen habe ich mit diesem blöden Streit, der meine Verletzlichkeit und Unsicherheit verbergen sollte, lieber alles zerstört.

Vielleicht sollte ich endlich auf meine Mutter hören und mir auf die Zunge beißen, bevor ich dummes Zeug rede. Vielleicht, vielleicht, vielleicht. Jetzt ist es eh zu spät.

Sightseeing macht in meinem Zustand einfach keinen Spaß und ich kann es kaum erwarten, dass wir den Hafen erreichen. Außerdem wird mir auf dem leicht schaukelnden Boot zunehmend schlecht. Wenn ich wieder festen Boden unter den Füßen habe, fahre ich lieber schon zum Flughafen und schlage dort die restliche Zeit tot.

Ich halte das erste freie Taxi an, ich habe ja noch genug eigenes Geld. Vic hat bis jetzt alles für mich bezahlt, sogar die Geschenke, die ich für meine Familie und meine besten Freundinnen gekauft habe. Trotz meiner heftigen Proteste bestand er regelrecht darauf. In der knappen freien Zeit, die er bis jetzt hatte, begleitete er mich bei meinen Bummeltouren und zeigte bewundernswerte Geduld und sogar Interesse daran. Ich wette, er hat in seinem Leben noch nicht viele Shoppingtouren gemacht. Meistens sorgen Praktikanten oder Assistenten für alles, was er braucht, oder er bestellt sich Sachen aus dem Internet.

Als ich einmal an der Kasse bei Macys mit der vollen Geschenktüte in der Hand angefangen habe, ihm laut und empört Vorträge über Emanzipation und Unabhängigkeit der modernen jungen Frau zu halten, hat er mich einfach geküsst und so zum Schweigen gebracht, bevor er der Kassiererin ganz entspannt seine Kreditkarte gereicht hat. Irgendwann habe ich erkannt, dass es ihm total Spaß macht, mir kleine Freuden zu bereiten und sogar die Geschenke für meine Lieben zu bezahlen. Er fühlt sich offensichtlich wohl dabei, wenn er an der Kasse seine Karte zücken kann. Für jemanden, der in Armut aufgewachsen ist, ist es keine Selbstverständlichkeit, Geld für Schnickschnack ausgeben zu können, und er tut es nicht routiniert oder gelangweilt, sondern bewusst und mit sichtbarer Genugtuung.

Mit dem Gesicht an die Fensterscheibe gelehnt, beobachte ich wenig interessiert das Geschehen auf den überfüllten Straßen. Komisch, so wahnsinnig beeindruckt bin ich von New York gar nicht mehr. Die Unmengen an Menschen, die sich in wahnsinnig schnellem Tempo durch die entsetzlich laute und schrille Umgebung bewegen, machen mich irgendwie nervös und ruhelos. Berlin ist verglichen mit dem Big Apple ein richtiges Dorf und wirkt geradezu gemütlich und gechillt. Wenn ich noch eine Woche länger hierbleiben würde, würde ich bestimmt eine Panikstörung entwickeln. Vielleicht ist es anders, wenn man hier lebt und arbeitet und ganz genau weiß, wohin und wozu man durch die Straßen rennt. Als Tourist jedoch wird man von den strömenden Massen einfach mitgerissen und von der Hektik angesteckt, obwohl man eigentlich nur gemächlich durch die Gegend schlendern möchte.

Anfangs, kurz nachdem wir angekommen sind, war ich noch angenehm aufgeregt und neugierig auf die Stadt, die niemals schläft, und konnte es kaum abwarten, Manhattan zu erforschen. Doch da hatte ich Vic dabei und der Himmel über New York war noch mit zarten, pudrig-rosa Wölkchen überzogen. Ich war unbeschwert, euphorisch und verliebt. Und ich hätte mich neben meinem Rockstar-Lover wahrscheinlich sogar in Paderborn oder Oer-Erkenschwick wie in einer atemberaubenden, romantischen Filmszene gefühlt.

Bei der Erinnerung an Vic und unsere unbeschwerten Tage in seiner Geburtsstadt zieht sich mein Herz schmerzlich zusammen. Wenn ich nur die Zeit zurückdrehen und den blöden Vorfall ungeschehen machen könnte! Ich würde wieder ganz an den Anfang zurückkehren, an den Tag unserer Ankunft in New York, als ich noch glücklich und unbeschwert Vics Hand festgehalten und mich wie verrückt auf die Stadt gefreut habe.

Beim Einchecken zittern meine Hände und ich drehe mich unwillkürlich immer wieder um. Ich habe zu viele amerikanische Filme gesehen, in denen einer der Helden schon die Absperrung verlässt und der andere ihm nachläuft oder ruft. Im letzten Augenblick kriegen sie sich dann doch noch. Ja, ich muss mir eingestehen, dass ich ein klitzekleines Fünkchen naiver Hoffnung hatte, Vic würde versuchen, mich noch kurz vor dem Abflug aufzuhalten. Wir würden uns in die Arme fallen, uns gegenseitig beieinander entschuldigen, und die Welt wäre wieder in Ordnung. Doch in meinem kleinen Film gibt es dieses Happy End leider nicht.

Er weiß nicht mal, welchen Flug ich nehme und hat mir auch keine Nachricht geschrieben, egal, wie oft ich auf mein Smartphone blicke und auf ein kleines Wunder hoffe.

Es ist vorbei mit uns, wir haben uns gegenseitig wehgetan und ich habe mit meiner großen Klappe alles zerstört. Meine

Mutter würde jetzt zu Recht sagen: „Kindchen, hättest du bloß lieber den Mund gehalten und abgewartet, bis er so weit ist, um es dir selbst zu erzählen. Aber nein, du musst immer unüberlegt und voreilig handeln und deinen Kopf durchsetzen wollen. So hast du wieder einen Mann von dir weggeschubst, der eigentlich ganz passabel war." Meine Ma mochte Vic nämlich. Er hat sie mit seiner Leistung und seinem Ehrgeiz beeindruckt, da er schon so früh so viel erreicht hat. Bestimmt hat sie ihn nicht als potenziellen Schwiegersohn betrachtet, doch sie war ihm ziemlich zugeneigt, als ich ihn mit nach Hause gebracht habe.

Vielleicht sollte ich mich bei ihm entschuldigen und ihn bitten, den blöden Vorfall zu vergessen und einfach weiterzumachen, als ob nichts passiert wäre. Aber das kann man mit einem *Es tut mir leid* nicht ungeschehen machen. Abgesehen davon rast das Flugzeug schon über die Piste und wir heben gleich ab. Ich habe alles verkackt. Und das werde ich mir nicht so schnell verzeihen können!

Mit den Kopfhörern auf den Ohren kapsele ich mich auf meinem Fenstersitz ab und weine still hinter der dunklen Sonnenbrille vor mich hin, während ich nach unten blicke und mich vom Big Apple verabschiede. Ich höre *Black Sunday Desire*, den aktuellen Hit *Bad Memories*, der nun ungeplant zu *unserem* Song geworden ist:

Did you lie to me?
Did you play with me?
All you left behind
Is a bad bad memory ...

Zum Glück schaffe ich es nicht lange, mich zu quälen und Vics ausdrucksstarker Stimme zuzuhören. Lieber suche ich mir etwas neutralere Musik. Rea Garveys *Oh My Love*. Gut, so neutral ist der Song auch wieder nicht. Also lieber Mozarts Klavierkonzert in D-Moll, das ich schon als kleines Mädchen geliebt habe und das mir oft geholfen hat, wenn ich Liebeskummer hatte. Die *Romanze* beruhigt, spendet Trost und entführt in eine zarte, wunderschöne Traumwelt, wo man für eine Weile seinen Kummer vergessen kann.

Und das ist das Einzige, was ich im Augenblick will: alles vergessen, auch die guten Erinnerungen. Bis der Schmerz in mir nachlässt und ich in der Lage sein werde, mit einem Lächeln und ohne Tränen auf die schöne, kurze Zeit mit Vic zurückblicken zu können.

21. Kathleen

Am Donnerstag treffen wir uns alle bei mir zuhause zu unserem rituellen Brunch. Noemi, unsere gemeinsamen Freundinnen Naty und Emma und ich pflegen diese Tradition schon seit mehreren Jahren und haben uns geschworen, dass kein Mann dieses Ritual jemals verhindern oder zum Einschlafen bringen wird.

Naty, die mit Noemi gemeinsam in einer WG gelebt hat, wird bald Tierärztin und wohnt seit Herbst mit ihrem Freund Eric zusammen. Emma, die zukünftige Grundschullehrerin, ist im Sommer auch zu ihrem Verlobten Lucas gezogen und lässt sich dadurch noch seltener blicken. Noemi, die in Myles' Loftwohnung lebt, hat vor einem Monat ihre Arbeit als Assistentin der Chefin einer großen Literaturagentur begonnen und ist seitdem wahnsinnig beschäftigt. Daher ist es eine Notwendigkeit, unsere Brunche regelmäßig fortzusetzen, bevor wir uns zu sehr aus den Augen verlieren.

Mittlerweile haben wir die erste Dezemberwoche und meine Mutter hat neulich, als sie mich besuchte, einen Adventskranz an meiner Tür angebracht. Natürlich ohne mich vorher zu fragen. Um dem Kranz etwas der traditionellen Spießigkeit zu nehmen, habe ich ihn nachträglich mit einer Lichterkette aus Brüstchen geschmückt, die ich im Schaufenster eines Sexshops entdeckt habe. Ich finde sie ganz putzig. Lichterketten mit kleinen Schwänzen waren leider schon ausverkauft.

Ich stehe schon in der Wohnungstür, als meine drei Mädels beladen mit maßlos vollen Tüten den Fahrstuhl verlassen.

„Habt ihr schon wieder vor, euch der Völlerei hinzugeben?" Ich deute mit hochgezogenen Augenbrauen auf die Tüten in ihren Händen.

„Ist doch nicht viel", entschuldigt sich Emma, als wir uns alle mit einem Küsschen auf die Wange begrüßen und eine nach der anderen in die Wohnung schlendert.

Naty kichert verlegen, als sie die Brüstchenlichterkette bemerkt. Sie ist immer noch die Unschuldigste und Schüchternste von uns vieren. Sozusagen unsere Charlotte, wenn man uns mit dem bekannten Damenquartett aus Sex and the City vergleichen würde. Wobei ich zurzeit bestimmt nicht der Samantha gerecht werden kann.

„Gott, du siehst bombenmäßig aus!", sagt Emma anerkennend und mustert mich von oben bis unten, während sie ihren Mantel auszieht und ihre lange, kupferrote Mähne von der Mütze befreit. Ich trage Leggings mit Leopardenmuster und einen schwarzen Rollkragenpulli, also wirklich nichts Besonderes.

„Danke", erwidere ich trotzdem und hole Gästehausschuhe aus dem Schrank.

„Echt! Deine Figur ist einfach perfekt! Aber du tust auch einiges dafür. Dreimal die Woche Fitnessstudio und mindestens zweimal joggen ist schon ein bewundernswertes Programm. Ich dagegen bin schon stolz auf mich, wenn ich es schaffe, zweimal wöchentlich meine Pilates-Übungen durchzuführen, die ich im Schnellkurs im Oktober gelernt habe." Noemi seufzt schwer und schlüpft in die warmen Puschen. Es ist schweinekalt geworden und die Prognosen für weiße Weihnachten sehen sehr gut aus.

„Na ja, ich brauche Sport, um mich abzureagieren. Schließlich habe ich im Unterschied zu euch seit über zwei Monaten keinen Sex mehr gehabt. Noch dazu habe ich mich während meiner Liebeskummerphase wochenlang mit Süßigkeiten vollgestopft. Also, ich werde mich diesmal zurückhalten und auf Kohlenhydrate verzichten", verkünde ich entschlossen. „Die sind nicht gut für meine Muskelmasse."

„Meine Güte, du fängst doch nicht etwa mit Bodybuilding an?", wundert sich Naty und mustert kritisch meine Figur.

„Wer weiß, vielleicht doch? Es macht Spaß, Gewichte zu stemmen. Danach fühle ich mich fast so gut wie nach dem Sex", lache ich. Naty und Noemi verdrehen die Augen, bevor sie Emma in die Küche folgen.

„Ich hab so richtig Bock auf Brötchen mit Marmelade, Nutella, Käse und Apfelmus", sagt Emma und schmatzt beim Auspacken ihrer großen Tüte genüsslich mit den Lippen.

„Na ja, eigentlich sollte ich auch lieber mehr Proteine zu mir nehmen und weniger Süßes", meint Noemi nachdenklich. „Nicht, dass ich denke, ich müsste eine Diät machen. Myles steht ja auch total auf meine Kurven. Aber zu gemütlich darf ich dennoch nicht werden. Mein Ex-Freund hat anfangs auch behauptet, er steht auf meine Rundungen, aber dann hat mich der Schuft trotzdem mit einer gertenschlanken Frau betrogen."

„Wenn ich ehrlich bin, würde ich gerne ein paar Kilo zunehmen", meldet sich Naty leise und mit bekümmertem Gesichtsausdruck. „Eric sagt zwar nichts, aber fast jeder Mann steht auf Frauen, die etwas mehr Fleisch auf den Rippen haben, oder?"

„Hallo? Merkt ihr nicht, wie bescheuert das ist?" Emma sieht uns fast empört an. „Eine will plötzlich wie ein Kerl aussehen und sich noch mehr Muskeln antrainieren, als sie eh schon hat, die andere jammert die ganze Zeit, sie sei doch zu dick, und jetzt haben wir noch eine unter uns, die meint, dass sie zu dünn ist! Warum könnt ihr euch nicht einfach so lieben und akzeptieren, wie ihr seid? Und aufhören zu versuchen, euren Partnern um jeden Preis zu gefallen? Ihr habt echt Probleme!"

Noemi, Naty und ich blicken uns verstohlen an und sind ausnahmsweise mal sprachlos. Emma war schon immer die Einzige von uns, die sich nie über ihre Figur beschwert hat. Aber sie ist auch weder dünn noch dick, sondern einfach normal.

Emma schmiert sich seelenruhig ihren Schokoaufstrich auf das Brötchen, lässt eine Schicht Waldfruchtkonfitüre folgen und als Krönung mehrere Scheiben saure Gurken. Als sie den Löffel noch lustvoll in das Glas mit der Mayo taucht, fällt mir in plötzlicher Erkenntnis die Kinnlade runter.

„Oh du Schande! Emma, du bist schwanger!" Meine Worte lassen die darauffolgenden Sekunden wie in Zeitlupe vergehen. Aber natürlich! So eine abartige Mischung können nur schwangere Frauen in sich hineinstopfen! Emma beißt genussvoll in ihr Brötchen und ein Grinsen von Ohr zu Ohr breitet sich über ihr rundes Gesicht. Als Erste kreischt Naty auf und Noemi folgt ihrem Beispiel.

„Ist das wahr?", frage ich trotzdem vorsichtig. Emma legt widerwillig ihr Brötchen zur Seite, um sich von uns umarmen und abknutschen zu lassen.

„Ja, es ist wahr, der Frühtest gestern war eindeutig positiv!" Ihr Grinsen geht über in dieses typische, etwas dämliche, sanft-selige Lächeln einer Schwangeren.

„Aber ihr habt doch verhütet?", meldet sich die ehemalige Fast-Ärztin in mir skeptisch.

„Nein, nicht mehr. Ich habe von der Pille ständig Migräne bekommen und sie vor sechs Wochen abgesetzt", klärt Emma uns auf.

„Das heißt, ihr habt die Schwangerschaft geplant?" Ich schüttele ungläubig den Kopf. Es ist für mich nicht ganz nachvollziehbar, wie sich eine Frau mit Anfang zwanzig freiwillig schwängern lassen kann, wo sie doch noch so viel vorhat.

„Nicht richtig. Aber Lukas und ich dachten, wir sehen einfach, was passiert. Ein Baby ist bei uns willkommen, auch wenn das für manche überraschend sein mag."

„Das kannst du wohl laut sagen", stimme ich ihr zu. „Ich meine, ihr beendet gerade das Studium und habt noch keine festen Jobs. Dazu seid ihr noch so jung. Wird das wirklich gut gehen?" Meine Skepsis ist zwar angebracht, doch irgendwie finde ich meine Worte sofort zu unsensibel. Emma wirkt so unglaublich glücklich und zuversichtlich, dass ich ihr ihre Freude von Herzen gönne.

„Ich verstehe deine Bedenken sehr wohl, Kathleen." Emma fasst mich sanft am Unterarm. „Wir haben es uns gut überlegt. Ja, wir sind jung und noch nicht sehr lange zusammen. Aber wir lieben uns und sind beide Familienmenschen. Ich will nicht zehn Jahre warten, nur um mir hundertpro sicher zu sein, dass unsere Beziehung wirklich für die Ewigkeit bestimmt ist. Außerdem will ich nicht erst Karriere machen, mich gründlich selbst verwirklichen und unbedingt jede sich anbietende Erfahrung machen müssen, um dann mit Anfang vierzig Torschlusspanik zu bekommen und um jeden Preis schwanger werden zu wollen. Noch weniger möchte ich bei der Einschulung meines Kindes mit Hitzewallungen und Schweißausbrüchen kämpfen, weil ich schon in den Wechseljahren bin und mir alles zu stressig wird. Wir beide wollen junge Eltern werden und das ist für uns wichtiger als Karriere, beruflicher Auslandsaufenthalt und zwei dicke Autos in der Garage. Wir werden es schon schaffen. Lukas fängt im Februar an, als Lehrer zu arbeiten und wird für die Familie sorgen, bis ich selbst arbeiten kann. Klar, wir werden am Anfang nicht viel Geld haben, aber uns bedeuten andere Sachen viel mehr." Emmas grüngraue Augen glänzen und ich bewundere sie für ihre Gelassenheit und ihren Mut. Sie lächelt uns an und beißt wieder entspannt in ihr Brötchen.

Ihre Rede war überzeugend und irgendwie rührend. Anscheinend haben sich da zwei Menschen gefunden, die keine Angst vor Bindung, Verantwortung und Verzicht auf Spaß haben. Und das ist heutzutage verdammt selten und verdient umso mehr Respekt!

„Emma, ich freue mich so sehr für euch! Du wirst eine wundervolle Mutter sein, davon bin ich überzeugt." Ich beuge mich noch mal zu ihr, um sie herzlich zu umarmen.

„Ja, das denke ich auch", sagt Noemi und auch Naty nickt.

„Ich vergesse oft, dass es durchaus junge Frauen gibt, die lieber eine Familie gründen wollen, statt unbeschwert das Leben zu genießen und sich ausschließlich um sich selbst zu kümmern", füge ich anerkennend hinzu.

Ich habe ja schon oft genug gesagt, dass meine Mutterinstinkte gerade reichen, um meinen höchst unabhängigen und eigenwilligen Kater zu versorgen. Der sich immer, wenn Besuch kommt, hinter dem Sofa im Wohnzimmer verkriecht und aus Eifersucht den Teppich vollpinkelt.

„Wie ich sehe, plagt dich die Morgenübelkeit noch nicht." Ich deute auf die widerliche Kombination auf Emmas Brötchen.

„Nein, und ich hoffe, ich bleibe davon verschont", seufzt sie. „Deswegen esse ich jetzt noch so viel wie möglich, falls mir später der Appetit vergeht." Sie grinst entschuldigend und greift nach dem zweiten Brötchen.

„Was hat Lukas dazu gesagt?", erkundigt sich Naty.

„Er weiß es noch nicht! Heute Morgen habe ich den Test gemacht, weil ich so ein komisches Gefühl hatte und eben diese speziellen Gelüste, und Lukas war schon unterwegs. Deswegen wollte ich warten, uns am Abend was Leckeres kochen und ihm dann die Neuigkeit verraten." Emma strahlt noch mehr, und ich kann nur ahnen, wie grenzenlos glücklich sie ist. Meine langjährige Freundin erscheint mir plötzlich in einem ganz anderen Licht: Sie ist eine junge Frau, die genau weiß, was sie braucht, um ein erfülltes, zufriedenes Leben zu führen. Von der Sorte gibt es in meiner Generation nicht viele.

Wir reden eine Weile über Babys, Alternativgeburten mit Hebamme, Stillen, Vor- und Nachteile einer Kaiserschnittgeburt und suchen schon nach passenden Mädchennamen. Bella und Summer sind unsere Favoritinnen, obwohl Emma und Lukas auf ganz klassische Namen wie Johanna oder Mathilda stehen. Wir alle sind uns einig, dass Emma ein Mädchen bekommt, wegen der unappetitlichen Mischung auf ihrem Brötchen und weil wir alle der Kaufeuphorie verfallen und sie mit Stramplern, winzigen Schuhen, Schnullern, Deckchen, Spieluhren und anderem Zeug in Rosa überhäufen wollen. Emma lächelt bloß über uns und denkt wahrscheinlich, wir sind völlig bescheuert. Sie kaut schon an ihrem zweiten oder dritten widerlich belegten Brötchen und lässt sich nicht aus der Ruhe bringen, nicht mal, als Naty über den fürchterlichen Dammschnitt ihrer Cousine redet. Doch Emma will das Kind nicht im Krankenhaus bekommen, sondern im Geburtshaus. Dort können die Frauen ihre Kinder auf dem natürlichen Weg zur Welt bringen, klärt sie uns kurz auf.

Ich verdrehe die Augen, sage aber nix. Als Emma ins Bad verschwindet, kommentiere ich trocken: „Bei den ersten richtigen Wehen wird sie nach einer PDA-Narkose oder einem Kaiserschnitt schreien und sich ihre Idee von der ach so sanften Wassergeburt mit Walgesängen im Hintergrund und Duftlampe mit Sandelholzöl abschminken. Die menschliche Geburt ist eine blutige, leidvolle und krasse Angelegenheit und zum Glück leben wir nicht mehr im Mittelalter, wo die Frauen unter großen Schmerzen gebären mussten. Emma wird ihre romantischen Pläne nicht lange aufrechthalten. Wetten wir?"

Uns allen ist der Appetit vergangen. Die Vorstellung, wie ein ausgewachsenes Baby sich den Weg aus unserer höchst empfindsamen Körperöffnung erkämpft, treibt uns kalte Schweißtröpfchen auf die Stirn. Wenn ich mal ein Kind bekomme, dann nur mit einer so starken Narkose, dass sie sogar eine Milchkuh betäuben würde. Natys Gesichtsausdruck verrät mir unmissverständlich, dass sie ähnliche Gedanken hat wie ich. Sie presst sogar unbewusst ihre schlanken Schenkel zusammen und ich wette, mindestens für diesen Tag ist ihr der Appetit auf Sex vergangen.

„Wann kommt denn Myles zurück?", wende ich mich schnell an Noemi, als Emma wieder in der Tür erscheint und wir sofort taktvoll das Thema wechseln.

„In weniger als einer Woche. Aber die Arbeit wartet schon auf ihn. Die Proben für die Konzertreihe mit David gehen Anfang Februar los. Während der Probenzeit werde ich ihn kaum sehen, er wird den ganzen Tag arbeiten und danach seine Ruhe brauchen." Unwillkürlich seufzt sie und begutachtet gefrustet das Brötchen mit Natys veganem Aufschnitt, der eine nicht gerade verlockende, blassgraue Farbe besitzt und nach altem Radiergummi riecht. Und wahrscheinlich genauso schmeckt.

„Ist doch nicht so einfach, mit einem Musiker zusammenzuleben, der so viel zu tun hat, stimmt's?", fragt Naty mitfühlend.

„Na ja, ich wusste ganz genau, worauf ich mich einlasse." Sie zuckt ergeben mit den Schultern. „Als Myles die Band verlassen hat, hieß das noch lange nicht, dass er nur noch zu Hause sitzt und in Ruhe seine Songs schreibt. Er ist gut im Geschäft und muss natürlich seine Chancen nutzen. Sein Manager meint, nach der Zusammenarbeit mit David Garrett und seinem Soloalbum wird es erst richtig losgehen, und er organisiert gerade eine Tour durch die USA im nächsten Sommer."

„Aber es ist doch geil, die Freundin eines berühmten, rattenscharfen Musikers zu sein!", sagt Emma mit vollem Mund und ihre Augen blitzen eindeutig auf. „Tausende von Frauen werden dich beneiden, wenn es rauskommt, dass Myles in festen Händen ist. Und sieh es mal positiv: Dadurch, dass er viel unterwegs ist, wird sich die Routine nicht so schnell in eure Beziehung einschleichen wie bei Pärchen, die ständig zusammenkleben. Euer Sexleben hat so die besten Chancen, länger heiß und prickelnd zu bleiben."

„Ja, das versuche ich auch so zu sehen", sagt Noemi. „Trotzdem werde ich ihn während der Tour durch Europa öfters besuchen, wenn die Sehnsucht zu groß wird. Wir wollen nicht länger als zwei Wochen voneinander getrennt sein. Seit ich den Job in der Agentur habe, bin ich zwar nicht mehr so ungebunden wie früher, aber wir kriegen das schon hin." Etwas verstimmt senkt sie ihren Blick und angelt eine saure Gurke aus dem Glas. Ich weiß nur zu gut, wie sie sich stets bemüht, die Schattenseiten der Beziehung mit einem berühmten und viel beschäftigten Mann auszublenden und sich auf die positiven Aspekte ihrer Liebe zu fokussieren. *Mir muss sie nichts erklären, ich habe ja einen Crashkurs in Sachen Rockstar hinter mir ... Die Mädels sind so lieb und feinfühlig, dass sie Vic gar nicht erwähnen, weil sie meine halbwegs verheilten Wunden nicht wieder aufreißen wollen.*

Obwohl er ein total liebenswerter Kerl ist, ist das Leben mit Myles ganz schön stressig, wie Noemi mir manchmal anvertraut. Zum Beispiel, wenn er immer öfter spätabends von den Proben oder Tonaufnahmen nach Hause kommt, sie schon schläft und er erst gegen Mittag aufsteht, wenn sie schon längst unterwegs ist. Auch muss sie oft Rücksicht auf ihn nehmen und sich zurückziehen, sodass er ungestört komponieren oder üben kann. Die wenigen Abende oder Wochenenden, an denen er frei hat, verbringen sie teils zusammen, teils bei seinen Eltern, oder er gönnt sich auch mal reine Männerabende mit seinen Freunden. Was sie ja alles versteht. Nur, Noemi ist im Grunde doch traditioneller, als ich dachte, und sehnt sich nach mehr Zweisamkeit. Nach ruhigen, gemütlichen Abenden auf der Couch, wo Myles nur ihr gehört und er das iPhone mal ausschaltet.

„Ach, her mit dem Schokoaufstrich!" Noemi legt lachend die Gurke weg und greift mit dem Löffel tief in das Nutellaglas. Genüsslich leckt sie ihn ab. „So, das reicht! Jetzt kann ich immer noch stolz sagen, ich habe die weibliche Figur einer Barbara Schöneberger. Aber bevor ich in die Kategorie einer Cindy aus Marzahn rutsche, ist etwas mehr Selbstdisziplin angebracht. Ich halte mich in der Öffentlichkeit ja komplett zurück. Nur wenn irgendjemand Fotos von uns veröffentlicht, muss ich neben ihm eine gute Figur machen. Das stellt mich schon irgendwie unter Druck. Was meint ihr, sollte ich doch lieber jetzt schon etwas abnehmen? Die Schöneberger hat neulich auch ordentlich abgespeckt, obwohl sie eine tolle Figur hat." Sie sieht plötzlich etwas verunsichert aus.

„Ach Quatsch, du siehst prima aus! Eine richtige Sexbombe!“, beruhigt Naty sie sofort. Sie beneidet Noemi
um ihre Brüste und ihren Hintern. Es ist uns allen ziemlich klar, dass sie alles geben würde, um etwas üppiger
zu sein. Und das, obwohl sie doch so süß mit ihrer zierlichen und mädchenhaften Erscheinung ist!

„Mach dir keine Gedanken! Du bist bildhübsch und
eine tolle Frau mit einer starken Ausstrahlung. Alle
werden sofort merken, dass du was Besonderes bist“,
sage ich. Und das meine ich ehrlich und nicht bloß als
beste Freundin. Noemi ist zwar selbstbewusst und
steht zu ihren Rundungen. Doch welche Frau an ihrer
Stelle würde nicht ab und zu Zweifel an ihrer Figur bekommen und sich mit den superdünnen Models vergleichen, mit denen sich berühmte Männer meistens in
der Öffentlichkeit zeigen?

„So ist es! Dazu bist du noch klug und nett und keine
zickige, hohle Tussi, die permanent unterzuckert und
schlecht gelaunt herumläuft“, stimmt Emma zu.

„Ihr seid so lieb“, murmelt Noemi gerührt. „Was
würde ich bloß ohne euch machen! Aber Kathleen, erzähl du doch jetzt auch mal was über dich!“

„Puh, was soll ich da erzählen?“ Ich zucke mit den
Schultern. „Neben Emmas Schwangerschaft und Noemis baldigem Prominenten-Status sind meine Angelegenheiten eher bescheiden.“

„Blödsinn“, protestiert Emma gleich. „Wir wollen alles wissen, was bei dir so abgeht, wir haben uns schließlich seit drei Wochen nicht mehr gesehen.“

„Nun ja.“ Ich greife nach einem hartgekochten Ei und
pelle es. „Die Ausbildung läuft gut und es macht mir
wirklich Spaß. Viel mehr als das Medizinstudium. Ich

denke, das ist wirklich mein Ding und ein Beruf, der mich glücklich macht."

„Das freut mich sehr für dich!", sagt Noemi. „Es muss nichts Schlimmeres geben, als ein Leben lang einen Job machen zu müssen, den man eigentlich gar nicht mag."

„Und sonst? Privat was Neues? Du hast mal einen heißen Nachbarn erwähnt", fragt Naty so unschuldig, als ob sie sich nach meinem abgebrochenen Fingernagel erkundigen würde.

„Ah, Jonas meinst du", erwidere ich genauso beiläufig. „Er ist nett und wir trinken ab und zu ein Bierchen zusammen. Neulich hat er mir selbstgebackenen Käsekuchen gebracht. Aber da läuft nichts, keine Bange", versuche ich ihr gleich den Wind aus den Segeln zu nehmen, ehe sie nachhakt. Ich weiß ja selbst nicht so richtig, was ich von Jonas halten soll. Er ist wirklich sehr interessant, sympathisch und attraktiv. Aber er macht mir keine eindeutigen Avancen, was ich allerdings sehr entspannend finde. Ich rede gerne mit ihm und es wäre schade, ihn wegen einer unbedeutenden Nacht zu verlieren.

„Kathleen. Sieh uns an", sagt Noemi mit sehr ruhiger, jedoch entschlossener Stimme. Drei misstrauische Augenpaare begutachten mich sorgfältig.

„Was? Da läuft wirklich nichts! Wir haben nicht mal geknutscht bis jetzt", wehre ich mich sofort. „Ihr seid schlimmer als die Stasi! Hinter jeder Kleinigkeit vermutet ihr gleich Verschwörungen oder Hochverrat. Wenn bei mir wieder irgendwas mit einem Mann läuft, werdet ihr es als Erste erfahren, versprochen!"

„Na ja, es wäre langsam Zeit, dass du auch unter die Haube kommst“, kommentiert Naty und knabbert weiter an ihrem Paprikastreifen.

„Ach wo, mir geht’s gut als Single. Männer bringen mir meist nur Ärger und auf Frauen habe ich zurzeit auch keinen Bock.“

„Die Geschichte mit Vic hat dich anscheinend so richtig geschädigt“, murmelt Emma halblaut und blickt mich mitfühlend an.

Mag sein. Als ich im Herbst zurück nach Berlin gekommen bin, ging es mir echt mies. Ich vermisste Vic furchtbar, aber ich war zu stolz, um ihm zu schreiben oder ihn anzurufen. Auch er hat sich nicht bei mir gemeldet, und mein Liebeskummer zog sich bis in den November hinein. Zum Glück half mir meine Ausbildung zur Physiotherapeutin sehr, um auf andere Gedanken zu kommen. Dazu waren meine Mädels total süß und kümmerten sich gut um mich.

Mein Nachbar Jonas hat mit seiner bodenständigen, ruhigen und ausgeglichenen Art zusätzlich für angenehme Ablenkung gesorgt. Wir sehen uns regelmäßig, seit er zurück aus der Schweiz ist. Immer öfter joggen wir auch zusammen und trinken anschließend Yogitee bei ihm in der Küche. Wenn er versucht hätte, mich zu verführen, wäre ich wahrscheinlich schwach geworden und hätte ihn als Trostpflaster benutzt, doch er verhält sich mir gegenüber immer wie ein Gentleman. Er macht zunehmend den Eindruck, als ob er einer von der ganz seltenen Männersorte wäre, die nicht an flüchtigen Sexabenteuern interessiert ist. Anfangs habe ich noch gedacht, er findet mich einfach nicht attraktiv, doch mittlerweile bemerke ich sehr wohl seine eindeutigen Blicke und seine Körpersprache. Ja, es knistert zwischen uns, aber wir wollen nicht voreilig handeln und unsere Freundschaft gefährden.

„Vielleicht bin ich blöd, aber ich verstehe immer noch nicht, warum ihr euch eigentlich getrennt habt", verblüfft mich plötzlich Naty mit ihrer Frage. Die ganz und gar nicht blöd ist. Mittlerweile kann ich mir selbst auch nicht mehr richtig erklären, wieso wir alles so schnell aufgegeben haben.

„Das würde ich auch gerne wissen", seufze ich laut. Ich beuge mich zu Helmut, der sich unter dem Stuhl plötzlich an meinen Waden reibt, um ihm über das Fell zu streicheln.

Er ist ein ganz lieber Kater geworden und viel ausgeglichener. Offenbar hat er seine Depression überwunden. Als es mir so dreckig ging, hat er tatsächlich seine vorgesehene Funktion wunderbar erfüllt: Er ließ es zu, dass ich ihn als Kuschelersatz benutzte, und er verbrachte viele Abende auf meinem Schoß, während ich meiner Liebschaft mit Vic nachtrauerte und mich an unzähligen Pralinenschachteln verging. Um sie abzutrainieren, habe ich danach mein Sportprogramm streng anziehen müssen.

Die Mädels schweigen alle, nur Noemi streichelt mir über die Hand. „Meine Süße, ich weiß sehr wohl, was es heißt, sich in einen Rockstar zu verlieben. Es ist unglaublich aufregend und berauschend, doch auch sehr anstrengend und stressig. Ich habe das Glück, dass Myles nicht mehr in einer Band spielt und daher nicht so viel um die Welt tourt, wie Vic es tut. Wenn er weiter bei *Black Sunday Desire* spielen würde, würde es mit uns wahrscheinlich auch nicht lange gut gehen. Du hast eine schöne Zeit mit Vic gehabt, aber auf die Dauer würdest du dich nicht wohlfühlen mit ihm. Du würdest ihn ja kaum sehen, er ist seit drei Monaten auf Tour. Mehr als eine Affäre oder Freundschaft mit gewissen Vorzügen ist bei ihm nicht möglich. Und du hast anscheinend mehr von ihm gewollt, als er dir geben konnte."

„Ja, kann sein", stimme ich ihr zu. „Ich war durch den Hormonrausch völlig unzurechnungsfähig und habe deswegen so unüberlegt reagiert. Ich hätte es doch wissen müssen, dass ich von ihm keine richtige Beziehung erwarten darf. Ich denke, seine überraschende Vaterschaft war nicht so sehr der Grund für meine blöde Reaktion. Ich habe einfach geglaubt, wir wären ein ganz normales Pärchen und er sei verpflichtet, mir alles sofort zu beichten und mir jeden seiner Schritte genau zu erklären. Und als er das mal nicht getan hat, bin ich durchgedreht und hab alles zerstört. Aber ich konnte mir nicht länger was vormachen und mich mit dieser lockeren erotischen Freundschaft zufriedengeben. Bin doch nicht so locker, wie alle denken ..." Ich spüre die alte Bitterkeit und den Kummer in mir, wenn ich daran denke, wie sehr ich Vic immer noch vermisse und mich nach ihm sehne. Wahrscheinlich spürt Jonas auch, dass ich nicht bereit bin für einen neuen Mann, und deswegen will er nichts von mir. Ich brauche einfach mehr Zeit, um Vic zu vergessen.

Unwillkürlich steigen mir die Tränen in die Augen, und Naty steht sofort auf, um mich fest zu drücken. Mich flennen zu sehen, ist nicht gerade eine alltägliche Situation. Ich bin ja bekannt dafür, ganz taff zu sein und selbst in schlimmen Situationen meinen Humor zu bewahren.

„Scheiße, ich hab meine Periode, deswegen bin ich so eine Heulsuse“, entschuldige ich mich bei meinen Freundinnen, als Naty mich loslässt. „Ich habe für meine Dummheit ordentlich bezahlt, und was geschehen ist, ist geschehen. So langsam will ich nach vorne blicken, und wer weiß, vielleicht wird es ja doch noch was mit Jonas. Er hat mich jedenfalls für Samstag ins Kino eingeladen und danach kocht er für mich.“

„Sag ich doch“, meint Naty erleichtert. „Nach allem, was du uns über deinen Nachbarn erzählt hast, hab ich ein gutes Gefühl. Wenn er dir so viel Zeit lässt und dich nicht sofort ins Bett kriegen will, ist das doch ein Zeichen dafür, dass er es ernst mit dir meint und Charakter hat.“

„Das sehe ich auch so. Abgesehen davon ist er echt süß!“, sagt Noemi, die Jonas schon mal gesehen hat, als sie zu Besuch war und er mir gerade bei einem Problem mit meinem Laptop geholfen hat.

„Na, dann schnapp dir den Typen, du brauchst wieder mal etwas Spaß.“ Emma zwinkert mir zu und wird plötzlich ziemlich blass. Sie stellt ihren Joghurtbecher ab und atmet tief aus. „Oh Mann, mir wird schlecht“, murmelt sie. Nach all dem wild gemischten Fraß, den sie in kürzester Zeit in sich reingestopft hat, würde jedem normalen Menschen schlecht werden, schwanger oder nicht schwanger.

„Kein Wunder.“ Noemi zieht ihre Augenbrauen hoch. „Mir wird auch übel, wenn ich an deine Schokobrötchen mit Mayo denke!“

„Hör auf!“ Emma erhebt sich plötzlich und hält sich die Hand vor den Mund, während sie zu würgen beginnt.

„Schnell, ins Bad!“ Ich springe auf die Beine, um ihr schleunigst die Tür aufzumachen. Emma rennt mir hinterher und schafft es gerade noch rechtzeitig, sich über die Kloschüssel zu beugen und sich laut zu übergeben.

Sie gibt mir mit der Hand ein Zeichen, dass ich sie alleine lassen soll, und ich kehre zurück zu den anderen. Sogar in der Küche hören wir ihre lauten Würgegeräusche, und der Appetit vergeht uns endgültig.

„Ich denke, ich nehme lieber weiter die Pille“, sagt Naty halblaut, und als wir uns ansehen, prusten wir alle drei gleichzeitig los.

22. Vic

Es ist ein geiles Gefühl, an einem Samstagnachmittag aus dem Fahrstuhl zu steigen und wieder die Tür meiner Berliner Bleibe aufschließen zu können. Ich war drei Monate unterwegs und jetzt, kurz vor Weihnachten, haben wir endlich die Chance, uns zwei, drei Wochen freizunehmen und den Tourneestress hinter uns zu lassen. Ich bin mehr als zufrieden mit dem Feedback, das wir bekommen haben, und wir haben einige richtig geile Shows abgeliefert. Das Publikum hat uns überall mit großer Begeisterung aufgenommen, sei es an der Ostküste oder in L.A. Sogar die Kritiker waren auf unserer Seite, nur sehr wenige haben uns verrissen. *Solider, handgemachter und selbstbewusster German-American-Rock*, hat zuletzt eine Journalistin in Kalifornien geschrieben. Damit kann ich gut leben. Die Schnepfe ist bekannt dafür, dass sie die Bands, die nicht gerade aus Seattle oder Manchester kommen, mit ihrer scharfen Feder vernichtet. Über mich hat sie beispielsweise geschrieben:

Vic Taylor hat definitiv das Zeug zu einem ernstzunehmenden Frontmann mit überzeugender, authentisch wirkender Wut im Bauch und einer gut dosierten Portion Sexappeal, die aber seinen beachtlichen stimmlichen Qualitäten keinesfalls im Wege steht.

Na denn! Wenn das keine gute Kritik ist! Schließlich schreibt sie für die bedeutendsten Musikredaktionen an der Westküste und das seit fünfundzwanzig Jahren! Die amerikanische Tournee war wirklich ein Volltreffer und wir haben uns dabei ordentlich die Ärsche aufgerissen. Ehrlich gesagt bin ich so geschafft, dass ich erst mal zwei Tage durchschlafen will. Doch die Mühe hat sich gelohnt: Wir sind jetzt richtig berühmt und gehen im Frühsommer mit eigener Vorgruppe auf die Asien- und Australientournee! Wenn das nicht geil ist! Demnächst drehen wir zwei Videoclips, einen auf Sri Lanka und einen irgendwo oben, in Schottland. Das Live-Video von *Bad Memories* hat mittlerweile acht Millionen Klicks auf YouTube!

Scheiße, Nina, die sich in meiner Abwesenheit immer um die Wohnung kümmert, hat sie weihnachtlich dekoriert. Überall hängen Lichterketten und Tannengirlanden und neben dem Kamin im Wohnzimmer steht ein großer, üppig geschmückter Baum. Mann, ich hasse den Weihnachtskitsch! Ich weiß, sie wollte nur, dass ich mich heimisch und willkommen fühle, aber sie hat echt übertrieben. Wobei ... zugegeben, das hat was. Die Wohnung mit all dem Kram sieht jetzt viel bewohnter und irgendwie gemütlicher aus.

Aber ich halte trotzdem nichts von Weihnachten. Ich habe nicht mal schöne Kindheitserinnerungen daran. Meine Uroma hat ein paar beschädigte Lichterketten an die Fenster gehängt, den schäbigen, hässlichen Plastikbaum aus dem Keller geholt, und wir haben am Heiligabend Pizza gegessen, bevor sie sich die Kante gegeben hat und ins Bett gegangen ist. Am Morgen danach gab es selten Geschenke. Vielleicht eine neue Mütze oder Socken und einige Süßigkeiten, mehr nicht. Wir gingen auch nicht in die Kirche; Uroma Christa sagte, Gott mache um unsere Familie längst einen großen Bogen. Später, als ich in den Pflegefamilien lebte, wurde es nicht besser. Vielleicht hatten die Leute schönere Weihnachtsbäume und es gab besseres Essen, doch ich war immer nur das überflüssige Pflegekind, das nicht richtig dazugehört und bloß ein paar billige Geschenke bekommt, wenn überhaupt.

Nee, Weihnachten weckt bei mir gewiss keine warmen und nostalgischen Gefühle. Wie immer werde ich mich an Heiligabend ordentlich besaufen und vielleicht in einen Klub fahren. Die Nacht werde ich ganz bestimmt nicht alleine verbringen müssen, und ein Blowjob von irgendeiner Tussi wird meine Bescherung am Morgen sein.

Auch der Kühlschrank ist mehr als gut gefüllt, Nina hat wirklich an alles gedacht. Na ja, schließlich bezahle ich ihre Agentur ja auch ordentlich. Ich beiße ein großes Stück von einem Lachssandwich ab und spüle es mit kalter Milch herunter. Hunger habe ich nicht, bin nur hundemüde. Im Bad schmeiße ich mir eine Schlaftablette ein, ich will wirklich tief, fest und vor allem lange schlafen. Und wenn ich wieder fit bin und einen klaren Kopf habe, werde ich mir überlegen, ob ich das, was mir seit vielen Wochen keine Ruhe gibt, tatsächlich tun sollte.

Nämlich Kat anrufen und mich mit ihr treffen. Nachdem sie zurück nach Berlin geflogen ist, habe ich ein paar Tage gebraucht, um zu kapieren: Sie ist wirklich weg. Sie hat mir sehr gefehlt. Fuck, was heißt gefehlt!

Ich war am Boden zerstört, als sie mich verlassen hat. Ich konnte mich nur mit Hilfe von Koks so weit in Ordnung bringen, um das Konzert in Seattle problemlos durchstehen zu können. Dex hat geflucht und vor Wut geschäumt, als er mich am Morgen vor dem Abflug nach Washington sturzbetrunken in meinem Bett gefunden hat. Seine schlimmsten Befürchtungen sind somit in Erfüllung gegangen: Frauen bringen bloß Ärger. Er wusste verdammt gut, warum er gegen meine Verbindung mit Kat war. Anfangs gab ich ihm sogar recht und war selbst wütend auf sie und vor allem auf mich selbst, weil ich mich emotional so tief reingesteigert hatte.

Aber schon bald fand ich es einfach fucking saublöd von uns beiden, wie wir auseinander gegangen sind. Ja, es war meine Schuld, dass ich ihr nicht sofort von Jonny erzählt und ihr mein Treffen mit Molly verschwiegen habe. Ich dachte, auf diese Art würde ich ihre Eifersucht und unnötige Szenen vermeiden, bis ich mit der unerwarteten Situation erst mal selber klarkomme. Doch ich habe mit meiner beschissenen Taktik alles nur noch schlimmer gemacht.

Molly war sehr bedrückt, als ich ihr während meines kurzen Besuchs bei ihr den Vorfall mit Kat beichtete. Sie fühlte sich schuldig und der Abend lief nicht gerade so, wie wir es uns vorgestellt hatten. Wir erzählten Jonny, dass ich sein Papa bin, und er nahm es gelassen auf. Er fragte nur, ob ich jetzt bleiben werde. Es tat mir schon sehr leid, dem Kleinen in die Augen zu sehen und sagen zu müssen: „Leider nicht, ich muss wieder weg. Aber ich komme dich besuchen, sobald ich kann." Das tat ich auch.

Einen Tag vor meinem Abflug nach Berlin haben wir uns wiedergesehen. Ich flog wegen Jonny erst nach New York und nicht direkt nach Deutschland, so wie die anderen. Ohne Molly gingen wir zusammen auf den Spielplatz, wo wir Basketball spielten und ziemlich viel Spaß miteinander hatten. Es war schon seltsam für mich, mit einem Kind zu toben, das mein Sohn ist. Ich weiß ja nicht, wie das so ist, mit seinem Vater zu spielen. Also gab ich mein Bestes und versuchte, auf den Kleinen einzugehen, so gut ich konnte.

Zusammen mit Molly brachte ich Jonny später ins Bett und las ihm seine Lieblings-Gutenachtgeschichte vor. Plötzlich streckte er seine kleinen Arme nach mir aus, umarmte mich und drückte mir ein Küsschen auf die Wange.

„Gute Nacht, Daddy!", sagte er, und ich heulte fast los. Irgendwie sammelte ich mich und küsste ihn ebenfalls, bevor ich aufstand und das Zimmer verließ. Es ist ein völlig krasses und seltsames Gefühl gewesen, als er mich Daddy genannt hat. Ich und Daddy! Das ist doch völlig verrückt und abgefahren!

Ich werde ihm und Molly regelmäßig Geld schicken, egal wie heftig sie sich dagegen sträubt. Ich werde mich bei ihm melden und ihm zumindest aus der Entfernung das Gefühl geben, ich bin für ihn da und ich denke an ihn. Und ich werde versuchen, so viel Zeit, wie es nur geht, in New York mit ihm zu verbringen.

Es wird nicht einfach sein und der kleine Kerl wird nicht viel von seinem Vater haben. Doch besser ein beschissener Vater wie ich als gar keiner. Molly möchte nämlich nicht, dass ausschließlich ihr neuer Lebensgefährte Jeremy die Vaterrolle für Jonny übernimmt, schließlich bin ich ja nicht tot oder so ein Loser, dass man mich von dem Kind fernhalten müsste.

Über die rechtlichen Sachen wie die Anerkennung der Vaterschaft und ein gemeinsames Sorgerecht reden wir beim nächsten Besuch. Oder, noch besser, ich werde einen Anwalt engagieren, um Molly die Verstrickungen mit dem Papierkram zu ersparen. Auch möchte ich ihr den Unterhalt für die letzten vier Jahre zurückzahlen, ich habe ja die Kohle und der Kleine soll eine viel bessere Kindheit haben als sein Erzeuger.

Rein theoretisch hätte ich Weihnachten auch in New York verbringen können, mit Molly und ihrer Familie, zu der ich jetzt irgendwie gehöre. Sie hat das auch vorgeschlagen, doch ich habe mich mit Verpflichtungen in Berlin rausgeredet. Ich fühlte mich getrieben von der starken Sehnsucht, so schnell wie möglich nach Berlin zu fliegen. Molly spürte das. „Du solltest um diese Frau kämpfen, du hast sie viel zu schnell gehen lassen", hat sie mir zum Abschied gesagt. „Wenn du sie noch liebst, dann beweg jetzt deinen Arsch, sei ein Mann und hol sie dir zurück!"

Ja, genau das habe ich vor! Aber erst mal schlafe ich ein, zwei Tage lang durch und lasse die Tour hinter mir. Ich brauche immer eine Weile, um wieder im Leben abseits der großen Bühnen anzukommen. Erst dann bin ich wieder in der Lage, mich wie ein einigermaßen normaler Mensch zu verhalten.

Bald merke ich, wie die Schlaftablette wirkt, und werfe mich auf mein frisch bezogenes Bett. Es tut gut, wieder im eigenen Schlafzimmer zu schlafen und nicht in anonymen Hotelzimmern oder den viel zu engen Schlafkojen im Tourbus. Doch noch viel schöner wäre es, neben mir würde jetzt die Frau liegen, die ich immer noch vermisse. Ich würde den süßen Duft ihres Haares einatmen, während ich mich von hinten an sie schmiegen und ihren warmen Körper festhalten würde ...

Ehe ich mich wieder in diesen gefährlichen Träumereien verlieren kann, die mir überhaupt nicht guttun, überwältigt mich zum Glück schon der Schlaf. Aus dem ich hoffentlich frühestens am Sonntagabend wieder aufwachen werde.

23. Kathleen

Der Abend mit Jonas verläuft sehr angenehm. Den James-Bond-Film, der in einem kleinen Programmkino lief, haben wir gemeinsam ausgesucht, obwohl ich eigentlich lieber ein französisches Liebesdrama gesehen hätte. Meine Begeisterung über den Film hält sich in Grenzen, viel mehr genieße ich es, neben Jonas zu sitzen, mich ab und zu mit dem Kopf an seine breiten Schultern zu lehnen und das angenehme Prickeln zwischen uns zu spüren. Ich bin ziemlich fest davon überzeugt, dass er mich heute in der kuscheligen Dunkelheit des Kinosaales küssen wird. Aber ich habe mich geschnitten. Er küsst mich nämlich nicht.

Als er mir am Ende hilft, die Jacke anzuziehen, kommen wir uns gefährlich nah. Fast hätte ich ihn geküsst, doch er übersieht meine Absicht charmant und dreht sich mit einem Schmunzeln um.

Wenn ich ihn nicht besser kennen würde, würde ich denken, er spielt Spielchen mit mir. Doch das kann ich mir bei ihm nicht vorstellen; er scheint ein ehrlicher und charakterstarker Mann zu sein. Umso mehr macht es mich neugierig, warum er so zurückhaltend ist. Ich meine, ich bin ja nicht blöd und merke oft genug, dass ich ihm als Frau gefalle und er nicht bloß einen Kumpel in mir sieht.

Wir laufen zu Fuß nach Hause und ich freue mich über den Schnee, der seit gestern Abend in großen, fluffigen Flocken auf die Stadt niederrieselt. Wir unterhalten uns angeregt über die Bond-Darsteller aus der Vergangenheit. Er ist Sean-Connery-Fan, ich mag Pierce Brosnan am liebsten.

„Und wer ist dein Lieblings-Bond-Girl?" Ich sehe ihn herausfordernd an.

„Du, ich fand mehrere ganz interessant", versucht er, meine Frage diplomatisch zu beantworten. Wahrscheinlich ahnt er, dass ich damit mehr über seinen Frauentyp herausfinden will.

„Also, die Blonden, die Brünetten, die Exotischen?" Ich lasse nicht locker.

„Das spielt für mich keine Rolle. Für mich sind die Ausstrahlung und die Persönlichkeit der Frau entscheidender als ihre Haarfarbe", antwortet er und schmunzelt wieder. Ich könnte schwören, er macht sich ein wenig lustig über mich. Der Mann ist wirklich eine harte Nuss. Jemand mit sieben Siegeln, den man überhaupt nicht durchschauen kann. Jonas ist ja auch kein 08/15-Typ. Er ist ein Fotograf mit einer Vorliebe fürs Detail, ein nachdenklicher Aikidomeister, er folgt nicht den allgemeinen gesellschaftlichen Trends und sieht so gut wie nie Fernsehen.

Dazu ist er nicht an oberflächlichem, unverbindlichem Sex interessiert, sondern an wirklich intimen erotischen Kontakten, die unter die Haut gehen und wahre Nähe herstellen, wie er einmal erwähnt hat. Das klingt für mich nach transzendental-meditativem Tantra-Yoga. Oder wenigstens nach sinnlichem, orgastischem Kamasutra. Und macht mich natürlich noch heißer auf ihn. Ich wette, Sex mit ihm wäre eine ziemlich tiefgründige und vielleicht sogar bewusstseinserweiternde Erfahrung. Die ich, ehrlich gesagt, gerne machen würde. Ich lebe seit Ende September enthaltsam und werde den bittersüßen Erinnerungen an Vic nur dann entfliehen können, wenn ich einem anderen Mann die Chance gebe, mich zu verzaubern und meine Leidenschaft zu wecken.

Jonas wäre ein sehr geeigneter Kandidat für diese Rolle, und ich bin bereit, ihm wie eine überreife Birne in den Schoß zu fallen. Er muss nur die Hand nach mir ausstrecken ...

Doch das tut er nicht. Er kocht französisch für mich und sieht in seiner Küchenschürze so sexy und männlich aus, dass ich die ganze Zeit an französischen Sex denken muss.

Das Essen schmeckt vorzüglich. Mann, dieser Typ kann einfach alles! Er ist ganz bestimmt ein großartiger Liebhaber, der sich viel Zeit und Muße nimmt. Ich bin überzeugt, dass er nicht so stürmisch und leidenschaftlich wie Vic ist, dafür aber sinnlich und einfühlsam. Scheiße! Schon wieder muss ich an Vic denken! Werde ich jeden Typen mit ihm vergleichen?

Das muss endlich aufhören. Wenn es sein muss, ergreife ich halt selbst die Initiative. Nach dem zweiten Glas erlesenen Rotweines fasse ich meinen ganzen Mut zusammen und rutsche auf dem Sofa näher zu Jonas. Wir hören Diana Krall, *Look of Love*. Ist nicht meine Musik, doch sie passt wunderbar zu dem Abend und bringt mich noch mehr in Stimmung.

„Tanz mit mir“, fordere ich ihn auf. Ein Lächeln huscht über sein Gesicht mit dem dichten Bart, und er stellt sein Glas ab.

„Du weißt immer, was du willst und du nimmst es dir auch, stimmt's?“ Er blickt mir tief in die Augen.

„Meistens“, murmele ich und erröte leicht. Das warme Prickeln auf meiner Haut wird noch intensiver, als er mir die Hand reicht und sich erhebt. Ich lege meine Arme um seinen Hals und er hält mich mit seinen großen, starken Händen fest. Er hat ein gutes Rhythmusgefühl und führt mich sofort. Der enge Körperkontakt mit ihm ist sehr angenehm. Er vermittelt mir Sicherheit und Wärme, und ich schmiege mich enger an Jonas. Er riecht gut. Holzig, frisch und herb, wie ein sonniger Herbsttag irgendwo an einem Bergsee. Wir tanzen langsam durch sein Wohnzimmer, bis der Song endet und Jonas stehen bleibt. Mein Herz schlägt schneller, als ich den Kopf hebe und meine Lippen fast seinen Mund berühren. Er zögert immer noch. Sein Atem streift mein Gesicht und ich schließe die Augen. Vorsichtig küsse ich ihn auf die leicht geöffneten Lippen. Er erwidert meinen Kuss, doch nicht so, wie ich es erwartet habe. Er küsst mich zärtlich und entzieht sich sogleich wieder meiner Umarmung.

Fast erschrocken öffne ich meine Augen und sehe ihn verwirrt an.

„Kathleen, ich denke, du solltest jetzt gehen, du hast zu viel getrunken.“ Er lächelt und tritt entschlossen noch einen Schritt zurück.

„Nein … Ich dachte … Ach, vergiss es“, stammele ich und senke beschämt meinen Blick. „Es tut mir leid, ich verstehe schon.“ Peinlich berührt wende ich mich von ihm ab und greife nach meiner Jacke, die auf dem Stuhl liegt.

„Was verstehst du?", fragt er mich mit ruhiger Stimme.

„Bin halt nicht dein Typ! Ist schon okay, ich habe wirklich zu viel getrunken. Vielen Dank für den schönen Abend." Ich will nur noch nach Hause, jetzt, wo ich mich so blamiert und wahrscheinlich für immer seine Freundschaft verloren habe. Und ich war mir so sicher, er will mich auch.

„Hey, Kathleen, warte." Er folgt mir zur Tür und greift nach meiner Hand. „Du hast das falsch verstanden. Bitte, schau mich an." Nur mit Mühe tue ich es und hoffe, er merkt in dem schummrigen Licht meinen Tränenschleier nicht.

„Ich mag dich, Kathleen. Sehr sogar. Du bist eine interessante junge Frau und ganz mein Typ. Ich würde gerne was mit dir anfangen und mit dir schlafen."

Als ich seine Worte höre, wird meine Verwirrung noch größer. Also, er ist doch scharf auf mich, oder ich verstehe gar nichts mehr.

„Du ... du willst mich also auch?", stottere ich.

„Aber natürlich! Und wie! Ich denke immer öfter an dich und bin dabei, mich in dich zu verknallen. Doch das geht nicht. Ich will nicht bloß ein Ersatz für den Typen sein, um den du immer noch trauerst und von dem du nicht loskommst. Du bist noch nicht bereit für eine neue Beziehung, also lass ich es lieber ganz."

Das, was ich höre, haut mich um. Ist es denn so offensichtlich, dass ich Vic immer noch liebe und jeden Tag bedauere, dass ich damals so unüberlegt Schluss gemacht habe? Dass ich versuche, über ihn hinwegzukommen, indem ich etwas mit einem anderen Mann anfange? Laut atme ich aus und lehne mich an die Tür. Mir ist schwindlig. Ja, ich bin etwas betrunken, doch ich glaube, Jonas hat recht. Verdammt recht sogar.

„Jonas, reden wir noch mal, wenn ich wieder nüchtern bin, es ist nicht so, wie du denkst", murmele ich hilflos.

„Nein, Kathleen, wir müssen nicht noch mal darüber reden, es wird nichts daran ändern. Ich werde mich zusammenreißen und mich von dir gefühlsmäßig zurückziehen. Du aber hör bitte auf, mich verführen zu wollen. Ich möchte dir nicht als Trostpflaster dienen und die Lücke füllen, die dein Rockstar in deinem Leben hinterlassen hat. Wir können versuchen, Freunde zu bleiben, wenn du es auch willst, mehr aber nicht."

„Es tut mir leid, ich mag dich sehr", seufze ich und fühle mich mies.

„Das weiß ich. Aber ich bin kein Mann, der bloß gemocht werden will, ich mache keine halben Sachen." Jonas' Stimme klingt entschlossen und zuversichtlich. Ja, dieser Mann weiß, was er will und was nicht. Eine geile Eigenschaft, für die ich ihn bewundere. Mit so einem Typen zusammen zu sein, wäre bestimmt wunderbar. Aber auch mit ihm habe ich es verkackt, und das noch bevor irgendwas zwischen uns laufen konnte. Ich will nur noch nach Hause, mich in meinem Bett verkriechen und mit Helmut schmusen. Anscheinend entwickle ich mich zu einer dieser klischeehaften Katzentanten, die mit ihren kleinen Lieblingen klarkommen, aber mit Männern einfach Pech haben.

„Ich danke dir nochmals und es tut mir leid, ich wollte dich keineswegs kränken“, murmele ich und öffne die Tür.

„Ist schon gut. Wir haben das jetzt geklärt und einer wunderbaren Freundschaft steht nichts mehr im Wege“, verabschiedet sich Jonas.

Einige Minuten später liege ich im Bett, alles dreht sich in meinem Kopf, und das fette Vieh von Helmut weigert sich, mit mir zu schmusen und mir mein tristes Singledasein zu versüßen.

Ich fühle mich abgewiesen und wie kalt abgeduscht. Aber Jonas verdient es nicht, als Ersatz für Vic benutzt zu werden. Dafür ist er ein viel zu cooler Typ. Hoffentlich bleiben wir wirklich Freunde und können diesen peinlichen Abschluss des Abends vergessen.

Ich ziehe mir die Decke über den Kopf und weine eine Weile. Es ist so was von scheiße, dass ich mir Vic nicht aus dem Kopf schlagen kann und ihm immer noch nachtrauere. Dadurch verbaue ich mir die Chancen auf einen Freund, der wirklich gut für mich wäre.

Kathleen Schumann, du bist wirklich eine Loserin, wenn es um Beziehungen geht! Ich mache mich selbst so richtig fertig und weine noch eine Runde. Trotz der Einsamkeit, die ich in diesem Augenblick fühle, will ich Noemi nicht anrufen. Bestimmt liegt sie schon längst mit Myles im Bett und sie haben heißen Sex miteinander. Ich aber vertrockne langsam und nicht mal mein griesgrämiger Kater will mit mir kuscheln.

21. Kathleen

Eigentlich bin ich nicht in Partystimmung. Den gestrigen Heiligabend habe ich mit meiner Familie verbracht und es war ganz okay. Meine Mutter hat sich zum Glück alle Gespräche über das Thema Männer und Beziehungen verkniffen und alle drei haben sich Mühe gegeben, Vic nicht zu erwähnen.

Offensichtlich merkt die ganze Welt, dass ich noch nicht über ihn hinweg bin. Nur ich dachte, der Sommer mit ihm wäre längst Vergangenheit und ich bereit für jemand anderen.

Jonas ist vor ein paar Tagen zu seiner Familie gefahren. Seit dem Abend, an dem ich ihn verführen wollte, ist er etwas zurückhaltender und reservierter, wenn wir uns sehen.

Ist auch besser so. Er soll sich lieber nach einem Mädchen umsehen, das besser zu ihm passt und emotional nicht so ein Freak ist wie ich.

Ich habe sogar bei meinen Eltern geschlafen, in meinem alten Kinderzimmer, das fast unverändert ist. Außer ein paar Kisten mit Kram, die an der Wand stehen, ist alles noch so wie früher. Sogar meine alte Bettwäsche mit dem Aufdruck von *Star Trek: The Next Generation* hat meine Mutter nicht weggeworfen und ich habe die ganze Nacht geträumt, wie ich erst mit Captain Picard knutsche und danach mit Mister Worf rummache. Echt toll. Heißt das etwa, dass ich doch auf ältere Männer stehe? Oder mir brutalen Sex nach klingonischer Art wünsche?

Nach dem Frühstück, das genau so üppig ausgefallen ist wie das Abendessen, verabschiede ich mich mit der Ausrede, ich müsse mich für eine Party vorbereiten, um mir den Besuch bei Großtante Frieda und Großonkel Uwe zu ersparen. Ich habe echt keine Lust, ihnen zu erklären, wieso ich noch keinen Verlobungsring am Finger trage. Es würden spießige Bemerkungen wegen meiner knallroten Haare folgen, wo ich doch so schöne naturblonde Locken von Großtante Frieda geerbt habe. Sie war genauso hübsch, als sie jung war, nur nicht so schrecklich dünn wie ich, würden die beiden sagen und mich mit selbstgemachten Nussecken, Marzipankuchen und Resten von der Weihnachtsgans vollstopfen wollen. Kein Wunder, dass Onkel Uwe schlimme Diabetes, Adipositas und Arteriosklerose bekommen hat, bei den Zucker- und Fettmengen, die Tante Frieda ihm im Laufe ihrer langen Ehe tagtäglich serviert. Manche Ehefrauen machen es mit Maiglöckchenblättern oder Rattengift, sie wiederum vergiftet ihren Ehegatten liebevoll und raffiniert, aber genauso effektiv, mit ihren exzessiven, gutbürgerlichen Kochkünsten. Nee, Weihnachten hin oder her, manchmal habe ich echt keinen Bock auf die Verwandtschaft.

Dann lieber die Party. Das wird eine kleine, gemütliche Runde bei Noemi und Myles sein, der ein paar Freunde, die zu Weihnachten in Berlin geblieben sind, eingeladen hat. Noemi will sich in der überwiegend männlichen Runde nicht langweilen, also muss ich erscheinen. Naty und Emma sind mit ihren Liebsten über die Feiertage weg, also kann ich meine beste Freundin nicht im Stich lassen.

Da es sehr kalt ist und immer noch schneit, ziehe ich mir weiße Strickleggings an und einen kuscheligen Longpullover in Wollweiß. Mein frisch gewaschenes Haar lasse ich an der Luft trocknen und benutze etwas mehr Make-up als gewöhnlich. Schließlich ist Weihnachten. Außerdem mochte Vic es sehr, wenn ich meine Augen stark betone ...

Scheiße, es ist doch völlig egal, was Vic mochte oder nicht! Er sitzt jetzt bestimmt bei seinem kleinen Sohn in Brooklyn und packt gemeinsam mit ihm Geschenke aus. Warum denke ich bloß immer noch so oft an ihn? Wird das nie aufhören?! Meine Partylaune, die sich eh in Grenzen hält, sinkt noch um einige Stufen. Trotzdem ziehe ich energisch meine neue, hellgraue Kunstpelzjacke an, ein Weihnachtsgeschenk von Mama. Wir haben sie gemeinsam im Internet ausgesucht, nachdem ich ihr noch mal deutlich klarmachen musste, dass ich ganz bestimmt keine Jacke tragen werde, für die vielen süßen, unschuldigen Tieren die Haut abgezogen wurde. Sie hat es endlich begriffen, und ich glaube, sie wird ihren Polarfuchs jetzt auch nicht mehr tragen. Sie hat nämlich gleich noch eine zweite Jacke für sich selbst bestellt, in Wollweiß.

Die kurze Fahrt bis zur Eberswalder Straße wird mir mit einem richtig romantischen Schneefall verschönert. Abgesehen davon betrachte ich mit fast kindlicher Freude die unzähligen Lichterketten, die überall Fenster und Balkons schmücken. Die Straßen sind völlig weiß und der Schnee knirscht unter meinen Snowboots, als ich durch den Helmholzkiez laufe. Weihnachten mit Schnee ist zwar selten in Berlin, umso mehr freut man sich, wenn es mal welchen gibt.

An der Tür empfängt mich Luna und springt an mir hoch. Mit ihrem langen, weichen Winterfell und ihren wundervollen, kristallblauen Augen ist sie eine echte Schönheit.

„Na, meine Süße!" Ich tauche die Finger in ihr dichtes Fell und küsse sie auf die grauweiße Schnauze. „Übrigens, Helmut lässt dich grüßen." Ich lächle, als sie wild an meinen Händen schnuppert, die wahrscheinlich nach meinem Kater riechen.

„Schön, dass du da bist", begrüßt mich Noemi, die hinter der Türschwelle steht. „Frohe Weihnachten!" Sie küsst mich auf die Wangen und schüttelt sich lachend, weil sie so kalt sind.

„Frohe Weihnachten! Wie läuft die Party?", erkundige ich mich und höre schon laute Musik aus dem Wohnzimmer. Keine Ahnung, welche Band das ist, ich erkenne die bluesige Stimme des Sängers nicht.

„Du hörst es selbst – sehr laut!"

„Was ist das für Musik?", frage ich, während ich die Jacke ablege.

„Die Band kommt aus Australien und heißt *Tracer*. Myles steht neuerdings voll auf sie. Typisch Jungsmusik: laut, wild und nervig", lächelt Noemi und schüttelt ihr langes, schwarzes Haar. Sie sieht blendend aus in ihrer schwarzen Hose und dem roten Top, das vorne wie ein Mieder geschnürt wird. Ein richtiges Vollblutweib.

„Du siehst heute wie ein sexy Weihnachtsengel aus." Sie deutet auf mein weißes Outfit und meine offenen Locken, die mittlerweile Ellbogenlänge erreicht haben.

„Und du wie Schneewittchen, nachdem sie endlich mal was Ordentliches zu essen bekommen hat", erwidere ich grinsend.

„Hey, Sportskumpel, frohe Weihnachten." Myles erscheint neben uns und wirkt leicht angeheitert. Wir umarmen uns und er betastet nebenbei meine Bizepse.

„Nicht schlecht für ein Mädchen! Aber übertreib es nicht mit den Muckis, sonst haben die Männer noch Angst vor dir", grinst er auf seine typische, freche Art.

„Und du pass lieber auf, dass du nicht zu gemütlich wirst." Ich kneife ihn in den Bauch unter dem schwarzen T-Shirt. „Dein Sixpack war auch schon mal besser."

Myles hakt uns gut gelaunt unter und führt uns in das große Wohnzimmer zu den anderen. Er stellt mir die Runde aus acht oder neun Leuten vor. Es sind tatsächlich überwiegend Männer, meistens Musiker und ein Tontechniker, der als Einziger seine Freundin mitgebracht hat, Laura, ein schüchtern wirkendes Mädchen Anfang zwanzig. Die großzügige Loftwohnung ist weihnachtlich mit zahlreichen Lichterketten und Kerzen geschmückt. Das Kaminfeuer verbreitet eine gemütliche Atmosphäre und die drei Meter hohe Fichte duftet herrlich.

„Komm, setzen wir uns." Noemi zeigt auf den Zweisitzer vor dem Kamin. „Laura ist nicht besonders gesprächig und klebt buchstäblich an Patrick, also müssen wir uns nicht um sie kümmern", sagt sie leise zu mir, obwohl die Musik so laut ist, dass uns niemand hören kann. „Trinken wir Punsch?"

„Ja, gerne." Ich nicke und Noemi holt uns zwei große Tassen des aromatisch duftenden Heißgetränkes. Wir prosten uns zu und trinken vorsichtig, um uns nicht die Zungen zu verbrühen.

„Myles ist schon ziemlich breit, das kann noch lustig werden." Sie sieht zu ihrem Liebsten, der mit zwei Kollegen den Refrain des Songs grölt. „Gestern Nachmittag, als wir meine Mutter und ihren Freund besucht haben und danach bei seinen Eltern zum Abendessen waren, war er ganz brav und hat sich wunderbar benommen. Aber heute will er anscheinend die Sau rauslassen. Na ja, Weihnachten eben etwas rockiger", seufzt sie ergeben.

„Hauptsache, ihr habt den Heiligabend schön gefeiert. So bist du glücklich und zufrieden gewesen und heute ist er dran, etwas Spaß zu haben", nehme ich ihn in Schutz. Ich weiß, wie viel Wert Noemi auf Familientraditionen legt. Es muss schon schlimm genug für sie sein, dass ihr Vater mit seiner neuen Lebensgefährtin nicht dabei war. Die beiden besuchen sie am zweiten Weihnachtsfeiertag, weil sowohl ihre Mutter als auch ihr Vater es noch etwas zu früh finden, um gemeinsam mitsamt ihren neuen Partnern Weihnachten zu feiern. Dafür ist die Trennung noch zu frisch.

Da fällt mir etwas ein. „Übrigens, der Weihnachtsmann hat mir eine Kleinigkeit für dich mitgegeben." Ich öffne meine Handtasche. „Hier, bitteschön. Frohe Weihnachten!" Ich reiche ihr das Päckchen.

„Oh, vielen Dank." Noemi lächelt und ihre hellen Augen blitzen auf. „Auch für dich hat er was unter dem Weihnachtsbaum gelassen. Hol es dir selbst, es steht dein Name drauf." Zusammen mit Luna begebe ich mich sofort zum Baum und entdecke das rote Päckchen sofort.

„Wollen wir gleich schauen, was drin ist?" frage ich Luna, die mich mit der Schnauze anstupst. Ich öffne das glänzende Papier und sehe einen roten Spitzen-BH mit passendem Tangahöschen. Dazu einen Gutschein für eine ayurvedische Ölmassage.

„Dankeschön! Du bist mir Eine." Ich drehe mich lächelnd zu Noemi um, die gerade die Geschenkverpackung ihres Päckchens aufreißt.

„Gern geschehen! Weißt du, ich dachte, du läufst viel zu oft in Sport-BHs rum, und eine sinnliche Massage mit warmem, duftendem Öl wird dir auch guttun, jetzt, wo du nicht gerade viel Körperkontakt hast."

„Sehr lieb von dir, dass du dir Sorgen um mein leibliches Wohl machst", lache ich. „Ich muss nur noch Verwendung für diese schöne Wäsche finden."

„Wieso? Trag sie einfach für dich selbst!", entgegnet Noemi keck.

„Da hast du recht. Man muss sich nicht nur für einen Kerl so aufreizend anziehen", stimme ich ihr nachdenklich zu und überprüfe diskret die Größe des BHs: 75B, also perfekt.

„Du meine Güte, du bist echt verrückt." Noemi starrt überrascht auf den Inhalt ihres Päckchens.

„Na ja, ich dachte, wenn Myles auf Tournee ist, könntest du vielleicht einen kleinen Ersatz für ihn gebrauchen", erkläre ich ihr schmunzelnd, als sie den stylischen Vibrator im Metallic-Look in die Hand nimmt. Sie betätigt den Knopf, und die Spitze des Gerätes dreht sich leise brummend. Wir sehen uns an und prusten gleichzeitig los.

„Für deinen G-Punkt! Ich hoffe, Lila gefällt dir.“

„Vielen Dank! Ja, ich liebe Lila! Und mein G-Punkt wird sich bestimmt freuen“, lacht Noemi etwas verhalten und blickt kurz zu Myles. Er und seine Partygäste bekommen unsere kleine Bescherung zum Glück nicht mit.

„So, und jetzt verstecken wir unsere Geschenke lieber“, schlägt Noemi kichernd vor und packt ihren Vibrator wieder in die unschuldig wirkende, geblümte Schachtel, in der niemand so etwas Unanständiges vermuten würde. Ich verstaue meine Reizwäsche in meiner Tasche.

Trotz der lauten Musik hören wir die Türklingel, und Luna, die faul vor dem Kamin liegt, spitzt erwartungsvoll ihre Ohren. Noemi erhebt sich sofort. „Also kommt das Musikerpärchen, das sich gestern noch nicht sicher war, doch noch.“

„Baby, bleib ruhig sitzen, ich geh schon“, ruft ihr Myles vom anderen Ende des riesigen Zimmers zu und begibt sich zur Tür.

„Auch gut. Ich kenne all diese Menschen kaum, es ist wirklich Myles’ Party“, seufzt sie und wir beide sehen ihm neugierig hinterher. Nach wenigen Augenblicken erscheint er wieder in der Tür und führt einen Mann herein.

Mein Herz bleibt fast stehen vor Schock. Es ist Vic.

„Oh du Scheiße!“, entweicht es Noemi. „Was macht der denn hier?! Myles hat mir nicht gesagt, dass er ihn eingeladen hat, ich hätte dich sofort gewarnt.“

Mein Puls rast und mein Magen krampft sich schmerzhaft zusammen. Ich kann nicht wegrennen, also muss ich mich mit aller Kraft zusammenreißen und die ungewollte Konfrontation irgendwie würdevoll überstehen. Noemi greift nach meiner zitternden Hand und drückt sie fest.

„Du schaffst das! Sei einfach stark und denk nicht an eure Vergangenheit." Sie blickt mir tief in die Augen. Ich beobachte, wie Myles Vic die versammelten Partygäste vorstellt. Vic trägt dunkle Jeans und ein schwarzes Kapuzen-Sweatshirt. Sein Haar ist mittlerweile fast schulterlang. Ja, er sieht wahnsinnig gut aus und er gefällt mir immer noch. Als Luna zu ihm läuft und ihn freundlich begrüßt, wandert sein Blick zu uns und ich merke, wie er erstarrt, als er mich erkennt. Er streichelt kurz Luna und wendet sich wieder Myles zu. Der zuckt darauf nur unbeholfen mit den Schultern und drückt ihm schnell eine Flasche Bier in die Hand, um mit ihm anzustoßen.

„Warte hier, bin gleich wieder bei dir", sagt Noemi und erhebt sich entschlossen. Sie geht energisch durch das Zimmer und begrüßt freundlich, doch distanziert Vic, der ihr ein Küsschen auf die Wange gibt. Sie zieht die beiden etwas zur Seite und ihre Augen funkeln, während sie abwechselnd mit ihnen spricht. Vic traut sich die ganze Zeit offenbar nicht, noch mal zu mir zu sehen, und auch ich vermeide es, ihn direkt anzuschauen. Mir ist richtig schlecht vor Aufregung. Scheiße. Scheiße, scheiße, scheiße! Ich wusste, warum ich nicht herkommen wollte!

Noemi ist nach wenigen Minuten wieder zurück und setzt sich zu mir. „Also." Sie atmet laut aus. „Myles hat erst heute Nachmittag mit Vic telefoniert und ihn spontan eingeladen, aber er hat vergessen, es mir zu sagen. Vic wusste genau so wenig wie du, dass ihr euch hier begegnen würdet. Er wollte augenblicklich gehen, als er dich gesehen hat, aber Myles hat ihn überzeugt zu bleiben. Ich habe auch zu ihm gesagt, dass es völlig okay für dich ist, wenn er hierbleibt."

Sofort will ich protestieren, doch Noemi hält mich auf. „Nein, meine Süße. Ihr seid beide erwachsen und es ist Zeit für eine Aussprache. Ihr könnt euch nicht wie zwei Teenager benehmen und voreinander weglaufen. Ich lass dich jetzt hier allein und gebe ihm die Chance, mit dir zu reden." Schon steht sie auf und lässt mich tatsächlich alleine! Sie ist unmöglich! Ich hätte nicht erwartet, dass sie mich einfach so im Stich lässt, wo sie doch sieht, wie aufgewühlt ich bin. Aber vielleicht hat sie recht. Schnell trinke ich den restlichen Punsch, um den schlechten Geschmack in meinem Mund wegzuspülen, und lehne mich in das weiche Kunstledersofa.

„Hi Kat, schön, dich zu sehen", höre ich schon seine Stimme hinter mir. „Darf ich mich zu dir setzen?"

„Hi Vic. Ja, klar", erwidere ich und rutsche auf dem Zweisitzer noch mehr zur Seite, um genug Abstand zwischen uns zu schaffen. Er hat es anscheinend eilig, mit mir zu reden! Vic setzt sich zu mir. Gott, warum muss er bloß so gut aussehen? Seine schieferblauen Augen mit den langen, hellbraunen Wimpern flackern auf, als sich unsere Blicke treffen.

„Frohe Weihnachten." Er lächelt zaghaft.

„Ja, dir auch", murmele ich zurück und senke den Blick.

„Kat, ich wusste nicht, dass du hier sein würdest. Myles hat mich gestern angerufen, um mir frohe Weihnachten zu wünschen. Er dachte, ich bin eh noch in New York, und als er hörte, dass ich wieder zurück bin, hat er mich eingeladen. Er fand es völlig inakzeptabel, dass ich alleine zu Hause sitze oder den Abend in irgendeinem Club verbringe. Wenn ich mich schon zudröhne, dann lieber hier, zusammen mit ihm."

Jetzt muss ich lächeln. „Ja, so ist Myles, ein richtiger Familienmensch."

„Wenn ich gewusst hätte, dass du auch hier sein würdest, wäre ich natürlich nicht gekommen. Ich vermute, du willst mir lieber aus dem Weg gehen. Aber jetzt, wo ich schon hier bin, ist es vielleicht gar nicht so schlecht, dass wir uns sehen ... Ich habe nämlich das Gefühl, wir sollten noch mal miteinander reden." Vic klingt ruhig und sachlich, doch mir entgeht das leichte Zittern in seiner Stimme nicht. Seine breiten Schultern zieht er hoch und verrät damit seine Anspannung.

„Ja, vielleicht sollten wir wirklich reden." Ich nicke mit gesenktem Blick und halte meine Punschtasse so fest, dass sich meine Fingerknöchel weiß färben. Wo bleibt jetzt plötzlich meine große Klappe und ein frecher Spruch, mit dem ich die Stimmung auflockern könnte? Meine Schlagfertigkeit ist mir wohl abhandengekommen, und ich komme mir wie ein Häufchen Elend vor.

„Gut. Dann fange ich an, wenn du nichts dagegen hast", sagt Vic und stellt seine Bierflasche ab. Ich gebe mir große Mühe und sehe ihm wieder ins Gesicht. Diesmal, um ihm zuzuhören und nicht, um seine attraktiven Züge zu bewundern.

„Nein, ich fange an", platzt es plötzlich aus mir heraus und ich erschrecke über meinen Mut. „Warum hast du dich danach nie gemeldet, keine einzige SMS geschickt oder mich angerufen?" Ich spüre, wie die nur oberflächlich verheilte Wunde in mir gnadenlos wieder aufgerissen wird.

„Du hast doch Schluss mit mir gemacht und bist einfach so weggeflogen! Was sollte ich denn tun? Du wolltest ja nicht mit mir reden und mich alles noch besser erklären lassen!" Er sieht mich vorwurfsvoll an, seine Augen glänzen.

„Aber du hast mich hintergangen und mein Vertrauen missbraucht!" Ich schlucke hart, als mein Herz mir bis zum Hals schlägt.

„Kat ... ich brauchte einfach etwas mehr Zeit, bevor ich mit dir reden konnte", sagt er müde. „Ich war völlig durch den Wind, als ich erfahren habe, dass Jonny mein Sohn ist. Aber ich habe nichts Falsches gemacht und mich von dir einfach nur total unfair behandelt gefühlt."

„Und was ist mit Molly? Wenn du mir nichts zu verheimlichen gehabt hättest, hättest du mir doch sofort sagen können, dass du dich mit ihr triffst oder mich einfach mitnehmen können. Du hast mir wehgetan und mich furchtbar eifersüchtig gemacht", gebe ich zu und wende mich ab.

„Du warst eifersüchtig auf sie? Aber dafür hattest du doch gar keinen Grund!"

„Ach nein? Sie war deine Geliebte und ihr habt einen Sohn miteinander! Und so, wie sie dich während des Konzerts angeschaut hat, war es doch offensichtlich, dass sie dich immer noch will."

„Kat, das ist alles Quatsch! Ja, wir hatten mal ein Verhältnis und ich habe sie ungewollt geschwängert. Und so bin ich nun mal Vater geworden und ich werde zu dem Kind stehen. Aber sonst läuft nichts mehr zwischen uns! Sie ist glücklich mit ihrem neuen Lebensgefährten, sie hat uns sogar miteinander bekannt gemacht! Trotzdem ist sie sehr stolz auf mich und freut sich tierisch, dass ich es geschafft habe. Aber sie hat keinerlei Interesse mehr an mir und ich an ihr ebenso wenig. Wir werden als Jonnys Eltern und gute Freunde weiter in engem Kontakt bleiben, das ist alles."

Plötzlich komme ich mir sehr dumm vor und schamhafte Röte steigt mir ins Gesicht. Ich war also ohne richtigen Grund eifersüchtig? Aber wenn er mir das alles sofort erklärt hätte, hätte ich mir nicht so eine Geschichte ausgedacht!

„Vic, okay, ich gebe zu, es war dämlich von mir, eifersüchtig auf sie zu sein. Ich habe voreilig falsche Schlüsse gezogen, als ich Mollys SMS gelesen habe. Aber das war nicht der eigentliche Grund, warum ich weggerannt bin."

„Was denn sonst?", fragt er mich mit seidenweicher Stimme und berührt flüchtig meine Hand, die verkrampft auf meinem Schenkel liegt.

Ich spüre es wieder – diesen Schmerz in meiner Brust, der mich noch wochenlang nach meiner Rückkehr nach Berlin gequält hat. Es tut weh, neben Vic zu sitzen, seinen verlockenden Geruch wahrzunehmen, seine Körperwärme zu spüren, sich nach seiner Berührung zu sehnen. Durch seine Anwesenheit bricht die dünne Kruste über meiner Wunde, die nach seinem Verlust entstanden ist, endgültig wieder auf. *Habe ich ihn so sehr geliebt? Liebe ich ihn etwa immer noch? Ja, das tue ich ...*

„Vic, ich habe in New York erkannt, dass ich nicht weiter so leben kann – einen Mann zu lieben, der sich nicht zu mir bekennen darf und das auch nicht möchte, der bloß eine heiße Liebschaft von mir will, aber keine richtige Beziehung. Der nie genug Zeit für mich hat und seine Interessen immer über die meinen stellen wird. Auf die Dauer war das nichts für mich, ich habe darunter gelitten, immer mehr, ohne es mir oder dir eingestehen zu wollen. Diese Nachricht von Molly war dann der Auslöser für meine Kurzschluss-Reaktion und ich konnte meinen Ausbruch nicht mehr aufhalten. Es tut mir leid, wenn ich dich unfair behandelt habe, aber in diesem Augenblick musste ich ausnahmsweise nur an mich selbst und an meine eigenen Bedürfnisse denken. Und natürlich habe ich gelogen, als ich zu dir gesagt hab, ich betrachte unsere Beziehung nur als eine nette Fickfreundschaft. Damit wollte ich dich bloß wegstoßen, um mich selbst zu schützen.“

Die bittere Wahrheit, die ich endlich ausspreche, erleichtert mich etwas und ich richte meinen Blick auf die lodernden Flammen im Kamin vor uns. Noemi hat ihn nach amerikanischer Art geschmückt, mit großen, roten Schleifen, Wollsocken, die auf einer Leine hängen, und Tannengirlanden mit bunter Lichterkette. Es ist behaglich, gemütlich und einfach schön hier. Die ganze Wohnung atmet Liebe, die sehr stark zu spüren ist. Noemis Blicke, die sie ab und zu Myles zuwirft, sind immer noch voller Glut, und wenn Myles sie im Vorbeigehen küsst oder ihr ein Lächeln schenkt, ist da pure Zärtlichkeit, Zuneigung und Hingabe. Sie sind so glücklich miteinander, dass es einem warm ums Herz wird, wenn man sie betrachtet. Natürlich mache ich dann sarkastische Bemerkungen wie „Mann, ihr seid so cheesy mit eurer ständigen Knutscherei!" oder „Habt ihr etwa heute noch keinen Sex gehabt, so wie ihr euch anschmachtet?", aber damit verstecke ich bloß meine Rührung und Traurigkeit. Nicht, dass ich neidisch auf meine beste Freundin bin. Ich gönne ihr das Liebesglück von ganzem Herzen. Doch ich sehne mich selbst so danach … Auch ich, die burschikose, freche und eigenwillige Kathleen, bin letztendlich bloß ein Mädchen, das geliebt werden will. Das ist doch nicht zu viel verlangt, oder? Obwohl es scheint, dass wahres Liebesglück zu erfahren ein seltenes, nicht selbstverständliches Geschenk ist und nur manchen Menschen vergönnt ist …

„Kat, schau mich bitte an", holt mich Vics Stimme aus meinen Gedanken. Sie treibt mir Tränen in die Augen. Das Feuer wirft einen warmen Schatten auf sein schönes Gesicht und sein Haar schimmert rötlich. Durch den Tränenschleier sehe ich ihn etwas verschwommen und blinzle einige Male, bis mir einfällt, dass ich Makeup trage. Mit schwarzen Pandaaugen werde ich noch bescheuerter und mitleiderregender aussehen.

„Bitte, weine nicht!" Er wischt mir mit einem Finger eine Träne weg, die über meine Wange kullert. „Es tut mir so leid. Ich hatte keine Ahnung, wie du dich wirklich fühlst, du hast mir ja nie was erzählt. Ich dachte, du kommst mit der Art unserer Beziehung gut klar. Warum hast du bloß nichts gesagt?"

Ich hole tief Luft und spiele nervös mit meinen Fingern. „Was sollte ich denn sagen? Ich wusste ja von Anfang an, dass du keine Beziehung suchst, sondern nur unverbindlichen Spaß. Als wir uns kennengelernt haben, wollte ich selbst nichts von dir, ich hatte ja genug Schlimmes über dich gehört. Und ich dachte, ich will das Gleiche wie du, also kann schon nichts passieren. Aber dann …" Ich seufze auf und die blöden Tränen steigen mir wieder in die Augen.

„Aber dann haben wir uns beide richtig verliebt, stimmt's?" antwortet Vic für mich und greift nach meiner Hand. Ich lasse es zu. Es fühlt sich verdammt gut an, wie er sie hält. Fest und zärtlich zugleich.

„Ja. Wir haben beide nicht damit gerechnet", erwidere ich leise.

„Nur, however, verliebt zu sein reicht nicht immer, um glücklich zu werden." Diesmal ist Vic derjenige, der tief seufzt. Meine Tränen werden noch heißer und brennender.

„Definitiv nicht. Vielleicht in den Rocksongs, die du singst, aber nicht im wahren Leben", versuche ich zu lächeln.

Jemand hat die Musik gewechselt und es läuft ein Song von *Halestorm*. Das muss Noemi gewesen sein, Lizzy Hale ist seit einer Weile ihre Lieblingssängerin und ich kenne die Songs mittlerweile auch schon in- und auswendig. Plötzlich ahne ich, dass Noemi diesen Song, *Break In*, absichtlich aufgelegt hat. Will sie etwa, dass wir den Lyrics zuhören und uns darin wiedererkennen? Ich sehe sie verärgert an, doch sie schenkt mir keinen Blick. Selig lächelnd sitzt sie auf Myles' Schoß und tut so, als ob Vic und ich gar nicht existieren würden.

Wir halten uns weiter an der Hand und starren in die tanzenden Flammen vor uns. Das Feuer weckt in mir zwangsläufig die Erinnerungen an unsere lodernde Leidenschaft, an unser heißes Verlangen. Vielleicht haben wir einfach zu stark füreinander gebrannt ...

Vic singt plötzlich leise mit. Offensichtlich kennt er den Song auch gut. Als er mit seiner heiseren, sinnlichen Stimme die bedeutungsvollen Zeilen des Refrains singt, bricht mir fast das Herz. Ich wende ihm mein tränenüberströmtes Gesicht zu, als er wieder „You are the only one ...“ singt. Seine durchdringenden, sehnsuchtsvollen Augen glänzen und auf seinen geliebten Gesichtszügen liegt ein Hauch von Melancholie und Bedauern. Dies ist ein Augenblick, in dem man die Zeit am liebsten anhalten und so lange darin verweilen würde, bis alle Wunden verheilt sind und alle schmerzlichen Erinnerungen vollkommen verblassen.

Ja, er ist auch für mich der Einzige. Vic neigt sich zu mir mit einem Kuss, der mein ganzes Wesen zum Beben bringt. Atemlos koste ich den süßen Geschmack seiner Lippen, von dem ich niemals genug bekommen habe. Doch dann durchfährt mich ein ernüchternder Gedanke, und wie von einer Schlange gebissen, weiche ich schlagartig zurück.

„Vic, bitte, lass das ... Ich hab's schon schwer genug gehabt.“ Meine Stimme ist schwach und zittert, weil jede Faser meines Körpers sich wild nach ihm verzehrt. Die gewaltige Sehnsucht nach ihm wurde mit diesem einen Kuss unaufhaltsam von den sorgsam auferlegten Fesseln befreit und schreit nach mehr.

„Meinst du, ich habe es nicht schwer gehabt, als du mich einfach so fallengelassen hast? Ich musste die ganze verdammte Tour so weitermachen, als ob nichts passiert wäre, obwohl ich mir ohne dich wie ein fucking Zombie vorkam!" Vic sagt es so leidenschaftlich und vorwurfsvoll, dass sich mein Magen erneut schmerzhaft zusammenzieht. „Kat, ich habe dich geliebt, verdammt noch mal! Auch ich wollte mir das nicht eingestehen, aber spätestens als du weggeflogen bist, hat mich die Erkenntnis wie ein Faustschlag umgehauen. Aber ich hatte keine Zeit, dich zurückzuholen, um dich zu kämpfen, ich musste meinen verdammten Job machen! Mir waren die Hände gebunden. Ich wollte dir aber nicht einfach schreiben oder dich anrufen. So was kann man nicht aus der Entfernung in Ordnung bringen. Und diese Hilflosigkeit hat mich fertig gemacht, Tag für Tag! Wenn ich nicht jeden Abend auf der Bühne die Sau hätte rauslassen können, hätte ich bestimmt wieder angefangen, regelmäßig zu koksen. Es ging mir fucking beschissen, Kat!"

Seine ungeschminkte Offenheit wühlt mich noch mehr auf und ich verliere auch den Rest meiner Selbstbeherrschung.

„Du hast mich geliebt? Warum hast du mir das nicht gesagt, du Arschloch!" Ich funkle ihn vorwurfsvoll an, obwohl mein Herz dabei vor Liebe bis zum Anschlag aufgeht.

„Weil ich ein Idiot bin und keine Erfahrung damit habe, jemanden zu lieben. Weil ich Angst davor hatte. Und es hätte sowieso nichts geändert an unserer Situation", erwidert er mit sichtbarer Verzweiflung in den Augen und zieht mich in seine Umarmung. Ich atme gierig seinen vertrauten Geruch ein, spüre die Kraft seiner Muskeln, die Wärme seines Körpers. Gott, wie ich ihn immer noch will! Wie ich ihn immer noch liebe!

„Doch, das hätte einiges geändert! Wenn ich gewusst hätte, dass du mich auch liebst, hätte ich anders gehandelt und wäre nicht einfach so abgehauen", sage ich verzweifelt und küsse ihn auf den Nacken.

„Aber du hast gerade gesagt, du hast darunter gelitten, dass ich dir keine richtige Beziehung bieten konnte, dass dir das, was wir hatten, nicht genug war!" Vic löst sich aus unserer Umarmung und hebt mit der Hand mein Gesicht an, um mir in die Augen zu sehen. „Kat, wir müssen über alles sprechen, und sei bitte ganz ehrlich zu mir, genauso wie ich zu dir. Und keine Spielchen, bitte!" Seine Augen flackern unruhig und seine Halsader pocht. In diesem Augenblick wirkt er nicht wie ein vor Selbstbewusstsein strotzender Rockstar, der kaltblütig und rücksichtslos seine Ziele verfolgt und sich in seinem Megaerfolg sonnt. Er ist nur noch ein liebenswerter, bezaubernder Mann, der von seinen Gefühlen überwältigt wird und um die Liebe eines Mädchens kämpft, das er offensichtlich liebt. Und dieses Mädchen bin ich.

„Vic, ich bin ganz ehrlich zu dir. Und ich würde niemals mit dir spielen! Dafür liebe ich dich viel zu sehr!" Meine Stimme bricht und Vic zieht mich mit so einer Heftigkeit an seine Brust, dass ich denke, er erdrückt mich.

„Du liebst mich! Obwohl ich ein emotionaler Krüppel bin und ein Arschloch dazu?", fragt er und zittert leicht.

„Ja, das tue ich", versichere ich ihm und schlucke den dicken, bitteren Kloß herunter.

„Ich lieb dich doch auch", flüstert er kaum hörbar in mein Haar.

Wir bleiben eine Weile so eng umarmt sitzen, versunken im weichen Zweisitzer, der uns durch seine hohe Rückenlehne von allen anderen im Raum abtrennt. Ich schließe meine Augen und genieße unseren heilenden Körperkontakt. *Er liebt mich!*

Luna kommt irgendwann zu uns und leckt erst meine, dann Vics Hand ab.

„Hey Süße, dir ist langweilig, stimmt's?" Wir lösen uns ungern voneinander und Vic streichelt ihr über den Kopf.

„Vor allem ist ihr wahrscheinlich die Musik zu laut." Ich lächle und kraule sie hinter dem Ohr. Unsere Finger berühren sich flüchtig, als sie gemeinsam durch das dichte, kuschelige Fell gleiten, und ich spüre die magnetische Anziehungskraft zwischen uns, wie damals im Sommer.

„Kat, hör mir bitte jetzt zu und dann überleg es dir", sagt Vic plötzlich ernst. Ich richte mich aufmerksam auf und Luna legt mir ihre Schnauze auf das Knie und spitzt ihre Ohren, als ob sie auch zuhören würde.

„Du kennst mein Leben sehr gut und du hast miterlebt, wie es aussieht, wenn ich auf Tournee bin. So lange ich Musiker bin und in dieser Band singe, wird die Arbeit immer die höchste Priorität haben und ich werde gezwungen sein, mein Privatleben der Karriere unterzuordnen. Trotzdem kann ich einiges ändern, um der Frau, die mit mir eine richtige Beziehung eingehen will, etwas mehr zu bieten. Zum Beispiel, dass ich mit Leuten meines Teams offen rede und ihnen sage, dass ich die Frau, die ich liebe, nicht länger verleugnen und aufhören werde, für die Fans die Rolle des Singles zu spielen. Fuck! Die werden alle akzeptieren müssen, dass ich nicht nur ein Rockstar bin, sondern vor allem ein Mensch, der ein Recht auf sein Privatleben hat! Nach der Amerikatour ist mein Ansehen nur noch gewachsen und sie können mir nicht mehr mit dem Rauswurf aus der Band drohen, wenn ich nicht brav ihre beschissenen Regeln befolge. Dafür bin ich viel zu wertvoll. Die Band wäre ohne mich ein finanzielles Fiasko, das sich keiner von denen, die an uns dicke Kohle verdienen, erlauben kann." Vic verzieht verächtlich seinen fein geschnittenen Mund, und das alte Selbstbewusstsein spiegelt sich in seiner aufrechten Körperhaltung wider. Mit den Fingern kämmt er sich die langen Strähnen, die ihm ins Gesicht fallen, nach hinten und lächelt mich zuversichtlich an.

„Die nächste Tour startet erst im Frühsommer. Bis dahin bin ich größtenteils in Berlin. Wir werden einige Fernsehauftritte im ganzen Land absolvieren müssen, ein paar Konzerte europaweit spielen, einige Videos drehen, aber ich werde immer nur für ein paar Tage weg sein. Du könntest mich auch überallhin begleiten, wenn du Lust und Zeit hast, und dich in meiner Nähe aufhalten, ohne dich wie ein Störfaktor fühlen zu müssen. Wenn ich zu Hause bin, werde ich natürlich proben, komponieren, Interviews geben, Fotoshootings haben, die übliche Arbeit halt. Aber wir werden trotzdem Zeit für uns haben. Wenn die Welttour im Juni losgeht, kommst du einfach wieder mit und wir müssen nicht für längere Zeit getrennt voneinander sein. Natürlich werden wir nie wie ein normales Pärchen sein können, das jedes Wochenende frei hat und sich überall ungestört bewegen kann. Auch wirst du als meine feste Freundin zwangsläufig das Interesse der Medien und der Öffentlichkeit wecken. Darüber kannst du am besten mit Noemi reden, sie hat schon reichlich Erfahrung damit, was das bedeutet. Ich weiß, dass nicht jede Frau bereit ist, sich darauf einzulassen, und ich möchte dir auch nichts schönreden. Wenn du mich haben willst, dann gehört das leider dazu. Mich gibt es nur mit dem gesamten Paket an Schwierigkeiten und Hindernissen, und das muss dir bewusst sein. Aber ich bin bereit, alles zu geben, um dich trotzdem glücklich zu machen. Also, überleg es dir gut, ob du dich wirklich mit mir einlassen willst, diesmal so richtig und verbindlich. Du weißt schon, ich stelle dich überall als meine feste Freundin vor, wir sind uns gegenseitig treu, ich verstecke dich nicht vor den Fans, wir fahren zusammen in den Urlaub, essen sonntags bei deinen Eltern und so weiter. Halt so richtig spießig, langweilig und konservativ, wie zum Beispiel Noemi und Myles es tun." Vic zwinkert mir zu und strahlt mich mit seinem bezauberndsten Lächeln an.

Ich habe die ganze Zeit still zugehört. Mein tanzendes Herz pumpt literweise Glückshormone durch mein Blut und mein armer Kopf versucht die Informationen, die er gerade erhalten hat, richtig zu verarbeiten.

„Das heißt, du entsagst damit offiziell den Groupies, dem Koks und den Hotelzimmerverwüstungen?" frage ich ganz sachlich. Bemüht streng richte ich meinen Blick auf ihn und spitze meine Lippen.

„Scheiße! Es geht sofort los mit den Einschränkungen! Vic Taylor, du sitzt in der Falle!" Er grinst und schlägt sich mit der flachen Hand vor die Stirn. „Jetzt bin ich erledigt, genau wie Myles!"

Ich verziehe meinen Mund und unterdrücke mein Schmunzeln. Vic rutscht näher zu mir und legt eine Hand auf meinen Oberschenkel.

„Natürlich entsage ich Groupies und Koks. Wenn ich dich habe, brauch ich mich nicht mehr sinnlos zuzudröhnen und mir mit billigem Sex die Langeweile zu vertreiben. Ich habe doch was viel Besseres zu tun", murmelt er und seine Hand verschwindet frech unter meinem Pullover. „Aber lass mir wenigstens die Hotelzimmerverwüstungen von Zeit zu Zeit, sonst fühl ich mich noch völlig kastriert", grinst er, bevor er sich über mich beugt und mich küsst.

Während wir uns küssen, berührt er meine Brust und entzündet damit ein kleines Feuerwerk der Leidenschaft in meinem Körper. Ich trage keinen BH, bloß ein dünnes Unterhemdchen. Er merkt, wie ich vor Erregung zusammenzucke, als er die aufgerichtete Brustwarze ertastet, und ein triumphierendes, selbstzufriedenes Lächeln huscht über sein Gesicht.

„Du bist unmöglich, wir sind doch nicht alleine." Lachend schiebe ich seine Hand wieder weg. Luna hat es sich mittlerweile auf dem Flokatiteppich vor dem Sofa gemütlich gemacht und sieht uns mit halb geschlossenen Augen zu.

„Ach komm, ich wette, Luna hat schon so manchen heißen Sex von Myles und Noemi mitbekommen." Vic lacht unbeschwert.

„Ich meinte nicht Luna, sondern die anderen." Ich deute nach hinten, zu der riesigen Wohnlandschaft, wo Myles' Gäste sitzen und sich angeregt unterhalten.

„Die bekommen doch nicht mit, was wir hier treiben." Seine Augen flackern lustvoll auf und er schiebt eine Hand zwischen meine Schenkel.

Ich drücke sie entschlossen weg. „Jetzt noch mal ganz ernst. Heißt das wirklich, wir wollen es noch mal miteinander versuchen, quasi als Neuanfang?" Ich habe immer noch nicht ganz begriffen, dass wir uns gegenseitig eine zweite Chance geben wollen. Und vor allem nicht, dass wir uns gegenseitig unsere Liebe gestanden haben!

„Ja, das wünsche ich mir. Aber du bist diejenige, die sich fragen muss, ob du bereit bist, so jemanden wie mich als festen Freund zu haben. Du weißt ja, was auf dich zukommt und was ich dir bieten kann und was nicht." Auch seine Augen blicken wieder ernst und sein Kiefer mahlt kurz, während er auf meine Antwort wartet.

Durch meinen Kopf rasen unzählige Gedanken und es sind auch Zweifel und Befürchtungen dabei. Wird unsere Liebe genügen, um alle Hindernisse und Schwierigkeiten zu überwinden? Doch das kann uns niemand sagen. Wir müssen es selbst herausfinden. Ich tauche in die Tiefe seiner klaren Augen und bade in der Zärtlichkeit, Zuneigung und Leidenschaft, die ich darin finde. Wie könnte ich bloß auf diesen aufregenden Mann, der mich offensichtlich liebt, verzichten, nur weil es mit ihm nicht einfach sein wird? Ich wollte doch nie eine ganz gewöhnliche Beziehung mit einem ganz gewöhnlichen Partner haben. Ich habe immer von etwas Besonderem und Aufregendem geträumt. Und endlich habe ich jemanden gefunden, der mir das und noch viel mehr bieten kann, der ein unangepasster Rebell und ein charismatischer Rockstar ist. Wenn ich jetzt aus Vernunftsgründen Nein zu Vic sage, kann ich gleich bei Großtante Frieda und Großonkel Uwe einziehen, mir die Haare abschneiden und eine klassische Dauerwelle machen lassen, beigefarbene Faltenröcke mit kariertem Pullunder tragen und mich auf die nächste Ausstrahlung vom Musikantenstadl freuen.

„Vic, ich will mit dir zusammen sein, alles andere ist mir scheißegal!", antworte ich leidenschaftlich und überzeugt. „Ich meine ... du liebst mich und ich bin nicht bloß dein Betthäschen. So werde ich besser akzeptieren können, dass deine Karriere immer Priorität haben wird. Dieses Feuer, mit dem du für die Musik brennst, macht dich ja gerade so anziehend und besonders. Ich kann mir dich gar nicht in einem anderen, bodenständigeren Beruf vorstellen. Du bist, was du bist, und dafür liebe ich dich." Ich ziehe ihn an mich und küsse ihn wild auf den Mund. Wir küssen uns immer wieder, sehnsuchtsvoll, verlangend, drängend, bis uns schwindelig wird.

Luna stupst mich leise winselnd mit ihrer feuchten Schnauze an und reißt uns aus unserer wilden Knutscherei. Vics Hand ist schon wieder unter meinem Pullover, wo seine heißen Finger zärtlich mit meinen Brustwarzen spielen.

„Du, ich denke, Luna muss Gassi gehen. Wollen wir es übernehmen?" Schwer atmend sehe ich Vic an.

„Sehr gerne. Wir machen einen romantischen Spaziergang durch den Schnee, und wenn wir Luna zurückgebracht haben, fahren wir zu mir. Du kannst dir nicht vorstellen, wie sehr ich mir wünsche, dir die Klamotten vom Leib zu reißen ..." Sein Blick ist gierig und vielversprechend und mehrere heiße Blitze durchzucken meinen Unterleib. „Ich werde dich die ganze Nacht lecken und ficken", raunt er noch so lustvoll, dass ich bei seinen Worten buchstäblich erbebe. Ich wette, wir werden es nicht bis zu seiner Wohnung schaffen, sondern schon im Auto übereinander herfallen.

Hand in Hand und mit einer fröhlich hechelnden Luna im Schlepptau nähern wir uns der schon mächtig angeheiterten Runde um Myles und Noemi.

„Alles gut bei euch?", fragt Noemi und hebt zweideutig eine Augenbraue.

„Ja, alles cool. Luna wollte Gassi gehen und wir beide brauchen auch etwas frische Luft", erklärt Vic, ohne meine Hand loszulassen.

„Aha." Myles nickt amüsiert. „Läuft da wieder was zwischen euch?", fragt er unverblümt und mit einem leicht anzüglichen Grinsen. Wahrscheinlich haben wir beide gerötete Gesichter und zerzaustes Haar, wie es halt so ist nach ausgiebigem Geknutsche.

„Ich führe mit meiner Freundin bloß deine Hündin aus, also halt schön deine Klappe", erwidert Vic gespielt schroff und macht eine abfällige Geste. Ich merke, wie Noemi bei seinen Worten strahlt und mir ein glückliches Lächeln zuwirft. Tja, Vic hat uns gerade geoutet und zwar mit sichtbarer Freude, wie ich an seinem noch stärkeren Händedruck merke.

Luna holt ihre Leine, während wir uns im Flur anziehen. Noemi kann es nicht lassen: Sie folgt uns und sieht mich fragend an. Als Antwort und Bestätigung zugleich falle ich ihr um den Hals und drücke sie ganz fest. „Ich bin so glücklich", flüstere ich mit Freudentränen in den Augen.

„Das bin ich auch! Ich freue mich so sehr für euch", flüstert sie zurück, bevor sie mich loslässt und sich Vic zuwendet. „Pass gut auf meine beste Freundin auf und sei schön lieb zu ihr. Sie wird es nicht leicht mit dir haben, also gib dir Mühe!", ermahnt sie ihn mit strengem Blick.

„Das werde ich tun, versprochen!" Vic lächelt und lässt sich von ihr umarmen.

„Frohe Weihnachten, ihr beiden!", wünscht sie uns, als wir die Tür öffnen.

„Frohe Weihnachten!", erwidern wir und steigen mit Luna in den Fahrstuhl.

Es schneit immer noch und die großen Schneeflocken bedecken bald unsere Kapuzen. Luna tobt im Schnee, als wir den Helmholzplatz erreichen, und ist ganz in ihrem Element. Wir sind die Einzigen, die über die zugeschneiten Wege spazieren, nur auf der anderen Seite des Parks sehen wir noch eine Männergestalt mit einem schwarzen Labrador.

Vic bleibt stehen, um mich zu küssen.

„Was denkst du, werden wir es hinbekommen?", frage ich nach dem Kuss etwas bange. Es ist fast zu schön, um wahr zu sein, und die märchenhafte Szenerie erscheint mir plötzlich nicht real. Vielleicht laufen wir beide bloß einem Traum nach, der schon bald wie der Schnee auf unseren Gesichtern zerschmelzen wird.

„Ich weiß es nicht. Welches Paar kann das schon wissen? Was zählt, ist nur das, was wir jetzt füreinander fühlen. Denken wir nicht an die Zukunft", beschwichtigt Vic meine angstvollen Gedanken. „Wir werden es langsam angehen und die Gegenwart genießen, abgemacht?"

„Abgemacht! Und jetzt bringen wir Luna nach Hause. Ich habe es eilig, damit anzufangen, die Gegenwart mit dir zu genießen. Notfalls schon in deinem Mustang ..." Ich blicke ihn verführerisch an.

„Luna! Komm, schnell!", ruft Vic grinsend und zieht mich mit sich. „Ich habe Noemi versprochen, gut zu dir zu sein, also muss ich mich beeilen und darf dich nicht zu lange warten lassen."

Hand in Hand laufen wir durch den Schnee und Luna springt uns verspielt an.

„Übrigens – ich habe jetzt zwei Wochen Urlaub. Was hältst du davon, wenn wir Silvester irgendwo in der Karibik verbringen? Auf St. Barth zum Beispiel? Oder auf den British Virgin Islands? Hauptsache Palmen, Sandstrand und Sonne?"

„Im Ernst? Ist das eine Einladung?" Ich bleibe überrascht stehen.

„Na, was sonst? Das wäre zum Beispiel die Chance, mich mal eine ganze Woche nur für dich haben zu können", grinst er unter seiner Kapuze. „So könntest du feststellen, ob du es wirklich mit mir aushältst."

„So betrachtet ist es gar keine schlechte Idee", erwidere ich. „Aber nur unter der Bedingung, dass ich auf deine Kosten zurückfliegen kann, wenn ich genug von dir habe."

Vic sieht etwas verunsichert aus und weiß eindeutig nicht, ob ich scherze oder es ernst meine. „Geht in Ordnung", sagt er vorsichtig.

„Dich kann man so schnell reinlegen", lache ich und küsse ihn innig. „Ich denke eher, du wirst richtig froh sein, wenn du zwischendurch mal ein paar Stunden Ruhe vor mir haben wirst und ich nicht ständig an dir rumfummle."

„Wir werden ja sehen, wer mehr an wem rumfummelt. Ich wette, unsere Zimmerwände werden ganz schön wackeln", sagt Vic mit dieser lasziv tiefen Stimme, die stets ein Prickeln auf meiner Haut auslöst.

„Daran habe ich keine Zweifel."

„Aber du erwartest jetzt nicht etwa einen Ring von mir, oder?" Er dreht sich plötzlich mit einem schelmischen Funkeln in den Augen zu mir um.

„Du bist doof!" Ich schubse ihn und er wirft sich in den weichen Schnee. Luna springt sofort auf ihn und schleckt ihm begeistert das Gesicht ab.

„Hey, das ist meiner!", lache ich und werfe mich auch auf ihn. Luna setzt sich beleidigt hin und beobachtet uns stumm, während wir uns küssen. Ich spüre keine Kälte mehr, nur noch die Wärme seiner Lippen und seiner Zunge, und mir wird heiß unter der dicken Jacke.

„Kinder, Kinder, ihr werdet euch noch eine Lungenentzündung holen", hören wir plötzlich eine Stimme neben uns. Ein älteres Paar mit einem Cockerspaniel im roten Mäntelchen läuft an uns vorbei und die alte Dame lächelt uns kopfschüttelnd an, als wir zu ihr aufsehen.

„Ist doch schön, wenn die so verliebt sind!", sagt der Mann neben ihr.

„Da hat er recht! Es ist wunderschön, verliebt zu sein", raune ich Vic zu. Er antwortet nicht, sondern küsst mich erneut und schlingt seine Arme fester um mich.

Wir küssen uns so lange, bis wir außer Atem sind und Luna neben uns wie ein weißer Samojede und nicht mehr wie ein Husky aussieht.

„Komm, bringen wir Luna nach Hause", sagt Vic, hilft mir auf die Beine, und wir klopfen uns gegenseitig den Schnee von den Jacken. Luna nimmt sich ein Beispiel an uns und schüttelt sich. Eng umarmt laufen wir zurück in die Straße, wo Myles und Noemi wohnen. Zwei Mädchen um die achtzehn kommen uns entgegen und unterhalten sich laut auf Englisch.

„Ach du Schreck, war das nicht Vic Taylor?", hören wir eine aufgeregte Stimme, als sie uns im Vorbeilaufen flüchtig anschauen.

„Ja, das bin ich." Vic dreht sich gutgelaunt um und strahlt die Mädels an. „Frohe Weihnachten wünsch ich euch!"

Die beiden sehen sich gegenseitig an und lächeln nur blöd vor Aufregung. Die Blonde im weißen Parka reagiert als Erste.

„Frohe Weihnachten! Wir sind beide Fans von dir! Dürfen wir ein Foto machen?", sagt sie mit hoher, aufgeregter Stimme.

„Na klar!" Vic lässt mich los und stellt sich zwischen die beiden, die mit zittrigen Händen ein paar Selfies machen.

„Vielen Dank!", erwidern sie völlig aus dem Häuschen und grinsen glücklich. „Wie abgefahren! Ich denke, das wird uns keiner glauben", kommentiert die Rothaarige, als sie ihr Handy in die Tasche steckt. „Wir haben Weihnachten Vic Taylor getroffen! Und zwar auf der Straße vor unserem Hostel!"

„Ich wünsch euch noch einen schönen Abend!“, verabschiedet sich Vic grinsend von den beiden, greift wieder nach meiner Hand und küsst mich auf den Mund, während die Mädchen zusehen. „Übrigens, das ist meine Freundin!“, sagt er noch, bevor wir uns umdrehen und weiterlaufen. Ich könnte schwören, da hat etwas wie Stolz in seiner Stimme gelegen.

„Weißt du, was du damit getan hast? Spätestens morgen früh wird die ganze Welt es auf Instagram lesen können: Vic Taylor verbringt Weihnachten in Berlin zusammen mit seiner neuen Freundin“, sage ich leicht vorwurfsvoll.

„Na und? Vic Taylor steht voll zu seiner Freundin! Er liebt sie doch“, murmelt er und legt seinen Arm noch fester um mich. Er liebt mich! Mein Herz tanzt Rock ’n’ Roll und Walzer zugleich und ergriffen bleibe ich stehen. Unfähig zu sprechen, küsse ich ihn einfach, immer wieder, und mir wird schwindlig von so viel Liebe, die ich in diesem Augenblick zwischen uns spüre.

Luna zieht wieder ungeduldig an ihrer Leine und will weitergehen.

„Bringen wir Luna schnell zurück und dann fahren wir nach Hause“, schlägt Vic vor, als ich mich unbeschreiblich glücklich von seinen Lippen löse.

„Zu dir oder zu mir?“, frage ich und verliere mich in seinen leuchtenden Augen.

„Egal. Hauptsache, du bleibst bei mir. Für immer …“